Library of
Davidson College

A ROYALIST VOLUNTEER
UN VOLUNTARIO REALISTA

A ROYALIST VOLUNTEER
UN VOLUNTARIO REALISTA

Benito Pérez Galdós

Translated by
Lila Wells Guzmán

The Edwin Mellen Press
Lewiston/Queenston/Lampeter

Library of Congress Cataloging-in-Publication Data

Pérez Galdós, Benito, 1843-1920.
  [Voluntario realista. English & Spanish]
  A royalist volunteer = Un voluntario realista / by Benito Pérez Galdós ; translated by Lila Wells Guzmán.
      p.   cm.
  Includes bibliographical references (p.   ).
  ISBN 0-7734-9360-3
  1. Spain--History--Ferdinand VII, 1813-1833--Fiction. I. Title.
II. Title: Voluntario realista.
PQ6555.V6 1993
863'.5--dc20   93-29746
                                                                     CIP

A CIP catalog record for this book
is available from the British Library.

Copyright © 1993 Lila Wells Guzmán

All rights reserved. For information contact

The Edwin Mellen Press   The Edwin Mellen Press
Box 450   Box 67
Lewiston, New York   Queenston, Ontario
USA 14092   CANADA L0S 1L0

Edwin Mellen Press, Ltd.
Lampeter, Dyfed, Wales
UNITED KINGDOM SA48 7DY

Printed in the United States of America

To my children: Jennifer, Daniel, and Rookh
for their love, support and understanding.

TABLE OF CONTENTS

Foreward	i
Preface	ii
Acknowledgement	iii
Introduction	1

<u>A Royalist Volunteer</u>

Chapter One	13
Chapter Two	23
Chapter Three	37
Chapter Four	49
Chapter Five	65
Chapter Six	81
Chapter Seven	97
Chapter Eight	109
Chapter Nine	127
Chapter Ten	139
Chapter Eleven	151
Chapter Twelve	163
Chapter Thirteen	177
Chapter Fourteen	187
Chapter Fifteen	201
Chapter Sixteen	217
Chapter Seventeen	235
Chapter Eighteen	257
Chapter Nineteen	271
Chapter Twenty	285
Chapter Twenty One	303
Chapter Twenty Two	313
Chapter Twenty Three	323
Chapter Twenty Four	337
Chapter Twenty Five	355
Chapter Twenty Six	365
Chapter Twenty Seven	383
Chapter Twenty Eight	397
Chapter Twenty Nine	413
Chapter Thirty	425
Chapter Thirty One	449
Chapter Thirty Two	463
Notes	467
Bibliography	473

Foreword

In preparing the translated portion of this book, I used the Aguilar edition of the <u>Obras Completas de Pérez Galdós</u>. All illustrations and designs are from an 1885 edition of <u>Un voluntario realista</u> (Madrid: La Guirnalda) and are reproductions of the works of Gómez Soler and Pellicer.

I based the Spanish text on the 1885 edition of <u>Un voluntario realista</u> and I have reproduced the language as it appeared at that time, with the exception of obvious typographical errors. Some rules for spelling and the use of diacritical marks have changed since the original printing of the novel.

From time to time, discrepancies exist between the 1885 version of <u>Un voluntario realista</u> and the Aguilar edition. In some cases, a word is missing; in others, an entire line has been dropped. (In Chapter One, for example, the first sentence of the fourth paragraph appears in the 1885 text but not in the later edition.) These discrepancies are pointed out in the footnotes.

Preface

The five series of National Episodes comprise the largest collection of novels in Spanish literature. There are forty-six National Episodes in all. Each novel recounts a major event of nineteenth-century Spanish history from the battle of Trafalgar in 1805 to the assassination of Canovas in 1870. There is perhaps no better way to experience Spanish history than by reading the National Episodes.

In the National Episodes Galdos interprets and popularizes nineteenth Spanish history. Before the National Episodes, the main sources of information about Spanish history were official reports and newspaper accounts that presented rigid partisan viewpoints. Because these sources tended to be dull and uninspiring Galdos interviewed survivors of the events about which he wrote in the National Episodes for first-hand accounts of historical events. Whether or not their memories were trustworthy is debatable.

Few of Galdos' National Episodes are available in English. Only *Trafalgar* (translated in 1884), *The Court of Charles the Fourth* (tr. 1888), *Saragossa* (tr. 1900), *The Battle of Salamanca (La batalla de los Arapiles)* (tr. 1895) and *The Campaign of the Maestrazgo* (tr. 1990) are in English. As a result, the National Episodes are virtually unknown to the English-speaking world although they remain immensely popular in Spain.

This translation of *A Royalist Volunteer* is unique in that it is the first translation of a national episode from the second series.

Acknowledgement

I would like to thank a number of people for their assistance in the preparation of this book:

Dr. Brian J. Dendle who first introduced me to the *Episodios nacionales* and was the first to point out to me the need for scholarly research on the *episodios*. His extensive research in nineteenth-century literature, particularly his numerous books and scholarly articles on Galdós, have been truly inspirational.

Dr. Larry Olszewski of the Online Computer Library Center in Dublin, Ohio for reading the translation and taking the time to make many, many invaluable suggestions. I owe him a great debt of gratitude for his generosity in providing research materials on Galdós.

Rick Guzman, my technical advisor and resident computer expert, who knows and understands my passion for nineteenth century Spanish novelists and who merely shakes his head and mumbles about the folly of translating the works of dead Spanish authors.

INTRODUCTION

Benito Pérez Galdós (1843-1920) is, with Miguel de Cervantes Saavedra, Spain's most important novelist. Galdós was born in Las Palmas in the Canary Islands, the tenth child of a minor landowner. His mother was apparently of a domineering nature. Galdós spent his childhood and adolescence in the Canary Islands. As a schoolboy he showed an interest in music and art, which would remain with him throughout his life.

At the age of nineteen, in 1862, Galdós moved to Madrid to study law; he was never to complete his degree. Rather than attending classes, he explored the streets of Madrid and began a journalistic career, writing musical and dramatic criticism and commentaries on the political and daily life of the Spanish capital. After the liberal revolution of September 1868, Galdós became a political correspondent. From February 1872 to November 1873 he was editor of a leading intellectual journal, the Revista de España. Throughout his life, Galdós defended political liberalism (which meant, in the context of nineteenth-century Spain, moderate, centrist policies). During two periods (the 1870s and the first decade of the twentieth century), Galdós was strongly anticlerical; to his death he refused to be reconciled with the Church. Claiming that the liberal Spanish governments of the first years of the century were insufficiently anticlerical, Galdós announced in early 1907 his conversion to republicanism (that is, opposition to the monarchy). For the next five years, as head of a coalition of republican parties, Galdós sat in the Spanish Chamber of Deputies and campaigned against clericalism and reaction.

Galdós never married. Perhaps the childhood experience of an autocratic mother discouraged his seeking too close a domestic involvement. Nevertheless, his sexual liaisons with women of a lower social class were notorious. He was survived by an illegitimate daughter. As a person, Galdós was timid and taciturn in gatherings of friends in Madrid cafés. He considered himself to be a *madrileño* ("inhabitant of Madrid") and rarely returned to the Canary Islands. He had a summer house in Santander, on the north coast of Spain. He journeyed to France on occasions and had a great admiration for Balzac. Despite the great success of his novels and plays, Galdós was inept at handling money and was in financial difficulty in his old age. He failed to be awarded a Nobel Prize in 1912; his nomination was strongly opposed by clerical interests. Galdós became blind in 1912. His final years were spent in ill health.

Galdós' literary output was prodigious. He was the author of seventy-six novels and twenty-three plays, as well as numerous journalistic articles and a few short stories. Among his most well-known novels dealing with contemporary Spain are: <u>Doña Perfecta</u> (1876), a harsh attack on clerical domination and hypocrisy in a small town; <u>Marianela</u> (1878), a tale of ingratitude which raises important philosophical questions as to the nature of love; <u>La desheredada</u> (1881), a novel which attacks false aspirations; the monumental <u>Fortunata y Jacinta</u> (1887), with its panoramic vision of Madrid society; <u>Miau</u> (1888), an exploration of the increasing despair and final madness of an unemployed civil servant; <u>Tristana</u> (1892), with its intelligent examination of the situation of a woman trapped both by society and by her own limitations; and <u>Angel Guerra</u> (1891) and <u>Nazarín</u> (1895), which treat with sympathy and irony attempts to imitate Christ in a contemporary setting. Essential features of Galdós' fiction are his piercing observation of the foibles of his compatriots, his constant interrogation of life's meaning, and a pervasive irony and ambiguity that undermine his novelistic universe and, by extension, our concept of "reality."

Forty-eight of Galdós' novels deal directly with the history of Spain in the nineteenth century. Indeed, his entire novelistic production is an attempt to probe and to understand the Spanish historical situation. Spaniards of Galdós' generation (those who came of age about the time of the Revolution of 1868) were obsessed with discovering the causes of the apparent failure of Spain in the modern world (especially when viewed in the context of the prosperity and progress of Great

Britain, Germany, France, and the United States) and the means to a national regeneration.

Spain in the Nineteenth Century

Some account of the history of Spain in the nineteenth century is necessary if we are to understand the pessimism of Galdós and his contemporaries. At the beginning of the nineteenth century Spain possessed a vast empire, stretching from the Philippine Islands to the greater part of the Americas. Spanish power, however, was not commensurate with the extent of the Spanish empire. In 1805, a joint Spanish and French fleet was destroyed by Admiral Nelson at the Battle of Trafalgar. In 1808, Napoleon invaded Spain; the Spanish monarch ignominiously abdicated; Napoleon installed his brother on the Spanish throne. For five years, Spanish irregular fighters (the *guerrilleros*), abetting British and Portuguese troops under the command of Wellington, bled the occupying French forces in a savagely brutal struggle which, with clerics' sermons against the "atheistic" French, often took on the aspects of a Holy War. (Goya's series of etchings--The Disasters of the War--give some idea of the atrocities involved.)

During the War of Independence, as the Spaniards term the Peninsular War, attempts were made by liberal reformers, who met in Cádiz from 1810 to 1812, to give Spain a written constitution. The reformers, although not attacking the Catholic faith of Spaniards, interfered in clerical affairs by abolishing the Inquisition, which still existed in Spain. With the defeat of Napoleon, the monarch Fernando VII returned in 1814. Rather than accept the Constitution, Fernando, with the help of military leaders and hailed by an ignorant mob, expelled and imprisoned the liberal constitutionalists and ruled as an absolute monarch. The Spain he inherited was in a sorry state: the land was devastated by the scorched-earth policies of the warring armies; Spain was economically ruined and involved in a losing struggle to keep its American possessions; the *guerrillero* bands were reluctant to return to the boredom of peace-time occupations. Galdós claimed, in the novel Juan Martín el Empecinado (1874), that the *guerrilleros* were a throwback to primitive times, that the *guerrillero*, the smuggler, and the bandit

were the essence of an anarchic Spanish genius which thrived on disorder, and that the *guerrilleros* would continue fighting for the rest of the century.

Fernando's misrule alienated many army officers. (Throughout the nineteenth century, the Spanish military was of largely liberal sympathies.) A military coup in 1820 produced a liberal, constitutional régime; a French invasion in 1823 restored Fernando who, learning nothing, established a repressive police state. Fernando's death in 1833 left Spain with two claimants to the throne: Fernando's infant daughter Isabel, who received liberal support, and the king's brother, Don Carlos, who was supported by clerical and regionalist interests. The First Carlist War (1834-1841), with accompanying guerrilla warfare and corresponding atrocities, devastated northern and eastern regions of Spain. Liberal régimes in Madrid came to depend on the favor of generals who would play a prominent role in Spanish politics for the rest of the century.

A military coup of September 1868 promised reforms: the expulsion of the Bourbon monarchy, the establishment of constitutional government (although elections continued to be fixed), even the granting of religious tolerance. However, the revolutionary period (1868-1873) produced not progress but only anarchy. Left-wing rebellions, a Carlist War (1872-1876), and military indiscipline culminated in a coup (December 1874) which reestablished the monarchy. The Constitution of 1876 gave a semblance of parliamentary rule. The Restoration régime (1875-1902) offered the nation a respite from disorder. Nevertheless, the refusal to solve long-standing problems (Cuban and Catalan separatism, the alienation of Spain's growing working class) and a lack of decisive leadership led Spain ultimately into war with the United States (1898) and the loss of its remaining colonies (Cuba, Puerto Rico, the Philippines).

In the early twentieth century, calls for national regeneration proved only rhetorical. The Army, defeated in war, became alienated from national life; liberal politicians (and in this they were supported by Galdós) pursued a sterile policy of anticlericalism. Working-class discontent and the economic hardship wrought by the First World War contributed to the break-down of Spanish government in the closing years of Galdós' life.

Galdós and the Historical Novel

Galdós began his novelistic career with two works of historical fiction. In La fontana de oro (published in 1870), Galdós treats the Spain of late 1821 which, with its demagoguery and political instability, would have offered many parallels with contemporary Spain. The characters are presented in terms of plausible psychological motivation; Galdós' teaching in the novel is that of a conservative liberal, strongly anticlerical and yet hostile to revolutionary disorder. El audaz (1871) vividly explored the mind-set of revolutionaries in the early years of the century; the revolutionary leader Martín Muriel, overexcitable, dominated by hatred, and ultimately insane, is, as a Romantic man of action of superior energy and intellect who is misunderstood by a mediocre society, in part a precursor of Salvador Monsalud, the hero of the second series of *episodios nacionales*.

In the summer of 1872, Galdós decided to compose a series of twenty short historical novels, to be called *episodios nacionales* ("national episodes"), which would trace the history of Spain from 1805 (the Battle of Trafalgar) to 1840 through the adventures of a single protagonist, Gabriel Araceli, who, reminiscing as an old man, would comment on the major events and figures of Spanish history from the perspective of the 1870s. Galdós' intent was educational (to offer a readily accessible fictionalized version of history) and nationalistic. The *episodios* were printed with the Spanish national colors on the covers; Gabriel Araceli frequently proclaimed his patriotism.

The first ten *episodios*, published between 1873 and 1875, trace Spanish history from the defeat of Trafalgar to Spanish victory over Napoleon at the Battle of Salamanca. The naïf first-person narrator, Gabriel Araceli, offers a lively view of the leading events of military and social significance of the period. His courage, honesty, and optimism lead him to win bride and fortune. Some time before completing the first series of *episodios* Galdós wearied of contriving plots to place the first-person narrator on the scene of important battles and political events; he also, as the *episodios* advanced, stressed social history somewhat more than originally intended.

The second series of *episodios nacionales* were written between June 1875 and December 1879. During this period, Galdós also wrote three anticlerical thesis novels--<u>Doña Perfecta</u> (1876), <u>Gloria</u> (1877), and <u>La familia de León Roch</u> (1878)--and the philosophical tale <u>Marianela</u> (1878). The *episodios* of the second series are: <u>El equipaje del rey José</u> ("The Baggage of King Joseph") (written in June and July 1875), <u>Memorias de un cortesano de 1815</u> ("Memoirs of a Courtier of 1815") (October 1875), <u>La segunda casaca</u> ("The Turncoat") (January 1876), <u>El Grande Oriente</u> ("The Great Orient Lodge") (June 1876), <u>7 de julio</u> ("7th of July") (October-November 1876), <u>Los cien mil hijos de San Luis</u> ("The Hundred Thousand Sons of St. Louis") (February 1877), <u>El terror de 1824</u> ("The Terror of 1824") (October 1877), <u>Un voluntario realista</u> ("A Royalist Volunteer") (February-March 1878, <u>Los apostólicos</u> ("The Apostolic Secret Society") (May-June 1879), <u>Un faccioso más y unos frailes menos</u> ("One More Rebel and a Few Less Friars") (November-December 1879).

The original plan of 1872 and 1873 was modified in the second series of *episodios* to replace the first-person narrative by the third-person account of the adventures of Salvador Monsalud. The history covered in these novels treats the retreat of Napoleon's forces, the corrupt, sordid scramble for power under Fernando VII, the anarchy of the liberal régime (1820-1823), the invasion of the French, and the violence and conspiracies of Fernando's repressive rule, 1823-1833. In a further modification of his original plan, Galdós ends the series in 1834, with anticlerical riots in Madrid and the outbreak of the First Carlist War.

The theme of the second series of *episodios* is fratricidal struggle, symbolized by the ideological and sexual rivalry of two half-brothers, Salvador Monsalud and Carlos Navarro (or Carlos Garrote, as he is called in <u>A Royalist Volunteer</u>). Galdós' characters often symbolize historical movements of ideologies. Thus, Salvador Monsalud represents a growing "liberal" consciousness, and Carlos Navarro exemplifies reactionary traditionalism. Although in practice Galdós frequently offered portraits of monarchs and leading political and military figures, his avowed aim, as he claimed in <u>El equipaje del rey José</u>, was to narrate the "inner life" of the nation, to be found "in the slow and almost always painful life of society, in what all do and in what each one does . . . We learn from [books] culminating events, which are always battles, horrendous butcheries, or cloying tales of kings and dynasties who disturb the world with their

disputes and marriages; and meanwhile internal life goes on, obscure, forgotten, buried."

Salvador Monsalud (the name means "Savior My Health") is a far more complex figure than the naively optimistic protagonist of the first series of *episodios*. Monsalud is initially a shy, indecisive, and impractical soldier in Joseph Bonaparte's army. Learning the hard lessons of experience--vilification by his savage fiancée, the fanatical Jenara de Baraona; betrayal by his turncoat friend, the scheming Pipaón--Monsalud becomes, by the third, fourth and fifth episodios of the second series (La segunda casada, El Grande Oriente, 7 de julio), a Romantic man of energy. He now has the assurance and vitality of a Balzacian hero. Possessed of a Romantic aura of mystery and power, he combines intelligence, strength, and nobility. Lucidly aware of national needs and defects, scorning the moral ignominy of his compatriots, he is a leader of revolutionary conspiracies. Fascinating to women and readily enamored, he believes he is ill-fated in love. A slave of his passions, he is plunged into suicidal despair by failure. Only toward the close of the second series of *episodios*, in Los apostólicos and Un faccioso más y unos frailes menos, does Monsalud achieve equilibrium in his love for and finally marriage to Solita Gil de la Cuadra. Solita, the *hormiguita* ("little ant"), is hard-working, charitable, gentle, self-sacrificing, and dutiful; she exemplifies for the bachelor Galdós the finest type of Spanish womanhood.

Monsalud not only witnesses and experiences the savagery and hypocrisy of Spanish history. He also becomes the mouthpiece of Galdós as he lucidly analyzes the farcical, theatrical nature of Spanish institutions. Through Monsalud, Galdós attacks religious intransigence and reaction, the cowardice and ignorance of the mob, the imbecilities of masonic conspirators, the ingenuousness of Spanish liberals, and the hollow rhetoric and self-seeking of "idealists." Monsalud, like the Spanish moralist Larra (1809-1837), perceives that Spanish liberals are as despotic as their adversaries. Galdós' hatred of the "unholy alliance" of ignorant clerics and reactionaries is evident throughout the *episodios* of the second series. Monsalud recognizes, in Los apostólicos, that the remedy for Spanish indiscipline lies in a total change of heart of Spaniards, who must learn mutual respect, obedience to law, and love of work.

Galdós' concern in the second series of *episodios* is not only with the brilliant and colorful recreation of Spain's past. For the moralist Galdós, the Spain

of 1813 to 1834 has all the defects of the Spain of the 1870s. Galdós' teaching, with its hatred of fanaticism, demagoguery, and disorder and its distrust of Spanish capacity for self-rule, reflects the turmoil which followed the failure of the Revolution of 1868 to establish a stable régime. Carlist guerrilla bands were still operating in Catalonia and northern Spain in 1875 and early 1876. The religious antagonisms in the 1870s between the intransigent upholders of tradition and those, such as Galdós, who would seek a more tolerant form of Christianity, were intense. Resolution of the struggle between "the two Spains" only became feasible in the late twentieth century with the death of Franco and the establishment of a democratic, parliamentary system.

Such was the success of the short historical novels with the Spanish reading public that Galdós wrote twenty-six more *episodios* between 1898 and 1912. These *episodios*, as powerful as the earlier series in their imaginative recreation of the tensions of Spanish life, cover Spanish history from 1834 to the Bourbon Restoration of the 1870s. Galdós' intent to complete the fifth series of *episodios* with a treatment of the final years of the nineteenth century was thwarted by ill health and blindness.

A Royalist Volunteer

A Royalist Volunteer treats the curious royalist rising in Catalonia in 1827 known to historians, although the term is not used by Galdós, as *la guerra de los agraviados* ("the war of the people with a grievance"). The rebellion, in the name of religion and nation, supported the then-heir to the throne, the king's brother, the pious Don Carlos. (It is alluded to by Sister Teodora in Chapter IV and by Carlos Garrote in Chapter XXIV.) The apparent aim of the rising was that of liberating the absolute monarch Fernando from supposed liberal and masonic influences. Its only success was the temporary occupation of the city of Manresa. The rebellion was brutally suppressed, in the name of the monarchy, by the Conde de España.

Few historical persons and events are presented in the novel. There are brief appearances of Josefina Comerford, the go-between for the conspirators, and of the brutal *guerrilleros* Pixola, a former butcher, and Jep dels Estanys, a

smuggler and ex-convict, prey to a psychological need for warfare. The cruel and insane Conde de España is portrayed only by reference. The city of Manresa is captured by intrigue, not by courage; the rebels pillage their way across Catalonia; liberals are maltreated by both the *agraviados* and the forces of King Fernando. The causes of this "most repugnant" of all Spanish risings, Galdós notes with contempt, are obscure. The rebellion, Galdós concludes, is nourished by petty ambitions, rancor, and clerical machinations and represents a throwback to the bloody disorders of the Middle Ages.

Galdós shows no sympathy for the rebels (the spiritual ancestors of the Carlist insurgents of the 1870s). Galdós scornfully links low social class, disorder, and religious hypocrisy. Nuns and priests encourage the rebellion; the absolutist "hero" Jep dels Estanys and his fictional counterpart Pepet Armengol are blasphemers; the brutal revolt has as its aim the establishment of "true Christian government"; the sanguinary Conde de España, who imprisons all who do not carry rosaries, is described as being exceedingly pious.

A Royalist Volunteer is the most anticlerical of Galdós' novels. From the opening, in which Galdós portrays with the deepest sarcasm the city of Solsona, Galdós attacks convent life, as well as clerical intervention in Spanish politics. Solsona has a cathedral and four convents for its 2,056 inhabitants. The twenty-two nuns of San Salomó are of aristocratic birth. Their Christian decorum would therefore be offended had they to associate with nuns of a lower social class. The nuns are divided by bitter personal disputes, are venomous and hypocritical, and live lives of selfish luxury.

The "unnatural" nature of convent life is exemplified in Sister Teodora de Aransis. Sister Teodora had entered the convent at the age of eighteen, knowing nothing of the world. Significantly, her taking of the vows, with the clipping of her hair, inspires the child Pepet Armengol with instinctive horror. Now thirty-two, she is vain, luxury-loving, and totally bored. To relieve the monotony of existence, she dabbles in political intrigue and foments the bellic ardor of Armengol. Deeply manipulative, she persuades the suicidal Armengol to take the place of Jaime Servet (Salvador Monsalud's pseudonym), of whom she has become almost instantaneously enamored, before the firing squad. Her unholy conduct is the direct consequence of "religious" life. A ghost, her own conscience, accuses her of deceit and murder. Galdós does not, however, make her guilty of sexual

immorality. Her isolation, the frustration of the natural instinct to be wife and mother, had led to the loss of her soul: "Alas! woe is you! In the world, you would have been an honest maiden, a loving wife, an exemplary mother; cloistered without vocation, you lost your soul in an instant" (Chapter XXXI).

In Pepet Armengol (*Tilín*), Galdós attacks the national disorder that results from the instinctive Spanish gift for irregular warfare. Armengol, the sacristan-*guerrillero*, interested from an early age in accounts of military deeds, believes that his warrior skills come from God. The willing dupe of the manipulative Sister Teodora, he rapidly improvises a successful guerrilla band. An energetic and decisive leader who shoots all who do not immediately obey, he also is jealous, resentful, ill-disciplined, and mentally unbalanced. Credulous, sacrilegious, vengeful, obsessed with Sister Teodora, a Romantic *avant la lettre* in his emotional excess, he will stop at nothing--threats of suicide, the arson of the convent, the kidnapping of Sister Teodora, death itself--to possess the object of his distorted fantasy.

The liberal "hero," Jaime Servet, the agent of the liberal *emigrados* in London, is resourceful, courageous, and in his way as manipulative as Sister Teodora. A disillusioned adventurer who trusts in chance, he is a Romantic in his perpetual dissatisfaction and restless ambition (see Chapter XXI). He possesses qualities that the historical novelist Galdós would wish to claim for himself: "He had the discernment of the historiography who classifies and judges events and the poet's fantasy that exaggerates them and embellishes them. He also possessed the prophet's penetrating, sharp vision" (Chapter XXXI).

Servet-Monsalud's analysis of Spain's political situation is bitter but lucid. The *emigrados* dream of a Spain that will rebel to obtain freedom. The Catalan insurgents, however, demand not liberty but "even more slavery, more chains, more misery, more beatings, more abjection" (Chapter IX). The struggle, as in the earlier anticlerical novel <u>Doña Perfecta</u>, is not only between progressive intellectuals and religious fanatics but also between the city and rural barbarity.

<u>A Royalist Volunteer</u> is one of the best focused of the *episodios*. History is reduced to the minimum necessary to provide the backdrop for the intrigue. The novel concentrates on Sister Teodora, *Tilín*, and Servet, whose portrayals are psychologically plausible; Galdós tends, however, to caricature in his unsympathetic treatment of absolutists. The tale is one of high adventure, fast-

moving, and without the padded conversations of the previous *episodios*. Above all, the novel has an impressive unity and intensity, as Galdós focuses his hatred on a clearly defined enemy, those who abuse religion for warped psychological and political purposes.

Brian J. Dendle
University of Kentucky

CAPITULO UNO

La ciudad de Solsona, que ya no es obispado ni plaza fuerte ni cosa que tal valga, y hasta se ha olvidado de su escudo, consistente en cruz de oro, castillo y cardo de los mismo esmaltes sobre campo de gules, gozaba allá por los turbulentos principios de nuestro siglo la preeminencia de ser una de las más feas y tristes poblaciones de la cristiandad, á pesar de sus formidables muros, de sus nueve esbeltos torreones, de su castillo romano, indicador de gloriosísimo abolengo, y á pesar también de su catedral á que daban lustre cuatro dignidades, dos canongías, doce raciones y veinticuatro beneficios. La que Ptolomeo llamó *Setelsis*, se ensoberbecía con la fábrica suntuosa de cuatro conventos que eran regocijo de las almas pías y un motivo de constante edificación para el vecindario. Este se elevaba á la babilónica cifra de 2.056 habitantes.

Estos 2.056 habitantes *setelsinos* ocupaban ¿á qué negarlo? lugar muy excelso en el mundo industrial con sus ocho fábricas de navajas, tres de candiles y otras de menor importancia. También se dedicaban á criar mulas lechales que traían del cercano Pirineo; cultivaban con esmero las delicadas frutas catalanas y eran maestros en cebar aves domésticos así como en cazar la muchedumbre de codornices, palomas silvestres, ánades y becadas que tanto abundan en aquellos espesos montes y placenteros ríos. No podían ser tales industrias de las menos lucrativas en tierra tan poblada de canónigos, racioneros y regulares.

El 19 de Setiembre de 1810 los franceses, que nada respetaban, entraron en Solsona con estrépito, y después de cometer mil excesos se entretuvieron en quemar la catedral, con cuyo siniestro desplomáronse las torres y vinieron al suelo

CHAPTER ONE

The city of Solsona is no longer a bishopric or fortified town, or anything of much importance. Even its coat of arms, consisting of a gold cross, castle and thistle of the same tincture on a field of gules, has been forgotten. At the turbulent beginning of our century, it was one of the ugliest and saddest towns in Christendom, in spite of its formidable walls, its nine large, slender fortified towers, its Roman castle (an indication of a most glorious lineage) and its cathedral that shone with four dignities, two canonries, twelve prebends, and twenty-four benefices. The city that Ptolomy called *Setelsis* was proud of the sumptuous fabric of its four convents that were the delight of pious souls and motive for the constant edification of the population. The latter amounted to the Babylonian figure of 2,056 inhabitants.

These 2,056 "Setelsinian" inhabitants occupied (why deny it?) a very lofty place in the industrial world with eight knife factories, three candle factories, and others of lesser importance. They also made a living raising suckling mules that they brought from the nearby Pyrenees. They grew delicate Catalonian fruits with care and they were masters at fattening domestic birds. They hunted the flocks of quail, wild doves, ducks, and woodcocks that were so abundant in those thick forests and pleasant rivers. Those industries could be no less than lucrative in a land heavily populated with canons, prebends, and regular clergy.

On September 19, 1810, the French, who respected nothing, entered Solsona in a flourish. After committing a thousand outrages, they amused themselves by burning down the cathedral. Being so evil they toppled over towers and knocked

las campanas. También pusieron la mano en los conventos, encariñándose demasiado con los de religiosas, donde cometieron desafueros que mejor están callados que referidos. El convento de monjas dominicas llamado de San Salomó por ser fundación del marqués de este nombre (1573) padeció diversos tormentos de los que no pocas memorias guardaron las espantadas vírgenes del Señor. Tan horribles desmanes no eximían á las santas casas de sufrir también expoliaciones y derribos, y San Salomó, que perdiera en aquel horrendo día tantos tesoros, se quedó también sin copón, sin candeleros y sin las arracadas de la Virgen. Desaparecieron cuadros y estátuas, y un trozo del ala de Poniente fué derribado á cañonazos, quedando reducidas á escombros seis celdas del piso alto y el refectorio que estaba en el bajo.

Este convento de San Salomó exige de nosotros la mayor atención. Era edificio de muy diversas partes compuesto, y que semejaba una vieja capa de riquísima y descolorida tela, remendada con innobles trapos. Allí había algo del hermoso género ojival que domina en el Principado, restos de bóvedas románicas, puertas churriguerescas, trozos pertenecientes á la insulsa arquitectura del siglo pasado, paredes de ladrillo enyesado, tapias de adobes, muros hendidos, techos que se habían chafado cual sombrero; tragaluces bizcos, rodeados de una especie de marco palpebral hecho con blanco yeso; rejas comidas de moho, tras de las cuales estaban las podridas celosías, por cuyos huecos sólo cabía el dedo meñique de las monjas; vigas que servían de puntales; tapiales modernos que se empeñaban en cubrir huecos ocasionados por el desplome ó abiertos por la bala de artillería; una torrecilla cuya espadaña sólo tenía un esquilón; en suma, era un adalid valeroso combatido por los formidables enemigos que se llaman tiempo y guerra; pero que se defendía bien tapándose sus heridas y remendándose sus desgarrones como Dios le daba á entender, y desafiaba orgulloso á lluvias y vientos, prometiéndose llegar con sus jorobas, tumores, infartos, bizmas y muletas á las más remotas edades venideras.

Estaba San Salomó en un extremo de la ciudad, y en el punto más desierto de ella, por donde partía el camino de Guardiola y Peracamps, que á corto trecho se trocaba en intransitable cuesta escarpada cuyas ramificaciones se perdían en la montaña. La calle de los Codos, llamada así porque formaba dos ángulos en opuesto sentido quebrándose como un biombo, limitaba el convento por Poniente. Dicha calle no era otra cosa que el hueco, foso ó pasadizo que quedaba entre San

down church bells. They also manhandled monasteries and convents, being overly fond of nunneries where they committed a thousand outrages that are better left untold. The convent of Dominican nuns, named San Salomó because it was founded by the Marquis by that name (1573), suffered various misfortunes which the frightened virgins of the Lord remember very well. No holy houses were exempt from those horrible excesses. All suffered spoliation and destruction. San Salomó, which lost so many treasures that awful day, was left without even a goblet or candlestick or the Virgin's pendant earrings. Paintings and statues disappeared and gunfire destroyed a piece of the west wing, reducing six cells on the upper floor and the refectory on the bottom floor to rubble.

San Salomó was a building composed of many different parts and it resembled an old cape of very rich and discolored cloth mended with ignoble rags. In one part there was a little of the Gothic style that predominated in the Principality. There were ruins of Romanesque vaults, Churrigueresque[1] doors, pieces belonging to the insipid architecture of the last century, walls of plastered brick, adobe walls, cloven walls, ceilings that had been flattened like a hat, cross-eyed skylights, surrounded by a kind of eyelid-like framework of white plaster. Behind rust-eaten grilles were the rotten lattice windows through whose holes only the nuns' little finger would fit. There were beams that served as shores, modern walls that endeavored to cover holes caused by collapse or opened by artillery fire and a little tower, whose bell gable only had one large bell. To sum up, it was a valiant champion attacked by formidable enemies called time and war. It defended itself well, covering its wounds and mending its tatters as best one can, and it proudly defied wind and rain, hoping to reach with its hunchback, infarction, poultices and crutches the most distant ages to come.[2]

San Salomó was at one end of the city, and the most deserted part of it, where the road to Guardiola and Peracamps splits, at a short distance turning into an impassible, steep escarpment whose ramifications were lost in the mountain. Elbows Street, so named because it formed two angles in the opposite direction, bending like a folding screen, formed the convent's boundary on the west. Said street was nothing more than a hollow, a pit, or an alley between San Salomó and the eastern stretch of the city wall and the elbows that gave said road its name were caused by the strategic angles of the fortification. At the end of the street could be seen a large fortified tower and a little farther on, the Travesat Gate.

Salomó y el lienzo occidental de la muralla de la ciudad, y los codos que daban nombre á tal vía eran ocasionados por los ángulos estratégicos de la fortificación. Al fin de la calle había un torreón y un poco más allá la puerta de Travesat.

Por Oriente con vuelta al Mediodía estaba la iglesia, en la calle de la Sombra, y no lejos de la puerta de aquella la del torno y locutorio, que era un arco románico picado y bruñido por la barbárie académica del siglo anterior y pintorreado de azul por orden de la madre abadesa. Hacia el Norte extendíase la gran tapia de la huerta, sin más huecos que las hendiduras producidas por el resentimiento de la fábrica. Las rejas y celosías estaban en la parte más alta mirando al campo por encima de la muralla. Su estructura no permitía á los curiosos ojos monjiles ver la calle, en lo que verdaderamente perdían muy poco, pues rara vez pasaba por las calles de los Codos ó de la Sombra alguna cosa digna de ser vista.

A pesar de su aspecto caduco, no reinaba la miseria en el interior de aquel silencioso retiro, como acontece en los conventos del día, que casi casi no son otra cosa que asilos de mendicidad. Por el contrario, al decir de algunos curiosos solsoneses, imperaban allí dentro el bienestar y la abundancia. Siempre fueron las dominicas poco inclinadas á la pobreza absoluta: su orden ha sido por lo general aristocrática, compartiendo con la del Cister la prerogativa de acoger á las señoritas nobles á quienes vocación sincera, desgraciados amores ó la imposibilidad de ocupar una alta posición arrojaban del mundo. San Salomó albergaba en la época de nuestra historia veintidos señoras que habían llegado á sus tristes puertas impulsadas respectivamente por alguna de aquellas tres causas.

Todas eran nobles, pues no podían convenir al decoro del reino de Dios que mancomunadamente con las hijas de marqueses y condes vivieran mujeres de baja estofa. Además de las rentas de la casa, que á todas por igual beneficiaban, algunas monjas, contraviniendo las reglas más elementales de la orden, gozaban de rentillas y señalamientos privados que les otorgara el padre, el tío ó el abuelo, y esto se lo comían allá en la sagrada paz de su celda sin dar participación á las demás. Es probable que no reinara dentro de San Salomó la paz más perfecta como acontece en los cláustros donde se han relajado todas las reglas y sobre la fraternidad impera el egoismo; pero también es probable que los solsoneses no supiesen nada de esto, porque entonces los conventos, si habían olvidado muchas cosas, aún sabían guardar á maravilla sus secretos.

To the East, facing south, was the church on Shadow Street and not far from that gate was the door of the *torno*[3] and locutory that was a Romanesque arch cut and polished by the academic barbarity of the last century and blue by order of the Abbess. Toward the north the great wall of the garden stretched out, its only holes being the cracks produced by the settling of the building. The grilles and shutters in the highest part looked out over the countryside over top of the wall. Its structure did not permit the nuns' curious eyes to see the street and to tell the truth, they missed very little for rarely did anything worth seeing go down Elbows Street or Sombra Street.

In spite of its decrepit appearance, poverty did not reign inside that silent retreat, as happens in convents nowadays, which are really little more than a refuge for beggars. On the contrary, according to some curious Solsonites, well-being and abundance reigned inside there. (Dominican nuns have always been little inclined to absolute poverty.) Its order had been generally aristocratic, sharing with the Cistercian order the prerogative of welcoming noble maidens driven from secular life by sincere vocation, unfortunate loves, or the impossibility of holding a high position. At the time of our story San Salomó lodged twenty-two women who had arrived at its sad doors pushed respectively by one of those three causes.

All were noble, since it was indecorous in God's kingdom for women of low birth to live with the daughters of marquises and counts. Besides the income of the house, which all equally benefitted from, those nuns, going against the most elementary rules of the Order, had small incomes and private trust funds granted them by their fathers, uncles or grandfathers. These benefices were consumed in the sacred peace of their cell without sharing with the others. It is likely that perfect peace did not reign inside San Salomó as happens in the cloisters where all the rules have been relaxed and selfishness reigns over brotherhood. It is also probable that the Solsonites knew nothing of this because at that time convents, if they knew nothing else, still knew how to keep their secrets marvelously well.

And its secrets were: that they were permitted to live separately, some eating in their cells and having maids for private service; that some ten sisters did not speak to each other, not even to greet each other because it was evident that if they exchanged even two words, a dozen arguments would be born from those two words; and finally, that some (fortunately, they were in the minority), hated each other with all their hearts.

Y sus secretos eran que se permitían hacer vida separada, comiendo algunas en sus celdas y teniendo criadas para el servicio particular; que había hasta diez hermanas que no se hablaban ni aún para saludarse, porque era evidente que si cambiaran dos palabras, de estas dos palabras había de nacer una docena de disputas, y finalmente que había algunas (afortunadamente eran las menos) que se odiaban de todo corazón.

Por diversas cosas y motivos era célebre San Salomó; pero aquello en que su fama se elevaba hasta tocar el mismo cuerno de la luna era el arte culinario. Váyanse noramala cuantas confituras han podido labrar manos de monja en todas las órdenes habidas y por haber; váyanse con mil demonios todos los platos suculentos é ingeniosos de la cocina extranjera; que nada hay comparable á lo que salió en tiempos felicísimos de los hornos, de las sartenes y de los peroles de San Salomó. No hace muchos años vivía aún uno de los testimonios más entusiastas de aquella superioridad incontestable, el padre Mercader, arcipreste de Ager *vere nullius* que fué en su edad de oro capellán de aquellas benditas mujeres. Viejo y enfermo parece que se rejuvenecía al referir los sobrosos regalos que le enviaban en días solemnes, con la particularidad de que las señoras de San Salomó hacían platos nunca ideados por cocinera alguna y que unían á la novedad más asombrosa el gusto más excitante y delicado. Ellas tenían las trazas más habilidosas del mundo para preparar una colación en la cual se saborearan bocados muy exquisitos sin faltar al ayuno. Ellas aderezaban una comida de vigilia con tal arte que sin faltar á las reglas literales de la penitencia experimentase el paladar regaladas delicias. Hacían entre otras cosas un compuesto de abadejo que en la Semana Santa de cierto año produjo grandísimo zipizape en el cabildo catedral por los celos que de los felices gustadores de aquella ambrosía piscatoria tuvieron los que no lograron catarla. El deán y el chantre estuvieron siete años sin hablarse.

Basta de cocina.

San Salomó was famous for various things and reasons, but what raised its reputation until it touched the cusp of the moon was the culinary art. Forget all the confections that the hands of nuns have been able to produce in all the orders past, present or future. The succulent and ingenious dishes from the foreign kitchen--incomparable to those that came out of the ovens, the frying pans, and the saucepans of San Salomó in the happiest of times--can go to the devil. Not many years ago Father Mercader, archpriest of Ager, *vere nullius*, a most enthusiastic witness of that unquestionable superiority was still alive. In his golden age he was the chaplain of those blessed women. Although old and sickly, he became rejuvenated talking about the savory gifts that they sent him on holy days. The nuns from San Salomó created dishes never before conceived by any other cook that mixed the most exciting, delicate tastes in new ways. They were very skillful at preparing a meal where one could savor the most exquisite morsels without breaking one's fast. They prepared a meatless meal so artfully that the palate experienced delicious delights without breaking the literal rules of penance. They made, among other things, a codfish stew that produced a big row in the Cabildo cathedral during Holy Week one year because those who were unable to sample it were jealous of the fortunate tasters of that piscatorial ambrosia. The Dean and the Archpriest went seven years without talking to each other.

Enough about cooking.

CAPITULO DOS

Durante cuarenta años fué sacristán de San Salomó un buen hombre verdaderamente sencillo y piadoso que tenía por nombre José Armengol. Como sintiera que la muerte venía por él, pensó que era lamentable no dejar sucesor en la sacristía para que recayese en su linaje la recompensa de tantos años de servicios prestados á la religión con piedad y desinterés. No tenía hijos el Sr. Armengol, pues el único que Dios le concediera había muerto de un lanzazo en la guerra de Rosellón; pero tenía un nieto que si bien de corta edad, podía servir para desempeñar el cargo, mayormente si las benévolas monjas le enderezaban á la virtud haciéndole hombre devoto ó instruyéndole en todos los oficios de la sacristanía. El Sr. Armengol se murió tranquilo y satisfecho cuando la madre abadesa le prometió que el pequeñuelo sería sacristán de San Salomó.

Trajeron á Pepet de las montañas de la Cerdaña en que se criaba libre y salvaje como los pájaros, familiarizado con las altas cimas piníferas, con las soledades abruptas y rumorosas, con el estrépito de los torrentes y la sombría majestad de la cordillera de Cadí, país propicio á las leyendas y al bandolerismo. Doce años tenía cuando se vió en poder de la madre abadesa, la cual poniendo sobre la cabeza del rapaz su mano portentosa le dijo con grave y bondadoso acento:

--*Noy*, el Señor te ha favorecido desde tu tierna edad destinándote, aunque indigno, á servir en esta casa. Grande honra te cabe en esto y no todos tropiezan á tu edad con tales prebendas. Pruébanos ahora que mereces el favor de Dios y que eres capaz de sostener el buen nombre de tu abuelo.

CHAPTER TWO

For forty years Jose Armengol, a simple, pious, good man, was sacristan of San Salomó. As he felt death was approaching, he thought that it was a shame not to leave a successor in the sacristy so that his family would continue to reap the benefits of so many years of pious, unselfish service to religion. Mr. Armengol had no children, as the only son that God had given him had died of a lance wound in the War of Roussillon,[1] but he had a grandson, Pepet, who, although he was very young, could fill the post especially if the benevolent nuns put him on the path of virtue, making him a devout man or instructing him in all the functions of the office of sacristan. Mr. Armengol died in peace and satisfied after the Abbess promised him that the tot would be sacristan of San Salomó.

Pepet was brought from the mountains of Cerdana, where he grew up free and wild as the birds, at home in the high piney summits, in the craggy, murmuring, lonely places, with the crash of torrents, and the somber majesty of the mountain range of Cadi, a land propitious in legends and in banditry. He was twelve years old when he found himself in the Abbess' power. Putting her protective hand on the lad's head, she said to him in a serious and kindly manner:

"Son, the Lord has favored you from a tender age, making it your destiny, no matter how undeserving you may be, to serve in this house. This is a great honor for you and not everyone at your age stumbles upon such sinecures. Prove to us that you deserve God's favor and that you can carry on your grandfather's good name."

Pepet miró á la madre abadesa con espanto. No comprendía lo que aquello significaba, aunque su instinto le dió á entender que se hallaba bajo el dominio de aquellas señoras pálidas y de fantástico aspecto, cubiertas de blancos paños y de negras tocas. Quiso protestar; pero no tuvo voz ni valor para ello.

La primera noche que pasó en el convento tuvo calentura y pesadillas horribles, en las cuales giraron en su cerebro las pálidas caras de ojos mortecinos, desabrido sonreir y glacial aspecto. Aquel andar suave y vagoroso por los cláustros y coro sin que se sintieran los pasos infundíale más pavor que respeto. El susurro de sus apagadas voces, semejante al gotear de una fuente lejana, le hacía temblar. Pero los días pasaron y aquella primera impresión penosa se calmó, llegando el inocente niño á ver sin miedo á las religiosas y á considerarlas como una señoras muy buenas, infinitamente mejores que cuantas hembras de una y otra clase había visto en su corta vida.

Pepet se adiestraba en su oficio bajo la dirección de un sacristán suplente traido para aquel objeto de Nuestra Señora del Cláustro, hombre sesudo y riguroso, á quien llamaban por apodo Fray Tinieblas. De seguro habría tratado mal al neófito por envidia de sus altos destinos sacristaniles, si las monjas no lo impidiesen, manifestando al chico la protección más decidida.

Los conocimientos y la práctica de Pepet adelantaron rápidamente, y la madre abadesa, que desde el coro atisbaba los primero trabajos del predestinado niño, decía para sí con gozo:

--Este tierno arbolito será digno sucesor de aquel tronco robusto que se llamaba José Armengol.

A los dos meses de hallarse en San Salomó, presenció Pepet un espectáculo que produjo en su alma sensaciones muy hondas y patéticas. Era un día de gran solemnidad. La iglesia resplandecía como un ascua de oro, siendo tantas las luces, que él solo recordaba haber encendido más de doscientas. Debía correr la estación primaveral, porque los altares estaban llenos de frescas y olorosas flores que embriagaban el sentido. Llenábase la estrecha nave de fieles, que pugnaban por hallar un hueco y se estrujaban unos contra otros. El señor obispo, acompañado de un mediano ejército de canónigos y racioneros, había subido al altar mayor y entrado en la sacristía. Deslumbradoras ropas llenas de encajes, oro, pedrerías, cubrieron los encorvados hombres, y sonaron en el coro melodiosos cantos de órganos combinados con la dulcísima voz de las monjas. Pepet miraba y oía con

Pepet looked at the Abbess, frightened. He didn't understand what all that meant although instinct told him that he was under the authority of the pale, ghostly-looking ladies covered with white woolen cloth and black wimples. He tried to protest but his voice failed him and he lacked the courage to do it.

The first night that he spent in the convent he had a fever and horrible nightmares. Pale faces with fading eyes, insipid smiles, and icy appearance spun around in his head. Their manner of walking--softly wandering through the cloisters and choir without their footsteps being heard-- instilled more fear than respect in him. The murmur of their muffled voices, similar to the dripping of a far off fountain, made him tremble. But the days passed and that first distressing impression abated and the innocent child began to see the nuns without fear and to think of them as very good ladies, infinitely better than all the females of one kind or another than he had seen in his short life.

Pepet trained for his profession under the direction of the substitute sacristan, brought for that purpose by Our Lady of the Cloister, a strict, wise man whom all called by the nickname Friar Tenebrae.[2] Surely he would have treated the neophyte badly, out of envy because of his high sacristan destiny if the nuns had not stopped him, demonstrating the most decided protection for the child. Pepet's knowledge and training progressed rapidly and the Abbess who spied on the first labors of the predestined child from the choir said to herself joyfully:

"That tender young tree will be a worthy successor to that robust trunk named Jose Armengol."

After two months of being in San Salomó, Pepet witnessed a spectacle that produced very deep pathetic feelings in his soul. It was a day of great solemnity. The church glittered like a diamond and there were so many lights that all he could remember was having lit more than two hundred candles. It must have been springtime because the altars were full of fresh, fragrant flowers whose smell was intoxicating. The narrow nave was filled with the faithful who struggled to find an empty space and they were squeezed one against the other. The Lord Bishop, accompanied by an average sized army of canons and prebends, had climbed to the high altar and had entered the sacristy. Dazzling clothing with lace, gold, and precious stones covered the stooped men and melodious organ music combined with the sweet, sweet voices of the nuns. Pepet looked and listened with delight,

embeleso sintiendo su alma en estado de arrobamiento y exaltación, porque su fantasía simpatizaba de un modo extraordinario con las cosas solemnes, ruidosas y misteriosamente bellas.

Pero el estupor del sacristán en ciernes llegó á su colmo al ver que entre la fila de monjas arrodilladas en la delantera del coro apareció una joven de sorprendente hermosura. Vestía las fastuosas ropas del siglo que jamás había visto él en tan lóbregos sitios. Lujosas pedrerías adornaban su garganta y orejas, y sobre sus hombros caían con admirable majestad y gracia los más hermosos cabellos negros que se podían ver en el mundo. Su divino rostro estaba tan pálido como la cera de la encendida vela que en la mano sustentaba. No alzaba del suelo los ojos, no movía ni las cejas ni los descoloridos labios, ni las negras pestañas que velaban sus miradas como vela el pudor á la hermosura, ni parte alguna de su cuerpo. Parecía una estátua, una mujer muerta; pero que acababa de morir en aquel mismo instante y se conservaba derecha y de rodillas por milagroso don.

El obispo echó muchos latines, y todos echaron latines, incluso Pepet que también había aprendido sus latines sin saber lo que querían decir; y el órgano seguía cantando como una endecha tierna y dulce, semejante á canción de amores ó al acordado ritmo de flautas pastoriles en las soñadas praderas de la égloga. El pueblo gemía lleno de admiración ó quizás de lástima. Estaban todos en lo más serio de los latines, de la música y de los gemidos, cuando Pepet vió que rodearon á la hermosa doncella que parecía muerta; quitáronle sus joyas; arrancaron de su seno las flores que lo adornaban y que ni aún en el mismo tallo natal habrían estado más bien puestas, y después . . . Pepet sintió que la sangre ardía en sus venas . . . oyó el rechinar de unas tijeras. ¡Horrible, feroz atentado! ¡Le cortaban los cabellos! . . . Los tijeretazos que arrancaban una tras otra guedeja, destrozaron el corazón del pobre rapaz . . . sintió que su alma minúscula se llenaba de una cólera sofocante, irresistible, volcánica, sintió una angustia mortal, y sin saber cómo, dió un salto y lanzó un terrible grito, diciendo:

—¡Brutos! . . . ¡pillos!

Hubo pequeña alarma, y le recogieron del suelo, porque había perdido el conocimiento. El obispo se echó á reír, y los demás también. Repuesto de su desmayo, Pepet salió de la sacristía donde le había metido Tinieblas. Desde aquel momento sintió que su espíritu entraban de rondón muchas ideas nuevas, y que su conciencia empezaba á sacudirse y á resquebrajarse como un gran témpano que se

his soul in a state of ecstasy and exaltation. His imagination was extraordinarily taken with the solemn, noisy, beautiful things.

But the sacristan's blossoming stupor reached its limit when he saw among the nuns kneeling in the front row a young woman of surprising beauty. She wore the most lavish worldly clothes that he had ever seen in that gloomy place. Luxurious precious stones adorned her throat and ears and over her shoulders fell with admirable majesty and grace the most beautiful black hair that this world has even seen. Her divine face was as pale as the wax in the burning candle she held in her hands. She did not lift her eyes from the ground nor did she move her eyebrows or her pale lips, nor the black eyelashes that kept watch over her eyes just as modesty keeps watch over beauty. She looked like a statue, a dead woman who, having just died at that very instant, remained upright and kneeling through some miraculous gift.

The bishop recited a bunch of Latin and everybody recited Latin, including Pepet, who had also learned his Latin without knowing what it meant. The organ continued singing like a tender and sweet *endecha*[3], like a love song, or the harmonized rhythm of pastoral flutes in the dreamy meadows of the eclogue. The people were moaning full of admiration or perhaps out of pity. They were in the most serious part of the Latin, the music and the moans when Pepet watched them surround the beautiful maiden who looked dead. They took off her jewels, they pulled from her bosom the flowers that adorned it, and which, not even on the very stem where they were born, would they have been better placed and then . . . Pepet felt his blood burning in his veins . . . he heard the snipping of scissors. A horrible, fierce attack. They were cutting her hair! The snips that were cutting off her long tresses one after the other destroyed the poor lad's heart . . . he felt that his miniscule soul was filled with a suffocating, irresistible volcanic rage. He felt a mortal anguish, and without knowing what he was doing, he jumped up, uttered a terrible shout, saying:

"Brutes! Scoundrels!"

There was a little alarm and they picked him up off the ground because he had lost consciousness. The bishop started to laugh and so did everyone else. Having recovered from his fainting spell, Pepet left the sacristy, where Tenebrae had put him. From that moment on, he felt that new ideas had entered his soul without warning and that his conscience was beginning to shake and crack like a

deshiela. Oyó con indiferencia las palabras huecas de un canónigo que subiera al púlpito para suplicar á todas las jóvenes solsoneses allí presentes que imitaran el ejemplo de la gentil y noble doncella, que había dejado el regalo de su casa y el cariño de sus padres para desposarse con Jesús, aceptando la vida de humildad y de penitencia que estos celestiales desposorios traen consigo. La hermosa doncella que había tomado el velo era Doña Teodora de Aransis y Peñafort, sobrina del conde de Miralcamp.

Poco después de este suceso Pepet cayó gravemente enfermo de pertinaces calenturas; véase cómo. Las madres de San Salomó, que comprendían cuán necesitada de esparcimiento y de solaz es la niñez, permitían á su acólito que fuese todos los días á jugar con los demás chicos del pueblo, los cuales tenían costumbre de congregarse al filo del Mediodía en la ribera del río Negro, por ser este el sitio donde con más libertad se entregaban al goce de sus diabluras y al juego de tropa que era su mayor delicia. Allí organizaban ejércitos con espadas de caña y sombreros de papel; allí asaltaban formidables plazas, defendían castillos, se destrozaban á cañonazos (entiéndase pedradas) conquistando lauros inmortales y ganando gloriosísimas contusiones, tras de las cuales venía la zurribamba que en sus casas le administraban los enojados padres ó el maestro de escuela.

Al poco tiempo de darse á conocer Pepet en aquella sociedad militar, donde se estimaban en su justo valer las prendas del soldado, empezó á desplegar las más eminentes dotes. Tenía el condenado muchacho ese singular don de prestigio que aparece frecuentemente en la niñez como anuncio de una superioridad futura. Algunas veces desaparece, y los que de chicos fueron leones al crecer se vuelven pollinos. Pepet era atrevido, daba grandes porrazos, no perdonaba las faltas de disciplina, sacaba de su cabeza las más admirables invenciones en cuanto á plan de batallas y pedreas, y resolvía gallardamente todas las disputas ya fuesen personales ó de antagonismo entre los distintos cuerpos de ejército. A todo atendía con prudencia suma; por todo velaba; era astuto en las exploraciones, heróico en los encuentros, prudente en las retiradas, previsor en todos los casos. Si se trataba del aprovisionamiento de las plazas, nada se hacía sin Pepet, que al ver á sus bravos soldados faltos de vituallas, dirigía admirablemente el merodeo de frutas en las huertas del río ó el saqueo de una cabaña cuando estaban ausentes los dueños. Muchos palos y tirones de orejas ganaban a todos á veces en estas guerreras trapisondas; pero las más veían

great melting iceberg. He heard with indifference the hollow words of a canon who had climbed into the pulpit to ask all the young girls of Solsona there present to imitate the example of the gentle maiden who had left the comfort of her home and parental love to become Jesus' wife, accepting a life of humility and penitence that these celestial marriages bring with them. The beautiful maiden who had taken the veil was Dona Teodora de Aransis y Penafort, niece of the Count of Miralcamp.

Shortly after this event, Pepet fell gravely ill with persistent fevers. Here is what happened: the nuns of San Salomó, who understood how necessary relaxation and recreation are in childhood, allowed their acolyte to go every day to play with the other children in the town, who usually congregated on the stroke of twelve on the bank of the Black River, this being the site where they were most at liberty to play soldier, which was their major entertainment. There they organized armies with cane swords and paper hats; there they stormed formidable strongholds, defended castles, fired cannons (translation: they threw stones), winning immortal laurels and earning glorious, glorious bruises after which came the thrashing administered in their homes by angry parents or the schoolmaster.

Shortly after Pepet was admitted to that military society, where soldier-like qualities were valued, he began to display eminent gifts. The poor boy had a singular gift of command that appears frequently in childhood as a sign of future superiority. Sometimes it disappears and those who were lions as children turn into chickens when they grow up. Pepet was bold. He dealt out great blows. He did not pardon insubordination. He thought up admirable battle plans and inventions for fighting with stones and he resolved all disputes gallantly, whether personal or antagonistic, among the different army corps. He attended to everything with greatest prudence. He looked after everything. He was astute in reconnaissance, heroic in skirmishes, prudent in retreats, farsighted in all situations. If it was a matter of supplying provisions for the strongholds, nothing was done without Pepet, who upon seeing his brave soldiers lacking provisions, admirably directed the marauding of fruit from the orchards by the river or the sacking of a cabin when the owners were gone. Everyone at some time or the other deserved a beating or having his ear tweaked in that war-like to-do but most of them considered their labors well compensated by the abundant harvest from the vines laden with bunches of grapes, the pear trees and the peach trees.

recompensadas sus fatigas con el abundante esquilmo de las parras llenas de racimos, de los perales y de los melocotoneros.

Pepet no ascendió á general; lo fué desde el primer momento, porque su natural intrepidez y la energía de su carácter púsole desde luego en aquel elevado puesto, donde se habría conservado con asombro y orgullo de ambas riberas si no atajaran sus pasos gloriosos las calenturas. El río Negro, con sus verdosos charcos, era un foco de miasmas palúdicos. Muchos días pasó el chico entre la vida y la muerte; pero Dios primero y los cuidados de las buenas madres le salvaron.

Vivía el pobrecito general en compañía de Tinieblas en la habitación sacristanesca, pieza espaciosa y abovedada que estaba debajo del altar mayor. Había una puerta que comunicaba esta pieza con el cláustro del convento, y aunque la regla mandaba que esta puerta estuviera siempre condenada, y bien lo decían sus gruesos barrotes y candados, las madres la tenían abierta durante el día y por ella entraban en la vivienda de Pepet con ánimo de asistirle. Merecía disculpa y aún perdón esta falta cometida con fines tan caritativos. La madre abadesa y Sor Teodora hacían la buena obra con solicitud y piedad.

La convalecencia de Pepet fué muy larga y penosa. Estaba pálido y delgado como un cirio; sus ojos se habían agrandado tanto que parecía que ellos solos ocupaban la cara. Apenas podía andar, y la buena Teodora de Aransis y la excelente Sor Angela de San Francisco le sostenían cada cual por un brazo para que paseara un poco por el cláustro y la huerta en las horas de sol. Sentábanle en un banco y allí pasaba largos ratos con la mirada fija en el suelo, las manos cruzadas. Fortalecido al fin, buscaban las madres algo que le entretuviese, pues nada es tan necesario á los muchachos enfermos y decaídos como un juguete ó pasatiempo cualquiera que les distraiga y alegre los espíritus. La madre Teodora, que en lo compasiva y generosa ganaba á todas las habitantes de San Salomó, lo mismo que les superaba en gracia y belleza, le dijo un día hallándose con él en el cláustro:

--Pobre Pepet, siento mucho que no tengamos en la casa un mal juguete con que puedas vencer tu tristeza.

Pepet sonrió, mirándose en los hermosos ojos de la monja, que cual espejos negros le fascinaban:

Pepet was not promoted to general; he was a general from the very first moment because his natural boldness and energy put him, of course, in that elevated position, where he would have remained to the amazement and pride of both banks of the river if his fever had not cut short his glorious deeds. The Black River, with its greenish pools, was a focal point of malarial miasmas. The boy spent many days between life and death but God and the care of the good mothers saved him.

The poor little general lived with Tenebrae in the sacristan's spacious, vaulted room that is beneath the high altar. A door connected this room with the cloister of the convent and although the rules stated that it was always to be boarded up as its thick bars and padlocks clearly indicated, the mothers kept it open during the day and through it they entered Pepet's dwelling for the purpose of helping him. This mistake committed for such charitable ends deserved forgiveness and even pardon. The Abbess and Sister Teodora did the good deed piously and with solicitude.

Pepet's convalescence was long and painful. It left him pale and thin as a candle. His eyes had gotten so big, it seemed that they alone filled his face. He could hardly walk and good Teodora de Aransis and the excellent Sister Angela de San Francisco held him up by supporting him under his armpits so that he could stroll for a while through the cloister and the garden during the daylight hours. They sat him on a bench and there he spent long periods of time staring at the ground, his hands folded. Fortified at last, the mothers looked for something to entertain him since there is nothing sick, weak children need more than a toy or some pastime to take their minds off their illness and cheer them up. Mother Teodora, who surpassed all the inhabitants of San Salomó in compassion and generosity, just as she surpassed them in grace and beauty, said one day, when she was with him in the cloister:

"Poor Pepet. I am very sorry that we don't have any toys in the house to take your mind off your troubles."

Pepet smiled, looking at himself in the nun's beautiful eyes that fascinated him like black mirrors.

"What do you want? Tell me and I will see if I can get it for you," added the nun with sweet kindness. "You are very sad . . . What do you want?"

--¿Qué deseas tú? Dímelo y veré si puedo proporcionártelo --añadió la religiosa con dulce bondad. --Tú estás muy triste... ¿qué deseas?

Pepet callaba, sin dejar de mirarla con una fijeza parecida al éxtasis. Interrogado de nuevo, murmuró...

--Yo deseo... sí, señora; yo deseo...

--¿Qué?

--Un tambor--repuso el chico con firmeza.

La monja se echó á reir.

--Ya sé que eres muy guerrero--dijo--pero en esta casa no tenemos nada de eso. Sería bueno que se oyera aquí ruido de tambores... Que se te quite eso de la cabeza, pobre Pepet... ¿Quieres que te haga un sombrero de papel y una espada de caña para que te pasees por la huerta como un general?

Sin esperar contestación, la de Aransis corrió á su celda con andar vivaracho, y al poco rato regresó, trayendo un sombrero hecho del papel que se usa para poner pastas al horno, y una espada de caña. Dando ambas prendas á Pepet, le dijo con orgullo:

--En un momento lo he hecho... ¿No es verdad que está bien?

Pepet no hizo movimiento alguno para constituirse en propietario de aquellos enseres marciales. Permitió que Sor Teodora le pusiera el gorro; pero sus ojos relampaguearon, y rechazó la espada diciendo:

--La espada que yo deseo no es de caña, sino de hierro.

Pepet said nothing, continuing to stare at her almost in ecstasy. Asked again, he murmured:

"I want . . . yes ma'am . . . I want . . ."

"What?"

"A drum," replied the boy firmly.

The nun began to laugh.

"I know that you are quite a warrior," she said, "but in this house we can have none of that. Wouldn't it be great if drum rolls were heard here! Get that idea out of your head, Pepet . . . Do you want me to make you a paper hat and a cane sword so that you can stroll around the garden like a general?"

Without waiting for an answer, she ran to her cell at a sprightly gait and shortly she returned bringing a hat made out of the paper that they used to put dough in the oven and a cane sword. Giving both gifts to Pepet, she said to him proudly:

"I made them in just a moment. They are good, aren't they?"

Pepet made no move to take that martial equipment. He let Sister Teodora put the hat on him but his eyes flashed and he rejected the sword, saying:

"The sword I want is made of iron, not cane."

CAPITULO TRES

Pepet se curó por completo. Pasaron años y el muchacho crecía, y en el convento se desarrollaba placentera y sosegada la vida de las monjas. Con los años fué desplegando Armengol tan buenas aptitudes para aquel edificante servicio, que al fin quedóse solo y despidieron como inútil á su maestro fray Tinieblas, de Nuestra Señora del Cláustro.

Fiel á sus deberes, respetuoso con las madres, puntual en las ocasiones, celoso en los servicios, riguroso con los fieles, fanático por la religión, Pepet era un modelo de sacristanes. Su carácter adusto y reconcentrado, su trato más bien taciturno que amable, la aspereza de sus palabras no eran realmente defectos en aquel difícil puesto. Su formalidad era objeto de grandes alabanzas, y había olvidado los ruidosos juegos de su infancia. Jamás se le vió en tabernas ni en sitios malos, ni gastó palabra en disputas, ni dinero en francachelas, ni el tiempo en cosas frívolas, agenas al cuidado y custodia de su querida iglesia. De esta manera llegó a los diez y ocho años, siendo su salud perfecta, su vida triste y metódica, su castidad absoluta.

Era Pepet de cuerpo más bien pequeño que mediano, de enjutas carnes, complexión acerada y movimientos fáciles. Su rostro no tenía gracia alguna, á no ser la fijeza y vivacidad de la mirada, la cual, dotada de gran potencia distinguía los objetos más lejanos con tanta seguridad que antes parecía adivinarlos que verlos. Sus cejas eran corridas y juntas, formando un ceño poco apacible y que á veces infundía miedo. Tenía la tez terrosa, los labios gruesos, buenos dientes, la barba rayada por una cicatriz que ganó en río Negro, y la frente ancha y rodeada de

CHAPTER THREE

Pepet was completely cured. Years passed and the boy grew and in the convent the nuns' lives went along pleasantly and calmly. As the years passed Armengol showed such good gifts for that edifying service that finally he was left all alone and they dismissed his teacher, Fray Tenebrae, from Our Lady of the Cloister as he was no longer needed.

Faithful to his duty, respectful to the nuns, punctual on all occasions, strict with the faithful, fanatical about religion, Pepet was a model sacristan. His harsh, withdrawn character, his personality--more taciturn than amiable--and the roughness of his words were not really defects in that difficult position. His seriousness was the object of great praise. He had forgotten the noisy games of his childhood. He was never seen in taverns or bad places nor did he waste words in disputes, nor money on having a good time nor time on frivolous things having nothing to do with the custody and care of his beloved church. Thus when he turned eighteen he was in perfect health. His life was sad and methodical; his chastity, absolute.

Pepet's body was much smaller than average, skinny, with easy movements and an iron constitution. His face would have had no grace whatsoever, had it not been for his lively, staring eyes that were very powerful. He could see the farthest objects with such certainty that it seemed that he guessed them rather than saw them. His eyebrows were joined, forming an angry scowl that at times inspired fear. He had an earth-colored complexion, thick lips, good teeth, a chin striped by a scar that he got in the Black River, a wide forehead, surrounded by hair that was

cabellos negros y duros como crines. Su cuerpo de una agilidad pasmosa no conocía dificultades para subir, encaramarse, deslizarse, saltar, escabullirse, doblarse y hacer los más estupendos equilibrios, como no sin susto podían observar todos los años las señoras monjas cuando se armaba el monumento.

A los diez y ocho años ganó Armengol el nombre que puso en olvido el que le dieran en el bautismo. Fué este culminante suceso del modo siguiente. Ya se sabe que desde aquella feroz acometida que dieron los franceses de Napoleón al convento en 1810, perdió éste muchas cosas preciosísimas que en diversos órdenes atesoraba: en este número de joyas perdidas y jamás recobradas estaban las campanas. No tenía, pues, San Salomó en tiempo de Pepet Armengol más que un menguado esquilón que servía para dar los toques canónicos, llamar á misa y echar de tiempo en tiempo algún repiqueteo que era objeto de punzantes bromas en todo Solsona. "Ya suena el almirez de las madres," decían, ó bien: "Hoy tienen fiesta las monjas cascabeleras." Un día que pasaba Pepet por la plaza, una mujer le dijo: "Adios, señor *Tilín*."

Y desde aquel día cuando el joven iba solo y meditabundo como de costumbre por la calle de la Sombra, los chicos, escondiéndose detrás de una esquina y asomando la carilla burlona, gritaban: ¡*Tilín, Tilín*!, y apretaban á correr enseguida para librar sus nalgas de la venganza del ofendido.

No se sabe cuál es la misteriosa ley que divulga los nombres postizos y los fija y los esculpe y les da una perpetuidad que en vano pretenden las sentencias más graves de los filósofos. No se sabe cómo fué; pero ello es cierto que desde entonces Pepet Armengol no tuvo otro nombre que Tilín, y Tilín se llamó toda su vida.

No se sabe tampoco cómo penetran en los conventos las noticias, las novedades y aún las hablillas y picardihuelas del mundo; pero es lo cierto que penetran, sí, en aquellos santuarios de recogimiento y ascetismo, porque para la atmósfera moral como para la física no se conocen puertas. Una tarde detuvo á Pepet en el cláustro la madre Teodora de Aransis, á quien él tributaba desde su enfermedad culto ardentísimo de gratitud y admiración. Sonriendo le dijo la buena religiosa:

—Tilín, dame un poco de cera para pegar unas flores. ¿Qué haces, Tilín? ...¿No oyes lo que te digo?... Anda pronto, Tilín.

Desde este momento Pepet se resignó con su nuevo bautismo.

as black and coarse as a horse's mane. His body was amazingly agile and he had no difficulty climbing, jumping, slipping away, doubling himself over, and doing the most marvellous acrobatics, as the nuns observed in horror every year when he put up the temporary altar.

At the age of eighteen, Armengol got a name that erased from all memory the one that was given him at his baptism. This culminating event occurred in the following way: It is well known that as a result of that ferocious attack by Napoleon's Frenchmen in 1810 the convent lost many very valuable objects of various kinds that it had hoarded. Among the numerous jewels that were lost and never recovered were the bells. Thus, in Pepet Armengols' time, San Salomó had only one paltry large bell that was used to ring the canonical hours, to announce mass, and to send forth from time to time a lively peal that was the object of caustic jokes throughout all Solsona. "The nuns' minaret is ringing now," they would say, or better yet: "Today, the bell-jingling nuns are having a party." One day when Pepet was walking through the main square, a woman said to him: "Hello, Mr. Ting-a-Ling."

From that day on, when the young man was walking down Shadow Street alone and pensive, as was his custom, the kids, hiding around the corner and peeping at him, making faces would shout: "Ting-a-ling. Ting-a-Ling" and they broke into a run immediately to save their buttocks from the offended person's vengeance.

No one knows what mysterious law spreads nicknames, makes them stick and carves them in stone. The most serious judgments of philosophers try in vain to change them. No one knows how it happened; but what is certain is that from then on Pepet Armengol had no other name than Ting-a-ling and he was called Ting-a-ling the rest of his life.

Nor do we know how news, the latest fashions, and even the gossip and mischievous little tricks of secular life get in those sanctuaries of seclusion and asceticism, but they certainly do get in because the moral as well as physical atmosphere knows no doors. One afternoon Mother Teodora de Aransis stopped Pepet in the cloister. Ever since his illness, Pepet paid her the most ardent homage of gratitude and admiration. Smiling, the good nun said to him:

"Ting-a-ling, give me a little wax to make these flowers stick. What are you doing, Ting-a-ling? Didn't you hear what I said? Hurry up, Ting-a-ling."

El capellán de San Salomó, hombre instruido y amigo de las letras, había puesto particular cariño á su acólito y quiso enderezarle por el camino de la iglesia docente. La tentativa no tuvo resultado y Pepet mostróse tan rebelde al latín, que Mosén Crispí de Tortellá diputó á su protegido como el más torpe y záfio de los hombres. No obstante Tilín cobró grandísima afición á los libros del capellán, y se pasaba largas horas en la excelente biblioteca de éste leyendo obras de historia, que eran las que sobre todo lo escrito le enamoraban. Reprendíale Mosén Crispí por su antipatía á los poetas y á los teólogos; pero Tilín, firme en sus gustos como todo aquel que los tiene de veras y desconoce el capricho, estrechaba más y más su exaltado consorcio con Plutarco, Solís, Tito Livio, Masdeu, Mariana y todos aquellos que hablaran mucho de guerras, trapisondas, matanzas, heroicidades, asaltos y acometidas.

Durante aquel tiempo hízose su carácter más sombrío y taciturno y empezó á padecer tan lamentables distracciones que las madres le dieron quejas acerca de ciertos detalles en el servicio de la iglesia. Durante tres, cuatro ó quizás cinco años (pues no hay gran exactitud en las fechas anteriores á la presente historia) prosiguieron las horas taciturnas de Tilín, así como los quejumbrosos murmurios de la madre abadesa y los fruncimientos de cejas de Sor Teodora de Aransis á causa del mal servicio. Ésta solía amonestarle suavemente en tono de madre á hijo, aunque la diferencia de edad entre ambos no pasaba de diez años que debían cargarse en la cuenta de la siempre hermosísima monja; y un día que halló coyuntura para decirle cosas que há tiempo meditaba, le habló en la huerta de esta manera:

--Tilín, tu conducta no es la de un buen sacristán, no es tampoco la de un hombre agradecido. La madre abadesa ha dicho que si sigues descuidándote en el servicio de la iglesia se verá precisada á ponerte en la calle.

Tilín se extremeció y con muestras de espanto repuso:

--¡Me echará la señora!

--No lo sé . . . quizás no. Yo espero que te portarás bien.

--¡Portarme bien!--exclamó Tilín con sarcaso--¿y qué llaman portarme bien?

--Hacer todas las cosas al derecho y no equivocarse en la misa, y tener bien limpio todo el metal, y no dejar la mitad de las luces sin encender, y hacer todo

From that moment on, Pepet was resigned to his new baptismal name.

The chaplain of San Salomó, a well-educated man and a friend of Letters, had become particularly fond of his acolyte and wanted to put him on the path to a religious education. The attempt produced no results and Pepet resisted Latin so that Mosen Crispin de Tortella deemed his protege the dullest and most uncouth of men. Nevertheless, Ting-a-ling took a very great liking to the chaplain's books and he spent a good long time in the chaplain's excellent library reading works of history, which were the ones that he loved best of all. Mosen Crispin reprimanded him for his dislike for poets and theologians. Ting-a-ling, steadfast in his tastes like anyone who really has them and knows no caprice, narrowed even more his extreme association to Plutarch, Solis[1], Titus Livius, Masdeu[2], Mariana[3], and anyone who talked a great deal about wars, plots, massacres, heroic deeds, assaults, and attacks.

During that time, his character became more sullen and taciturn and he began to be so absentminded that the mothers complained about certain careless mistakes in the church services. For three, four, or perhaps five years (since there is not a great deal of accuracy in the dates prior to the present story), time went on--taciturn for Ting-a-ling, the abbess whined and murmured and Sister Teodora de Aransis frowned on account of the bad service. The latter would usually reprimand him softly in the tone of mother to child, although there was not ten years difference in age between the two of them. The ever beautiful nun must have realized this. One day when she found the opportunity to tell him things that she had been thinking about for some time, she spoke to him in the garden in the following manner:

"Ting-a-ling, your conduct is not that of a good sacristan nor is it that of a grateful man. The abbess has said that if you continue neglecting the church services, she will have to throw you out."

Ting-a-ling trembled in fear and he replied:

"She will throw me out."

"I don't know . . . Perhaps not. I hope you will behave yourself."

"Behave myself!" Ting-a-ling exclaimed sarcastically. "And what do they call behaving myself?"

"Doing everything right and not making mistakes at Mass and having all the metal good and clean and not leaving half the lights unlit and doing everything

como lo hacía el buen Tilín de otros tiempos, que era como un oro, cuidadoso y puntual.

--El otro Tilín . . .--murmuró Pepet como si estuviera lelo.--¡Ay! aquel era un niño y yo soy un hombre.

--¡Un hombre! ¡Ah! ¿por qué no completas la idea? ¿por qué no dices "un ambicioso"?

--Señora--afirmó Tilín con súbita energía que asustó á la hermosa monja.--Yo sacristán es lo mismo que el Demonio con casulla . . . Se acabó, se acabó . . .

--¡Ah, tunante!--replicó Teodora de Aransis con emoción.--De ese modo tratas á las pobres monjitas que te han criado? ¡Qué ingratitud! . . .

--Señora, yo no sé lo que digo--manifestó Pepet pasando la mano por su ancha frente, semejante á una convexa placa de bronce rodeada de crines.--Hace tiempo que me siento como loco, tonto, maniático ó no sé qué . . . Yo no puedo olvidar lo que debo á las buenas madres . . . yo no quiero dejar esta casa; pero yo quiero . . . yo deseo probar que Tilín sirve para algo más que para sacristán de monjas.

--Tilín, tú eres un ambicioso, un alucinado, un pecador que está sediento, sí, con la abrasadora sed del mundo--dijo la madre tomando tanto interés en aquel tema que sus mejillas se tiñeron de ligero rosicler.--Tú estás dominado por Satanás que te quiere arrastrar al mundo, al pecado. Tu alma se pierde, Tilín; que se pierde tu alma . . . Cuidado, detente, cuidadito, hijo mío . . . Por ser ambicioso como tú, un hermano mío á quien quise y quiero con toda mi alma, ha sido muy desgraciado. Abandonó la casa de mis padres, metióse en las bullangas del mundo y hoy le tienes emigrado, pervertido por el jacobinismo. Es al mismo tiempo el amparo y el tormento de mi anciana madre.

Cruzó las manos como si suplicara y parecía que de sus enrojecidos ojos iban á salir lágrimas.

--¿Qué deseas tú, qué quieres?--añadió.--¿Cuál es tu ambición? ¿Quieres ser rico, quieres ser poderoso?

--No.

--Si no estuvieras en esta santa casa ¿qué posición, qué oficio elegirías tú?

Tilín irguió su cabeza, y echando lumbre por los ojos exclamó prontamente:

--El de soldado, el de guerrero.

the way good old Ting-a-ling used to do it in the past when he was worth his weight in gold, when he was careful and punctual."

"The other Ting-a-ling," muttered Pepet as if he were a ninny. "Oh! That was when I was a child and now I am a man."

"A man! Oh! Why don't you finish your thought? Why don't you say a man with ambitions?"

"Madam," Tingn-a-ling stated with sudden energy that frightened the beautiful nun. "Me--a sacristan is the same thing as the devil with a chasuble . . . That's it, that's all."

"Oh, you rogue!" replied Teodora de Aransis emotionally. "That is how you treat the poor nuns who raised you? What ingratitude! . . ."

"Madam, I don't know what I'm saying," Pepet declared, using his hand to wipe his wide forehead, that looked like a convex bronze plate surrounded by horsehair. "For some time now I have felt sort of crazy, foolish, strange, or something . . . I cannot forget what I owe the good mothers . . . I don't want to leave this house; but I want . . . I wish to prove that Ting-a-ling can be something more than just a sacristan for nuns."

"Ting-a-ling, you are an ambitious person, you are suffering from hallucinations. You are a sinner who is thirsty, yes indeed. You have a burning thirst of secular life," said the nun, warming so much to her subject that her cheeks became tinged a light rosy hue of dawn. "You are controlled by Satan who wants to drag you down to secular life, to sin. You will lose your soul, Ting-a-ling, your soul will be lost. Watch out. Stop. Be very careful, my son . . . Because a brother of mine, whom I loved and do love with all my heart, and who was ambitious like you, has been most unfortunate. He abandoned my parents' house, got involved in the mixed-up affairs of the world and today has emigrated, perverted by Jacobinism. He is at the same time the comfort and torment of my elderly mother."

She folded her hands as if she were begging and it looked like tears were going to drop from her red eyes.

"What do you wish, what do you want," she added. "What is your ambition? Do you want to be rich? Do you want to be powerful?"

"No."

--¡Ah!--exclamó burlonamente Sor Teodora de Aransis, arrancando unas hojas de sándalo y oliéndolas.--¿Con que lo que te gusta es matar gente? . . . ¡Bonito oficio! ¡Oh! se puede ser guerrero y santo al mismo tiempo. Ahí tienes á San Fernando, á San Jorge, á San Luis. En el mismo cielo hay milicias angélicas de que es capitán el gloriosísimo San Miguel.

La expresión profundamente desconsolada del rostro de Pepet indicaba que no era su deseo figurar en las milicias del cielo, sino en las de la tierra.

--Yo soy un desgraciado que delira despierto--murmuró con desaliento.--Si usted me promete no reirse, yo le contaré todo lo que pienso y siento, cosas que ciertamente la maravillarán, haciéndole sentir por mí . . . no sé si diga interés ó lástima.

--Quizás las dos cosas. Ya te escucho.

La monja se sentó en un banco de piedra. Pepet en una carretilla de trasportar tierra.

"If you were not in this holy house, what position, what trade would you choose?"

"Soldier, guerrilla."

"Oh!" Sister Teodora de Aransis exclaimed, mockingly, pulling off a few leaves of sandalwood and smelling them. "So you would like to kill people? . . . Nice profession! Oh! One can be a warrior and a saint at the same time. There's St. Ferdinand, St. George, St. Louis. In Heaven itself there are angelic militia and the most glorious St. Michael is captain."

The deeply distressing expression on Pepet's face indicated that it was not his desire to be in Heaven's militia but in Earth's.

"I am a poor devil who is sleepwalking," he muttered in discouragement. "If you promise not to laugh, I will tell you everything that I think and feel, things that certainly will amaze you and will make you take--I don't know if I should say an interest in me or pity on me."

"Perhaps both things. I'm listening."

The nun sat down on a stone bench, Pepet on a wheelbarrow used to carry trash.[4]

CAPITULO CUATRO

--Yo, señora--dijo Tilín--no tengo vocación para la Iglesia ni para estar metido entre monjas. Desde muy niño, y cuando andaba solo por los montes de Cadí saltando de peña en peña y descolgándome por los precipicios y trepando á los picachos y metiéndome en las cuevas donde se esconden las bestias feroces y vadeando torrentes y rompiendo jaras y malezas como el jabalí que se abre paso con los dientes; desde entonces, señora madre, yo no tenía más que un pensamiento . . . ¿cuál? pues meter ruido en el mundo. Me parecía que yo estaba destinado á hacer trastornos, á luchar . . . y vencer se entiende; todas mis trapisondas había de concluir con vencer, poniendo bajo mis piés á los pillos que no habían querido reconocer mi grandeza.

La monja sonreía.

--Ya sé que la señora se reirá de mí. Es natural; ¡cosas de chiquillos! Dicen que todos los chiquillos sueñan como yo soñaba, aunque cada cual según sus gustos; aquel sueña con verse obispo echando bendiciones, el otro con verse en un teatro representando comedias. A mí nunca me dió por tales simplezas, sino por arremeter espada en mano contra mucha gente y destrozarla y poner mi ley sobre todas las leyes . . . Después he ido conociendo bastante el mundo, y á veces me he reido un poquillo, como la señora se está riendo ahora . . . Pero ¡qué triste es reirse uno mismo de sus propias cosas, de todo aquello que ha soñado y visto en la niñez! . . . Muchas cosas que eran grandes se han vuelto chicas delante de mis ojos . . . Yo he crecido, yo he llegado á hombre y todavía sueño. No, no nací yo

CHAPTER FOUR

"Madam," said Ting-a-ling," I have no vocation for the Church nor for being among nuns. When I was very young I used to walk alone through the mountains of Cadi, jumping from rock to rock and sliding down precipices, climbing mountain peaks and going into caves where wild beasts hide, fording torrents and breaking rockroses and brambles like the wild boar that clears a path with his teeth. Ever since then, Mother, I have had only one thought. Which one? Well, to make a name for myself in the world. I thought that I was destined to make trouble, to fight . . . and to conquer, you understand; all the ruckus I had raised had to end in conquest, trampling under foot the scoundrels who refused to recognize my greatness."

The nun smiled.

"I know you will laugh at me. That's natural. Kids' stuff. They say that all kids dream the same way I dreamed, each in his own fashion: one dreams of becoming a bishop, giving one's blessing; another sees himself in a theater performing in plays. I never went in for such foolishness but dreamed of wielding a sword in my hand against many people and wiping them out and making my law supreme over all laws. Then I set out to get to know the world and sometimes I laughed a little, the way you are laughing now. But how sad it is to laugh at oneself, at everything that one has dreamed and seen in childhood! . . . Many things that were great have become small before my eyes . . . I have grown, I have become a man and I still dream. No, I was not born to be among nuns. I live

para estar metido entre monjas. Yo vivo con dos vidas, la del sacristán y la del guerrero; con la primera enciendo velas, ayudo á misa, fregoteo plata, toco la campana; con la segunda mando ejércitos, conquisto plazas, allano ciudades, destruyo pueblos, aplasto tronos, conduzco á los hombres como rebaños de carneros, quito y pongo fronteras, todo esto sin dejar de ser el mismo Tilín de siempre, sin enfatuarme en mi persona, ni gastar lujo, ni probar más alimento que el de los campos de batalla, un pedazo de carne y un vaso de vino, durmiendo sobre el suelo con una cureña por almohada, escribiendo mis órdenes sobre un tambor; siempre valiente, señora, y siempre sencillo, que es la manera de ser siempre grande.

Sor Teodora de Aransis miró á Pepet de un modo que revelaba tanta curiosidad como admiración. Después, expresándose maquinalmente como el corista que repite una fórmula litúrgica, dijo:

--Vanidad de vanidades.

--A veces he creído que estas vidas, señora, venían la una de Dios nuestro padre, y la otra del Demonio malo que inventa tantas picardías para perdernos. Pero no; Satanás no tiene nada que ver en esto. Dios es el que me ha puesto este fuego dentro de mí. Hay cosas que no pueden venir más que de Dios; eso se conoce, sí, lo conozco en que cuando pienso en las guerras, todo mi afán de revolver y de alborotar en el mundo tiene el objeto de hacer justicia y castigar á los bribones, y poner sobre todas las cosas la religión, y sobre todos los hombres al mismo Dios.

La madre se quedó meditabunda con la mejilla sostenida en la palma de la mano y balanceando el cuerpo hacia adelante. Ya no decía "vanidades de vanidades" sino:

--Vaya con Tilín . . . vaya con Tilín.

--Dios--añadio éste--fué quien me llevó á la biblioteca del señor capellán, donde los libros de historia acabaron de enloquecerme, presentándome escrito lo que yo había supuesto, y ofreciéndome vivo lo que yo había visto soñado. De tanto gozar, yo padecía leyendo, señora. Figurábame que era yo mismo el autor de tantas proezas y que las había realizado en otro época remota y olvidada. Yo decía: "Lo que fué podrá volver á ser, y tan hombre soy yo como César." Pero al decir esto miraba mi sotana y caía como un pájaro á quien una bala parte el

two lives: that of sacristan and that of warrior. In the first, I light candles, I help at Mass, I give a quick wipe to the silver, I ring the bell; in the second, I command armies, conquer strongholds, I level cities, I destroy towns, I crush thrones, I lead men like a flock of sheep, I take down and put up borders, all this and I am still the same old Ting-a-ling as always, without becoming conceited or spending on frivolities, or tasting food other than that of the battlefield: a piece of meat and a glass of wine, sleeping on the ground with a gun carriage for a pillow, writing my orders on a drum, always brave, madam, always unpretentious, which is the road to greatness."

Sister Teodora de Aransis looked at Pepet in a way that revealed as much curiosity as admiration. Then expressing herself mechanically, like the chorister who repeats a liturgical formula, she said:

"Vanity of vanities."

"Sometimes I have believed that one of these lives, madam, came from God, our Father, and the other from the evil Devil who thinks up such dirty tricks to make us lose our way. But no; Satan has nothing to do with this. God is the one who has put this fire inside me. There are things that can only come from God. This is apparent, yes indeed; I know it because when I think about wars, I want to turn the world upside down and kick up a ruckus in order to do justice and to punish ruffians and to put religion above everything and God himself above all men."

The nun was pensive, her cheek supported in the palm of her hand, leaning her body forward. She no longer said "Vanity of vanities."

"My, my, Ting-a-ling . . . My, my, Ting-a-ling!"

"God," he added, "was the one who led me to the chaplain's library where the history books wound up driving me crazy, showing me in written form what I had suspected and offering me right before my eyes what I have seen and dreamed. I was suffering from such joy reading, madam. I imagined that I myself was the author of such heroic deeds and that I had carried them out in another remote, forgotten time. I said: 'What was could be again and I am as much a man as Caesar.' But when I said that I looked at my cassock and I fell like a bird whose

corazón cuando va volando por el cielo . . . ¡Mi sotana! Aquí tiene usted el Demonio, señora; el verdadero Demonio mío es mi sotana.

Tilín dió un puñetazo en el banco de piedra, con tanta fuerza cual si sus manos tuvieran la culpa de su desgracia.

--Sí, señora--añadió--yo llamo el Demonio á este perro destino mío que me ha puesto en situación de no poder ser nunca nada. ¡Un sacristán de monjas! No; en todo lo que he leido no he visto que ninguno de los grandes guerreros fuera en su juventud lo que yo soy. O nacieron en el trono ó entre la nobleza, y los que nacieron en el pueblo fueron soldados desde su niñez y jamás conocieron otro oficio. Algunos han dado saltos muy grandes pasando de una posición a otra; pero ninguno vió delante de sí distancias como las que yo veo . . . ¡Sacristán de monjas! . . . No, no se concibe que se empiece la vida en una sacristía y se continúe en el Capitolio, ó en el campo de Mantinea ó en el de Cerinola ó en Narwa, donde Carlos XII de Suecia con ocho mil suecos derrotó á ochenta mil rusos. Todos esos hombres han demostrado desde su primera edad el destino que Dios les había dado, y hasta sus nombres parece que son los más propios para la inmortalidad. Epaminondas, Hernán Cortés, el gran Federico no habrían sido nada si hubieran estado donde yo estoy y se hubieran llamado como yo me llamo. ¡Ay! este nombre mío es mi muerte, mi esclavitud. Paréceme que tener este nombre es lo mismo que estar encerrado dentro de un arca de hierro ó debajo de una losa enorme. Dígame usted, señora madre, con toda franqueza si no es así. ¡Ay! ¿cree usted que Hernán Cortés habría conquistado á Méjico si en vez de llamarse Hernán Cortés se hubiese llamado Tilín? . . . No, yo no concibo un libro de historia que se titule: "De la conquista de tal ó cual reino por Tilín I", ó "Relación de la batalla que ganó Tilín al emperador Fulano."

Las quejas amargas del pobre Pepet revelaban juntamente con la energía de una vocación entusiasta, el candor más extraordinario. Aquel cachorro de león que mostraba la garra, tenía aún la boca teñida con la leche de la leona madre. La monja le miraba atentamente y mirándole revolvía en su cabeza atrevidos y desusados pensamientos que rara vez, como no sea en España, ocupan el amodorrado cerebro de una religiosa. No decía nada por temor de decir demasiado con una sola palabra.

heart is split into by a bullet when he is flying in the sky . . . My cassock! Here is the true Demon, madam; my true Demon is my cassock."

Ting-a-ling hit the stone bench with his fist forcefully as if his hands were to blame for his misfortune.

"Yes, madam," he added. "I call this rotten destiny of mine the Devil, that has put me in the position of never being able to be anything. A sacristan for nuns. No. In none of the books that I have read were any of those great warriors what I am in their youth. They were either born to the throne or among nobility and those who were born among the common people were soldiers in their youth and they never knew any other profession. Some made very great strides, going from one position to another, but none of them had to go the distances that I see before me . . . A sacristan for nuns! It is inconceivable that one would begin one's life in a sacristy and would continue in the Capitol or in the countryside of Mantinea or in that of Cerinola, or in Narwa, where Charles the Twelfth of Sweden with eight thousand Swedes defeated eighty thousand Russians. All these men demonstrated from a very young age the destiny that God has given them and even their names seem to be better suited for immortality. Epaminondas, Hernan Cortes, Frederick the Great would have become nothing had they been here where I am and had they been called by my name. Oh! This name of mine is my death, my slavery! I think that having this name is the same as being locked in an iron chest or underneath an enormous stone slab. Tell me, Mother, in all frankness if that is not the way it is. Oh! Do you think Hernan Cortes would have conquered Mexico if his name had been Ting-a-ling instead of Hernan Cortes . . . No, I cannot conceive of a history book entitled: The Conquest of Such-and-Such a Kingdom by Ting-a-ling. Or The Official Account of the Battle that Ting-a-ling won over Emperor So-and-So."

The bitter complaints of poor Pepet revealed, together with the energy of an enthusiastic vocation, the most extraordinary candor. The lion cub that was showing his claws still had his mouth stained with milk from Mother Lion. The nun looked at him attentively and looking at him, daring and unusual thoughts that rarely, except in Spain, occupy the drowsy brain of a nun spun around in her mind. She said nothing for fear of saying too much with a single word.

--Y yo--continuó Tilín con acento de desesperación--no sólo veo en mí grandes estorbos para el cumplimiento de mi destino, sino que los veo también fuera. Ya en el mundo no hay guerras. Todo está quieto. España quiere paz y más paz. Después que echamos á los franceses y quitamos á los liberales, no queda nada que hacer. Ni siquiera tenemos un rey intruso á quien combatir: no tenemos más que el legítimo, el verdadero, aquel en quien no se puede poner la mano. Nada, señora, paz y más paz es lo que se ve á derecha é izquierda.

--¿Paz?--preguntó Sor Teodora de Aransis, con graciosa ironía.

--Sí, señora, paz.

--Pues yo no la veo.

La monja irguió su hermoso cuello, moviendo su cabeza y arqueando las cejas con expresión enteramente mundana.

--Yo no veo sino guerra--dijo después de una pausa, durante la cual miraba delante de sí, como se mira á un espejo.

--¿En dónde está esa guerra?

--En España.

--¿En España? No hay guerra por ahora.

--Pero la habrá--afirmó Sor Teodora con aplomo.

--¿Por qué motivo? ¿No tenemos Rey? ¿Acaso podrán levantarse otra vez los liberales?

--No se levantarán. Pero los masones tienen minado el trono.

--¡El trono!--exclamó Pepet lleno de confusión.--Es el más seguro del mundo.

--Tal vez no.

--¿No tenemos gobierno absoluto?

--A medias; gobierno con puntas de masónico, que no se decide á poner la religión por encima de todo . . . Veo que no entiendes una palabra, Tilín. Nosotras que jamás salimos de esta casa, conocemos lo que pasa en el mundo mejor que tú. En la biblioteca del padre capellán no aprenderás sino cosas muertas y pasadas para siempre. Voy á explicarte lo que ignoras, fiando en tu discreción y en el respeto que me tienes. Has de guardarme el secreto, porque esto no lo saben aún sino pocas personas.

"And I," continued Ting-a-ling, with desperation in his voice," see great obstacles not only in myself for the fulfillment of my destiny, but I also see external obstacles. There are no wars in the world now. All is quiet. Spain wants peace and more peace. After we threw out the French and we got rid of the liberals, there is nothing left to do. We do not have an Intruder King[1] to fight against. We have only the legitimate, the true king, whom no one can lay a hand on. Nothing, madam. Peace and more peace is what one sees on the right and left."

"Peace?" Sister Teodora de Aransis asked ironically.

"Yes, ma'am. Peace."

"Well I don't see it."

The nun raised her beautiful neck, moving her head and arching her eyebrows in an entirely worldly expression.

"I see nothing but war," she said after a pause, during which she looked in front of herself, as one looks at oneself in a mirror.

"Where is that war?"

"In Spain."

"In Spain? There is no war nowadays."

"But there will be," affirmed Sister Teodora with self-assurance.

"For what reason? Don't we have a king? Perhaps the liberals will rise up again?"

"They will not rise up. But the Masons have undermined the Throne."

"The Throne!" exclaimed Pepet, filled with confusion. "It is the securest in the world."

"Perhaps not."

"Don't we have an Absolute government?"

"Halfway. A government with a Masonic streak, a government that cannot make up its mind to put Religion before all else . . . I see that you don't understand a word, Ting-a-ling. We, who never leave this house, know more about what is going on in the world than you do. In the Chaplain's library you will only learn about things that are dead and past forever. I am going to explain to you what you do not know, trusting your discretion and the respect you have for me. You must keep my secret because only a very few people know this."

Tilín prometió á la señora ser más reservado que un sepulcro, y con tal declaración, ella cobró ánimo para hablar de este modo:

--Te equivocas grandemente al suponer que tendremos paz. No, hijo mío; guerra, y guerra muy empeñada y tremenda nos aguarda. Todo está por hacer: con la derrota de los liberales no se ha conseguido casi nada; toda está, pues, al mismo modo; la Religión por los suelos, la Inquisición sin restablecer, los conventos sin rentas, los prelados sin autoridad. Ya no tenemos aquellos gloriosísimos días en que los confesores de los reyes gobernaban á las naciones; se publican libros que no son de Religión, ó le son contrarios; en pocas materias se consulta al clero, y muchas, muchísimas cosas se hacen sin contar con él para nada. ¡Qué vergüenza! Es verdad que no hay Córtes; pero hay Consejos y ministros que son todos seglares y carecen de la divina luz del Espíritu Santo. No gobiernan los liberales, es verdad, pero ello es que sin saber cómo, gobierna algo de su espíritu, y las sectas, las infames sectas masónicas no han sido destruidas. El ejército, que se compone absolutamente de masones, no ha sido disuelto y desbaratado, y en cambio están sin organizar los voluntarios realistas. Mil novedades execrables han subsistido después de aquella horrorosa tormenta, y en cambio no funcionan ya las comisiones de purificación que habían empezado á limpiar el reino. ¡Cuánta ignominia! Es verdad que se han concedido mercedes al clero; pero los primeros puestos los han atrapado los jansenistas, y están en la oscuridad hombres que pelearon con la lengua y con la espada, en el púlpito y en los campos de batalla. Andan sueltos muchos, muchísimos que fueron milicianos nacionales y asesinos de frailes y monjas, y la masonería se extiende hasta el mismo trono, hasta el mismo trono, Tilín.

Absorto, anonadado estaba el sacristán oyendo aquellas graves razones que la monja decía con firmeza y devoción, añadiendo á su elocuencia para hacerla más seductora las gracias de su persona. No desplegaba sus labios Pepet y oía la voz de la dama cual si ésta fuera un ángel de Dios que había bajado del cielo con un recado para los hombres.

--Ese trono que tanto ha costado--prosiguió la madre con brioso entusiasmo--que fué preciso defender primero de los franceses y después de los liberales, no satisface las aspiraciones de nuestro católico reino. La Religión no ha triunfado todavía, y es preciso que la Religión triunfe. Santiago, nuestro glorioso

Ting-a-ling promised the lady to be more silent than the grave and with said declaration she plucked up her courage to say the following:

"You are greatly mistaken if you believe that we will have peace. No, my son: war. A very violent and terrible war awaits us. Everything remains to be done: almost nothing has been accomplished with the defeat of the liberals. Everything is, then, the same as before. Religion, in the dust. The Inquisition not reestablished. The convents without income. The prelates, with no authority. We no longer have those glorious, glorious days when the confessors of kings and queens ruled nations. Books are published that are not about Religion or are contrary to it. The clergy is rarely consulted and many, very many things are done without consulting them. Disgraceful! It is true that there is no Parliament, but there are advisors and ministers who are all secular and lack the divine light of the Holy Spirit. The liberals don't govern, that is true; but, you see, without knowing it, they govern in spirit and the sects, the infamous Masonic sects, have not been destroyed. The Army, which is composed absolutely of Masons, has not been dissolved or ruined and on the other hand, the Royalist Volunteers are unorganized. A thousand new abominations have survived that horrible storm and, on the other hand, the commissions of purification that had begun to clean the kingdom no longer function. What a shame! It is true that favors have been granted to the clergy, but the Jansenists have landed the best positions and men who fought with their tongues and with the sword are in obscurity: in the pulpit and on the battlefield. Many, very many, who were national militiamen and murderers of monks and friars are at large and Masonry extends to the Throne, to the Throne itself, Ting-a-ling."

The sacristan was astonished and astounded listening to those serious arguments that the nun was stating firmly and devoutly, adding the charm of her personality to her eloquence to make it more seductive. Pepet did not open his lips and he heard the lady's voice as if she were an angel from God who had come down from Heaven with a message for mankind.

"That Throne, that has cost so much," continued the nun with determined enthusiasm "which had to be defended first from the French and then from the Liberals, does not satisfy the aspirations of our Catholic kingdom. Religion has not yet triumphed but Religion must triumph. St. James, our glorious patron saint,

patrón, no ha de permitir que sus escuadrones estén mano sobre mano. Lo que se puede hacer, ¿por qué no se hace? Contra la masonería, que es el gobierno de Satanás, se levantará la Religión, que es el gobierno de Dios. Todo lo que se opone, ó si no se opone estorba al triunfo de la Fé caerá, y si lo que estorba es un trono, caerá también. Veo que te asombras, Tilín; veo que te espantas.

--No, señora, no; Tilín no se asusta de nada que sea caida de cosas altas y enorme, hundimientos y choque de unas gentes con otras, sorpresas terribles, cataclismos y erupciones de la rabia humana . . . Pero yo no creía, no sospechaba que los derechos de nuestro Rey, tan deseado y querido, pudieran ser puestos en duda.

--Culpa será de quien no ha sabido seguir el camino que le trazó la divina Providencia--replicó vivísimamente la exaltada monja.--¿Tú no sabes que hay un príncipe insigne, ferviente católico, amante de su pueblo, fiel cumplidor de los preceptos de la Iglesia, y que hasta en sus menores actos demuestra que vive para la Fé y por la Fé? Ese príncipe santo se rodea de los varones más sabios, de los prelados más virtuosos, de clérigos previsores y de seglares devotísimos; ama la Religión sobre todas las cosas, y para él la Religión está sobre todo lo humano, y sobre pueblos y reinos y monarquías; ese príncipe confiesa y comulga todas las semanas, dando así una lección á todos los príncipes de la tierra, y no se separa jamás de una imagen de la Inmaculada Concepción, que es su dulcísima patrona y consejera . . . ¿Quieres saber más? . . . ¿Necesito decirte más?

--Sí . . . sí--exclamó Tilín, que ya no tenía curiosidad, sino fiebre.

--La Religión debe triunfar, y para que triunfe es preciso que haya quien la defienda--dijo la monja asemejándose por su acento y su apostura á la Sibila Cumana.--Tú dices que habrá paz, y yo digo que habrá guerra, guerra cruel y reñida . . . Nada te digo respecto á tu vocación ni á tu destino. Tú sabrás lo que haces. Unicamente he querido probarte que las circunstancias no son tan impropias como creías . . . que los tiempos son para cosas grandes, ruidosas y heróicas, que la vocación guerrera no tiene hoy nada de trasnochada, y que un hombre puede llamarse Tilín y sin embargo . . .

Cambiando bruscamente de tono y levantándose, añadió:

will not permit his squadron to sit around twiddling their thumbs. Why not do what can be done? Religion, which is God's government, will rise up against Masonry, which is Satan's government. Everything that opposes or if it doesn't oppose, hinders the triumph of the faith will fall and if what hinders is a throne, it will also fall. I see that you are surprised, Ting-a-ling. I see that you are frightened."

"No, ma'am, no. Ting-a-ling is afraid of nothing--not the fall of the high and mighty, the downfalls and clashes of one group of people with another, terrible surprises, cataclysms and eruptions of human anger . . . But I did not think, I did not suspect, that the rights of our King, so desired and beloved, could be questioned."

"It must be his fault because he did not know how to follow the path that Divine Providence drew for him" replied the overexcited nun very sincerely. "Don't you know that there is a noble Prince, a fervent Catholic, who loves his people, is faithful in fulfilling the precepts of the Church, and who even in his smallest actions shows that he lives for the Faith and through the Faith? This holy Prince is surrounded by the wisest men, the most virtuous prelates, farsighted clerics, and extremely devout laymen; he loves Religion above all else and for him, Religion is over everything human, people, kingdoms, and monarchies. That Prince goes to confession and receives Holy Communion every week, thus giving a lesson to all the Princes on Earth and he is never without the image of the Immaculate Conception who is his sweet, sweet patron saint and counselor . . . Do you want to know more? Do I need to tell you more?"

"Yes . . . yes" exclaimed Ting-a-ling, who was no longer curious but feverish.

"Religion must triumph and in order for it to triumph there must be someone to defend it," said the nun, resembling the Cumaean sibyl[2] in her accent and her bearing. "You say that there will be peace and I say there will be war--a cruel and hard-fought war. I am not telling you what to do with regard to your vocation or destiny. You know what to do. I have only wanted to prove to you that circumstances are not as unsuitable as you think . . . that the time is ripe for great, noisy heroic events; that nowadays there is nothing wrong with being a warrior and a man can be named Ting-a-ling and nevertheless . . .

--Pero si anochece . . . ¡qué tarde! Tilín, corre á tocar el *Angelus* . . . ¡qué dirá la madre abadesa si me ve aquí charla que charla! . . . Corre, hombre, corre . . . parece que estás lelo.

La monja se alejó apresuradamente. Tilín, inmóvil y con la vista fija en ella, la vió desaparecer bajo la arquería del cláustro, como una sombra que se difundía en la masa oscura de la noche. Lentamente marchó á la sacristía, y empuñando la soga del esquilón, tocó el *Angelus*. La campana, difundiendo su gangoso tañido por los aires mucho más allá de Solsona, hasta los montes lejanos, parecía proclamar aquel nombre irrisorio que debía ser el nombre de un héroe, y gritaba con insistencia: Tilín, Tilín.

--¡Jesús, María y José!--exclamaba la madre abadesa.--¡Vaya un modo de tocar el *Angelus*! Tilín se ha vuelto loco. Parece que toca á rebato.

Y los vecinos decían: "Las monjas cascabeleras están tocando á fuego."

Abruptly changing her tone and getting up, she added:

"My, it's getting dark. How late it is! Ting-a-ling, hurry and ring the Angelus. What would the Abbess say if she were to see me here just chitchatting away? Run, man, run. It seems as if you are in a daze."

The nun left in a hurry. Ting-a-ling, motionless and staring at her, watched her disappear under the cloister arcade like a shadow that was diffused in the dark mass of the night. Slowly he went to the sacristy and seizing the bell cord, he rang the Angelus. The bell, diffusing its nasal tolling through the air far beyond Solsona, to the faraway mountains, seemed to proclaim that ridiculous name, that should have been the name of a hero, and shouted insistently, "Ting-a-ling, Ting-a-ling."

"Jesus, Mary, and Joseph!" exclaimed the Abbess. "What a way to ring the Angelus! Ting-a-ling has gone crazy. It seems that he is sounding the alarm."

And the residents were saying: "The bell-ringing nuns are sounding the fire alarm."

CAPITULO CINCO

Trascurrieron muchos días (eran los de Marzo de 1827) sin que Sor Teodora de Aransis volviese á departir tan extensa y acaloradamente con el sacristán de San Salomó, y en éste se acentuaron más las distracciones y los descuidos, llegando á cometer faltas de servicio que eran escándalo de las madres y desdoro del culto. Pasaba á veces la noche entera en la ciudad, y su trato era por demás adusto y misantrópico.

Una tarde de Abril presentáronse dos damas en el locutorio. Era una de ellas hermosa por todo extremo, ricamente ataviada, con ademán un poco altanero y edad que podía sin gran seguridad suponerse entre los 35 y los 40 años. Vestía con lujo y sin remilgos, dando á entender que no la mortificaba ninguna cosa que diera realce á su belleza, tanto más cuanto que ésta iba necesitando auxilio para que no se conociera demasiado su occidente. Doña Josefina Comerford, pues este era el nombre de aquella histórica dama, era una belleza en decadencia; mas no por esto dejaba de ser magnífica como es magnífica una puesta de sol. La mujer que la acompañaba parecía servidora.

Después de esperar breve rato, descorrióse la cortina que tapaba la reja, y una voz dijo:

--¡Oh! Josefina . . . no me habían dicho que era usted . . . Voy á mandar que se le abra la puerta.

--Mande usted abrir y entraré--repuso Doña Josefina mirando al través de la reja sin ver nada.

CHAPTER FIVE

Many days passed (it was during March of 1827) before Sister Teodora de Aransis again talked so extensively and heatedly with the sacristan of San Salomó. During this time he was even more absentminded and negligent and he ended up making mistakes in the service that scandalized the nuns and tarnished the worship. Sometimes he spent the entire night in the city and he was too severe and misanthropic.

One afternoon in April, two ladies turned up at the locutory. One of them was extremely beautiful, richly dressed up with a slightly haughty look and one could suppose, without knowing for sure, that she was between thirty-five and forty. She was dressed luxuriously and without affectation, indicating that nothing that might enhance her beauty would mortify her because her beauty was in need of help so that her decline might not be too obvious. Dona Josefina Comerford, for such was the name of that historic lady, was a beauty in decay; but that does not mean she was not magnificent, just as a sunset is magnificent. The woman who accompanied her seemed to be her servant.

After waiting for a short time, the curtain that covered the grille was drawn back and a voice said:

"Oh! Josefina . . . They did not tell me it was you. I am going to order them to open the door."

"Give the order to open up and I will come in," Dona Josefina replied looking through the grille without seeing a thing.

Después dió algunos paseos por el locutorio con desenvoltura y muestras de impaciencia. Miraba al suelo, como miran los hombres cuando tienen un grave proyecto entre ceja y ceja.

Por fin una vieja criada del convento se presentó á ella, cerró la puerta del locutorio que daba á la calle, mandó á la servidora que esperase allí, y haciendo señas á Doña Josefina para que la siguiese, condújola por un pasadizo oscuro que iba á parar al cláustro. Desde allí no necesitó guía la de Comerford para dirigirse á la sala interior del locutorio, donde la aguardaban tres monjas.

Era la sala grande y no muy clara, á pesar de la blancura de sus paredes. Zócalo de pintados azulejos cubría hasta la altura de una vara la parte inferior de aquellas, y sencilla y añosa estera de esparto libraba los piés de la frialdad de los ladrillos. Un tríptico de relevante mérito y dos ó tres cuadros oscuros y muy borrosos en que apenas se distinguían el cordero de San Juan ó el caballo de San Martín ó el hábito de San Bernardo, por ser trozos pintados con blanco, compendiaban el interés iconográfico de aquella sala. En ella reinaba mortecina y difusa claridad roja producida por la transparencia de las dos cortinillas encarnadas que cubrían las ventanas. Media docena de sillones y un gran banco que parecían ser las obras más ingeniosas de la Inquisición, por lo duros, incómodos y rígidos, servían para martirio de los huesos. En uno de ellos se sentó la visitante después de saludar á las tres monjas una tras otra.

La claridad roja daba al rostro de Doña Josefina el aspecto de una llamarada en figura humana, con lo cual se avenía perfectamente el inextinguible ardor de sus palabras. Las tres monjas, encendidas también, y asemejadas en cierto modo á sanguinolentos espectros, ocupaban sus puestos con correcta simetría, haciendo honor á los sillones de nogal por la tiesura con que se sentaban en ellos. Trabóse al punto vivísima conversación en lengua catalana.

--Ayer esperábamos á usted--dijo la madre abadesa.

--No se puede, no se puede, señora--repuso la de Comerford. --Van los negocios muy atrasados. Acabo de llegar de Berga y apenas he tenido tiempo para vestirme . . . Debo salir esta noche misma para Manresa; el tiempo es corto. Diré en pocas palabras lo que tengo que decir y hasta otro día.

--También nosotras seremos breves--indicó la madre abadesa moviendo un brazo.--Ante todo, díganos usted . . . ¿Es cierto que han sido ahorcados Planas y Lloret?

Then she walked around the locutory with restless self-confidence. She looked at the ground the way men look at it when they have a serious project on their minds.

Finally an old servant of the convent appeared before her, closed the door to the locutory that looked out onto the street, ordered the servant to wait there and signaling Dona Josefina to follow her, she led her to a dark passage that ended at the cloister. From there Mrs. Comerford did not need a guide to lead her to the inside room of the locutory where three nuns awaited her.

The room was large and not very bright in spite of the whiteness of its walls. A skirting board of painted tiles covered the lower part of the walls to the height of two yards and old esparto mats saved their feet from the coldness of the bricks. A triptych of outstanding merit and two or three dark and very blurred paintings in which St John's lamb or Saint Martin's horse or St. Bernard's habit could hardly be distinguished, being pieces painted in white, summarized the iconographic interest of the room. In it reigned a fading, diffuse red light produced by the transparency of the two little scarlet curtains that covered the windows. A half dozen armchairs and a large bench that were so hard, uncomfortable and rigid they seemed the most ingenious works of the Inquisition served as a martyrdom for the bones. In one of them sat the visitor, after greeting the three nuns, one after the other.

The red light gave Dona Josefina's face the appearance of a sudden blaze in human form which fit perfectly the inextinguishable ardor of her words. The three nuns were also bright red and resembled to a certain extent bloody specters. They occupied their seats with perfect symmetry, doing justice to the walnut armchairs by the stiffness with which they sat on them. They immediately struck up a lively conversation in Catalan.

"I was expecting you yesterday," said the Abbess.

"It was impossible, it was impossible, madam" replied Mrs. Comerford. "The business is behind schedule. I just arrived from Berga and I hardly had time to get dressed. I must leave this very night for Manresa. Time is short. I will tell you in brief what I have to tell you and I'll see you another day."

"We will also be brief," indicated the abbess, moving her arm. "First of all, tell us . . . Is it true that Planas and Lloret have been hanged?"

--Cierto es que la serpiente nos ha herido á dos de nuestros bravos leones--dijo la de Comerford con vehemencia.--Pero todo no puede ser flores. Ha de haber muchas víctimas y no poco mártires. Si no los hubiera no sería tan santa nuestra causa . . . Las partidas que hoy existen no tienen más objeto que ir tanteando á los pueblos en los límites del Principado. Más adelante se verá quién es Cataluña. Ahora lo que nos importa es que la empresa no se malogre por precipitación. De eso nos ocupamos, y si las órdenes se cumplen bien se conseguirá el objeto. Tenemos de nuestra parte muchas autoridades militares que se han vendido en secreto. Algunos sospechan que no harán traición; yo no lo creo. Además, de Madrid vienen un día y otro las mayores seguridades de que tendremos apoyo en altas esferas. ¡Ay! aquella celosa Junta no se duerme en las pajas. Ha sabido unir todos los deseos en uno solo, y hoy, amigas mías, muchos personajes de aquí y de allá que tenían distintas opiniones piensan ya de la misma manera. El acuerdo es perfecto, puedo asegurarlo á ustedes, entre el arzobispo de Tarragona, el señor Miguel, vicecancelario de Cervera, el padre Barrí de Santo Domingo, el Sr. D. José Corrons, lectoral de Vich, el domero de Manresa, el guardián de Capuchinos de esta ciudad y el valiente entre los valientes, nuestro indomable Jep dels Estanys. Las instrucciones que ha recibido de Madrid la Junta son precisas y resuelven todas las dudas que había en puntos muy esenciales; los escrúpulos de algunos se han disipado; el beneplácito de la Santa Sede es ya evidente y aún se tiene por segura la protección de la Rusia y de la Francia. ¿Qué tal? En el Palacio de Madrid se sabe todo lo que pasa aquí, y no se dará un paso por estas leales montañas que sea hijo del acaso ó del capricho, sino que todos, chicos y grandes nos moveremos con arreglo á un plan admirablemente concertado. ¡Oh! amigas mías, regocijémonos, entusiasmémonos con la idea de que esta tierra de cristianos tendrá al fin el verdadero gobierno cristiano.

--¡Loado sea el Señor!--exclamó la abadesa moviendo por igual los dos brazos.--Este acuerdo entre tales varones nos prueba que no obedecen al capricho ni á la fantasía, sino á una voz divina que en el interior de todos ellos ha sonado. La Virgen Santísima sea con ellos. Ahora bien, amiga querida, puesto que para gloria y salvación nuestra nos corresponde hacer algo en la medida de nuestras escasas fuerzas, en pró de la causa del Señor, aquí estamos aguardando las órdenes de la junta de Manresa, de la cual es usted órgano tan precioso.

"It is true that the serpent has hurt two of our brave lions," said Mrs. Comerford vehemently. "But not everything can come up roses. There must be many victims and not a few martyrs. If there were not, our cause would not be so holy. The only purpose of our partisan bands that exist today is to go around sizing up the people on the borders of the Principality. Later on they'll see just who Catalonia is. What is most important to us now is that the enterprise not be lost in haste. We are worried about that and if the orders are carried out right, we will achieve our goal. We have many military officials on our side who have sold out in secret. Some suspect that they will betray us; I don't believe it. Also, from Madrid come the greatest assurances that we will have help from people in high places. Oh! That zealous Junta is not asleep on the job. It has known how to unite all desires into only one, and today, my friends, many people from here and there who had different opinions now think in the same way. I can assure you that the archbishop of Tarragona, Sr. Miguel, vice chancellor of Cervera, Father Barri of Santo Domingo, Don Jose Corrons, lector of Vich, the guardian of Capuchins of Manresa and the bravest of the brave, our indomitable Jep dels Estanys are in perfect agreement. The instructions that the Junta has received from Madrid are precise and resolve any doubts that there were about essential points. The scruples of some have dissipated, the blessing of the Holy See is now evident and even the protection of France and Russia is assured. What next? In the Palace in Madrid they know everything that is going on here and they will not take a step through these loyal mountains that is the product of chance or caprice but we all--great and small--we will move according to an admirably arranged plan. Oh! My friends, let us rejoice, let us get excited about the idea that this land of Christians will finally have true Christian government."

"Praise God!" exclaimed the Abbess, moving her two arms equally. "This agreement between such men proves to us that they do not obey caprice or fantasy, but rather a divine voice that they have heard within themselves. May the Most Holy Virgin be with them. Well, now, dear friend, since, for our glory and salvation it becomes us to do something in favor of the Lord's cause--in so far as our scarce forces allow--here we await the orders of the Junta of Manresa, of which you are such a valuable organ."

"I'm coming to that, my friend," said Dona Josefina, moving her inquisitorial armchair closer to the nuns. "First of all, the bit of money that you

--A eso voy, amiga mía--dijo Doña Josefina acercando más su inquisitorial sillón al de las madres.--Primeramente, al dinerillo que ustedes tienen en depósito se unirá dentro de poco el que se está recaudando en esta diócesis de Solsona y parte del que vendrá de Madrid. Lo entregará el señor deán de esta Santa Igelsia Catedral y ustedes lo darán á Jep dels Estanys, á Caragol ó á Pixola, prévia presentación de un vale reservado y en cifra donde se especificará la suma. También podrá usted recibir dinero del alcalde de Solsona ó dárselo. Aquí traigo la clave de la cifra y la explicaré para que no hallen dificultades.

Doña Josefina sacó un papel de su ridículo (porque Doña Josefina llevaba ridículo) y acercándose á las madres explicóles durante corto rato los signos y combinaciones que aquellas debían conocer. Después la simetría que se había alterado cuando se inclinaron en una misma dirección las tres señoras volvió á restablecerse.

--He comprendido perfectamente--dijo melífluamente la abadesa.--Se hará todo como lo mandan los señores. Dulcísimo es para nosotras prestar este concurso á obra tan insigne.

Era la madre abadesa señora muy redicha, como se habrá observado. Tenía buen fondo; pero el fanatismo le había sorbido los sesos. Lanzada por las bullidoras eminencias del país á los torbellinos de una odiosa conspiración, había llegado á olvidar el lenguaje sencillo, dulce y místico de las enclaustradas, adoptando un tonillo presuntuoso con puntas de diplomático, que era como un eco del charlar vehemente de la gran alborotada catalana Doña Josefina Comerford, la cual solía dar á la expresión de su fanatismo algo de la atropellada facundia de los clubs.

--Ahora, amigas de mi alma--manifestó Doña Josefina--ahora que todo lo material está preparado, falta tan sólo que se esgriman aquellas armas sutiles contra las cuales no pueden nada los más altos torreones ni la artillería más formidable: hablo de las armas de la oración. Yo, como pecadora, poco puedo alcanzar con mis preces; pero ustedes, amantísimas esposas del que da las victorias, del que con sus batallones de ángeles tiene á raya al Malo, pueden conseguir mucho. El Auxilio de la devoción y la piedad es de gran precio. El señor lectoral de Vich dijo delante de mí á las Clarisas de aquella ciudad: "Las lágrimas suplicantes de los débiles darán á los fuertes la victoria."

have on deposit will shortly be added to the money that is in a safe place in the diocese of Solsona and part of it will come from Madrid. The dean of this Holy Cathedral Church will hand it over and you will give it to Jep dels Estanys, to Caragol or to Pixola, after the presentation in confidence of a voucher written in code, where the sum will be specified. Also, you will be able to receive money from the mayor of Solsona or give it to him. Here I bring the key to the code and I will explain it so there will be no difficulties."

Dona Josefina took a piece of paper from her reticule (for Dona Josefina was carrying a reticule), and approaching the nuns, she explained to them in short order the symbols and combinations that they must know. Afterwards, the symmetry, that had been altered when the three ladies leaned in the same direction, was reestablished.

"I have understood perfectly," the Abbess said mellifluously. "Everything the men have ordered will be done. It is our very great pleasure to give our help to that noble task."

The Abbess was very pretentious, as one must have observed. She was good natured but her brain had been consumed by fanaticism. Launched by the bustling eminences of the country into the turmoil of a hateful conspiracy, she had forgotten the simple, sweet, mystic language of the cloistered, adopting a presumptuous accent with a diplomatic streak, that was like an echo of the vehement talk of the great Catalonian intriguer, Dona Josefina Comerford, who usually expressed her fanaticism with some of the impetuous eloquence of the clubs.

"Now, my dear friends," Dona Josefina stated, "now that the material portion has been prepared, the only thing left to do is wield those subtle weapons against which the tallest, largest fortified tower or the most formidable artillery can do nothing. I am talking about the weapons of prayer. I as a sinner can do little with my prayers, but all of you, the dear, beloved wives of Him who gives victories, of Him whose battalions keep the Evil One at bay, can accomplish a great deal. The help of devotion and piety is of great value. The lector of Vich said to the Clarisas of that city in my presence: `The supplicating tears of the weak will give victory to the strong.'"

The Abbess leaned to one side, folding her hands as a sign of the magnitude of her emotion, and thus the symmetry of the group was completely

La madre abadesa se inclinó de un lado cruzando las manos, en señal de la magnitud de su emoción, y entonces alteróse por completo la simetría del grupo. Al mismo tiempo dejóse oir una voz hueca, telarañosa, si es permitido decirlo así, una voz gastada y oscurecida por los años, la cual voz provenía, según todos los indicios, de la carcomida laringe de la señora monja que se sentaba á la derecha de la madre abadesa, y que hasta entonces había sido mudo testigo de la conferencia. Aquella voz dijo con lastimoso tono:

--¡Oh! ¡si pudiera conseguirse tan alto fin con las oraciones! . . . Todos los lectorales de Vich y todos los prelados de la cristiandad no me convencerán de que la causa del Señor y el triunfo de su Fé hayan de conquistarse con guerras, violencias, brutalidades y matanzas. Doña Josefina ha hablado de las oraciones, como aprestos de guerras . . . Esos, esos solos deben ser los sables, los cañones y los fusiles de los regimientos de Jesucristo.

Alzando sus brazos, á que daban majestad las ámplias mangas blancas, la monja se animaba. Era una mujer anciana y cadavérica, cuyas palabras sonaban con no sé qué tono de prestigio y autoridad, como palabras salidas de la tumba.

Antes que la última sílaba de la anciana religiosa acabase de vibrar, oyóse en la sala una pequeña exclamación, una de esas ligeras inflexiones de voz que son como el preludio de una risa de desdén. Provenía este bullicio de la tercera monja, que aún no había dicho nada y estaba sentada á la izquierda de la madre abadesa. Sonó después la risa y luego estas palabras:

--¡Qué cosas tiene la madre Monserrat!

El delicioso y fresco timbre de la voz, la gracia de la entonación y el festivo reir indicaban claramente la persona por demás simpática de Sor Teodora de Aransis.

--Es lo que me quedaba que oir--añadió con desenvoltura.--¡Qué las sectas y el imperio de los malos puedan derribarse con oraciones! ¡Que una nación invadida por herejes sea limpia por rezos de monjas! . . . Decir eso es vivir en el Limbo. Bueno es rezar; pero cuando el mal ha tomado proporciones y domina arriba y abajo, en el trono y en la plebe, ¿de qué valen los rezos? . . . ¿Por qué tantos ascos á la guerra? La guerra impulsada y sostenida por un fin santo es necesaria, y Dios mismo no la puede condenar. ¿Cómo ha de condenarla, si Él mismo ha puesto la espada en la mano de los hombres, cuando ha sido menester? Nos asustamos de la guerra, y la vemos en toda la historia de nuestra Fé, desde

altered. At the same time a hollow, spidery voice was heard, if it is permissible to say it that way; a voice worn out and darkened by the years; a voice that came, according to all indications, from the rotten larynx of the nun who was seated to the right of the Abbess, and who had been a mute witness at the conference up to that time. That voice said in a plaintive tone:

"Oh! If only one could achieve such a high goal with prayer . . . All the lectors of Vich and all the prelates of Christianity cannot convince me that the Lord's cause and the triumph of His Faith must be won with wars, violence, brutality and slaughter. Dona Josefina talks to us about prayer as preparations for war . . . Those, those should be the only sabres, cannons, and rifles of Jesus Christ's regiments."

Raising her arms, which were given majesty by her wide, wide white sleeves, the nun became excited. She was an elderly, deathly pale woman whose words were pronounced with a tone of solemnity, like words coming from the tomb.

Before the last syllable of the elderly nun had stopped vibrating a light exclamation was heard in the room, one of those subdued inflections in the voice that are like the prelude of scornful laughter. This noise came from the third nun who had not yet said anything and who was seated to the left of the Mother. Then laughter rang out and then these words:

"The things Mother Monserrat comes out with!"

The delightful, fresh timbre of the voice, the grace of the intonation and the festive laughter clearly indicated the all-too-nice Sister Teodora de Aransis.

"That's just what I needed to hear," she added with self-confidence. "That the sects and the empire of the evil can be brought down by prayers. That a nation invaded by heretics can be cleansed by nuns' prayers . . . To say that is like living in Limbo. It is good to pray; but when evil has assumed these proportions and dominates above and below on the Throne and in the masses, what good is prayer? Why be so scornful of war? War promoted and supported by a holy purpose is necessary and God himself cannot condemn it. How can he condemn it if He himself has put the sword in men's hands when it has been necessary. We are frightened by war and we see it in the entire history of our Faith, ever since there has been a chosen people. Didn't Joshua fight? Didn't the high priest Mattathias fight? Didn't the Maccabbeans and the saintly King David? Saint Ferdinand would

que hubo un pueblo elegido. ¿No peleó Josué, no peleó Matatías, gran sacerdote; no pelearon los Macabeos y el santo rey David? Bonito papel habría hecho San Fernando si en vez de arremeter espada en mano contra los moros, se hubiera puesto á rezar, esperando vencerlos con rosarios. No es tan mala la guerra, cuando un apóstol de Jesucristo se dignó tomar parte en ella, con su manto de peregrino y caballero en un caballo blanco, repartiendo tajos y pescozones. La guerra contra infieles y herejes es santa y noble. ¡Benditos los que mueren en ella, que es como morir en olor de santidad! En el cielo hay un gran lugar placentero destinado á los valientes que han sucumbido peleando por Dios.

Sor Teodora de Aransis se agitó hablando de este modo, y sus bellas facciones tenían el divino sello de la inspiración. Atendían á sus palabras con muestras de asentimiento Doña Josefina y la madre abadesa; pero la madre Monserrat, dirigiendo una mirada rencillosa á la audaz defensora de la fuerza, rumió estas palabras:

--Hermana Teodora de Aransis, usted es una niña.

--Tengo treinta y dos años--repuso con brío la de Aransis, sin dignarse mirar á su contrincante.

--Y yo tengo setenta--afirmó ésta;--yo he visto guerras y usted no. Yo he visto las horrorosas calamidades de la guerra; yo he visto este santo asilo profanado, derribadas sus paredes á cañonazos y sus claustros y celdas invadidos por una soldadesca infame. ¡Todo lo envilece, sí, todo lo envilece! Yo ví caer el ala del Poniente y desaparecer hechas escombros tres celdas arriba y el refectorio abajo, quedando sólo en pié lo que llamamos la *Isla*, donde usted vive; yo ví á tres hermanas degolladas y á otras injuriadas horriblemente. Los pocos cabellos que tengo se erizan todavía en mi cabeza al recordar aquel día de Setiembre de 1810. ¡Vaya un día, Señor Dios sacramentado! ¿Cómo quieren que me entusiasme con la guerra? La aborrezco, le tengo miedo: el ruido de un tambor me hace morir . . . Esta buena Teodora de Aransis es una niña, piensa mundanamente á pesar de llevar algunos años dentro de esta casa, y tiene los espíritus muy levantiscos.

--No se trata ahora de soldados del infame Napoleón, señora--dijo Teodora burlándose.--Precisamente es todo lo contrario. Los soldados de la Fé no darán sustos á la asustadiza madre Monserrat.

--Todos los soldados son iguales y todas las guerras odiosas . . . Hay cabezas tan duras que no lo entenderán nunca.

have played a nice role if, instead of attacking the Moors with sword in hand, he had begun to pray, hoping to conquer them with rosaries. War is not so bad when an apostle of Jesus Christ deigned to take part in it in his pilgrim's mantle, a knight on a white horse, handing out slashes and blows. War against infidels and heretics is holy and noble. Blessed are those who die in it, which is like dying in the odor of sanctity. In Heaven there is a pleasant place destined for the valiant who have died fighting for God."

Speaking in this fashion, the beautiful features of Sister Teodora de Aransis had the mark of divine inspiration. Dona Josefina and the Abbess listened to her words with signs of assent but Mother Monserrat, giving the audacious defender of force a peevish look grumbled these words:

"Sister Teodora de Aransis, you are a child."

"I am thirty-two years old," replied Miss Aransis with spirit not deigning to look at her rival.

"And I am seventy," affirmed the latter. "I have seen wars and you have not. I have seen the frightful calamities of war; I have seen this holy sanctuary profaned, its walls knocked down by cannon fire, and its cloisters and cells invaded by infamous undisciplined troops. It degrades everything! Yes, it degrades everything . I saw the west wing fall and three cells above and the refectory below disappear, reduced to rubble, the only thing left standing was what we call the *Island* where you live. I saw three sisters with their throats cut and others horribly injured. The few hairs I have left on my head still stand up on end when I remember that day in September 1810. What a day, dear God! How can you expect me to be enthusiastic about war? I hate it, I fear it; the sound of a drum scares me to death. Dear Teodora de Aransis is a child, is worldly-minded, in spite of having spent a few years inside this house, and she has a very restless spirit."

"We are not dealing with soldiers of the infamous Napoleon, ma'am," said Teodora, making fun of her. "It is exactly the opposite. Soldiers of the Faith will not frighten the easily frightened Mother Monserrat."

"All soldiers are the same and all wars are hateful . . . Some people are so hardheaded that they will never understand."

"And there are people who have never had a lick of sense," said Sister Teodora de Aransis with a tone of suppressed anger.

--Y hay personas que jamás han tenido en su mollera ni pizca de discernimiento--dijo Sor Teodora de Aransis con tono de sofocada ira.

--Y hay jóvenes que se olvidan del hábito que visten, renegando de la humildad y del respeto que se debe á las personas mayores--gruñó la madre Monserrat.

--Y hay espectros tan empingorotados y tan tiesos que hacen la oposición á todo, y con su cara de vinagre y su necio orgullo se hacen insoportables.

--Y hay monjillas tan casquivanas que se componen y acicalan dentro de sus celdas, cuando nadie las ve, y no pueden olvidar que en tiempos muy desgraciados han ido á bailoteos y teatros.

--Y hay madrazas de cara verde, del propio color de la envidia, que han vivido setenta años encolerizadas contra todo lo que valía más que ellas, criticando lo que les era superior.

--Y yo sé de quien tiene la lengua muy larga . . .

--Y yo sé de quien la tiene llena de veneno . . .

--Y yo . . .

--Paz, paz . . . --exclamó la abadesa, extendiendo á un lado y otro sus blancas manos.

--La madre Teodora es demasiado vehemente--dijo Doña Josefina guiñando el ojo á Sor Teodora,--y la madre Monserrat muy rigorista. Todo esto ha provenido de una opinión sobre las guerras. Yo creo también que la guerra es á veces necesaria y que Dios mismo la dispone. Hay santos del combatir como hay santos del ayunar. Pero no es esto motivo para que la madre Monserrat se enfade.

--Ni para que se altere la armonía que en estas casas debe reinar--expresó la madre abadesa con afectada unción.--En nombre de Nuestro Señor Jesucristo, que á todos perdonó, yo ruego á las dos hermanas que me oyen . . . sí, yo les ruego, como hermana y como superiora, que sofoquen al punto el rencor y se reconcilien dándose el ósculo de paz.

--Mi alma es incapaz de rencor--dijo la madre Monserrat.

--Yo perdono de todo corazón--murmuró Sor Teodora.

Se besaron. La vieja imprimió sus labios sobre las hermosas mejillas de la joven, y ésta contestó al beso fijando apenas sobre la seca piel agena sus frescos labios. Aquel besuqueo fué una ventosa contestada por una picadura. Doña Josefina después de repetir sus instrucciones se retiró.

"And there are young people who forget that they are wearing a habit and don't show the humility and respect they owe to their elders," growled Mother Monserrat.

"And there are specters that are so stuck up and arrogant that they inspire fear."

"And there are little nuns that are so featherbrained they get all smartened up and they dress up inside their cells when no one sees them and they cannot forget that in very unfortunate times they went dancing about and to the theater."

"And there are mother hens with green faces, the very color of envy, who have lived for seventy years angry with everything that was worth more than they."

"And I know someone who has a long tongue . . ."

"And I know whose tongue is full of venom . . ."

"And I . . ."

"Peace, peace . . ." suggested the Abbess, stretching her white hands from one side to the other.

"Mother Teodora is too vehement," said Dona Josefina, winking at Sister Teodora, "and Mother Monserrat very strict. All this has arisen from an opinion about war. I also believe that war is sometimes necessary and that God himself provides for it. There are fighting saints just as they are fasting saints. But this is no reason for Mother Monserrat to become angry . . ."

"Nor for the harmony that should reign in these houses to be disturbed," the Abbess expressed with affected unction. "In the name of Our Lord Jesus Christ who forgave everyone, I beg the two sisters to hear me . . . Yes, I beg you, as your sister and your Mother Superior, to suppress your rancor at once and be reconciled, giving each other the kiss of peace."

"My soul is incapable of hatred," said Mother Monserrat.

"I forgive with all my heart," murmured Sister Teodora.

They kissed. The old woman pressed her lips on the beautiful cheeks of the young woman and the latter responded to the kiss by barely putting her fresh lips on the other woman's dry skin. That smooching was a puff of air answered by a peck. Dona Josefina, after repeating her instructions, retired.

CAPITULO SEIS

A pesar de los preparativos, cuya importancia se daba á conocer por la actividad bullidora de Doña Josefina Comerford, pasaron los meses de Mayo y Junio en aparente paz. Cataluña parecía tranquila y desarmada. Solsona continuaba viviendo con aquella serenidad y monotonía que hacían las delicias de sus canónigos. La compañía medio organizada de voluntarios realistas y los pocos artilleros que prestaban el servicio militar dentro de los muros, más parecía figuras decorativas que soldados en la víspera de una batalla.

Cierto día de fines de Junio vió Solsona una cosa que dió mucho que hablar. Por la calle Mayor adelante iba Tilín vestido con el uniforme de voluntario realista. Su figura no era un tipo acabado de militar gallardía; pero él marchaba por la calle abajo con desenfado, aunque sin fanfarronería, indiferente á las hablillas que sus insólitos arreos suscitaban.

--Mejor le sienta la sotana--decían en los corrillos.--¿A dónde va ese holgazán con media vara de cartuchera y un quintal de morrión? . . . Mírenlo . . . pues no va poco tieso . . . Todos los bordados del cuello y solapa, así como las charreteras y los cordones del morrión se los han hecho las monjas . . . Es el uniforme más guapo que hay en toda Solsona . . . Y diz que entra en el cuerpo con el grado de alférez . . . Si no hay como ser sacristán de las monjas cascabeleras para llegar pronto á general . . . No, mujer, no entra de alférez sino de sargento; pero como haya guerra, y dicen que la habrá, verás cómo sube más vivo que un águila, con el favor de las madres . . . Mírale, mírale, como pasa sin saludar á

CHAPTER SIX

In spite of all the preparations, the importance of which was obvious by the bustling activity of Dona Josefina Comerford, the months of May and June passed in apparent peace. Catalonia seemed peaceful and unarmed. Solsona continued living in that serenity and monotony that was the delight of its canons. The half organized company of royalist volunteers and the few artillery men who were on military service within the walls were more like decorative figures than soldiers on the eve of battle.

A certain day at the end of June Solsona saw something that gave it a lot to talk about. Down Main Street came Ting-a-ling dressed in the uniform of a royalist volunteer. His figure was not the perfect example of military elegance but he marched down the street confidently, although without showing off, indifferent to the gossip that his unusual gear provoked.

"The cassock fits him better," cliques of people were saying. "Where is that lazybones going with a cartridge belt half a yard long and a morion that weighs one hundred pounds? Look at him . . . He's more than a little stuck up. All the embroidery on the neck and lapel as well as the epaulets and the braids on the morion were made by the nuns. It is the smartest uniform in all Solsona. And they say that he is entering the corps with the rank of second lieutenant. There's nothing like being sacristan to the bell-jingling nuns to make general quickly. . . No woman; he's not going in as a second lieutenant, but as sergeant; but if there's war--and they say there will be -- you'll see him rise faster than an eagle with the nuns' favoring him. . . Look, look how he passes by without saying hello to anyone

nadie. . . . ¡Condenado Tilín! ¡cómo se reirá de él la tropa! No habrá un solo voluntario que le obedezca.

Y siguieron los comentarios.

Así como la aparición de ciertas aves exóticas anuncia la proximidad de tempestades, aquella desusada vestimenta del sacristán de San Salomó anunció un acontecimiento que puso en grande zozobra y pasmo á la cuidad de Solsona. Era la madrugada, cuando el sueño de los pacíficos moradores fué bruscamente turbado por estrepitoso ruido de tambores. Echáronse los vecinos de las camas, fueron abiertas todas las puertas y acudieron los voluntarios á la plaza, donde había ya un par de compañías, venidas, según después se supo, de Berga al mando del ex-carnicero *Pixola* (Don Narciso Abres). Un fraile, puesto en pié en medio de la plaza y entre la gente armada, hizo callar con solemne gesto á los tambores, y enderezó á los solsoneses una arenga diciéndoles que Cataluña se lanzaba á la guerra porque el monarca no gozaba de la libertad necesaria para gobernar el reino. ¡Qué pico de oro! Sin abandonar su tono de sermón, añadió que S. M. había expedido órdenes reservadas autorizando el pronunciamiento é invistiendo de mandos militares á aquellos bravos y piadosísimos cabecillas, los cuales, ¡oh abnegación evangélica! abandonaba sus hogares por defender la Fé de Cristo y el glorioso trono de las Españas.

Después que el fraile hubo desembuchado lo que en su mollera traía, volvieron á sonar los tambores, los pelotones de voluntarios recorrieron la ciudad y la muralla toda en redondo como por fórmula de toma de posesión de la plaza y de su absoluto rendimiento á las tropas apostólicas. Los pocos soldados de línea se entregaron sin vacilar porque ya estaban concertados para ello; comenzaron á repicar las campanas, declaróse en rebelión el municipio y alguna que otra banderola hecha por manos enclaustradas subió agitándose y haciendo gestos á lo alto de un palo para anunciar á los pueblos vecinos la grata nueva.

Pixola publicó en seguida un bando disponiendo que se entregasen todas las armas, y que todos los oficiales indefinidos domiciliados en la ciudad y su término se presentasen inmediatamente en *esta comandancia general* para recibir órdenes. Obedecieron algunos por miedo ó porque simpatizaban con la insurrección, ó quizás porque estaban cansados de una vida oscura; pero otros contestaron á los emisarios de Pixola con insultos y bravatas, por lo cual enfurecido el cabecilla juró que haría una degollina de indefinidos si Dios no lo

... Damned Ting-a-ling. How the troops will laugh at him. There won't be a single volunteer who will obey him."

And the commentaries continued.

Just as the appearance of certain exotic birds announces an approaching storm, the unusual clothes of San Saloma's sacristan announced an event that put the city of Solsona in great anxiety and shock. It was dawn when the sleep of the peaceful inhabitants was abruptly disturbed by the deafening noise of drums. The residents jumped out of bed, every door flew open and the volunteers came to the plaza where there was already a couple of companies who had come, as was later learned, from Berga under the command of the ex-butcher "Pixola" (Don Narciso Abres). A friar, rising up in the middle of the plaza, among the armed troops, silenced the drums with a solemn gesture and gave the natives of Solsona a sermon, telling them that Catalonia was going to war because the Monarch did not have the freedom he needed to govern the kingdom. What a gift for gab. Without abandoning his sermon-like tone, he added that His Majesty had issued confidential orders authorizing the military coup and conferring military commands upon those brave and so pious leaders who,--oh evangelic abnegation!--left their homes to defend Christ's Faith and the glorious throne of Spain.

After the friar had spilled the beans about what was on his mind, the drums sounded again and the squads of volunteers ran all around the city and the wall as a matter of form for taking over the town and assuring its absolute surrender to the apostolic troops. The few line soldiers surrendered without hesitation because they had already agreed to it; bells rang out; the Municipality declared itself in rebellion and one or two pennants made by cloistered hands were raised atop a stick, waving and gesturing to announce to neighboring towns the welcome news.

Pixola immediately published an edict ordering that all arms be surrendered and that all officers (*indefinidos*[1]) residing in the city and its vicinity appear before *General Headquarters* to receive their orders. Some obeyed out of fear or because they sympathized with the insurrection or perhaps because they were tired of living in obscurity but others answered Pixola's emissaries with insults and bravados. This infuriated the leader who swore that there would be a slaughter of the *indefinidos* if God did not put it right. The most reticent was an old retired colonel, a stubborn royalist whose name was Don Pedro Guimaraens. He lived in

remediaba. El más reacio fué un coronel retirado, viejo, terco y realista por más señas, que tenía por nombre D. Pedro Guimaraens y por vivienda una casa solar á media legua de Solsona y á opuesta orilla del río Negro.

--Dí á ese desollador de carneros--contestó al portador del mensaje--que si voy á Solsona será para arrancarle las orejas por bandido y ladrón, y que tengo aquí muchas armas, sí, muchas, para defensa del Rey y de la Religión, y que si él desea probarlas que se dé un paseo por acá con toda esa cuadrilla de sacristanes y salteadores de caminos.

Tal como lo oyó de los labios de Guimaraens se lo dijo el emisario á D. Narciso Abres, el cual bramando de ira se levantó de la mesa donde comía para ir en persona á castigar tamaña afrenta.

--Sosiéguese vuecencia--le dijo con calma Pepet Armengol que en la misma mesa comía, juntamente con otros dos jefes y el padre capellán de San Salomó, pues allí no había categorías.--A ese espantajo de Guimaraens no se le conquista con amenazas. Yo le conozco bien, porque he ido muchas veces á llevarle recados de las madres . . . Ya sabe usted que una hermana suya está en San Salomó . . . Le conozco bien, y sé que es una oveja. Déjeme vuecencia ir allá, y verá cómo sin ruido ni amenazas sino antes bien con maña y tiento, le sonsaco las armas y le obligo á reconocer la autoridad que ha dada á vuecencia la Junta de Cataluña.

--Me parece buena idea--dijo Mosén Crispí de Tortellá dando un golpe en la mesa con el vaso de vino después de vaciado.--Veamos el estreno de Tilín . . . Una hazaña, querido Abres, tendremos una hazaña, porque este Tilín ha leido mucho.

Pixole se echó á reir.

--No se tome esto á broma--añadió el capellán.--Tilín es amigo de Guimaraens, el cual es el mayor y más refinado glotón que ha comido perdices en todo el Principado . . . ¡Ah! señores; no sólo el pez muere por la boca; muere también el valiente por la misma parte. Guimaraens, que en una batalla sería más bravo que cien leones, no haría jamás lo que hizo D. Mariano Alvarez en Gerona, porque no tiene el heroismo del ayuno. ¿Saben ustedes cómo se conquista á ese hombre? Con la artillería de las monjas de San Salomó, cuyo ginovesado ha rendido ya muchas plazas . . . Dése esta empresa á Tilín, querido Abres, y verá usted qué victoria alcanza nuestro bravo rapavelas si, como creo, consigue de las madres un par de perdices en adobo, ó siquiera un mediano plato de esas natillas

his ancestral home a half league from Solsona and on the opposite bank of the Black River.

"Tell that sheep skinner," he told the bearer of the message, "that if I go to Solsona, it will be to box his ears as a bandit and a thief, and that I have a lot of weapons here, yes indeed, many, for the defense of the King and Religion and that if he wants to test them out, let him come around here with that gang of sacristans and highwaymen."

The emissary told Don Narciso Abres exactly what he heard from Guimaraens' lips. Abres, bellowing with anger, arose from the table where he was eating in order to go in person to punish such a big affront.

"Calm down, Your Excellency," said Pepet Armengol to him. Pepet was eating at the same table, as were two other rebel leaders and the chaplain of San Salomó, since there were no ranks there. "That old scarecrow Guimaraens cannot be won over with threats. I know him well, because I've gone many times to take him messages from the nuns . . . One of his sisters is in San Salomó, you know . . . I know him well, and I know that he is a lamb. Let me go there, Your Excellency, and you will see how, without a rumpus or threats but rather, with cunning and tact, I'll wheedle his weapons out of him and make him recognize the authority the Junta of Catalonia has given Your Excellency."

"I think it's a good idea," said Mosen[2] Crispin de Tortella, striking the table with a glass of wine that he had just emptied. "Let's see Ting-a-ling's debut. A feat, dear Abres. We will have a feat because Ting-a-ling has done a lot of reading."

Pixola began to laugh.

"This is no joking matter," added the chaplain. "Ting-a-ling is Guimaraens' friend. Guimaraens is the greatest and most refined glutton who ever ate partridges in the entire Principality . . . Oh, my. Fish are not the only things that die because of their mouths. The brave also die the same way. Guimaraens, who in battle would be braver than a hundred lions, will never do what Don Mariano Alvarez did in Gerona, because he does not have the heroism of fasting. Do you know how that man will be won over? With the artillery of the San Salomó nuns, whose genoise has already taken many strongholds. Give Ting-a-ling this assignment, dear Abres, and you will see what a victory our brave candle snuffer will achieve if, as I believe, he can get the nuns to fix a couple of marinated

sin igual que no deben divulgarse mucho para que el género humano no se corrompa y enerve con las delicias de Cápua.

Pixola y los demás reían á carcajadas.

--Anda, hijo, anda--dijo Tortellá á su antiguo acólito dándole un pescozón.

--Dile á la madre Purificación que se esmere . . . se trata de una gran conquista; se trata de ganar el nuevo Zaragoza.

--Puedes ir--indicó Abres al sacristán-soldado. ¿Necesitas gente?

--Tres hombres escogidos por mí.

--Toma los que quieras.

--Dentro de dos horas estaré de vuelta. Conozco la casa. El Sr. Guimaraens estará en la huerta fumándose un cigarro. No le faltará la compañía de los dos artilleros viejos y de los dos criados, y de la señora Badoreta . . . Vamos allá . . . la casa tiene dos puertas . . . en la huerta hay un ángulo . . . después se suben tres escalones . . . ya . . . ya . . . Vamos á hacer una visita de cumplimiento á casa del señor coronel.

Poco después Tilín pasaba el río por el puente de Llobera, acompañado de tres montañeses de la Cerdaña sin uniforme y con armas. En vez de tomar en línea recta la dirección de la casa de Guimaraens, que á la distancia de un cuarto de legua se destacaba sobre la verdura de un bosque espeso, caminaron á la derecha río abajo, y describiendo luego una gran curva, subieron hacia la montaña por extensa ladera de viñas y almendros. No tardaron en penetrar en el bosque, y allí con precaución y en silencio se acercaron á la casa. Por espacio de un cuarto de hora estuvo Tilín cuchicheando con su gente. Subió después á un árbol, desde donde podía explorar la huerta, y vió á la señora Badoreta tendiendo ropa en el jardinillo delantero; Valentín, el más bravo de los dos veteranos, limpiaba el caballo y Suarez estaba regando las judías y poniéndoles tutores. No viendo por ninguna parte á los otros dos criados, supuso que estaban dentro de la casa. Bajando del árbol, dió Tilín sus órdenes á los que le seguían, repitiéndoselas hasta tres veces para que se les clavaran bien en la mollera; les señaló una ventana baja que desde allí se veía abierta; indicóles los puntos por donde podían escalar fácilmente la tapia, y después penetró solo en la casa.

Condújole la señora Baodreta al interior, no sin reirse de su chistosa metamórfosis, y al verse Tilín en presencia del Sr. de Guimaraens en la sala donde

partridges or even a medium dish of those peerless custards that should be kept secret so the human race will not be corrupted and weakened with the delights of Capua."

Pixola and the others split their sides laughing.

"Go on, son, go on," said Tortella to his former acolyte, giving him a cuff around the scruff of the neck. "Tell Mother Purification to do her best. It involves a great conquest; it involves winning the new Saragossa."

"You may go," Abres told the sacristan-soldier. "Do you need any men?"

"Three men of my choosing."

"Take the ones you want."

"I will be back within two hours. I know the house. Mr. Guimaraens will probably be in the garden smoking a cigar. He will be accompanied by two old artillery men and two servants and Mrs. Badoreta . . . Hmmm. The house has two doors . . . In the garden there is a corner . . . then you go up three steps . . . Well, then . . . We will make a courtesy call on the Colonel."

Shortly thereafter, Ting-a-ling crossed the river by way of the Llobera bridge, accompanied by three *montaneses*[3] from La Cerdana not wearing uniforms and bearing weapons. Instead of making a beeline to Guimaraens' house that stood out above the greenery of a thick forest at the distance of a quarter league away, they walked on the right-hand side of the stream and then going around a big bend they climbed up toward the mountain through an extensive hillside of vineyards and almond groves. They soon entered the forest and there, cautiously and in silence, they approached the house. For a quarter of an hour Ting-a-ling whispered with his men. They then climbed a tree, from where they could view the garden and they saw Mrs. Badoreta hanging out clothes in the little garden in the front part of the house; Valentin, the bravest of the two veterans, was grooming a horse and Suarez was watering the beans and putting up stakes around them. Not seeing the other two servants anywhere around there, he supposed that they must be inside the house. Climbing down from the tree, Ting-a-ling gave orders to his men, repeating them up to three times so they would be stick in their minds. He pointed out a low window to them which they could see was open from there; he showed them the points where they could easily scale the wall and then he alone entered the house.

éste residía comunmente, oyó una carcajada de franca burla, seguida de estas palabras:

--Tilín, Tilín de todos los demonios . . . ¿Con que es cierto que te has echado á militar? ¡No he visto en mi vida mamarracho semejante! ¡Hombre, vuélvete de espaldas para verte por detrás! . . . ¡Y tienes bayoneta! . . . ¿Cómo no te han dado fusil esos pillos? ¡Serías capaz hasta de hacer fuego con él! . . . ¡Vaya con Tilín! . . . Hombre de Dios, pues es verdad que así, así, con esa albarda, nadie diría que eres sacristán . . . ¡Qué demonio! si ayudas á misa con esa facha, te juro que he de ir á verte. ¿Y qué dicen las reverendas?

--Las señoras no tienen novedad--repuso Tilín secamente.

--¿Me traes algo de parte de ellas? . . . Vamos, tú nunca has venido á mi casa con las manos vacías.

El Sr. Guimaraens era un tipo militar de los de la guerra del Rosellón, viejo, sin barba ni bigote, con el blanco pelo un poco largo, cual si no hubiese renunciado aún á ponerse coleta. Aunque anciano era fuerte y membrudo y tenía la presencia majestuosa, la talla corpulentísima, el semblante agraciado y noble. Era hombre muy devoto y realista ferviente aunque no de los furibundos; y cuando Tilín se presentó á él estaba sentado en su lustroso sillón de cuero, leyendo la vida del santo del día, costumbre piadosa á que no había faltado en treinta años. Era célibe y vivía en compañía de dos viejos, leales camaradas de sus campañas allá en los tiempos del general Ricardos y ora asistentes que parecían amigos. Un pinche, un mozo de cuadra y la señora Badoreta, famosa en el cocinar y antaño criada en San Salomó, completaban la familia del pacífico veterano.

Vió con desconsuelo que Tilín no traía consigo cesta ni bandeja cubierta con la blanquísima servilleta monjil, y dando un desconsolado suspiro le dijo:

--Esas señoras reverendísimas, ocupadas de la insurrección, han dejado apagar los hornillos. ¡Qué pícaras! Siéntate, Tilín, hablaremos un poco y echarás un cigarro.

--Gracias, señor, tengo que marcharme pronto--dijo el voluntario dando un paso hacia él.

--¿Entonces á qué has venido?

--A traer á usted un recado.

--De las monjas?

--De las monjas, sí, señor.

Mrs. Badoreta led him inside, laughing at his funny metamorphosis and when Ting-a-ling found himself in the presence of Mr. Guimaraens in the room where he usually resided, he heard a guffaw--he was obviously laughing at him--followed by these words:

"Ting-a-ling. A hell of a Ting-a-Ling. So, is it true that you have become a soldier? Never in my life have I see such a sight. Turn around, man, so I can look at you! . . . And you have a bayonet! Why didn't those rascals given you a gun? You might even be able to shoot it off . . . Good for you, Ting-a-ling! . . . Well, old chap, it's true that dressed in that get up no one would say you are a sacristan. What the devil. If you were to serve at mass looking like that, I swear I would have to come just to see you. And what do the reverend mothers say?"

"There is no news from the nuns," he replied dryly.

"Did you bring me something from them? Let's see, you have never come to my house empty-handed."

Mr. Guimaraens was typical of the soldiers from the Roussillon War--old, with neither beard nor moustache, his white hair was a little long, as if he had not yet given up wearing a pigtail.[4] Although he was old, he was strong and burly and he had a majestic bearing. He was very tall and stout, his face was attractive and noble. He was a very devout man and a fervent royalist, although not one of the most militant, and when Ting-a-ling appeared before him, he was seated in a shiny leather armchair, reading the life of the saint of the day, a pious habit that he had not failed to do in thirty years. He was celibate and he lived in the company of two old men, loyal comrades in his campaigns long ago in the days of General Ricardos and now servants that were more like friends than servants. A kitchen boy, a stable boy, and Mrs. Badoreta, famous for her cooking and a former servant in San Salomó, completed the family of the peaceful veteran.

He was distressed when he saw that Ting-a-ling did not bring with him a basket or tray covered with the nuns' stark white napkin and sighing disconsolately, he said to him:

"Those reverend ladies, occupied with the insurrection, have let the ovens go out. What naughty girls! Sit down, Ting-a-ling. Let's talk a while and you can have a smoke."

"Thank you, sir. I have to leave soon," said the volunteer, taking a step toward him.

--¿Qué quieren esas señoras mías?

--Que me entregue usted inmediatamente todas las armas que tiene en su casa, y que se venga conmigo para ponerse á las órdenes de Pixola.

Dijo esto Tilín con tal osadía y aplomo, que Guimaraens se quedó perplejo por un momento; pero al punto recobróse, y tomando el caso á risa, como era natural, empezó á batir palmas. Reía con estrépito, echado el cuerpo hacia atrás y apretándose los ijares.

--¡Bravísimo, deliciosísimo, señor sacristán!--exclamó poniéndose como la grana de tanto reir.--Di á tus amas que me he reido de la gracia hasta morir . . . ¿Con que armas? . . . ¿Bendito sea Dios! ¡Pobre Tilín! . . . Me dan ganas de abrazarte por el gusto que me das. Eres un mamarracho . . . pero eres chistosísimo . . . y con esa casaca . . . y esos humos de general . . . ¿Con que mis armas? Pide por esa boca, monago.

Guimaraens dejó de reir, porque vió á Tilín trasformado de súbito. El rostro del voluntario realista estaba lívido, sus ojos centelleaban y su mano convulsa mostraba una pistola. Fiero é imponente el monago, exclamó:

--No he venido aquí á hacer reir.

--¿Miserable, qué haces?--dijo Guimaraens levantándose y poniéndose á la defensiva.

--Saltarle á usted la tapa de los sesos si no me obedece.

Tilín apuntó al rostro del venerable anciano que al punto echó mano á una silla.

--Si usted se mueve--dijo Tilín intrépido y osado hasta lo sumo,--si usted da un grito pidiendo socorro, le mato como á un perro. Tengo cuarenta hombres en el bosque á espaldas de la casa, con encargo de arrasarla y de matar á todos sus moradores si se me hace resistencia.

--¡Ratero!--gritó furioso Guimaraens--¡qué has de tener tú! . . . ¡Hola, Valentín! . . . ¡Suarez!

Al punto apareció despavorido un hombre, un jovenzuelo. Oyéronse dos disparos en la huerta y los gritos de la señora Badoreta que exclamaba: ¡ladrones! El joven abalanzóse á la defensa de su amo; pero Tilín rápido como el pensamiento, guardóse las espaldas apoyándose en un alto ropero y disparó sobre el criado, que cayó muerto sin exhalar un grito. Guimaraens al ver desarmado á Tilín que arrojara al suelo su pistola, arremetió á él como un león. Pero recibióle

"Then why have you come?"

"To bring you a message."

"From the nuns?"

"From the nuns, yes sir."

"What do those nuns of mine want?"

"That you immediately surrender all the weapons you have in your household and that you come with me to serve under Pixola."

Ting-a-ling said this with such daring and self-assurance that Guimaraens was perplexed for a moment but shortly he recovered and taking the matter as a joke, as was natural, began to clap his hands. He laughed out loud, throwing his head back and holding his sides.

"Well done! Very funny, Mr. Sacristan!" he exclaimed, turning scarlet from laughing so much. "Tell your mistresses that I laughed so at the joke, I nearly died. Weapons, huh? Good God! Poor Ting-a-ling . . . I feel like hugging you because of the pleasure you have given me. You are a ninny . . . but very funny . . . and with that . . . and those airs of a general . . . My weapons, huh? Just ask, altarboy."[5]

Guimaraens stopped laughing because he saw that Ting-a-ling was suddenly transformed. The royalist volunteer's face was livid, his eyes flashed and his convulsed hand held a pistol. Fierce and imposing the acolyte exclaimed:

"I didn't come here to make you laugh."

"You scoundrel. Then why are you here?" said Guimaraens, rising and going on the defensive.

"To blow your brains out if you do not do what I say."

Ting-a-ling pointed his pistol at the face of the venerable old man who suddenly reached for a chair.

"If you move," said Ting-a-ling most bold and daring, "if you yell for help, I will kill you like a dog. I have forty men in the woods behind the house, with orders to level it and to kill all its inhabitants if you put up any resistance."

"Thief!" shouted Guimaraens furiously. "What has gotten into you!. Hey, Valentin . . . Suarez!"

Suddenly a man, a youngster, appeared, terrified. Two shots were heard in the garden and the shouts of Mrs. Badoreta who was exclaiming: "Thieves!" The youngster rushed to the defense of his master but Ting-a-ling, as rapid as thought,

Pepet con un puñal, sin que por esto se acobardase el veterano. Trabáronse estrechamente de manos, y después de una lucha breve y terrible, en la cual Armengol se esforzaba en defenderse de su enemigo sin herirle, apareció bañado en sangre uno de los tres montañeses de Pixola.

—¡Miserables ladrones—gritó el coronel—no os valdrá vuestra alevosía! . . . ¡Suarez! . . . ¡Valentín!

Guimaraens fué acorralado, vencido, pero aún se necesitó el concurso de otro guerrillero para atarle los brazos por la espalda. El valiente y noble anciano rugía, y de su espumante boca salían blasfemias, como sale del volcán la hirviente lava.

Valentín, uno de los veteranos que servían á D. Pedro, entró mal herido, echando venablos por la boca, armado de tremenda espada con que acometió ciego de ira á los guerrilleros que sometían á su amo; pero como se hallaba descalabrado, tuvo que someterse sin que le valiera de nada su fiera intrepidez. Suarez estaba atado al tronco de un árbol y herido también. Sorprendidos cuando el uno se hallaba limpiando el caballo y el otro trabajando en las hortalizas, no tuvieron tiempo ni armarse ni de pedir auxilio á los payeses de las cercanías. El plan de Pepet Armengol había tendio realización cumplida, aunque no facil porque uno de los guerrilleros quedó muerto por Suarez que pudo disponer de la azada; otro recibió un sartenazo de la señora Badoreta, á quien el peligro dió alientos y el rencor de una leona.

Antes de anochecer Tilín y los tres hombres de su cuadrilla, penetraron en Solsona llevando atado como alimaña recién cogida al respetable coronel D. Pedro Guimaraens. A poca distancia les seguía un carro lleno de armas diversas. Inmenso gentío se agolpaba para ver al preso, á quien no compadecían muchos por ser hombre reputado de orgulloso, y que últimamente, á causa de la sospechosa templanza de su realismo, era acusado de jacobino.

protected his back by leaning against a tall wardrobe and he shot the servant, who fell over dead before he could even shout. Guimaraens, seeing Ting-a-ling disarmed--Ting-a-ling had dropped his pistol--rushed at him like a lion. But Pepet pulled a dagger on him, which did not intimidate the veteran. They became tightly entangled in hand-to-hand combat and after a brief and terrible battle, in which Armengol was forced to defend himself against his enemy without hurting him, one of Pixola's three *montaneses* appeared, bathed in blood.

"Miserable thieves!" shouted the colonel. "Your treachery will come to naught! . . . Suarez . . . Valentin!"

Guimaraens was cornered, defeated, but it still took the assistance of another guerrilla to tie his arms behind his back. The brave and noble old man was bellowing and curses were flowing from his frothing mouth, just as seething lava flows from a volcano.

Valentin, one of the veterans that served Don Pedro, came in badly wounded, roaring with anger, armed with a tremendous sword with which he attacked the guerrillas who were subduing his master; but as he had a head injury, he had to surrender, his bold daring being worthless. Suarez was tied to a tree trunk and he too was wounded. The one was taken by surprise when he was grooming the horse and the other when he was working in the vegetables. They had no time to arm themselves or to ask the peasants in the vicinity to help them. Pepet Armengol's plan had been carried out successfully, but not without difficulty because one of his soldiers had been killed by Suarez who had a hoe at his disposal. Another received a blow from Mrs. Badoreta's frying pan. Danger had given her the courage and rancor of a lioness.

Before nightfall, Ting-a-ling and the three men in his troup entered Solsona, bringing the respectable colonel Don Pedro Guimaraens tied up like a recently captured wild beast. At a short distance a cart full of various weapons followed them. A huge crowd rushed out to see the prisoner. Many did not pity him because he was reputed to be proud and lately, because his royalism was suspiciously moderate, he was accused of being a Jacobin.

CAPITULO SIETE

Al día siguiente Pixola, después de encomiar la acción de Tilín, dijo al señor capellán:

--Me parece que tenemos un hombre. Cuando las madres me lo recomendaron, yo le destiné mentalmente á ranchero, pero me parece que ese caballero del esquilón va á picar un poco alto. Le voy á dar el mando de una compañía. Ahí tiene usted un sacristán que valdrá más que cien obispos.

Las hordas de Pixola eran un conjunto heterogéneo de voluntarios realistas uniformados y procedentes de los cuerpos que se formaran el 24, de soldados desertores, de payeses que se armaban con lo que podían, y de trabucaires ó contrabandistas de la Cerdaña y de los valles de Aran y de Andorra. En el improvisado ejército las gerarquías militares iban saliendo de los acontecimientos, de las hazañas individuales y también de las intrigas, que son fruto natural de toda colectividad donde hierven las pequeñas pasiones al lado de las grandes. Así es que el prestigio adquirido en un buen golpe de mano, y la recomendación de personas á quienes se tenía en mucho, bastaron á elevar á Tilín á una categoría semejante á la de teniente. El carnicero le llamó aparte, y agarrándole por un botón de la pechera, como era su costumbre siempre que hablaba con un amigo, hablóle así:

--Mira, Tilín, yo voy ahora hacia Balaguer y la Conca de Tremp á recoger las tropas que se están organizando. Tú te vas hacia Pinós, donde hay mucha gente que no ha querido afiliarse. Allí se necesita una mano pesada. Te llevarás cincuenta hombres con el encargo de que me has de reclutar doscientos. En ese

CHAPTER SEVEN

The next day, after praising Ting-a-ling's action, Pixola said to the chaplain:
"Looks like we have a man. When the nuns recommended him to me, I mentally assigned him as a camp cook; but it seems that the knight of the big bell is going to go a little higher. I am going to give him the command of a company. There is a sacristan who will be worth more than one hundred bishops."

Pixola's hordes were a heterogeneous group of uniformed royalist volunteers, coming from the corps formed in '24, from deserters, from peasants who armed themselves with whatever they could and from Catalonian rebels and smugglers from La Cerdana and from the valleys of Aran and Andorra. In the improvised army, military hierarchy came about as a result of events, individual deeds and also intrigues, the natural fruit of all communities where small passions teem beside large ones. Thus the prestige acquired from a good raid and the recommendation of persons who were held in high esteem were sufficient to elevate Ting-a-ling to a position similar to that of lieutenant. The butcher called him aside and grabbing him by a button of the shirt front as was always his custom when speaking to a friend, said to him:

"Look, Ting-a-ling, I'm on my way to Balaguer and La Conca del Tremp to pick up the troops that are being organized. You go to Pinos, where there are many people who have refused to sign up. A heavy hand is needed there. Take fifty men. Your mission is to conscript two hundred. In that land there are many horses; don't miss any . . . Listen. Something else," he added, holding him by his button. "There is also lots of money; you must take everything that you can:

país hay muchos caballos, no perdones ninguna . . . Oye otra cosa--añadió reteniéndole por el botón.--También hay mucho dinero, es preciso que recaudes todo lo que puedas. Hombres, dinero, caballos. Abre bien las orejas: hombres, dinero, caballos. Espero que nuestro monago sabrá ayudar esta misa de sangre. Después nos reuniremos en Cardona para ir todos sobre Manresa, donde nos espera el general en jefe Jep dels Estanys . . . ¡Ay! se me olvidaba otra cosa; si encuentras tropas del Gobierno te retiras á la montaña y las dejas pasar.

Con estas instrucciones y sus cincuenta hombres partió Tilín el 8 de Julio en dirección á Clariana y al río Cardoner. Asombró á todos la atinada organización que supo dar á su pequeña hueste, principiando por establecer en ella la más rigurosa disciplina. El segundo día de expedición, dos indivíduos de malísima estofa que habían sido contratados por Pixola en la raya de Andorra no mostraron gran celo por cumplir una orden que el gran Tilín les diera. Reprendióles éste con severidad, pero sin malas palabras ni grosería, y lo mismo fué oir la voz del jefe, rompieron ellos á reir diciéndole que harto hacían en dejarse mandar por un sacristán de monjas, y que no se les urgara mucho porque también ellos sabían repicar campanas. El denodado teniente les mandó fusilar; hubo un momento de vacilación; pero los delincuentes perecieron; y á los disparos que les cortaran la vida siguió ese silencio congojoso de la disciplina que es como el de la muerte. Tenía Tilín un núcleo de diez ó doce hombres feroces que le obedecían ciegamente, y sobre esta sólida base fundó el orden y la cohesión admirables de su pequeño ejército.

Siempre sereno, atento á su deber, previsor, demostrando gran conocimiento del terreno y un tacto singular para dirigir la marcha, aquel prodigioso monaguillo se parecía á un gran general.

Antes de llegar á Cardona se internaron en la montaña buscando la sierra de Pinós. En todos los caseríos Tilín reclamaba los hombres útiles, y si algunos se le unían de buen grado, otros buscaban refugio en las montañas; pero él supo encontrar en su caletre trazas muy ingeniosas para que la mayor parte no se le escapase. El primer pueblo donde puso en práctica su plan fué San Salvador de Torruella. Hizo que se le presentaran el alcalde y los dos ó tres cabezas de familia más acomodados del pueblo; pidióles los mozos útiles desde 20 á 45 años, con más todo caballo, mula ó animal cuadrúpedo que sirviese para transportes de guerra, y por añadidura una suma que concienzudamente fijó en treinta mil reales.

Men, money, horses. Listen carefully: men, money, horses. I hope our altar boy will know how to serve at this blood mass. Then we will meet in Cardona so that we can all go to Manresa, where the general in chief, Jep dels Estanys, awaits us . . . Oh! I forgot something else: if you encounter government troops, retreat to the mountain and let them pass."

With these instructions and his fifty men, Ting-a-ling left on July 8th in the direction of Clariana and the Cardoner River. Everyone was amazed that he knew how to organize his small army wisely, beginning by establishing the most rigorous discipline in it. The second day of the expedition, two individuals with a bad attitude who had been hired by Pixola on the border of Andorra, showed no great desire to follow an order Ting-a-ling had given them. He reprimanded them severely but did not curse nor was he rude, and the moment they heard the voice of the officer in command, they broke out laughing, saying that they were fed up with being ordered around by a nuns' sacristan and that they were quite unimpressed by him because they also knew how to ring bells. The intrepid lieutenant ordered them shot. There was a moment of hesitation, but the delinquents perished. That distressing disciplinary silence, which is like death, followed the shots that ended their lives. Ting-a-ling had a nucleus of ten or twelve fierce men who blindly obeyed him and on this solid base he established order and cohesion, admirable for his small army.

Always serene, attentive to his duty, farsighted, demonstrating a great knowledge of the land and having a singular touch for leading marches, that prodigious little acolyte resembled a great general.

Before arriving in Cardona, they went into the mountains heading for the Pinos mountain range. In every hamlet, Ting-a-ling called for draft-age men and while some joined willingly, others took refuge in the woods. He used his common sense to come up with very ingenious plans to keep the majority of them from escaping. The first town where he put his plan into action was San Salvador de Torruella. He made the mayor and the two or three most well-to-do residents of the town appear before him. He asked them for all potential conscripts from twenty to forty-five years of age, with horses, mules, or four-legged beasts to boot that could be used as war horses and in addition, a sum that he conscientiously fixed at thirty thousand reales. The leaders became upset in spite of their fervent and never suspect royalism, swearing and forswearing that not even by selling all

Alborotáronse los prohombres, á pesar de su férvido y jamás sospechoso realismo, jurando y perjurando que ni aún vendiéndose al moro todos los vecinos juntarían los treinta mil. En cuanto á mozos todos los del pueblo estaban ya en la evangélica facción, y de cuadrúpedos no había que hablar, porque allí el trabajo de los animales lo hacían los hombres.

Hallábanse durante estas conferencias en un mesón que hay á la entrada del pueblo. Tilín, económico de palabras como todo el que es pródigo de acciones, mandó al alcalde que bajase al patio.

—¡Perdón!—gritó el pobre hombre cayendo de rodillas.

Tilín dió una orden terrible, como quien da un consejo, y el alcalde fué fusilado. Igual suerte habrían sufrido los otros caciques si al punto no acudieran los vecinos con todo el dinero que tenían y seis caballos, presentándose además catorce hombres que antes de la cruel sentencia y suplicio del alcalde andaban escondidos en pajares y desvanes.

En Prades tuvo mejor acogida. El alcalde salió vara en mano á recibirle y denunció la existencia en el pueblo de dos sargentos indefinidos y de cuatro liberales que á todas horas hablaban mal de Sus Majestades y de la Religión. Sin atender á estas menudencias, Tilín pidió lo de siempre, dinero, armas, hombres, caballos. Hablósele de un rico que tenía cinco hijos útiles, muchos ahorros, dos pares de mulas, seis escopetas de caza y un pedazo de cañón de los que se cogieron á los franceses en el Bruch. Tilín mandó visitar la casa del rico y pudo allegar la mitad de aquellos tesoros, despreciando el medio cañón, que era de un valor puramente arqueológico. Los frailes salieron á recibirle en comunidad y poco faltó para que salieran también con palio; le abrazaron, obsequiándole con gran mesa; pero él se mostró sobrio y discreto. Por la tarde y delante de la misma puerta del convento arcabuceó á dos reclutas que se le habían querido escapar. En Quadrells fueron cinco las víctimas; pero ya los mozos recogidos ascendían á ochenta, siendo menos de la mitad los recogidos por fuerza: los demás se afiliaban voluntariamente por entusiasmo ó por vagancia ó por miedo. El dinero recaudado se elevaba á diez mil duros y las armas formaban un arsenal respetables, aunque heterogéneo. En caballos y mulas habían juntado lo bastante para organizar un pequeño escuadrón.

En Torá hubo conatos sediciosos, porque algunos descontentos quisieron separarse de la cuadrilla incitados por un voluntario de Berga que era al modo de

the residents to the Moors would they raise the thirty thousand. Regarding the conscripts, all the lads in town were now in the evangelic faction and there was no use talking about four-legged beasts, because there men did the work of animals.

During these meetings they were in an inn located at the entrance to the town. Ting-a-ling was not one to waste words. Like any man of action, he ordered the mayor to come down to the courtyard.

"Mercy!," shouted the poor man, falling on his knees.

Ting-a-ling gave an awful order, the way one gives a piece of advice, and the mayor was shot. The other *caciques*[1] would have suffered a similar fate if the residents had not immediately come with six horses and all the money they had. Fourteen men also showed up who had been hiding out in hay lofts and attics before the cruel sentence and death of the mayor.

In Prades he was better received. The mayor came out, staff in hand, to receive him, and he reported the existence in town of two *indefinido* sergeants and four liberals, who all the time spoke ill of Their Majesties and Religion. Without paying attention to these insignificant details, Ting-a-ling asked for the same things as always: money, arms, men, horses. They told him about a rich man who had five draft-age sons, a lot of savings, two pairs of mules, six hunting rifles and part of a cannon that they had captured from the French in Bruch. Ting-a-ling paid a visit to the rich man's house and he was able to collect half of those treasures, ignoring the half cannon, which had only purely archaeological value. The monks came out to receive him as a community and they all but came out with a pallium too. They embraced him, honoring him with a big banquet but he appeared sober and discreet. In the afternoon and before the very door of the monastery with an arquebus he killed two recruits who had tried to desert. In Quadrills there were five victims, but now the number of draftees rose to eighty, less than half having been drafted against their will. The rest enlisted voluntarily out of enthusiasm, laziness, or fear. The money he collected amounted to ten thousand *duros*[2] and the arms made a respectable, although heterogeneous, arsenal. As for horses and mules, they had gathered enough to organize a small squadron.

In Tora there were attempts at sedition because some malcontents, incited by a volunteer from Berga who was a kind of second lieutenant, wanted to part company with the gang. Ting-a-ling cut down the conspiracy by ordering the seven killed with an arquebus; he ordered fifty lashes be given to a lay brother from

alférez. Tilín cortó la conspiración haciendo arcabucear á siete, y á un bendito y chismoso lego de San Francisco que le acompañaba con hábito y sable hízole obsequio de cincuenta palos por no haber dado cuenta de la trama que conocía desde sus principios. Respetado y temido, Tilín avanzaba en su empresa, y fué terror de los pueblos y brazo potente de la insurreción en aquella agreste comarca, donde reclutaba zorros para hacer de ellos leones.

Al salir de Torá sus espías le dijeron que una fuerza del ejército bajaba por la carretera de Manresa. Se la había visto el día anterior en Fals y parece que seguiría en dirección á Castelfullit. Al punto ambicionó ardientemente el monago sorprender aquella fuerza, cualquiera que fuese su importancia, y concebir un plan y dar las primeras órdenes para su inmediata ejecución fué todo uno. Hermosísima noche le favorecía. Avanzó con buenos guías delante de sus tropas para hacerse cargo del terreno y pagó á peso de oro el espionaje, en lo cual le favorecía la adhesión del país á una causa propagada al calor del fanatismo religioso; apostó sus tropas convenientemente después de obligarlas á hacer una marcha titántica en seis horas por sierras y vericuetos; repartió palos á los morosos, fusiló á los díscolos, recompensó á los valientes, avanzó, acechó, olfateó, inquirió el rastro del enemigo con ese instinto felicísimo de guerrillero, que es la desesperación de la estrategia, y antes de que amaneciera el día 20 de Julio cayó como una lluvia de verano sobre las tropas del coronel Roda (división de Carratalá), que recorrían la carretera de Cataluña para intimidar á los pueblos y desarmar á los voluntarios. Tres batallones y cuarenta caballos componían aquella fuerza que fué materialmente destrozada y hecha trizas por un sacristán ávido de los laureles de Viriato. Había dado orden á sus guerrilleros de que no perdonaran á nadie. El estrago fué inmenso, la lucha breve y sangrienta, el gozo de Tilín delirante. Dispersáronse la mitad de los soldados por la vertiente de Monserrat; muchos perecieron batiéndose con ardor; cincuenta quedaron prisioneros con treinta y dos caballos y gran número de armas.

Era aquella la primera victoria formal del águila que había tenido por nido una sacristía y por plumaje una sotana. Pero él miró su triunfo como hombre acostumbrado á saborearlos y se apresuró á tomar las medidas necesarias para hacerlo más fructífero. Sin dar descanso á su gente recorrió los pueblos de la carretera hasta cerca de Cervera. Calaf, Vilamajor, Montfalcó, Rabasa le vieron dentro de sus muros y de grado ó á regañadientes diéronle todo cuanto se le antojó

San Francisco who had known about the plot from the beginning and had not told Ting-a-ling. The lay brother was fond of telling tales and was happy-go-lucky and was accompanying him with habit and sabre. Respected and feared, Ting-a-ling progressed in his venture and he was the terror of the towns and a powerful arm of the insurrection in that rustic region, where foxes were recruited to make them into lions.

When he left Tora, his spies told him that an army was coming down the Manresa highway. It had been spotted the day before in Fals and it appeared that it would continue in the direction of Castelfullit. Immediately the acolyte had a burning ambition to attack those forces, no matter its importance. To conceive a plan and give the first orders were one and the same. He was favored by a very beautiful night. He advanced with good guides in front of the troops to reconnoiter and he paid his spies their weight in gold. The support of the country for a cause spread by the heat of religious fanaticism was in his favor. He posted his troops properly after a titanic forced march of six hours through mountain ranges and over rough paths. He handed out blows to the slow, he shot the disobedient, he rewarded the brave, he advanced, lay in wait, he sniffed out and inquired into the enemy's trail with that very fortunate instinct of the guerrilla, that exasperates all strategy, and before dawn on July 20th he fell like a summer rain on the troops of Colonel Roda (a division from Carratala) who were traveling the highways of Catalonia to intimidate the towns and disarm the volunteers. Three battalions and forty horses made up that force. They were utterly destroyed and torn to pieces by a sacristan eager for Viriato's laurels.[3] He had given orders to his guerrillas to show no mercy. The destruction was immense; the fighting, brief and bloody. Ting-a-ling was delirious with joy. He deployed half of the soldiers down the slope of Monserrat. Many perished fighting ardently. Fifty were taken prisoner along with thirty-two horses and a great number of weapons.

That was the first formal victory of the eagle who had had a sacristy for a nest and a cassock for plumage. But he looked at his triumphs as a man accustomed to savoring them and he hastened to take the necessary steps to make it more fruitful. Without letting his soldiers rest, he scoured the towns along the highway up to Cervera. Calaf, Vilamejor, Montfalco, Rabasa saw him inside their walls and, willingly or against their will, gave him whatever he asked for. The conscripts entered gladly because the monks had already done their part and they

pedir. Los mozos ingresaban con gusto, porque ya los frailes habían hecho su papel y tenían soliviantado al país; no así el dinero, para cuya percepción necesitaba Tilín emplear argumentos un poco fuertes y hablar con los fusiles de sus bárbaros soldados. Ovaciones y plácemes tuvo el héroe; y allí eran de ver cómo le ensalzaban los frailes y le mandaban golosinas las monjas, y le predecían todos magnífico porvenir y fama no menos grande que la de los más exclarecidos guerreros de la cristiandad.

No quiso llegar á Cervera, y retrocediendo volvió á internarse en Pinós para de allí pasar á la cuenca del Cardoner y marchar á Cardona donde esperaba recibir nuevas órdenes de Pixola. Había recogido doscientos hombres, más de quince mil duros; muchas armas y ochenta caballos. Por el camino instruía y armaba su nueva gente, aumentaba y organizaba un escuadrón. Satisfecho de tantos y tan rápidos triunfos y comprendiendo por éstos y por la magnitud de su suerte que merecía ser coronel, pensó darse á sí mismo este grado; mas la modestia habló en su alma y contentóse con ser comandante por el momento. Lo hizo extendiendo un oficio en que textualmente decía: "En atención á mis eminentes servicios á la causa de la Religión y del Trono absoluto, vengo en nombrarme comandante de los ejércitos de la Fé."

Revolviendo en su mente estos y otros pensamientos, decía para sí:

--¡Rabo y uñas de Lucifer! Si Pixola no me reconoce el grado . . . le fusilaré.

had stirred up the countryside. Money was another matter. For its collection Ting-a-ling had to use arguments that were a little strong and he had to make the guns of his barbarous soldiers do the talking for him. The hero was given ovations and congratulations and it was something to see how the monks praised him and the nuns sent him sweets and everyone predicted a magnificent future and a reputation no less great than that of the most illustrious warriors of Christendom.

He did not want to reach Cervera and turning back he again entered Pinos, from there crossing the Cardoner and marching to Cardona, where he was expecting to receive new orders from Pixola. He had gathered together two hundred men, more than fifteen thousand *duros*, many weapons, and eighty horses. On the road he instructed and armed his new men and he added to and organized a squadron. He was satisfied with so many and such rapid triumphs. Realizing that he deserved to be a colonel because of his triumphs and the magnitude of his luck, he considered giving himself this rank; but modesty spoke to his soul and he contented himself with being just a commander for the moment. He did so by sending a communique in which his exact words were: "In view of my eminent service to the cause of Religion and the absolute Throne, I appoint myself commander of the armies of the Faith."

This and other thoughts turned over in his mind. He said to himself:

"The tail and nails of Lucifer! If Pixola does not acknowledge my rank . . . I will shoot him."

CAPITULO OCHO

Llegó cerca de Cardona el 1.º de Agosto. El calor era sofocante y un sol canicular abrasaba y asfixiaba el país. Existe en aquel ducado uno de los más admirables prodigios de la Naturaleza en Europa, y es la montaña de sal que tiene más de cien varas de altura y una legua de circunferencia; inmenso cristal duro y brillante, con el cual podrían abastecerse todas las cocinas del mundo durante siglos de siglos, si fuese suprimido el mar. Los mágicos reflejos irisados, los cambiantes de mil colores que producen los rayos del sol al herir las vertientes de aquel peñasco, que semeja colosal diamante caido de las arracadas del cielo, seducen y embelesan la vista. No se parece aquello á nada de cuanto en otras campiñas y montañas se ve. Sus crestas relampaguean, sus costados fulguran, en sus caprichosas grutas compiten los reflejos de todas las piedras preciosas.

Al caer de la calurosa tarde, las tropas de Tilín descansaban junto á una aldea y á la sombra de espesos bosques. El jefe avanzó paseando por la carretera, en compañía de su segundo y del padre Maza, no el de los cincuenta palos sino un beato mínimo de Cervera que se le había incorporeado en calidad de capellán, asesor militar, intendente, con ciertos vislumbres y pujos de jefe de Estado Mayor por su gran pericia topográfica en aquel país. Iba Tilín meditabundo, con las manos á la espalda, ademán harto común en los grandes genios militares, y contemplaba el monte de sal que con la fuerza de los rayos del sol parecía estar sudando y brillaba de tal modo que en ciertos parajes no era posible fijar la vista en él. De pronto vieron los paseantes que por el camino abajo venía un hombre á caballo. No se le pudo distinguir bien en el primer momento porque los

CHAPTER EIGHT

He arrived in the land around Cardona on the first of August. The heat was suffocating and a canicular sun was scorching and suffocating the country. There exists in that duchy one of the most admirable wonders of Nature in Europe and it is a mountain of salt that is more than one hundred yards tall and a league in circumference; an immense hard, brilliant crystal which could supply all the kitchens of the world for centuries and centuries if the sea were no more. The magical iridescent reflections, the gleam of a thousand colors that the rays of the sun produced as it hit the slopes of that crag, that resembled a colossal diamond fallen from the pendant earrings of the sky, seduce and delight the eyes. That mountain looks like none other. Its crests sparkle, its sides glitter, the reflections of every precious stone compete in its whimsical grottoes.

At the end of a warm afternoon, Ting-a-ling's troops were resting near a village in the shade of thick forests. The commander came strolling down the highway accompanied by his second-in-command and Father Maza, not the one who got fifty lashes, but a minim lay brother from Cervera, who had been inducted as chaplain, military consultant, quartermaster general with certain glimmers and aspirations to be chief of staff due to his great surveying expertise of that country. Ting-a-ling was pensive, with his hands behind his back--a quite common gesture in great military geniuses--and contemplated the salt mountain, which seemed to be sweating due to the strength of the sun's rays, and was shining in such a way that in certain places it was impossible to stare at it. Suddenly, the strollers saw a man on horseback coming down the road below. They couldn't make him out clearly at

resplandores del vibrante sol en la montaña cristalina parece que le envolvían en diabólica luz, semejante á telarañas de fuego; pero cuando estuvo cerca, advirtióse que era el caballero de buen porte y el corcel de magnífica estampa.

--Hé aquí un viajero que me parece sospechoso--dijo el padre Maza.--Trae una valija á la grupa, y yo juraría que es militar aunque viste de paisano.

--Y yo--dijo Tilín--creo que en toda Cataluña no hay un caballo como este.

Cuando estuvo á diez pasos, Tilín gritó:--¡Alto! deténgase el ginete.

Éste se detuvo de mal talante.

--¿A dónde va usted?--preguntóle Tilín ásperamente.

--¿Y á usted qué le importa?. . . ¿Quién es usted?

--Soy el comandante Armengol, que manda un batallón de la división de Solsona--dijo el guerrillero, pareciendo muy complacido de tomar en su boca aquellos sonoros términos militares.

--¡Ah!. . . ¡ya!--exclamó el ginete con cierta sorna. --Pero qué batallón y qué divisiones son esos?. . . ¿Me encuentro entre la gente del célebre Tilín, que estos días da tanto que hablar en el país?

--Ese soy yo--dijo el ex-sacristán con orgullo.

El ginete saludó.

--Muy señor mío . . . Lo celebro mucho. Espero que no habrá inconveniente para seguir mi camino.

--Según y conforme. ¿Quién es usted?

--Soy hombre de paz. Realistas, liberales, jacobinos y apostólicos, son lo mismo para mí.

--¿De modo que usted no es nada?

--Nada.

--Grandísima falta: es preciso ser apostólico.

--Soy comerciante.

--¿Cómo se llama usted?

--Es curioso el señor militar.

--¿De dónde viene usted?

--Pesadito es el interrogatorio.

--Poco á poco--dijo Tilín tomando la brida del fogoso animal.--Usted no pasa adelante sin probarnos que no es un hombre sospechoso, un espía de Calomarde ó del marqués de Campo-Sagrado. Será usted registrado; veremos si

first because the brightness of the vibrant sun on the crystalline mountain enveloped him in diabolical light similar to fiery spider webs. When he drew near they noticed that he was a gentleman of good bearing and his steed was magnificent.

"There is a traveler who looks suspicious to me," said Padre Maza. "He has a suitcase on the hindquarters and I would swear he is a soldier, although he dresses like a peasant."

"And I think," said Ting-a-ling, "that in all of Catalonia there is no horse like that one."

When he was ten paces away, Ting-a-ling shouted:

"Halt! Stop the rider."

The latter stopped reluctantly.

"Where are you going?" Ting-a-ling asked brusquely.

"What business is it or yours? . . . Who are you?"

"I am Commander Armengol, in command of one battalion of a division from Solsona," said the warrior seeming very pleased that those sonorous military words were issuing from his lips.

"Oh . . . well!" exclaimed the rider sarcastically. "But what battalion and what armies are those? . . . I am in the midst of the men of the famous Ting-a-ling who recently has given the country so much to talk about?"

"I am he," said the ex-sacristan proudly.

The rider saluted. "Sir! I am very delighted. I hope there will be no problem in letting me continue on my way."

"Depends. Who are you?"

"I am a man of peace. Royalists, Liberals, Jacobins, and Apostolics are all the same to me."

"So you are nothing."

"Nothing."

"That is a big mistake. You should be Apostolic."

"I am a businessman."

"What is your name?"

"You, sir, are curious."

"Where are you from?"

"This interrogation has become tiresome."

lleva papeles. En caso de que sea inocente le dejaré marchar quedándome con el caballo.

—No permitiré que me quiten mi caballo—afirmó el caballero con resolución y enojo.--Sabré defenderlo.

Pepet llamó á los guerrilleros que estaban más cerca.

—Este hombre es preso—les dijo.--Llevadle al ventorrillo donde está mi alojamiento. Vamos allá, padre Maza, que, ó mucho me engaño, ó este encuentro ha de dar algo de sí.

Viendo el ginete que la resistencia, á más de ser muy arriesgada, habría empeorado su ya malísima situación, se dejó llevar con el alma inflamada de ira y maldiciendo entre dientes la hora menguada en que su mala suerte le llevara por aquel infernal camino. En el breve trayecto hasta la vivienda del jefe, esforzóse en tomar cierto aire de dignidad y confianza, porque mostrarse debil y receloso entre semejante gente habría sido excitarla más y más á la barbarie. Si le tomaban por un personaje de posición elevada, de esos que con sus amistades y relaciones se sobreponen á todos los obstáculos, incluso á los de la justicia, facil sería que no le hicieran daño. Así cuando se apeó junto al tinglado del ventorrillo entre un círculo de soldados y guerrilleros que admiraban la soberbia estampa del caballo, entregó éste al mismo que le había conducido y en tono de amo le dijo:

—Dale un pienso y agua. Cuídalo bien si quieres una buena propina. Si en vez de la propina quieres tres palos míos y una reprimenda del Sr. Tilín, trátamelo mal.

Dando dos palmadas de cariño al generoso animal, entró en el alojamiento, que consistía de dos fementidas piezas comunicadas entre sí, y ambas horriblemente sucias y desmanteladas, sin más muebles que las cojas mesas y los bancos de figón manchados de polvo y vino. El caballero hizo que entraran su valija y después se paseó por la estancia sin dignarse mirar á los guerrilleros que allí había, dormitando unos y bebiendo ó jugando los otros.

Era el preso un hombre como de treinta y cuatro años, de gallarda figura y hermoso varonil semblante. Su fisonomía, como sus modales y su vestir, revelaban esa hidalguía que antes se consideraba principalmente vinculada en la alcurnia, pero que há tiempo ha pasado al patrimonio de todas las clases, aunque siempre viene desde la cuna. Su mirar tenía severidad y altivez en la precisa dósis que cabe dentro de la cortesía. Era bastante moreno, con hermoso pelo y bigote negros:

"Gently now," said Ting-a-ling, taking the reins of the spirited animal. "You will not pass through until you have proven to us that you are not suspect, a spy for Calomarde or the Marquis of Campo-Sagrado. You will be searched. We will see if you have papers on you. If you are innocent, I will let you go on but the horse stays with me."

"I will not let you take my horse away," the gentleman affirmed resolutely and angrily. "I will defend it."

Pepet called the guerrillas that were the closest.

"Take this man prisoner," he said to them. "Take him to the roadhouse where I am staying. Let's go, Father Maza. If I am not mistaken, there is more here than meets the eye."

The rider, seeing that resistance, in addition to being very risky, would have worsened his already very bad situation, allowed himself to be taken away. His soul was inflamed with anger and he cursed between his teeth the hour that bad luck led him down that devilish road. In the short distance to the commander's living quarters, he did his best to assume a certain air of dignity and confidence because to have appeared weak and fearful among such people would have incited them more and more to barbarism. If they took him for a person of high position, one of those who with his friendships and connections triumphs over all obstacles, even that of justice, they would be less likely to harm him. So when he dismounted next to the shed of the roadhouse among a circle of soldiers and guerrillas who were admiring the magnificent appearance of the horse, he handed him over to the one who had led him and in a lordly tone, he said to him:

"Give him some fodder and water. Take good care of him if you want a nice tip. If instead of a tip you want me to give you a beating and Mr. Ting-a-ling to reprimand you, mistreat him."

Giving the noble beast two loving pats, he entered the lodging which consisted of two perfidious rooms connected together, both horribly dirty and dismantled, with no more furniture than the wobbly tables and the benches from a cheap restaurant. The furniture was dusty and stained with wine. The gentleman had his suitcase brought in and then he paced around the room without deigning to look at the guerrillas that were there, some sleeping, others drinking and gambling.

The prisoner was a man about thirty-four years old, with an elegant figure and a handsome face. His manners and his dress revealed that nobility that

calzaba botas polacas y su traje tenía un corte especial que á distancia indicaba la mano de sastre extranjero. Su sombrero, que llevaba con gracia, no tenía entonces precedente en las modas españolas, pues era uno de esos blancos platos de lana que después se usaron mucho llevando el nombre de boinas. Este no era aún un nombre fatídico.

No hacía diez minutos que el caballero estaba allí cuando entró Armengol, acompañado de su segundo y del padre Maza. Antes que le dirigiera la palabra, el preso dijo:

--Conviene que estemos un rato solos, señor brigadier.

Y él mismo señaló con un gesto la puerta á los guerrilleros. El padre Maza, juzgando que la orden de despejo no rezaba con él, acomodaba su crasa humanidad en un banco, cuando el caballero le dijo sonriendo:

--Si hoy necesito confesión religiosa, llamaré al padre mínimo. Por ahora únicamente tengo que hablar con el señor brigadier.

Quedáronse solos, y Tilín le dijo:

--Ha de saber usted que yo no soy brigadier.

--¿No? yo creí que sí . . . Como en Cardona oí hablar tanto de usted, y se decía que había sometido toda la provincia de Lérida, juzgué que un caudillo de tanto valor no podía menos de tener un alto grado.

--Soy comandante--afirmó secamente Tilín.

--Me habían dicho que era usted muy joven--dijo el caballero observándole con curiosidad y admiración--pero nunca creí que fuera tanta su mocedad. Usted llegará á los primeros puestos, aunque es preciso contar con la envidia que intentará estorbar su carrera. Los jefes procurarán oscurecer sus triunfos, le rebajarán, le calumniarán tal vez . . . Hoy mismo, cuando son tan evidentes los servicios de Tilín, he oido censurarle por excesivamente atrevido, y hasta me han dicho que Pixola piensa quitarle el mando de esta fuerza . . . Amigo mío, no contaba usted con la envidia, que en nuestro país por desgracia, ennegrece todas las cosas . . .

--¡Destituirme! . . . ¡quitarme el mando!--exclamó Tilín con ira.--Falta que yo lo permita. ¿Dicen eso en Cardona?

--Lo oí decir á dos frailes de San Francisco que ayer mismo comieron con Pixola en Clariana.

¿Está Pixola en Clariana?

formerly was considered principally linked to ancestry but which has become the patrimony of every class, although it always comes from the cradle. His look was severe and arrogant in exactly the right amount to be within the bounds of courtesy. He was rather dark with beautiful hair and black moustache; he wore Polish boots and the cut of his suit revealed the hand of a foreign tailor. His hat, which he wore with grace, had no precedent at that time in Spanish fashions since it was one of those white wool plates that would later be worn a great deal bearing the name of berets. That was not yet an ominous name.

The gentleman had not been there ten minutes when Armengol entered, accompanied by his second in command and Father Maza. Before he said a word to him, the prisoner said:

"We need to be alone for a moment, Brigadier."

And he himself gestured to the guerrillas in the direction of the door. Father Maza, judging that the order to leave had nothing to do with him, was settling his gross humanity on a bench when the gentleman said to him, smiling:

"If I need religious confession today, I will call on the Father minim. For now, I only need to talk with the Brigadier."

They were left alone and Ting-a-ling said to him:

"You should know that I am not a brigadier."

"You aren't? I thought you were . . . Since I heard so much about you in Cardona and they said that you had conquered the entire province of Lerida, I thought that such a courageous leader had to have a high rank."

"I am a commander," Ting-a-ling affirmed dryly.

"They told me you were young," said the gentleman, observing him with curiosity and admiration, "but I never thought that you could be so young. You will be highly successful although you must count on envy. Your commanding officers will try to thwart your career. They will try to lessen the importance of your triumphs. They will cut you down--perhaps they will slander you. This very day, when Ting-a-ling's services are so obvious, I have heard you criticized for being too daring and it has even been said that Pixola is thinking about taking away your command by force . . . My friend, you did not count on envy, which in our country, unfortunately, blackens everything."

"To dismiss me from my post! . . . To take away my command," Ting-a-ling exclaimed angrily. "I just will not allow it. That is what they say in Cardona?"

--Sí, señor . . . Ahora empieza usted su vida militar. Por lo mismo que la ha empezado gloriosísimamente, verá que todos esos figurones ineptos, todos esos holgazanes llenos de vanidad tratarán de oscurecer su mérito y de apropiarse su fama.

--Mi mérito y mi fama--dijo Tilín gravemente--si es que los tengo ó los puedo tener, saldrán por encima de todo.

--Así lo creo . . . Pero vamos á nuestro asunto. Es preciso que usted me deje partir inmediatamente.

--A eso vamos--replicó Pepet.--¿Y quién es usted? Juraría que no es comerciante.

--Así es en efecto--dijo el caballero sonriendo con franqueza.--Pero la compañía de usted al interrogarme no me permitía decir la verdad. Había allí un fraile, y los frailes son indiscretos y parlanchines. Ahora que estamos solos, diré mi nombre y la razón de mi viaje. Me llamo D. Jáime Servet y vengo de Barcelona.

--¿Y á dónde va usted?

--A Cervera.

--¿Y qué objeto lleva usted? Eso es lo principal, eso--afirmó el guerrillero con buenos modos.--Si usted va como amigo de nuestra causa y me lo prueba mostrándome sus despachos, le dejaré seguir. Si usted va como particular á negocios propios, y me lo prueba, le dejaré seguir también quedándome con el caballo. Si usted es espía ó comisionado de Calomarde ó del marqués de Campo-Sagrado, entonces le fusilaré . . . Vamos, no hay más que hablar. Ahora responda el Sr. D. Jáime Servet.

Sin vacilar Servet respondió:

--Voy á Cervera á llevar órdenes de la Junta de Barcelona.

--Muéstreme usted los pliegos--dijo Tilín sin mirar á su interlocutor.

--Mi comisión es de índole tan reservada, que nada llevo escrito. Las órdenes que llevo las daré verbalmente.

Sonrisa de duda y mofa contrajo los enormes labios de Tilín.

--En ese caso, la Junta daría á usted salvoconducto para que libremente atravesara el país sublevado.

"I heard it from two monks from San Francisco who just yesterday ate with Pixola in Clariana."

"Pixola is in Clariana?"

"Yes, sir . . . Now you are beginning your military career. You have begun it gloriously and for that reason you will see that all those inept show-offs, all those lazybones full of vanity, will try to dishonor you and take your glory."

"My honor and glory," said Ting-a-ling seriously, "if I really have them or can have them, they must come above everything."

"I agree. But let's get down to business. You must let me leave immediately."

"I was just getting to that," replied Pepet. "Who are you? I would swear you are not a businessman."

"You are exactly right," said the gentleman, smiling frankly. "But I could not tell the truth in front of the company around you when you interrogated me. There was a monk there and monks are indiscreet and chatterboxes. Now that we are alone, I will tell you my name and the reason for my journey. My name is Don Jaime Servet and I came from Barcelona."

"Where are you going?"

"To Cervera."

"And what is your purpose? That is the most important thing," the guerrilla affirmed with good manners. "If you come as a friend of our cause and you prove it to me by showing me your dispatches, I will let you proceed. If you have come as a private citizen, on your own business, and you prove it to me, I will let you proceed also, keeping your horse. If you are a spy, commissioned by Calomarde or the Marquis of Campo-Sagrado, I will shoot you . . . Come on, all you have to do is speak up. Don Jaime Servet now has the floor."

Without hesitating, Servet answered:

"I am going to Cervera to deliver orders from the Junta of Barcelona."

"Show me the sealed orders," Ting-a-ling said without looking at the person to whom he was speaking.

"My commission is of such a confidential nature that I have nothing written down. I must deliver my orders verbally."

Ting-a-ling's enormous lips contracted into a smile of doubt and mockery.

--No tengo salvoconducto ni cosa que lo valga--repuso el caballero sin perder su serenidad.--Lo tenía; pero por un descuido que pago muy caro, dejé papel en manos de Jep dels Estanys, cuando me presenté á él en Vich.

--¡Qué casualidad! . . . Bueno, pues dígame usted esas órdenes verbales que va á llevar á Cervera.

--Si usted se llamara fray Agustín Barrí, guardián de Capuchinos de Cervera, lo haría de buen grado. Mi deber es morir cien veces antes que revelar una palabra sola.

--¿Tan reservadas son esas órdenes?

--Lo son tanto y de tal gravedad para Cataluña, para España, para el mundo todo, que sólo el pensarlo espanta.

Guardó silencio Tilín durante un minuto, acariciándose la barba, y después miró á su prisionero, y con calma flemática le dijo:

--Usted es un impostor, usted es espía de Calomarde. Voy á mandar que le fusilen á usted inmediatamente.

El caballero tembló; mas dominando la furibunda ira que hervía en su alma, se expresó de este modo:

--Sea, pues. Solo é indefenso no puedo protestar de ese horrible crimen, sino ante Dios. Pero no sólo la justicia divina, sino la humana ha de vengarme algún día, y usted que ensoberbecido con sus triunfos, encubre con la bandera de la Fé el asesinato de un servidor de su propia causa, dará cuenta pronto, muy pronto, de mi muerte, y en toda su vida, por larga que sea, no aplacará sus remordimientos.

La entereza y el tono de solemnidad con que el forastero se había expresado, confundieron momentáneamente al voluntario realista. Clavando su mirada profunda y sagaz en el rostro del prisionero, dijo así:

--¡Uñas y rabo de Satanás! Si no es usted traidor, que me fusilen á mí. Jamás me equivoco . . . Pero observo que ha traido usted consigo una maleta. Déme usted la llave.

El extranjero sacó una llave, y arrojándola en el suelo á los piés de Armengol, volvió la espalda, y después de llevarse la mano á la frente, se puso á pasear. Tilín abrió la valija, y al registrar, sus manos parecían las insaciables y viles manos de un aduanero.

--Ropa--dijo sacando varias piezas--dinero . . . ¿Qué es esto?

"In that case, the Junta would give you a safe-conduct so that you could freely cross the rebellious countryside."

"I have neither a safe-conduct nor anything of the kind," replied the gentleman remaining calm. "I had one, but due to a careless mistake that I'll pay dearly for, I left that piece of paper in the hands of Jep dels Estanys when I reported to him in Vich."

"What a coincidence! . . . Well, then, tell me those verbal orders that you are taking to Cervera."

"If your name was Fray Agustin Barri, guardian of the Capuchinos of Cervera, I would do so willingly. My duty is to die a thousand times before revealing a single word."

"Those orders are so confidential?"

"They are so confidential and of such a serious nature for Catalonia, for Spain, for the entire world, that it scares me just to think about it."

Ting-a-ling was quiet for a moment, stroking his chin and then he looked at the prisoner and with phlegmatic calm, he said to him:

"You are an impostor; your are Calomarde's spy. I am going to order them to shoot you immediately."

The gentleman trembled but controlling the anger that made his blood boil, he expressed himself this way:

"So be it, then. Alone, defenseless, I cannot protest against that horrible crime except before God. But not only divine justice, but human, will avenge me some day. You, who have become conceited with your triumphs, conceal with the banner of the Faith the murder of a servant of your own cause and you will soon, very soon, have to account for my death and you will be sorry for the rest of your life, no matter how long that may be."

The firmness and the solemn tone with which the stranger had expressed himself momentarily confused the royalist volunteer.

Fixing his profound, astute eyes on the prisoner's face, he said:

"The nails and tail of Satan. If you are not a traitor, may I be shot! I never make a mistake . . . But I see that you have brought a suitcase with you. Give me the key."

The stranger took out a key and throwing it on the ground at Armengol's feet, he turned his back and after putting his hand to his brow, he began to pace.

Mostraba un pliego. El llamado Servet tembló al ver aquel pliego en manos del voluntario realista. Sin poder dominar su coraje, exclamó:

--Un papel, asesino. Léalo el que pueda.

Tilín fijaba sus ojos con atención en tres letras misteriosas trazadas sobre la cubierta del pliego.

--Esto parece masónico--dijo sonriendo diabólicamente.--¿Qué significan estas letras F. P. D.? Uñas y rabo! . . . Por mi vida que recuerdo haber oido hablar de estas tres letras á Mosén Crispí de Tortellá.

--Esas tres letras--dijo Servet acariciando una idea feliz--quieren decir *Ferdinandum pedibus destrue*.

--¡Ah! . . . yo había oido aquello de *Lilia pedibus* . . . "pisotea las flores de lis."

--Aquí no se pisotea más que á Fernando. Aquel era un lema jacobino, este es un lema . . .

--Un lema . . . --dijo Tilín con ansiedad.--Pero leeremos lo que dice este papel.

--Un lema apostólico--afirmó prontamente el llamado D. Jáime.

Abrió el papel para leerlo; pero al punto exclamó con desconsuelo:

--Si está en latín.

En el semblante del prisionero brilló un rayo de esperanza. Inmutóse como la cara del reo que vislumbra su salvación.

--Llamaré al padre Maza para que me lo traduzca--dijo Pepet.

El semblante de Servet se nubló segunda vez. Por dicha suya, antes de apartarse de la maleta, Tilín vió otro pliego. Tomándolo leyó el sobreescrito que decía:

A la señora Madre Abadesa de San Salomó, en Solsona.

Tilín, estupefacto, no apartaba sus ojos de aquellas letras.

--Lea usted--dijo el caballero animándose considerablemente--si es que en las costumbres de los guerrilleros entra también el sorprender los secretos de las damas.

--Esta carta es . . .

--De Doña Josefina Comerford--replicó con imperturbable audacia y gravedad el caballero.

Ting-a-ling opened the suitcase and as he searched it, his hands resembled the vile hands of a customs agent.

"Clothes," he said, taking out several pieces, "money . . . What is this?"

He pulled out a sealed letter. The so-called Servet trembled when he saw that sealed letter in the royalist volunteer's hands. Unable to control his anger, he exclaimed:

"A piece of paper, assassin. Read it if you can."

Ting-a-ling stared with great interest at the three mysterious letters drawn on the cover of the sealed letter.

"This looks Masonic," he said, smiling diabolically. "What do these letters 'F.P.D.' mean? The nails and tail! . . . Upon my soul, I remember hearing Mosen Crispin de Tortella talk about these three letters."

"Those three letters," said Servet, a clever idea coming to mind, "mean *Ferdinandum pedibus destrue*."

"Oh! . . . I have heard about *Lilia pedibus* . . . Trample the fleurs-de-lis underfoot."

"Here only Fernando is trampled underfoot. That was a Jacobin motto; this is a motto . . ."

"A motto . . ." said Ting-a-ling anxiously. "We will read what this paper says."

"An Apostolic motto," the so-called Don Jaime affirmed quickly.

He opened the paper to read it but he immediately exclaimed disconsolately:

"But it is in Latin."

A ray of hope shone on the prisoner's countenance. It changed like the face of a condemned man when he catches a glimmer of salvation.

"I will call Father Maza so that he can translate it for me," said Pepet.

Servet's countenance clouded over a second time. Luckily for him, before Ting-a-ling left the suitcase, Ting-a-ling saw another sealed letter. Picking it up, he read the address:

"*To the Reverend Mother, Abbess of San Salomó of Solsona.*"

Ting-a-ling, flabbergasted, couldn't take his eyes off those lines.

Tilín que ya había empezado á despegar la oblea con su grosero dedo, se detuvo. El caballero firme en su difícil papel de osadía y descaro, que era el único conveniente en tales circunstancias, prosiguió así:

--Concluyamos. Me repugna esta escena de Inquisición. Si he de ser arcabuceado que sea de una vez. Necesito un confesor, como católico cristiano. Caiga mi sangre sobre la cabeza de mi asesino. Una sola disposición me cumple hacer.

--¿Cuál?

--Que lleve usted esos paquetes de oro y esa carta á donde dice el sobre.

--¿A las monjas?

--Sí. El resto de mi comisión no puedo revelarlo. El secreto se va conmigo y con usted la responsabilidad de este crímen.

Tilín puso la carta en la valija, y acompañando sus palabras de un gesto desenfadado y como generoso, exclamó:

--Caballero, es usted libre.--Puede usted seguir su camino.

Mientras el caballero daba interiormente gracias á Dios por el buen término de aquella peligrosa aventura, el terrible soldado colocaba el dinero y las ropas en su sitio.

--Un favor espero de usted, caballero--dijo al concluir.

--Estoy á sus órdenes.

--Que lleve usted una carta mía á San Salomó. Es para Sor Teodora de Aransis.

Tilín sacó del pecho una carta que había escrito aquel día y después de mirarla con cierta expresión afectuosa, la entregó al mensajero.

"Read on," said the gentleman, becoming considerably agitated, "if the habits of guerrillas include revealing ladies' secrets."

"This letter is . . . "

"From Dona Josefina Comerford," replied the gentleman with imperturbable audacity and seriousness.

Ting-a-ling, who had already begun to break the seal with his thick finger, stopped. The gentleman, steadfast in his difficult role of being daring and cheeky, which was the only thing to do in such circumstances, continued:

"Let's finish. I hate this scene from the Inquisition. If I am to be shot with the arquebus, let's get it over. As a Christian Catholic, I need a confessor. My blood will be on my assassin's hands. Only one thing remains to be done."

"What?"

"Take those packages of gold and that letter to the address on the envelope."

"To the nuns?"

"Yes. I cannot reveal the rest of my commission. The secret remains with me and the responsibility for this crime remains with you."

Ting-a-ling put the letter in the suitcase and accompanying his words with a devil-may-care gesture he exclaimed generously:

"Sir, you are free to go. You may continue on your way."

While the gentleman was silently thanking God for the good turn of events to that dangerous adventure, the fierce soldier was putting the money and the clothes in their place.

"I have a favor to ask of you, sir," he said when he had finished.

"I am at your service."

"Take my letter to San Salomó. It is for Sister Teodora de Aransis."

Ting-a-ling took from his chest a letter than he had written that day, and after looking at it affectionately, he handed it over to the messenger.

CAPITULO NUEVE

Recobrados el caballo y las armas, puesta en orden la valija y apurado un vaso de vino con que le obsequiara el jefe de la partida, púsose el caballero de nuevo en marcha sin querer detenerse, á pesar de los ruegos de Tilín y del padre Maza, que le incitaban á descansar aguardando la frescura de medianoche para seguir su viaje. Él les dijo muy cortesmente que de buen grado pasaría unas horas en tan grata compañía; pero que la premura y gravedad de las órdenes que llevaba no le permitían reposo alguno. La verdadera causa de su precipitación era un deseo vehementísimo de ponerse á gran distancia de semejantes pájaros y no dar tiempo á que el bravo Tilín se arrepintiera de su generosidad. Metió espuelas para alejarse todo lo posible, temeroso de que fueran en su seguimiento, y cuando se creyó seguro dejóse ir con lentitud para meditar sobre el grave suceso pasado y dar gracias á Dios. La noche era oscura y el camino solitario; pero el alma del caballero estaba alegre.

--Otra vez mi buena estrella--decía--ó mejor, la Divina Providencia me ha sacado sano y salvo de un grave peligro. ¡Bendito sea Dios que me ha salvado una vez más, y sírvame este suceso de aviso y lección para no meterme otra vez en aventuras tan arriesgadas como poco provechosas! Maldita fué la hora en que discurrí pasar de Barcelona á Zaragoza, y según voy viendo más corto será el camino de la Meca. Salgo y las partidas me impiden llegar á Manresa; tomo el camino de Berga y las partidas me echan sobre Cardona; ahora creo que voy en dirección de Solsona, pero no me asombrará verme á las puertas de Pekin si sigo tropezando con bandidos y sacristanes. Me he metido en un país encantador que

CHAPTER NINE

Having recovered his horse and arms, put his suitcase in order, and drained a glass of wine that the leader of the partisan band had given him, the gentleman set out again. He had no desire to linger, in spite of Ting-a-ling's requests and Father Maza's urgings that he rest and wait for the midnight coolness to continue his trip. He told them very politely that he would gladly spend a few hours in such pleasant company, but that the urgency and gravity of the orders that he bore did not allow him to rest. The true cause of his haste was the most vehement desire to put a great distance between himself and those birds and not to give the brave Ting-a-ling time to repent of his generosity. He applied the spurs to get as far away as possible, afraid that they would come after him and when he thought he was safe, he let himself go slowly to meditate upon the serious past event and to give thanks to God. The night was dark and the road lonely, but the gentleman's soul was happy.

"Once again my lucky star," he said, "or rather, Divine Providence, has delivered me safe and sound from grave danger. Thank God, who has saved me once again and may this event be a warning and a lesson not to let myself get into such dangerous, as well as unprofitable, adventures. Curses upon the hour when I decided to go from Barcelona to Saragossa and, as I am finding out, the road to Mecca would be shorter. I leave and the partisan bands keep me from reaching Manresa. I take the road from Berga and the partisan bands stop me in Cardona. Now I believe that I am heading toward Solsona but it wouldn't surprise me to find myself at the gates of Peking if I keep on running into bandits and sacristans. I

está saboreando las delicias de la guerra civil más bestial, más soez y repugnante que imaginarse puede . . . ¡Ah! señores míos; señores míos, (al decir esto parecía dirigirse á alguien que podía escucharle) no conocen ustedes la tierra que desean reformar. Esto no tiene enmienda por ahora ni hay alquimia que de esta basura haga oro puro. Lo que he pensado y sostenido varias veces lo veo y lo palpo ahora . . . Un puñado de hombres refugiados en Inglaterra se empeñan en librar á su país del despotismo y mientras ellos sueñan allá, ese mismo país se subleva, se pone en armas con fiereza y entusiasmo, no porque le mortifique el despotismo, sino porque el despotismo existente le parece poco y quiere aún más esclavitud, más cadenas, más miseria, más golpes, más abyección.

Había soltado las riendas como D. Quijote cuando le hervían en la cabeza los pensamientos, y mecido por el lento paso del animal que también parecía cavilar sesudamente en la vanidad de las glorias caballares, dejábase llevar por sus recuerdos y sus reflexiones á distintas esferas.

--¿Y á qué voy yo á Zaragoza?--prosiguió.--¿A qué? Mis pasos por este país son tan insensatos como los del caballero andante más loco; más ridículo y más extraviado que hizo disparates en el mundo. ¿A dónde voy yo? . . . ¿La principal misión que me encargaron no la he desempeñado ya? ¿No me dijeron: "explora y examina cómo está el país, tómale el pulso y observa si está dispuesto á apoyar una sublevación liberal?" Pues bien, yo he venido, yo he examinado, yo he tomado el pulso y he visto ¡mala pese nos dé Dios! la horrible fiebre del absolutismo más abrasadora que nunca . . . ¡Señores *mineros*, vengan todos acá y verán qué divina patria tenemos! ¡Da gozo viajar por estas amenas provincias, pobladas de frailes y guerrilleros hambrientos de esclavitud como la hiena de carne muerta! . . . ¿Qué tengo yo que hacer aquí? Nada: ya he visto demasiado. La lección es buena y suficiente, el peligro que mi pellejo corre extraordinario. Vámonos á la frontera. Patria querida, me repugnas.

Arrendando á su caballo miró al horizonte hacia el Norte. Expresión de desdén y amargura nubló su rostro, cuando apartando su corcel del camino real se metió por una senda que á mano derecha partía en dirección al monte. Pasó junto á las tapias del cementerio de una aldea, pasó junto á la misma aldea que era un montón de ruinas gloriosas del tiempo de la guerra con los franceses, y al poco trecho se detuvo. Sus pensamientos habían dado una brusca vuelta como la veleta atormentada por el viento.

have entered an enchanting land that is savoring the delights of the most beastly, the dirtiest, the most repugnant civil war that you can imagine . . . Oh! My lords; my lords (upon saying this he seemed to be addressing someone who could hear him), you don't know the land that you want to reform. There is nothing to be done for the time being; there is no alchemy that can make pure gold of this garbage. What I have thought and maintained many times I see and I touch now . . . A handful of men who have taken refuge in England try to free their country from despotism and while they dream far away, this country itself rises up, arms itself ferociously and enthusiastically, not because despotism mortifies them but because the existing despotism seems insufficient to them and they want even more slavery, more chains, more misery, more beatings, more abjection."

He had loosened the reins, as did Don Quijote when thoughts were seething in his head, and rocked by the slow pace of the animal, which also seemed to meditate wisely on the vanity of equine glories, he let his thoughts take him to different spheres.

"And why am I going to Saragossa?" he continued. "Why? My travels in this country are as senseless as those of the most insane, ridiculous and touched knight errant who ever acted foolishly in the world. Where am I going? . . . Haven't I already accomplished the principal mission that they gave me? Didn't they tell me: 'Explore and examine the country, take its pulse and see if it is ready to support a liberal uprising.' Well then: I have come, I have examined, I have taken the pulse and I have seen--What a plague God has put on us!--the horrible fever of the most burning absolutism that ever existed . . . *Mineros*[1], come here and you will see what a divine country we have. It is delightful to travel through these pleasant provinces, populated with monks and soldiers hungry for slavery and the hyena for dead meat! . . . What do I have to do here? Nothing. I have already seen too much. The lesson is good and sufficient; my life is in extraordinary danger. Let's head for the border. Dear country, you disgust me."

Spurring his horse, he looked toward the northern horizon. An expression of scorn and bitterness clouded his face when, putting his steed on the main road, he headed down a path that went toward the mountain on the right-hand side. He passed by the walls of a village cemetery. He passed through the village itself, which was a heap of glorious ruins from the period of war with the French and at a

--No--dijo hundiendo la barba en el pecho después de mirar al cielo.--Es preciso ir á Zaragoza. ¿Qué me detiene? ¿el peligro? ¿Tendré yo menos valor que el pobre Valdés, héroe y mártir en Tarifa, que los hermanos Bazan sacrificados en Alicante? ¿Y por qué ha de ser tan desgraciado como ellos? Sí, aventurero, déjate de subterfugios y ve á Zaragoza . . . No hay que fiar demasiado en las apariencias. Ni todo el país está tan fanatizado como Cataluña ni todo Cataluña está compuesta de frailes, ni todos los frailes son guerrilleros. En Barcelona hay liberalismo y cultura suficientes para compensar este salvajismo de la sublevación apostólica. No hay que desconfiar todavía. Las poblaciones podrán arrancar á las aldeas su barbarie, si hay empeño en ello. No, no será tanta la abyección de este pedazo de tierra europea que dispongan de su suerte media docena de monjas y otros tantos canónigos. Los tenebrosos intrigantes del *Angel Exterminador* no prevalecerán aunque lo mande el Papa y aunque se devanen los sesos todas las eminencias de cal y canto que farolean en el cuarto del infante D. Carlos.

Espoleando á su caballo volvió al camino real.

--¿No es lastimoso que me vuelva sin desempeñar la mitad de mi comisión? Si salí en bien de la primera mitad, ¿por qué no he de salir en bien de la segunda? Dios me ha favorecido siempre, á pesar de ser yo tan gran pecador, aunque no empedernido. Adelante, adelante y salga el sol por . . . Zaragoza. Si ahora vuelves al extranjero y te preguntan: "¿Qué has hecho?" ¿podrás responder algo? Algo si, pero no lo bastante.

--Los barceloneses responden de reunir dos mil paisanos armados, y aseguran que los voluntarios realistas de aquella ciudad son poco temibles. Es verdad; Cataluña sublevada por el absolutismo delirante, no es el mejor terreno para una tentativa; pero lo que es imposible en Cataluña, ¿no será hacedero en Aragón, donde el clero tiene mucho menos poder? Además, este infame levantamiento clerical que aquí es un obstáculo grande, ¿no puede ser un auxiliar en otra parte? Calomarde acudirá con todas sus fuerzas á Cataluña, y el corazón de España quedará desamparado por el absolutismo. ¡Ah! cómo paga el infame absolutismo su culpa. Este asqueroso tumor que le ha salido dará con su podrida existencia en tierra . . . Aventurero, marcha.

Después de distraerse pensando en otras cosas que no interesan al lector, volvió á dar en su misma idea y dijo:

short distance he stopped. His thoughts had taken an abrupt turn, like a weather vane tormented by the wind.

"No," he said, his chin sinking into his chest after looking at the sky. "I must go to Saragossa. What stops me? Danger? Am I less courageous than poor Valdes, a hero and martyr, in Tarifa; than the Bazan brothers, sacrificed in Alicante? And why must I be as unlucky as they? Yes, adventurer, stop the subterfuges and go to Saragossa . . . One must not rely on appearances too much. Not all the country is as fanatical as Catalonia, nor is all Catalonia made of monks, nor are all monks guerrillas. In Barcelona there is sufficient liberalism and culture to make up for the savagery of the apostolic uprising. There is no reason to lose confidence just yet. The masses will be able to drive their barbarity out of their villages if they are determined to do so. No, the abjection of this piece of European land that lets a half dozen nuns and as many canons arrange its fate will not be so great. The sinister intrigues of the *Exterminating Angel* will not prevail, even if the Pope so orders it, not even if all the very powerful eminences who show off in Prince Carlos' room rack their brains."

Spurring his horse, he returned to the main road.

"Isn't it a shame that I will return without carrying out half of my mission? If I was successful in the first half, why shouldn't I be successful in the second half? God has always favored me, even though I am a great sinner, although not a hardened one. Forward, forward, and come what may. If you now return from abroad and they ask you: 'What have you done?', will you be able to say something? Maybe something, but not enough.

"The people of Barcelona say that they can assemble two thousand armed compatriots and they assure that the royalist volunteers in that city are not to be feared. It is true: Catalonia, rebelling for delirious Absolutism, is not the best site for an attempt. But if it is not possible in Catalonia, would it be feasible in Aragon where the clergy has less power? In addition, couldn't this infamous clerical uprising--which here is an enormous obstacle--be helpful somewhere else? Calomarde will come with all his forces to Catalonia and the heart of Spain will be abandoned by Absolutism. Oh, how infamous Absolutism pays for its sins. The rotten existence of this foul tumor that has come out of you will be destroyed . . . Forward, march, adventurer."

--Veamos; ¿qué has hecho tú? ¿qué has hecho para justificar tu vuelta al extranjero? ¿Has dado á conocer la noble idea que hoy agita á lo más selecto de los emigrados? Apenas la manifesté en Barcelona, todos la creyeron irrealizable. Es una ilusión, un disparate, un cuento de viejas. Pero ¡ay! hemos visto tantos disparates convertidos en realidad de la noche á la mañana! ¿Quién pudo creer que España resistiera á Napoleón? Nadie, y sin embargo . . . Hoy todo liberal español á quien se dice que nuestra salvación estriba en cambiar de dinastía, poniendo en el trono á D. Pedro de Braganza, se ríe y duda. ¿No aspiran los apostólicos á cambiar de Rey? Poco á poco la idea de un cambio de familia dejará de causar espanto . . . ¡Ah! . . . ¡D. Pedro, D. Pedro! . . . Verdaderamente es un disparate; pero un disparate seductor que se presta á ser propagado. Adelante, pues. No me voy á Francia sin arrojar esta idea en el surco. Anda, aventurero, anda. Todavía tienes afecciones en este país. Tu patria te llama con voces distintas; te llama con la voz cariñosa de una mujer; te llama con la voz grave del interés. Aventurero, eres pobre, pero vas á ser rico; has heredado. Un tío que ha vuelto de América te ha dejado algunos miles, que es preciso recoger. Sí; no se vive sólo de ideas, se vive también de pan. Ya que sigues adelante, aventurero, sé prudente, toma precauciones. Llevas papeles que te comprometen. ¡Fuera toda esa carga inútil, por si viene el naufragio!

Diciendo esto se apartó del camino, ató su caballo al tronco de un árbol y poniendo la balija en el suelo apresuróse á hacer prolijo escrutinio de lo que en ella había.

--Este papelote en latín de nada me sirve ya--dijo rasgándolo.--Con la autorización escrita y cifrada que me dió la Junta de Barcelona para la de Zaragoza, me bastará. Explicaré verbalmente las ideas que traigo de Lóndres. La carta de Torrijos podría servirme, pero la sacrifico también. La de Chapalangarra es inútil, porque tengo amigos en Navarra. Esta otra de Palarea está tan bien imaginada y encubre tan bien el objeto con el artificio de la recomendación para comprar harinas, que la conservaré. Romperé la de D. Alejandro O'Donnell que no encubre bien la comisión, porque esto de que vaya á vender reliquias un comerciante de harinas, no engañará más que á los tontos. Esta lista de personas dada por Mendizábal, tampoco conduce á nada nuevo: en tierra con ella. ¡Ah! aquí sale mi salvación; la esquela para las monjitas de San Salomó . . . muy señoras mías . . . Si aquella buena mujer que me alojó en Cardona no me hubiera

After amusing himself by thinking about other things that are of no interest to the reader, his thoughts returned to the same theme and he said:

"Let's see. What have you done? What have you done to justify your return abroad? Have you made known the noble ideal that today stirs up the very best of the emigres? I had barely made it known in Barcelona and they all thought it unattainable. It is an illusion, nonsense, an old wives' tale. But, alas, we have seen so many silly things changed into reality overnight. Who would have believed that Spain would resist Napoleon? No one and nevertheless . . . Today every liberal Spaniard to whom you say that our salvation lies in changing dynasties, putting Don Pedro de Braganza[2] on the throne, laughs and doubts. Don't the Apostolics aspire to change kings? Little by little, the idea of a change of family will stop scaring them . . . Oh . . . Don Pedro, Don Pedro. Truly it is a mistake, but a seductive mistake that lends itself to being spread. Forward, then. I will not go to France without planting this idea. Go on, adventurer, go on. You still love this country. Your country calls you with various voices. It calls to you with the affectionate voice of a woman; it calls to you with a serious, interested voice. Adventurer, you are poor but you are going to be rich; you have an inheritance. An uncle who has returned from America has left you several thousand that you must collect. Yes, one does not live on ideals alone. One also lives on bread. Since you are continuing on, adventurer, be wary. Take precautions. You are carrying compromising papers. All useless cargo overboard, in case there's a shipwreck."

Saying this, he left the road, tied his steed to a tree trunk, and putting his suitcase on the ground, he hastened to make a thorough search of what was in it.

"This scrap of paper in Latin is no longer of any use to me," he said, tearing it up. "The authorization written in code that the Junta of Barcelona gave me for the Junta of Saragossa will be enough. I will explain verbally the ideas that I bring from London. The letter from Torrijos might be of service to me, but I will sacrifice it also. The letter from Chapalangarra is useless because I have friends in Navarra. This other one from Palarea is so well thought up and hides its purpose so well with the artifice of the recommendations to buy flour that I will keep it. I will tear up Don Alejandro O'Donnell's[3] because he doesn't hide the mission very well. The fact that a flour merchant is going to sell relics would not fool even the most foolish. There's nothing new in this list of people that Mendizabal[4] gave me.

dado este papel, que creo es una especia de memorial pidiendo chocolate, á estas horas quizás estaría yo delante del Padre Eterno, no pidiendo chocolate, sino dándole cuenta de mis culpas. También guardaré la carta de Tilín para la monja. ¡Benditos sean los amigos que me enteraron de las intrigas de Doña Josefina Comerford y de las madrecitas de San Salomó! Sin estos preciosos datos, ¡pobre de mí! . . . Todo está bien; vuelva la balija á la grupa, el hombre al caballo, el caballo al camino, y Dios por delante.

Ningún encuentro digno de ser mencionado tuvo aquella noche. Al divisar los muros de Solsona, encomendóse á Dios para que no le deparase ninguna desventura en la histórica ciudad episcopal; pero sin duda el Autor de todas las cosas, ó le creyó indigno de misericordia por la magnitud de sus pecados, ó quiso someterle á sufrimientos muy amargos para probar el temple de su espíritu, porque no bien pisó el caballo blanco los guijarros que pavimentaban las calles de Solsona, cuando cayeron sobre el caballero tantas desventuras, que tuvo por dichoso el encuentro con Tilín y las demás trapisondas y padecimientos de su trabajada existencia. Dejémosele ahora lamentando su triste suerte en las mazmorras del Ayuntamiento de Solsona, y antes de ocuparnos de los reveses de este aventurero desconocido, veamos lo que aconteció al bravo Tilín y el giro que tomaron sus asombrosas y nunca vistas proezas.

Get rid of it. Oh, here is my salvation: the note for the nuns of San Salomó . . . the dear ladies. If that good woman who gave me lodging in Cardona had not given me that paper, which I think is a kind of petition asking for chocolate, perhaps at this very moment I would be standing before our Eternal Father, not asking for chocolate, but giving an account of my sins. I will also keep Ting-a-ling's letter for the nun. Thank goodness for the friends that told me about the intrigues between Dona Josefina Comerford and the little nuns of San Salomó. Without those valuable facts, poor me! . . . Everything is fine. Put the suitcase back on the horse's rump, the man on the horse, the horse on the road, and God in front."

No other incident worthy of being mentioned took place that night. When he made out the walls of Solsona, he commended his soul to God so that no misfortune in the historic, episcopal city might befall him; but no doubt the Author of everything either thought him unworthy of mercy due to the magnitude of his sins or he wanted to subject him to extremely bitter sufferings to test the temper of his spirit. The white horse had hardly set foot on the cobblestones that paved the streets of Solsona when so many misfortunes befell the gentleman that he considered the encounter with Ting-a-ling and the other to-dos and sufferings of his tired existence insignificant. Let us leave him now lamenting his sad fate in the dungeon of the town hall of Solsona and before we concern ourselves with the misfortunes of this unknown adventurer, let us see what happened to the brave Ting-a-ling and the course that his astonishing and never-before-seen heroic deeds had taken.

CAPITULO DIEZ

Había corrido próximamente un mes desde la gloriosa salida del voluntario realista á civilizar los pueblos de la sierra, cuando recibió orden de Pixola mandándole que al punto se trasladase á Solsona. Maravilló á Tilín esta premura y la sequedad del despacho; pero mucho mayor fue su sorpresa cuando al entrar en Solsona con su ya numerosa partida, vió que Pixola en vez de recibirle con los brazos abiertos y encomiar el éxito de la expedición, recibíale ásperamente, sin mostrar ni un ápice de entusiasmo por tan descomunales servicios, ni menos alabar su heróico valor. Aquel primer arañazo dado por la horrible harpía, enemiga de las humanas grandezas, hizo manar sangre del ardiente corazón de Pepet Armengol.

Gran condescendencia fué que el carnicero reconociese y otorgase á nuestro héroe los grados que éste mismo se había dado por un procedimiento novísimo en los fastos de las improvisaciones personales; mas con esto el díscolo guerrillero demostraba que no sólo aborrecía á Pepet, sino también que le tenía un tantico de miedo. Ni la muchedumbre de mozos útiles, ni las armas, ni el dinero, bastaron á modificar la opinión de Pixola sobre los merecimientos de su subalterno, la cual como se asentaba en la ruin envidia, más desfavorable era cuanto mayores motivos había para que no lo fuese. Pero el punto en que más insistió, por ser aquel en que se encontraba más fuerte, fué el de la protección que Tilín había dado á un pícaro sectario y jacobino que andaba por el país malquistando á los realistas unos con otros, y metiendo zizaña y haciéndoles desconfiar de sus jefes y dándoles dinero para que atropellasen é hicieran atrocidades.

CHAPTER TEN

Approximately one month had passed since the glorious sally of the royalist volunteer to civilize the towns in the sierra when he received orders from Pixola to move immediately to Solsona. Ting-a-ling was amazed at the urgency and curtness of the dispatch; and his surprise was even greater when, upon entering Solsona with his already numerous party he saw that Pixola, instead of receiving him with open arms and praising the success of his expedition, received him brusquely, not showing even an iota of enthusiasm for such magnificent services, nor did he even praise his heroic valor. That first scratch given by the horrible harpy, an enemy of human greatness, made the blood flow in Pepet Armengol's burning heart.

It was with great condescension that the butcher recognized and granted the hero the ranks that he had given himself through a brand-new procedure in the annals of personnel improvisations; but in this way the wayward guerrilla showed that he not only hated Pepet but also that he was just a little bit afraid of him. Neither the crowd of conscripts, nor the arms, nor the money was sufficient to modify Pixola's opinion about his subordinate's merits. His opinion was all the more unfavorable because it was based on vile envy--there were greater reasons for it not to be. But the point that he insisted upon the most, because it was his strongest point, was the one about the protection Ting-a-ling had given a damned sectarian and Jacobin who was traveling through the country setting the royalists against each other and sowing discord, making them distrust their leaders and giving them money so that they would be abusive and commit atrocities.

Perplejo se quedó el sacristán al oir esto; pero contestó que ni él había protegido á ningún perro sectario, y que si dió libre paso á un desconocido, fué por creerle enviado de la Junta de Barcelona.

--Ya, ya veo que tienes buenas tragaderas--le dijo Pixola gozoso de humillarle delante de las notables personas, canónigas, frailes, honrados contrabandistas y trabucaires que presentes á la sazón estaban.--Valiente papamoscas tenemos aquí . . . No basta tener un poco de valor, señor Tilín, para mandar tropa en una guerra como esta; es preciso tener mucha astucia y cierto pesquis y ciencia del mundo, que no se aprenden en la sacristía de las reverendísimas. Ya me figuraba yo que el jacobino te engañaría, como engañamos á un pobre pez cuando le arrojamos el anzuelo. ¡Ves cómo no me engañó á mí! Desde que le eché el ojo, dije: "ese hombre no me gusta; que lo pongan á la sombra." ¡Oh! ya conozco yo á mi gente masónica. Sus farsas no me convencieron, ni la carta que traía para las monjas pidiendo chocolate, no la que tú le diste, poniendo tus acciones en las misma nubes, y pintándolas como iguales á las de Hernán Cortés en la Nueva España.

Las risas y chacota que acogieron estas observaciones hicieron temblar el corazón soberbio y fogoso de Tilín, y las llamaradas de su enojo de su despecho, de su ofendido amor propio, salieron á su bronceado rostro, poniéndolo sanguinoso.

--¿Quieres saber las consecuencias de tu falta?--añadió el cruel Pixola.-- Pues ya dicen por ahí que los jacobinos te han ganado . . . Podrá no ser verdad; yo creo que es mentira; pero ello es que maldita la confianza que puedo tener en tí.

Tilín se puso rojo, después amarillo y tembloroso. Dando una patada que hizo extremecer la casa, exclamó con salvaje furia:

--¡Por el rabo del Malo! El que sostenga que yo me he vendido a los jacobinos, venga delante de mí, dígamelo en mi cara y le sacaré las entrañas.

--¡Oh! fuertecillo estás--dijo el carnicero riendo de su triunfo y de la cólera de Tilín.--No se prueba la honradez sacando entrañas; se aprueba con la conducta . . . En fin, gracias que has dado con un hombre como yo decidido á protejerte. Mira si seré bueno, que no pienso quitarte el mando.

Tilín, mirando fijamente á su jefe, dijo para sí, sin desplegar los amoratados labios:

--Y si me le quitaras, perro ladrón, yo lo volvería á tomar.

The sacristan was perplexed when he heard this, but he answered that he had not protected any sectarian dog and if he gave free passage to a stranger, it was because he believed him sent by the Junta of Barcelona.

"I now see that you'll swallow anything," Pixola said to him, delighting in humiliating him before the noteworthy figures, canons, monks, honorable smugglers and Catalan rebels who were present at the time. "We have a brave flycatcher[1] here . . . You need more than a little valor, Mr. Ting-a-ling, to lead a troop in a war such as this: you must be very astute and have a certain amount of gumption and knowledge of the world which cannot be learned in the sacristy of the most reverend mothers. I figured that the Jacobin would fool you, just as we fool a poor fish when we throw the hook to him. Don't you see that I wasn't fooled? Ever since I first laid eyes on him, I said: `I don't like that man. Put him in jail.' Oh! I know my Masonic people. His farces didn't convince me nor did that letter that he brought for the nuns asking for chocolate, nor the one that you gave him praising your actions to the sky painting them as equal to those of Hernan Cortes in New Spain."

The laughter and the joking that accompanied these observations made Ting-a-ling's proud and fiery heart tremble and his anger, his indignation, his offended pride flared up and showed on his tanned face.

"Do you want to know the consequences of your mistake?" added the cruel Pixola. "Well, around here they say that the Jacobins have won you over to their side . . . Perhaps it is not true. I believe it is a lie, but the thing is that it destroys my confidence in you."

Ting-a-ling turned red, then yellow and was trembling. Stamping his foot with savage fury so that the whole house shook, he exclaimed:

"By the Evil One's tail! Whoever maintains that I have sold out to the Jacobins, let him come before me and say it to my face and I will rip his guts out."

"Oh! You are a strong little man," said the butcher, laughing at his triumph and Ting-a-ling's anger. "You don't prove your honor by ripping out guts. You prove it by your conduct . . . In short, thank goodness you have run into a man like me who has decided to protect you. See how good I am to you, because I don't plan to take away your command."

Ting-a-ling, staring at his leader, said to himself, without spreading his livid lips:

Los importantes varones que presentes estaban llevaron la conversación á otro terreno, y durante una hora larga se habló del proyecto de tomar á Manresa para fundar en aquella excelente plaza el gobierno central de la idea apostólica.

--Jep ha salido ya de Berga--dijo Pixola.--Caragol debe haber salido también de Vich, y yo me pongo en marcha mañana. Nos juntaremos, y allá para la semana que viene á más tardar, Manresa será nuestra.

No se ocuparon más aquel día el guerrillero y su pequeña corte de la importante persona de Tilín; pero al siguiente recibió el héroe la estocada mortal de la envidia con la orden de permanecer en Solsona, mientras las demás tropas y somatenes iban sobre Manresa. Esta eliminación en la jornada de más peligro y lucimiento puso al sacristán en el último grado de la rabia. Era evidente ya que se deseaba oscurecerle y postergarle; pero él guardó su rabia en el pecho aparentando resignación y conformidad con su suerte. El veneno y las llamas que devoraban su alma, fueron celosamente guardados como el puñal de que se piensa hacer uso en momento oportuno. Se le vió silencioso mas no irritado, en el momento de salir la gente de Pixola y la suya para tan notable empresa, y dijo adios á sus compañeros sin mostrarse envidioso. Para colmo de humillación, ni siquiera quedaba al frente de la guarnición de la ciudad, sino como subalterno de un tal Mañas, nombrado jefe de la plaza, el cual era un viejo borracho que pasaba la mitad del tiempo durmiendo y la otra mitad jugando á las cartas.

Los partidarios que quedaban en Solsona no tenían más consigna que vigilar á los presos sepultados en las mazmorras del Ayuntamiento, entre los cuales hallábanse Guimaraens y el aventurero D. Jáime Servet, y defender la ciudad en caso de un ataque, muy poco probable por cierto, de las tropas del Rey. Tilín, viéndose condenado á forzosa holganza, vagaba sin compañía por la solitaria muralla de la ciudad ó bien por las tristes riberas del río Negro, testigo de los juegos de su infancia, terminando siempre su paseo en la puerte del Travesat junto á San Salomó.

Por las mañanas visitaba la sacristía, ayudaba algunas misas, y si se lo permitían, pasaba á ver á las madres y á departir con ellas acerca de los negocios de la causa apostólica, que iban mal según unas y á pedir de boca según otras. Aquella preferencia que desde su edad más tierna había mostrado Pepet por la bella y afable Sor Teodora de Aransis mostrábase ahora con más claridad, bien porque la desgracia avivase los afectos de su corazón, ó bien porque la situación

"And if you take it away from me, you thieving dog, I will take it back."

The respectable men who were present led the conversation in another direction and for a good hour they talked about the project of taking Manresa in order to establish in that excellent stronghold the central government of the Apostolic ideal.

"Jep has already left Berga," said Pixola. "Caragol must have also left Vich and I will set out tomorrow. We will join together there and sometime next week at the latest, Manresa will be ours."

The guerrilla and his small court ignored the important person of Ting-a-ling; but the next day, the hero received the mortal wound of envy with the order to remain in Solsona while the remaining troops and the Catalan militia went down to Manresa. Being left out of a battle that promised danger and triumph made the sacristan extremely angry. It was now obvious that he wanted to tarnish his reputation and pass him over; but he kept his anger inside, feigning resignation with and acceptance of his fate. The poison and the flames that were consuming his soul were jealously guarded like the dagger that one plans to use in an opportune moment. He was silent, but not irritated when Pixola's men and his own were leaving on such a notable enterprise and he said good-bye to his companions without appearing envious. To make the humiliation all the worse, he did not stay behind as the head of the garrison of the city but as a subordinate to a certain Manas who was named officer-in-charge. Manas who was an old drunk who spent half his time sleeping and the other half playing cards.

The partisans who were left in Solsona had no other duty than guarding the prisoners buried in the dungeons of the town hall, among whom were Guimaraens and the adventurer Don Jaime Servet, and defending the city in case of attack--that was very unlikely indeed--by the king's troops. Ting-a-ling, finding himself condemned to forced idleness, wandered alone past the solitary wall of the city or on the gloomy banks of the Black River, the witness to his childhood games, always ending his stroll at the Travesat Gate, next to San Salomó.

In the mornings he would visit the sacristy. He served at a few masses and if he was given permission, he went to see the nuns and talk with them about the apostolic cause, that some said was going badly and others said was going as desired. That preference that Pepet had shown from a very tender age for the beautiful and affable Sister Teodora de Aransis showed up now more clearly,

desventajosa en que se encontraba, relativamente á su antigua gerarquía sacristanesca, le autorizase á dejar traslucir lo que antes ocultaba. La corta pero accidentada vida militar había gastado dos principalísimas protuberancias, digámoslo así, del carácter de Tilín, la timidez y el respeto á ciertas cosas y personas, bien así como la piedra puntiaguda y angulosa se pule y redondea al ser arrastrada por los torrentes.

Todos los días pasaba largas horas en el monasterio sin quitarse el uniforme, y aunque la madre abadesa no gustaba de ver allí los arreos marciales, inclinóse al fin á tolerarlos por lo singular de las circunstancias. Rogóle dicha señora que ayudase al sacristán su sustituto en los servicios de limpieza dentro de la sacristía; pero Tilín se negó á degradar su uniforme en faena tan impropia de un militar de grandes alientos. Fuéle dicho entonces que se quitase la casaca, espada y chacó, con cuya advertencia recibió nuestro héroe tanta pena como si le hubieran dado cien bofetadas; pero como habría sido más grande aún su dolor si le privaran de entrar en el convento durante aquellos días de tristeza, desgracia y descanso, consintió al cabo en degradarse. No creyendo decente estar en mangas de camisa se puso su antigua sotana, con lo cual se vió realizada una metamórfosis de que no creemos pueda haber ejemplo en otro país del mundo. Así cambiaba de apariencia aquel extraordinario mozo pasando de guerrero á sacristán lo mismo que había pasado de la oscuridad de la sacristía al esplendor y estruendo de los campos de batalla.

Casualmente había á la sazón en el convento una obra que exigía buenas manos, y el sustituto de Tilín, si las tenía excelentes para robar cera, carecía de fuerzas para trabajos mayores. Estaban arreglando un flamante y lindo altar para la Virgen de Setiembre y era necesario el concurso de un hombre de buenos puños. Tilín despachó esta obra de romanos en dos días, y después quiso arreglar la huerta que se hallaba en malísimo estado por enfermedad del hortelano.

Asistiendo, como auxiliares ó como meras espectadoras, á estas santas tareas, algunas monjas se regocijaban oyendo á Tilín la relación de sus proezas, siendo de observar que el héroe de ellas, antes de aminorarlas con la modestia las acrecía con el frecuente uso de la hipérbole, presentándolas con tal grandor que las buenas señoras se quedaban embobadas ante tanta maravilla creyendo ver resucitado el tiempo de la caballería andante. Como eran caritativas y bondadosas,

either because misfortune fanned the affection in his heart or rather because the unfavorable situation that he found himself in relative to his old position as sacristan permitted him to let shine what he had formerly hidden. The short but eventful military career had worn away two principal protuberances, so to speak, in Ting-a-ling's character--timidity and respect for certain things and people--just as the sharp, angular rock is polished and made round as it is swept away by the torrents.

Every day he spent long hours in the convent without taking off his uniform and although the abbess did not like to see martial gear there, she was inclined finally to tolerate them since the circumstances were so unusual. This lady asked him to help the sacristan, his substitute, in cleaning up inside the sacristy; but Ting-a-ling refused to degrade his uniform with a task so improper for a military man with great ambitions. He was then told to take off his dress coat, sword, and shako. This made our hero as sad as if they had slapped him one hundred times. But as his grief would have been even greater if they had forbidden him to enter the convent during those days of sadness, misfortune, and rest, he finally consented to demote himself. Believing it indecent to be in his shirt sleeves, he put on his old cassock, that brought about a metamorphosis that we do not believe could take place in any other country in the world. Thus that extraordinary lad changed appearances, going from guerrilla to sacristan just as he had gone from the darkness of the sacristy to the splendor and confusion of the battlefield.

By chance there was at that time in San Salomó a task that demanded good hands and Ting-a-ling's substitute--although excellent for robbing beehives of wax --lacked the strength for greater works. He was setting up the brand-new, pretty altar for the September Virgin[2] and the assistance of a good strong man was needed. Ting-a-ling finished this Herculean task in two days and then he wanted to fix up the garden which was in a very bad state due to the gardener's illness.

Attending as assistants or mere spectators to these holy tasks, some nuns enjoyed hearing Ting-a-ling relate his exploits, it being noteworthy that the hero of them, rather than modestly reducing their importance, embellished them with frequent use of the hyperbole, presenting them with such grandeur that the good ladies stood gaping before that marvel, believing that they saw the time of knights errant resurrected. As they were charitable and kind, Ting-a-ling omitted the

hacía caso omiso de los fusilamientos que había ordenado, y todo era batallas y más batallas en las cuales había salido victorioso.

La que ponía más atención á estos homéricos relatos era Sor Teodora de Aransis, que seguía con interés febril el giro de los sucesos apostólicos, teniendo siempre en tortura su imaginación y sobrexcitados sus nervios.

Lejos de extinguirse en el rudo corazón de Tilín, madriguera de impetuosas pasiones, el profundo afecto hacia ella, aquel sentimiento había ido tomando cuerpo con los años, variando de naturaleza conforme al giro del tiempo y á las mudanzas del carácter. Era para él la de Aransis objeto de un respeto que rayaba en supersticioso culto, y de tal modo se apoderaron de su ánimo la memoria y la imagen de la esposa de Cristo, que ni un instante se apartaron ambas de su cerebro durante la campaña. Sin embargo, mientras fué soldado la pureza de sus pensamientos era tal y tan grande la fuerza del respeto, que sus afectos parecían más bien un apasionado fervor místico que afición ordinaria entre dos séres humanos.

executions that he had ordered and it was all battles and more battles in which he had been victorious.

The one who paid the most attention to these Homeric narrations was Sister Teodora Aransis who followed with feverish interest the turn of Apostolic events, her imagination always in torment and her nerves overly excited.

His deep affection for her in his coarse heart, a den of impetuous passions, was far from dying out. That feeling had been taking form over the years, changing its nature according to the passing of time and changes in character. Miss Aransis was for him the object of a respect that bordered on superstitious worship and thus the memory and mental image of Christ's wife took possession of his soul and both were always on his mind during the campaign. Nevertheless, while he was a soldier, his thoughts were such and so great was his respect that his affection seemed passionate mystic fervor rather than the ordinary affection between two human beings.

CAPITULO ONCE

Pero después que volvió de la campaña y se puso de nuevo, aunque no por razón de oficio, la malhadada sotana de su niñez, Tilín no era el mismo, al menos en la forma. Ya hemos dicho que había perdido su timidez; mas con ella perdió la delicadeza y aquellas formas de respetuoso culto con que antaño solía expresar sus pasiones ó velarlas, dándoles apariencia dulce y simpática, y ahora despuntaba en él una brutalidad desapacible, una expresión ruda y desentonada, cual si desapareciese todo lo que dan la educación, el trato, el tiempo, los lugares, y no quedase más que la obra pura y tosca de la Naturaleza.

Es preciso considerar que aquel hombre de pasiones ardientes, criado dentro de un convento de monjas, amoldado en el hueco de una sacristía tan violentamente como podría amoldarse una espada dentro de un cáliz, había roto su clausura, había ido á los campos de batalla, frecuentando el comercio de soldados, hombres de mundo y bandidos; que había vivido en la independencia del guerrillero y del salvaje, consumando diariamente actos de valor, ensoberbeciéndose con un éxito constante, y aprendiendo á practicar la vida de las pasiones libres y sin artificio, porque el guerrillero es atrevido, brutal, cruel; pero es verdadero en sus sentimientos, lleva su corazón desnudo como su espada, no engaña á nadie más que al enemigo, porque ese es su oficio, y es un tipo del adalid de las primitivas sociedades, luchando por un pedazo de suelo. Considerando esto, se comprenderá que Tilín guerrero, no podía ser el mismo Tilín de marras.

En efecto; Sor Teodora notó que él no la miraba como antes; que no le hablaba en el mismo tono de antes; que sus pensamientos eran más audaces; que se

CHAPTER ELEVEN

After he returned from the campaign and put on the ill-fated cassock of his youth again--not to assume the office of sacristan--Ting-a-ling was not the same man, at least in form. We have already said that he had lost his timidity. With it he lost tact and those forms of respectful worship with which he usually expressed his passions in days gone by or he hid them, giving them a nice, sweet appearance. Now a harsh brutality sprouted in him, a rude and insolent expression, as if everything that gives a good upbringing and manners had disappeared and nothing but the pure, coarse work of Nature remained.

We must remember that this man with burning passions, raised within a convent, molded in the hollow of a sacristy as violently as a sword would be molded in a chalice, had broken out of his seclusion, had gone to the battlefield, associating with soldiers, men of the world, and bandits; that he had lived in the independence of the guerrilla and the savage, accomplishing brave deeds on a daily basis, swelling with pride over his constant success and learning to lead a life free of passions. Because guerrillas are daring, brutal, cruel and truthful in their feelings, they wear their hearts on their sleeves. They fool only the enemy because that is what the job demands and they are a kind of champion of primitive societies, fighting for a piece of land. Considering this, one will understand that Ting-a-ling the guerrilla could not be the same as the Ting-a-ling of long ago.

In fact, Sister Teodora noticed that he did not look at her the same way as before; that he did not speak in the same tone as before; that his thoughts were bolder; that he expressed himself with more self-confidence. There was a certain

expresaba con más desenfado. Había en todo él cierta claridad deslumbradora y relampagueante, que hacía daño á la vista; un no sé qué de franqueza y desembozo que causaba miedo. Pero Sor Teodora, fanatizada por la guerra, á que atendía con tanto interés, no paró mientes en ello, considerólo como la desenvoltura propia de un soldado de Cristo, y pensó que aún perteneciendo á las milicias cristianas, han de ser los guerreros muy distintos de los monaguillos.

Tilín trabajaba un día en la huerta. Sor Teodora se acercó y le dijo:

--No se sabe nada de Manresa, Tilín. ¿Qué piensas de esto?

--Yo no pienso nada, señora--dijo el voluntario realista, haciendo un movimiento homicida con el cuchillo de jardinero que en la mano tenía.--¿Acaso yo puedo dar razón de la guerra? ¿No han creido que todo puede hacerse sin mí?

--Ha sido una injusticia. Ya te he dicho que la madre abadesa piensa escribirle dos letras sobre esta á Jep dels Estanys, y yo le he escrito ya sobre el particular á Doña Josefina Comerford.

--Poco me importan á mí Jep y Doña Josefina--replicó Tilín, poniéndose ceñudo--pues yo estoy decidido á hacerme justicia. ¿Piensa la señora que voy á volver á la sacristía de San Salomó?

--No, eso no; no faltaría más. Tu vocación y tu ardor guerrero te llevan á ser general, y lo serás, sí; ya la historia se ocupará del general Tilín.

--General ó no, yo me vengaré--dijo Pepet con fiereza.

--La venganza es cosa mala, Tilín, muy mala.

Esto decía con unción la monja que tanto se entusiasmaba con guerras y batallas.

--Será cierto; pero yo necesito vengarme. El hombre bueno se volverá malo tal vez; pero ¿quién tiene la culpa?

--No hables de maldades. Es preciso que tú seas siempre bueno. Algunos guerreros han sido santos.

--Yo no seré santo, señora, yo no seré santo, no quiero ser santo--afirmó Tilín con ruda franqueza.--Aunque quisiera serlo no podría.

--¿Por qué?--preguntó la monja disponiéndose á dar á su protegido una lección de teología.

--Porque cada uno nace para lo que nace. ¡Santo yo!--dijo Tilín dando un gran suspiro y sentándose con muestras de cansancio.--Mi corazón está ardiendo

dazzling and sparkling brightness about him that hurt the eyes; a certain frankness and openness that inspired fear. But Sister Teodora, fascinated by the war that she followed with such interest, never could figure out the reason for Ting-a-ling's brazenness. When she thought about it occasionally, she considered it the proper self-confidence of a soldier of Christ and she thought that soldiers--even those belonging to the evangelic military service--must be very different from altar boys.

Ting-a-ling was working in the garden one day. Sister Teodora approached him and said to him:

"Very little is know about Manresa, Ting-a-ling. What do you think about that?"

"I don't think anything, madam," said the royalist volunteer, making a homicidal movement with the gardener's trowel that was in his hand. "Do you think I can give any information about the war? Didn't they think that they could do everything without me?"

"It was an injustice. I've told you that the abbess is planning two letters about this to Jep dels Estanys and I have already written Dona Josefina Comerford about the matter."

"Jep and Dona Josefina are of little concern to me," replied Ting-a-ling, scowling, "but I have decided to avenge myself. Do you think that I am going to return to the sacristy of San Salomó?"

"No, certainly not. Of course not. Your calling and your martial zeal will make you a general and you will be one, yes, indeed. History will remember General Ting-a-ling."

"General or not, I will be avenged." said Ting-a-ling forcefully.

"Revenge is a bad thing, Ting-a-ling, a very bad thing."

The nun who was so keen on battles and wars said this with unction.

"That is probably true. But I need to avenge myself. Good men sometimes turn bad--but who is to blame?"

"Don't talk about doing bad things. You must always be good. Some warriors have been saints."

"I will not be a saint, madam. I will not be a saint, I don't want to be a saint," Ting-a-ling affirmed with rude frankness. "Even if I wanted to, I could never be one."

"Why?" the nun asked, getting ready to give her protege a lesson in

como una hoguera que no se puede de ningún modo apagar. Quise ser soldado y apenas empecé á serlo me ataron las manos. Es fuerza que este volcán estalle por alguna parte, y no hay duda que estallará.

Luego acercóse á Sor Teodora y con acento terrible, le dijo sin alzar los ojos:

--Señora, yo no lo puedo remediar; yo haré barbaridades, haré estragos y quizás mi memoria sea maldita.

--¿Por qué? ¡Pepet, estoy aterrada! . . . Explícame eso--dijo la religiosa poniendose pálida y juntando las manos.

--¿Por qué? . . . porque ambiciono mucho y todo lo que ambiciono es imposible. Me faltan alas, me sobre espacio.

--Pues no ambiciones tanto.

--No puedo, no puedo.

Su acento era el de la desesperación.

--¡Qué locura!

--¡Todo es imposible! ¿Cree la señora que me satisface esa guerra mezquina, guerra de estúpidos y de salteadores? . . . No; yo no quiero mandar somatenes, sino ejércitos. Yo adoro el estruendo, las grandes marchas, la fatiga, el polvo de los campos, el calor horrible, las hambres, la gloria de las grandes jornadas, los inmensos peligros, la embriaguez de la matanza, las astucias, las sorpresas, las banderas alzadas sobre montones de muertos . . .

--¡Qué horror!--exclamó la monja cubriéndose el rostro con las manos.

--Yo adoro todo eso . . . ¿Qué puedo esperar de esta guerra que no tiene más objeto que el robo, ni más movil que la envidia? Bien lo decía yo; mi época ha pasado. ¡Ay de mí! Me atrasé en el nacer; todo lo posible es ridículo y todo lo grande, señora, es tan imposible para mí como poner en el cielo mis manos de barro miserable.

Diciendo esto, se llevó el puño á la cabeza y se hubiera arrancado un mechón de cabellos, si su cabello cortado á lo militar tuviera mechones.

--Después de esta guerra vendrá otra más grande--dijo la religiosa tomando el tono sibilino que tan grande impulso había dado á la vocación de Tilín--vendrán

theology.

"Because each person is born to be what he is born to be. Me--a saint!," said Pepet, sighing deeply and sitting down obviously tired. "My heart burns like a bonfire that can never be put out. I wanted to be a soldier and I had scarcely begun when they tied my hands. This volcano must explode somewhere and there is no doubt that it will explode."

Then he approached Sister Teodora and in a terrible tone of voice he said to her, without raising his eyes:

"Madam, I can't help it. I will commit outrages. I will reek havoc and perhaps my memory will be damned."

"Why? Pepet, I am shocked! Explain what you mean," said the nun, turning pale and clasping her hands together.

"Why? Because I am very ambitious and all my ambitions are impossible. I need wings, I need space."

"Then you are not so ambitious."

"I cannot stand it. I cannot."

His tone was one of despair.

"You are mad!"

"Everything is impossible. You believe that I am satisfied with this paltry war, this war of idiots and highwaymen? . . . No, I don't want to lead militia, but armies. I adore the confusion, the long marches, the fatigue, the country dust, the horrible heat, hunger, the glory of great battles, great danger, the intoxication of killing, the tricks, surprises, the flags raised on the piles of dead bodies."

"That is awful," exclaimed the nun, covering her face with her hands.

"I adore all that . . . What can I expect of that war, whose only objective is robbery and whose only motive is envy? I knew it. My time has passed. Woe is me! I was born too late. Everything in my power is ridiculous and all greatness, madam, is as impossible for me as touching the sky with my miserable hands of clay."

Saying that, he put his fist to his head and would have pulled out a lock of hair if his hair, which was cut in the military style, had had locks.

"After this one, an even bigger one will come," said the nun, taking the sibylline tone that had given Ting-a-ling's calling such a big push. "Wonderful

cosas estupendas, y pasarás de esta esfera mezquina de los somatenes á la esfera de las grandes acciones de guerra.

--No, no, no--gritó Tilín, y cada *no* parecía en su boca como un golpe de maza; tal era la energía con que los pronunciaba.

--Vendrá . . .

--No vendrá nada . . . Delante de este sacristán destituido no hay más que imposibles. No es sólo el de la guerra.

--¿Cual otro?

--Otro.

Tilín volvió su rostro, y Sor Teodora se echó á reir.

--Me causan risa tus ardores, Tilín--le dijo.--Apostamos á que al fin y al cabo, después de tanto delirio, acabas por renunciar á las glorias del mundo y te consagras á servir á Dios en la sacristía de las pobrecitas monjas cascabeleras.

--Eso no, eso no, eso no--exclamó Tilín, soltando sus palabras como gemidos de agonía.--Jamás, señora; yo no puedo continuar en San Salomó.

--¡Ya no nos quieres, pícaro!

--¡Oh! . . . no es eso . . .--dijo Tilín enternecido súbitamente.--Yo no puedo seguir aquí; soy muy malo y no me puedo vencer. El valiente es cobarde consigo mismo. ¡Yo en esta casa, en la casa de Dios y de la religión! . . .

Pepet hundió su cabeza, mirando tan cerca un hoyo que delante de él estaba abierto, que parecía querer enterrarse en vida. Arrojó de su pecho varios suspiros cual si quisiera explusar de su cuerpo la vida.

--Adios, Tilín--dijo la madre dando algunos pasos hacia el claustro.

La monja se separó de él. Tilín la vió alejarse y no le dijo nada. Después abandonó las herramientas del jardín para ir á la sacristía, ponerse su uniforme y salir á la calle. Largo rato estuvo platicando de cosas indiferentes con el sacristán sustituto. Cuando salió, vestido ya su gallardo uniforme, era casi de noche. Las monjas se retiraban á sus celdas y veíanse sombras blancas que se perdían en el claustro, y oíase rumor de perezosos rezos. Tilín quiso hablar á la abadesa y dirigióse al vestíbulo de donde partía la escalera. Todo estaba oscuro. Vió delante una figura que entraba del claustro para pasar al coro. Tilín la detuvo; Sor Teodora lanzó una exclamación de sorpresa, y antes que pudiese decir una palabra, cayó de rodillas ante ella el sacristán guerrillero, y como un reo que pide perdón, exclamó con voz profunda y sofocada:

things will come and you will go from this paltry field of the militia to the field of great battles."

"No, no, no!" shouted Ting-a-ling, and each "no" was like a mace blow in his mouth, such was the energy with which he pronounced them.

"It will come."

"Nothing will come . . . This sacristan who has been removed from his post sees only impossibilities before him. It is not just about war."

"What else?"

"Something else."

Ting-a-ling turned his face and Sister Teodora began to laugh.

"Your zeal makes me laugh, Ting-a-ling," she said to him. "I bet that when all is said and done after such delirium that you end up renouncing the glories of the world and you devote yourself to serving God in the sacristy of the poor little bell jingling nuns."

"Certainly not, certainly not, certainly not," exclaimed Armengol, uttering his words like groans of agony. "Never, madam. I cannot continue on at San Salomó."

"You don't love us anymore, you scamp."

"Oh . . . It's not that . . . " said Ting-a-ling, suddenly becoming touched. "I cannot continue on here. I am very bad and I cannot control myself. The brave man is a coward on the inside. Me . . . in this house, in God's house, Religion's house . . . !"

Pepet hung his head, looking so closely at a hole that was open before him that it looked like he wanted to bury himself alive. He heaved several sighs from his chest, as if he wanted to expel life from his body.

"Good-bye, Ting-a-ling," said the nun, taking a few steps toward the cloister.

The nun moved away from him. Ting-a-ling watched her go and he didn't say anything to her. Afterwards, he left the garden tools to go to the sacristy to put on his uniform and to go out to the street. For a long time he chatted with the substitute sacristan about unimportant matters. When he left--now dressed in his elegant uniform--it was almost nighttime. The nuns retired to their cells and one could see white shadows that disappeared in the cloister and hear the sound of slow prayers. Ting-a-ling wanted to talk to the abbess and he made his way to the

--¡Madre, mujer, Sor Teodora . . .! por Dios, quiéreme.

La hermosa dama se quedó extática y muda; tanto le sorprendieron el tono y la voz del sacristán soldado.

--¡Tilín! . . . ¡Jesús! . . .--murmuró.

Y Tilín repitió con loco ardor.

--¡Quiéreme, quiéreme!

Su voz temblaba. Después se levantó y tendiendo sus brazos sin atreverse á tocarla, acercó su boca al oido de Sor Teodora y á media voz dijo estas palabras:

--Monja, yo te amo.

--¡Jesús Crucificado, ampárame--gritó la esposa de Cristo llevándose las manos á la cabeza.--¡Satanás, perro maldito, vete! . . .

Quiso huir. Sintió que sujetaban su hábito. Dió un nuevo grito. Oyéronse paso y una voz que decía: "¿Quién está ahí?"

Dos monjas que llegaron vieron á Sor Teodora acongojada y trémula. ¿Había tenido una visión? Sensiblemente perturbada se hallaba; pero con un vaso de agua la volvieron á su pristino sér. Tilín había desaparecido.

Largo rato estuvo la madre sin volver de su espanto, aterrada y sobrecogida, sintiendo sobre su alma un peso colosal y una opresión tan angustiosa en su pecho que apenas podía respirar, y todo lo veía negro y rojo, como si se hallase bajo las pavorosas bóvedas del Infierno. La inaudita revelación, tan sacrílega como infame, había producido en su espíritu una sacudida espantosa como la que produciría un reclamo verbal del mismo Satanás, reclutando gente para sus calderas. No obstante el espíritu del la buena religiosa estaba absolutamente limpio de pecado en aquel negocio, y ni con fugas idea, ni con vano pensamiento era cómplice de la execrable pasión de Armengol. Por el contrario el atrevido sacristán representósele desde aquel instante como un sér aborrecible, digno de los más crueles castigos.

vestibule where the staircase split. All was dark. He saw before him a shape that was entering the cloister to get to the choir loft. Ting-a-ling stopped her. Sister Teodora cried out in surprise and before she could say a word, the sacristan-guerrilla fell on his knees before her and like a condemned man begging for mercy he exclaimed in a deep, stifled voice:

"Mother, woman, Sister Teodora . . . For God's sake, love me."

The beautiful lady was entranced and speechless, so surprised was she by the sacristan-soldier's tone of voice. "Ting-a-ling! . . . Jesus!" she murmured.

Ting-a-ling repeated with insane fervor:

"Love me, love me!"

His voice was trembling. Then, he got up and stretching out his arms, not daring to touch her, he put his mouth to Sister Teodora's ear and in a low voice said these words:

"Sister, I love you."

"Jesus Crucified, help me!" shouted Christ's wife, putting her hands to her head. "Satan, you damned dog, go away! . . ."

She tried to flee. She felt him holding on to her habit. She shouted again. Steps were heard and a voice said: "Who is there?"

Two nuns who came found Sister Teodora distressed and trembling. Had she had a vision? She seemed noticeably upset; but with a glass of water, they brought her back to her pristine self. Ting-a-ling had disappeared.

For a long time the nun, terrified and startled, was unable to recover from her fright. Feeling a colossal weight in her soul and such a distressful tightness in her chest that she could hardly breathe, she saw everything in black and red as if she were under the frightful vaults of hell. The outrageous revelation, as sacrilegious as it was wicked, had produced in her a frightening shaking, like the one that a verbal call from Satan himself recruiting people for his cauldrons would produce. Nevertheless, the good nun's spirit was absolutely free of sin in that matter and with neither a fleeting idea nor vain thought was she an accomplice in Armengol's abominable passion. On the contrary, from that moment on she thought of the bold sacristan as a hateful being, deserving the cruelest punishments.

CAPITULO DOCE

El primer cuidado de la dama aquella noche después que se retiró á su celda fué rezar, implorando la misericordia de Dios, no en pró de ella misma, que en aquel caso no la necesitaba, sino en pró del miserable extraviado que con sus livianos pensamientos y deseos faltaba horriblemente á la ley divina y profanaba el santo asilo de las castas esposas de Jesucristo. Aún se puede tener por seguro que Sor Teodora de Aransis se dió una buena tanda de azotes y se puso silicio, mortificaciones ambas que habrían caido mejor en el cuerpo del bárbaro criminal que en el de la mujer inocente. La causa de esta severidad con sus propias carnes era que se creía culpable por otro concepto, y como culpable digna de castigo. Veamos la opinión que formó de sí misma.

Dos ó tres horas llevaba de oración y recogimiento después del tremendo suceso, cuando ocurrióle de súbito una idea que le pareció sorprendente por lo juiciosa y atinada. En efecto, aquella idea encerraba una lógica profunda. Según ésta, lo que había pasado á Sor Teodora, aquellas infernales palabras que había oido, aquel brutal hombre que delante de sí había visto, horrorizándola con su delirio, no eran otra cosa que un castigo providencial por su detestable afición á las guerras religiosas. La noble conciencia de la dama iluminóse con esta idea, y comprendió que era contrario á la religión, á la severidad monástica y á las leyes más elementales del amor de Dios su afán por las luchas de los hombres y aquel su deseo de ver triunfar al son de trompetas, cajas, cañonazos, y gemidos de moribundos la mansa Fé católica.

CHAPTER TWELVE

The first concern of the lady that night, after she retired to her cell, was to pray, begging for God's mercy, not for herself, as she did not need it in that instance. She prayed for the miserable man who had gone astray--who with his lewd thoughts and desires was horribly disrespectful to divine law and profaned the holy sanctuary of Jesus Christ's chaste wives. One can also be sure that Sister Teodora de Aransis gave herself a good lashing and she put on a hair shirt. Both mortifications would have been better placed on the body of the barbarous criminal rather than on that innocent woman's. The cause of this severity with her flesh was that she believed herself guilty for another reason and, as a guilty person, deserving of punishment. Let us see the opinion she had formed of herself.

She had been in prayer and seclusion for two or three hours after the terrible event when an idea suddenly occurred to her that surprised her because it was so wise and sensible. In fact, that idea was profoundly logical. What had happened to Sister Teodora--the infernal words that she heard, that brutal man that she had seen before her, terrifying her with his delusions--was nothing more than a punishment from God for her hateful fondness of religious wars. The noble conscience of the lady was illuminated with that idea and she realized that her enthusiasm for man's struggles and that desire to see the gentle Catholic faith triumph to the sound of trumpets, drums, gunfire, and the groans of the dying was contrary to the Faith, to monastic strictness and the most basic laws of love for God.

Sí, castigo era por haber olvidado la ley de Dios y la santidad de la orden, contribuyendo á inflamar las pasiones de los hombres. ¿Qué era Tilín sino la personificación monstruosa de aquella misma guerra salvaje, de aquel bando osado, violento, sedicioso, rebelde á toda ley? Sí, ella había consagrado á la infame hidra la vehemencia, el interés, las simpatías y aún el amor que debía á su esposo, y en castigo de esta infidelidad, el ofendido consorte había permitido que la infame hidra se volviese contra ella y la hiriera con una de sus más ponzoñosas garras. Bien, muy bien, la lógica de este razonamiento irradiaba en la conciencia de la noble mujer como un reflejo de verdad divina.

Consecuencia inmediata de tal lógica fueron los azotes que la religiosa se administró, maltratando tan sin piedad sus hermosos hombros y espaldas, que si alguien la viera se habría apresurado á impedir tal desafuero contra la belleza y contra una de las más seductoras obras del Autor de todas las cosas y carnes. Parte de la noche estuvo en vela la madre, orando con fervor, y al día siguiente púsolo todo en conocimiento de su confesor, de quien recibió absolución completa y los más saludables consuelos.

Más tranquila después del acto religioso, Sor Teodora rogó á la madre abadesa que la impusiera una tarea cualquiera aunque fuese de las más penosas. La madre abadesa mandóle que barriese todo el claustro, y apenas cogiera Sor Teodora la escoba para dar principio á su obra, vió aparecer á Tilín, que de la sacristía salió con una espuerta de herramientas y algunos pedazos de madera. Parecióle tan horrible y repugnante, que bien pudo conocer Pepet el espanto que causaba en el ánimo de la señora. Quiso ésta retirarse, pero él le dijo:

--Una palabra, señora, pues va en ello la salvación de mi alma.

¡La salvación de su alma! Esto era motivo bastante para no huir. A veces una palabra basta á llenar de gracia un corazón y salvar un alma. Si ella podía decir esa palabra, ¿por qué no decirla? La de Aransis no era gazmoña.

--La madre abadesa me ha mandado que clave estas tablas en la puerta--dijo Tilín.--Dios me depara por un instante la compañía de la persona que más amo en el mundo. Señora, si usted no me oye y se va . . .

Al decir esto, Tilín fijó sus ojos de fuego en el semblante de la asustada monja, y al mismo tiempo mostró un cuchillo enorme que con las otras herramientas tenía.

--Qué? . . .--murmuró ella.

Yes, it was a punishment for having forgotten God's law and the holiness of the Order, contributing to the arousal of men's passions. Who was Ting-a-ling but the monstrous personification of that savage war itself, of that daring, violent, seditious band, rebelling against all law. Yes, she had dedicated passion, interest, fondness and even the love she owed her Husband to the wicked hydra and as punishment for this infidelity, the offended consort had allowed the wicked hydra to turn against her and wound her with one of its most poisonous claws. All right, very well; the logic for this reasoning radiated in the conscience of the noble woman like a reflection of divine truth.

An immediate consequence of such logic was the lashing that the nun gave herself, mistreating so unmercifully her beautiful shoulders and back and if anyone had seen her they would have hastened to stop such an outrage against one of the most beautiful works of the Creator of all things and all flesh. Part of the night the Mother was awake praying fervently and the next day she told everything to her confessor, from whom she received complete absolution and the most beneficial solace.

More at peace after the religious act, Sister Teodora begged the abbess to give her any task, even if it were one of the most laborious. The abbess ordered her to sweep the entire cloister and Sister Teodora had hardly picked up the broom to begin her work when she saw Ting-a-ling appear. He had left the sacristy with a basket of tools and some pieces of wood. He was so horrible and repulsive to her that Pepet could easily sense the fear that he inspired in the lady's soul. She tried to withdraw but he said to her:

"A word, madam, since the salvation of my soul depends upon it."

The salvation of his soul! That was reason enough not to flee. Sometimes one word was sufficient to fill a heart with grace and save a soul. If she could say that word, why not say it? Miss Aransis was not sanctimonious.

"The abbess has ordered me to nail these boards to the door," said Ting-a-ling. "God grants me a moment in the company of the person that I love best in the world. Madam, if you don't listen to me or you go away . . . "

When he said this, Ting-a-ling fixed his fiery eyes on the face of the frightened nun and at the same time he displayed an enormous knife that he had with the other tools.

"What? . . ." she murmured.

--Si usted se va y no me oye, ahora mismo me parto el corazón con este cuchillo y acabo para siempre.

Diciéndolo mostraba el filo del arma.

Sor Teodora tembló de espanto y no se atrevió á moverse. Veía á Tilín en las agonías de la muerte; veía el convento manchado por la sangre de un suicida, y el horrible escándalo que había de seguir á este hecho. Más muerta que viva tomó su escoba y se puso á barrer á pocos pasos del dragón.

--Señora--dijo éste tomando un martillo.--Yo haré por vencerme; pero es precisa condición que usted no huya de mí.

--Malvado--exclamó la monja, recobrando de pronto su energía--si no temiera ofender á Dios, aquí mismo te rompía la cabeza con este palo. ¿Quién te inspiró tan infames ideas? ¿De ese modo pagas los beneficios que has recibido en esta casa? Sin duda estás dominado por Satanás. Arderás en los infiernos si no te detienes á tiempo.

Y diciendo esto barría.

--Arderé con gusto si ardemos juntos--replicó Tilín, que lanzado por los despeñaderos del sacrilegio, no podía detenerse.--Yo no soy como ningún otro, señora. Veneno y fuego corren ya por mis venas.

--Maldito, para todos hay misericordia; pídela y se te dará.

--No la quiero sin usted . . . --¿Por qué soy maldito? porque amo. ¿Quién ha hecho los corazones sino Dios? Si usted estuviera fuera de esta casa, ¿qué mal habría en que correspondiera á mi cariño? . . . Mi cariño es ahora salvaje y loco . . . pero sería dulce y tranquilo si no hallara tantas espinas cuando se acerca á su objeto. Todo el mal consiste en que es usted monja, en que viste un hábito, en que hizo votos . . . ¡Ay, señora, hace doce años, cuando le cortaron á usted el cabello . . . yo era niño y usted era ya una mujer que podía haberse casado con cualquier hombre . . . Pues digo que cuando le cortaron á usted el cabello sentí que una espada fría me atravesaba el corazón. Desde aquel instante la quiero á usted y la adoro más que si estuviera en los altares.

Sor Teodora iba á contestar, pero no pudo y siguió barriendo.

--Eso de ser monja--añadió Tilín, clavando un clavo--es lo que me atormenta. Yo digo que á veces es Satanás quien hace los conventos. Este por lo menos obra suya es . . . No me hable usted de Dios, ni me llame irreligioso, ni

"If you go away and don't listen to me, this very moment I will split my heart open with this knife and end it all."

Saying this, he displayed the edge of the weapon.

Sister Teodora shook with fear and did not dare move. She saw Ting-a-ling in his death throes; she saw the convent stained by the blood of a suicide and the horrible scandal that would follow this deed. More dead that alive, she picked up the broom and began to sweep a few steps from the dragon.

"Madam," he said picking up a hammer. "I'll do what I can to control myself but you must not run away from me."

"You wicked man!" the nun exclaimed, suddenly regaining her energy. "If I did not fear offending God, in this very place I would break your head open with this shovel. Who inspired those wicked ideas in you? So that is how you repay the favors that you received in this house? No doubt you are ruled by Satan. You will burn in Hell if you don't stop in time . . ."

And having said that, she went about her sweeping.

"I would gladly burn if we were to burn together," replied Ting-a-ling, plunging down the precipice of sacrilege unable to stop himself. "I am like no one else. Venom and fire now run through my veins."

"Devil, there is mercy for everyone; ask for it and it will be given to you."

"I don't want it without you . . . Why am I damned? Because I love. Who but God made hearts? If you were not in this house, what harm would there be in returning my love? My affection is now savage and mad . . . but it would be sweet and calm if there were not so many thorns when one nears one's goal. The bad thing is that you are a nun, that you wear a habit, that you took vows . . . Alas, madam. Twelve years ago when they cut off your hair . . . I was a child and you were already a woman who could have married any man you chose . . . Well, when they cut off your hair, I felt like a cold sword was piercing my heart. From that moment I loved you and I adored you more than if you had been on the altars."

Sister Teodora was going to answer but she could not and she continued sweeping.

"The fact that you are a nun," Ting-a-ling added, "is what torments me. I say that sometimes Satan is the one who makes convents. This one at least is his work . . . Don't talk to me about God and don't call me unreligious or sacrilegious

sacrílego . . . todo eso será verdad, será verdad; pero no quiero oirlo . . . Demasiado me atruena la tempestad que zumba en mis oidos . . . Hay un medio de cortar este mal, señora--añadió suspendiendo su obra y mirándola con fijeza y una especia de éxtasis deleitoso, que le hacía poner los ojos en blanco;--hay un medio. Usted que es tan santa, usted que conseguirá de Dios cuanto le pida, pídale que le arranque esa soberana hermosura; que le apague la luz de esos ojos divinos; que le quite esa gracia y ese encanto hechicero prestado por los ángeles del cielo; que le prive de ese noble continente y de ese modo de mirar, el cual parece que va repartiendo dones donde quiera que vuelve los ojos; pídale usted esto, y entonces . . . no entonces tampoco dejaré de quererla, tampoco entonces.

Sor Teodora volvió el rostro. Creía sentirse extrangulada por una serpiente que se enroscaba en su cuello.

--Este miserable no tiene salvación--pensó.--Abandonémosle.

Y dió algunos pasos para alejarse.

--Señora--gritó Tilín lleno de despecho--nos veremos, nos veremos cuando usted menos lo piense.

Esta audaz despedida, que era una amenaza, despertó tal cólera en el ánimo de la de Aransis, que se volvió y dijo:

--¿Pues qué, menguado y vil hombrecillo, todavía esperas que he de tolerar una vez más tus groserías? Yo te juro que es hoy el último día que pondrás los piés en esta casa.

--Eso dicen, señora. Ya me ha mandado la madre abadesa que no vuelva más, porque el capellán se ha quejado de mis entradas aquí.

--¿Lo ves, lo ves, execrable víbora?

--Sí, ya me han prohibida la entrada, y en cuanto clave esta puerta adios para siempre San Salomó, mi querido San Salomó, donde está mi vida toda . . . Pero volveré, señora, yo juro á usted que me verá cuando y donde menos lo piense. Esto no se puede dejar.

La monja sintió que su terror se aumentaba. La imagen detestable de Tilín se le representó lo mismo que el terrible individuo que está á los piés de San Miguel.

--Volveré--repitió Tilín levantándose y recogiendo las herramientas.--Hasta luego, señora . . . No se digna mirar al pobre condenado. Señora . . .

. . . all that might be true. This all might be true, it might be true; but I don't want to hear it . . . The storm that thunders in my ears is too loud . . . There is a way to stop this evil, madam," he added, stopping his work and staring at the nun and looking at her with a kind of delightful ecstasy that made his eyes roll in his head. "There is a way. You, who are so holy, you who will get from God whatever you ask, ask him to take away that supreme beauty, to extinguish the light from those divine eyes, to take away that grace and bewitching charm borrowed from the angels in heaven, to take away from you that noble bearing and the look on your face like you are sharing gifts wherever you turn your eyes. Ask him this and then . . . not even then will I stop loving you, not even then."

Sister Teodora turned her face. She felt as if she was being strangled by a serpent that was coiling around her neck.

"There is no salvation for that wretch," she thought. "Let us leave him."

And she took a few steps to go.

"Madam," shouted Ting-a-ling full of spite. "We shall see each other, we shall see each other when you least expect it."

That daring farewell, which was a threat, made Miss Aransis so angry that she turned and said: "So, wretched, vile little man, do you still expect us to tolerate your rudeness? I swear to you that today is the last day that you will set foot in this house."

"That's what they say, madam. The abbess has already ordered me never to return because the chaplain has complained about me coming in here."

"Do you see, do you see, you loathsome viper?"

"Yes, they have forbidden me to enter and as soon as I nail this door, it is good-bye forever, San Salomó, my dear San Salomó, where my life is[1] . . . But I will return, madam. I swear to you that you will see me when and where you least expect it. You can't do anything about it."

The nun felt her terror growing. Ting-a-ling's hateful image appeared before her as the terrible individual who is at St. Michael's feet.

"I will return," Ting-a-ling repeated, getting up and picking up his tools. "See you later, madam . . . Please do not look at this poor damned man, madam."

The nun left quickly. She fled like one fleeing from the most hideous monster.

La monja se alejaba rápidamente. Huía como se huye del mónstruo más horrendo.

--Sí... me condenaré... --murmuró Tilín.--Ya estoy condenado... Sí, ya lo estoy, si ya no puedo salvarme.

El sacristán guerrero estaba tan absorto en sus pensamientos que no vió á la madre abadesa que hacia él venía.

--Tilinillo--le dijo la señora,--antes que te vayas arregla el emparrado de la huerta. Ya ves que con el peso de los racimos y lo mucho que ha crecido la vid amenaza caerse uno de los palos y rompernos la crisma el día menos pensado. Ponle un par de clavos y nada más.

--Ya había pensado en ellos, señora. Voy á traer la escalera grande que hay en la iglesia. Compondré el emparrado y también daré una mano de cal á las tejas del palomar que se están cayendo.

--Bien, hombre, bien, todo se te ocurre--dijo la buena madre entusiasmada con la previsión del sacristán soldado. Yo no tendría inconveniente en que siguieras entrando aquí. ¿Qué importa? Tú eres bueno; te hemos criado desde niño... sabes respetarnos y nos quieres mucho... pero el señor capellán me ha dicho hoy que esto no puede consentirse... y hoy te despedirás de nosotras. Pero vendrás á vernos por el locutorio, ¿no es verdad?

--Sí, señora, volveré por el locutorio.

--Espero que otra vez tomarás parte en la campaña. ¡Qué injusto ha sido contigo ese bribón de Pixola! Ya le he escrito á Jep... Por las espinas de Cristo, que es un dolor ver oscurecido á militar tan valiente. Es lástima que no hayas ido á Manresa.

--Aún es tiempo: iré.

--¿Con la gente de aquí?

--Con la gente de aquí, ó conmigo solo.

Y sin más razones fué á buscar la escalera. Viósele después sobre el emparrado, sobre el palomar y andando por el filo de la gran tapia. Parecía el gato de San Salomó recorriendo sus dominios. Después se encerró largo rato en la leñera, sala baja que antes de la embestida de los franceses fué refectorio y pasando á trastera estaba completamente atestada de restos de madera y de retama para los hornos de bollos. Allí estuvo Pepet revolviendo todo en busca de no sabemos qué materiales para la obra magna que pensaba hacer en el palomar. Grande fué su

"Yes . . . I am damned," murmured Ting-a-ling. "I am already damned . . . Yes, I already am. Yes, there is no more salvation for me."

The sacristan-guerrilla, deep in thought, did not see the abbess coming toward him.

"Ting-a-lingcillo" the woman said, "before you go, fix the grape arbor in the garden. You see, with the weight of the grapes and how much the grapevine has grown, one of the sticks is about to fall down and it might smash our heads in when we least expect it. Put a couple of nails in it and that should do it."

"I had already planned to do that, madam. I am going to bring the big ladder that is in the church. I will fix the grape arbor and I will also put a handful of lime on the tiles of the dovecote that is falling down."

"Fine, young man, fine. "You think of everything," said the nun, delighted with the sacristan-soldier's foresight. "I don't see any problem with you continuing to come in here. What difference does it make? You are a good boy. We raised you from childhood . . . You respect us and you love us very much . . . but the chaplain told me today that he cannot allow this . . . and today you must leave us. But you will come to the locutory to see us, won't you?"

"Yes, madam, I will return through the locutory."

"I hope you will take part in the campaign again. How unfair that rascal Pixola has been to you. I have already written to Jep about it. By Christ's crown of thorns, it hurts to see such a brave soldier overlooked. It is a shame that you didn't go to Manresa."

"There is still time. I will go."

"With the men here?"

"With the men here or by myself."

And without further discussion he went to look for the ladder. Later, he was seen on the grape arbor above the dovecote walking along the edge of the large wall. He looked like the cat of San Salomó prowling through his domain. Then he locked himself in the woodshed for a long time. The woodshed was a low room that was the refectory before the attack by the French and it had been converted into a storage room. It was completely full of wood and kindling for the bakery ovens. There Pepet was rummaging through everything searching for who knows what for the opus magnus that he planned to do in the dovecote. It was a

tarea; pero al anochecer dió todo por concluido, y puesto el uniforme y despidiéndose de las monjas, salió del convento.

big job but by nightfall everything was finished. He put on his uniform and bidding the nuns farewell he left the convent.

Jep dels Estanys.

CAPITULO TRECE

Había decidido poner fin á aquel estado de destierro y vergonzosa inacción en que le tenía el envidioso Abres y correr á compartir las fatigas y las glorias del ejército apostólico junto á los muros de Manresa. ¿Qué le importaba la desaprobación de su jefe inmediato? Él hallaría modo de congraciarse con Jep dels Estanys, y si no lo lograba obraría por cuenta propia organizando un somatén libre que levantara una bandera enfrente de todas las banderas habidas y por haber; y si no conseguía esto tampoco se sometería al fallo de la Junta Suprema para que le fusilase, le quemase, le descuartizase ó hiciera con él todo lo que una Junta Suprema puede hacer con un oficial rebelde.

Su osadía no reparaba en consideración alguna, y tanto desprecio le inspiraba la disciplina como el peligro. Concertóse aquella misma tarde con dos docenas de amigos, gente que nada tenía que perder, de esa que lo mismo sirve para lances heróicos que para las empresas más desalmadas, y al cerrar la noche salieron todos de Solsona, sin dar cuenta á nadie, resueltos á no parar hasta Manresa.

Deseaba Tilín acometer con los suyos una empresa grande y terriblemente difícil, cosa en verdad más posible en pensamiento que en realidad, por no ser aquellos tiempos propios para ninguna especie de grandezas como no fueran las grandezas de la vulgaridad. Hallándose su alma empapada, digámoslo así, en tan sublime idea, forzó la marcha para llegar pronto, y después de andar sin descanso por espacio de una noche y un día, apartándose de los caminos más frecuentados,

CHAPTER THIRTEEN

He had decided to end that state of exile and shameful inactivity imposed upon him by the envious Abres and to share the troubles and glories of the apostolic army before the walls of Manresa. What did the disapproval of his immediate superior matter to him? He would find a way to ingratiate himself with Jep dels Estanys. If he could not, he would work on his own to organize a free Catalan militia that would raise a flag over all flags past, present, and future. If that did not work, neither would he surrender to the judgment of the Supreme Junta that might shoot him, burn him, quarter him or do with him whatever a Supreme Junta can do with a rebel.

His daring stopped at nothing and discipline inspired scorn in him as well as danger. That very afternoon he made a pact with two dozen friends, men who had nothing to lose, the kind that serve just as well for heroic deeds as for the most heartless enterprises. At nightfall, they all left Solsona, without anyone realizing it, determined not to stop until they got to Manresa.

Ting-a-ling wanted to carry out with his men a great and terribly difficult enterprise, something which in truth is more possible in thought than in reality, as that period was not favorable for any kind of greatness, except the greatness of banality. His heart being coated, so to speak, in such a sublime idea, he made them march double time to arrive as soon as possible. After walking for a night and day without rest, staying off the most frequented roads, he arrived in San Mateo de Bages where he learned that the troops and the Catalan militia of the apostolic cause were near Manresa, awaiting the moment to enter. It would not depend

llegó á San Mateo de Bagés, donde supo que las tropas y somatenes de la causa apostólica estaban sobre Manresa aguardando el momento de la entrada, el cual no iba á depender de sangrientas peleas ni de empeñados asaltos, sino del soborno de la guarnición de la plaza. Decir cuanto enfrió esta noticia el ánimo de Tilín fuera inútil, conociéndose sus bríos indomables y su natural violento y despótico, para quien el empleo de la fuerza era una necesidad, una delicia y la única razón y lógica posibles.

Resolvió ante todo presentarse al general en jefe, á quien había escrito una carta muy expresiva la madre abadesa, y manifestarle que no podía servir á las órdenes de Pixola, porque Pixola era un hombre rastrero, vil, envidioso. Después pensaba pedirle el puesto de más peligro en los próximos combates, para borrar con un comportamiento heróico sus faltas de disciplina.

En San Fructuoso de Bagés halló Tilín al comandante general de los sublevados, el hombre de confianza de la Junta, el brazo de aquella inmensa intriga de canónigos inquietos, de inquisidores cesantes y de seglares sin empleo que tenía su centro en Madrid, no se sabe si en la sociedad del *Angel Exterminador* (cuya existencia no está históricamente demostrada) ó en el misterioso cuarto del infante D. Carlos.

D. José Bussons, llamado vulgarmente *Jep dels Estanys*, era un guerrillero anciano, seco, pequeño, pero fuerte y ágil todavía, de carácter violento y agrio. Hablaba poco, reía menos y era el hombre más blasfemo de Cataluña, y aún puede decirse de toda la cristiandad; pero esto no era obstáculo para que los píos autores de la rebelión hicieran de él el Josué de la guerra apostólica, por aquello de *operibus credite non verbis*. Y las obras de Jep eran las más propias para despertar gran entusiasmo entre la gente oscura y envidiosa que rumiaba su descontento en claustros, sacristías y camarillas episcopales, porque poseía el instinto de la organización bélica y había establecido la práctica de que las gavillas de la Fé rezasen el rosario entre batalla y batalla. De la conciencia privada, digámoslo así, de Jep dels Estanys puede juzgarse por el hecho inaudito de recibir á bofetadas á los sacerdotes que quisieron prestarle los auxilios espirituales cuando fué condenado á muerte en el sangriento epílogo de aquella campaña.

Según declaró en su último instante, había estado diez y ocho veces en la carcel por diferentes crímenes, aunque los principales, dicho sea en disculpa suya, eran delitos de contrabando. Su educación guerrera la hizo en las gloriosas peleas

upon bloody battles or on vehement assaults, but upon the garrison of the stronghold being bribed. There is no need to say how this news cooled down Ting-a-ling's courage knowing his indomitable spirit and his violent, despotic nature. For him the use of force was a necessity, a delight and the only possible motive and logic.

He resolved, first of all, to report to the commander-in-chief, to whom the abbess had written a most expressive letter, and to state to him that he could not serve under Pixola because Pixola was a low-down, vile, envious man. Then he planned to ask him for the most dangerous position in the next battles to erase his lack of discipline with heroic behavior.

In San Frutuoso de Bages Ting-a-ling found the commander general of the rebels, the confidants of the Junta, the arm of that great intrigue of restless canons, dismissed inquisitors, and unemployed laymen that had its center in Madrid, either in the Society of the *Exterminating Angel* (whose existence is not historically proven) or in Prince Don Carlos' mysterious chamber.

Don Jose Bussons, commonly known as *Jep dels Estanys*, was a warrior who was old, dry, and small, yet he was still strong and agile. He had a violent, sour character. He seldom spoke, laughed even less and was the most blasphemous man in Catalonia and one might even say in all Christendom. This did not stop the pious authors of the rebellion from making him the Joshua of the apostolic war because *operibus credite non verbis*. And Jep's deeds were the best suited for inspiring enthusiasm among the gloomy and envious people who ruminate their discontent in cloisters, sacristies, and episcopal camarillas because he possessed an instinct for organization and he had established the practice of having the bands of the Faith pray the rosary between battles. The private conscience, so to speak, of Jep dels Estanys can be judged by the unheard of deed of hitting the priests who tried to give him last rites when he was condemned to death in the bloody epilogue of that campaign.

As he declared in his last moments, he had been in jail eighteen times for different crimes, although the main ones--let it be said in his defense--were crimes involving contraband. He received his education as a warrior in the glorious fights against the treasury and he won his first laurels distributing prohibited goods. From this school he went to the one of the War of Independence, jumping from smuggler to colonel. Later, he fought against the Constitutionalists,

contra el fisco, y sus primeros laureles los ganó pasando géneros prohibidos. De esta escuela pasó á la de la guerra de la Independencia, saltando de contrabandista á coronel. Guerreó más tarde contra los constitucionales, ganando una pensión vitalicia de veinte mil reales con que el Rey quiso premiar méritos tan sobresalientes. Detestaba la vida pacífica y normal de las ciudades y el noble trabajo de la industria. Su más grata mansión era el campo, su descanso el cansancio, su cama las duras peñas; tan bien vivía bajo un sol abrasador como sobre nieves y hielos, con tal que no le faltase un pedazo de pan y un tomate crudo para desayunarse. Cuando no había guerra era preciso, según él, inventarla, conformándose en esto con el pensamiento de Voltaire respecto á Dios.

No era ambicioso de riquezas; inquietábale un afán de hacer daño. Despreciaba las penalidades y sabía cómo se conciliaba el sueño en los calabozos, lugares de comodidad y regalo para quien había aprendido á dormir á caballo ó en la rama de un árbol. Tenía la audacia y la presteza del cernícalo, así como su crueldad. Su cara era seca, áspera y arrugada como un pedazo de leña vieja.

Cuando se ofrece á la contemplación de nuestros lectores, vestía uniforme de voluntario realista sin cruces ni insignias, no llevando el ingente chacó con que se decoraban los individuos de aquel cuerpo, sino la montera catalana doblada hacia adelante, como la usaban la mayor parte de las tropas. A éstas las trataba caprichosamente, siendo unas veces severo con las faltas, y otras muy tolerante, según estaba de humor. La buena estrella de Tilín quiso que éste fuese bueno aquel día y así, después de observarle de piés á cabeza, le dijo el general con cierta sorna:

--¡Ah! eres tú el que se ha criado en las faldas de las monjas . . . Bien, bien. Ya sé que eres valiente. A mí me gustan los hombres valientes sobre todo. A mí también me criaron monjas. Mi madre era criada de las madres del monte Olivete en Tortosa . . . Pero esto no hace al caso.

--Lo que pido á vuencencia--dijo Tilín con entereza--es que me conceda el puesto de mayor peligro en la toma de Manresa. De este modo lavaré mi falta.

--¿Qué falta?--preguntó Jep con asombro.

--La de no haber obedecido á Pixola. Yo quería tomar parte en la guerra y no estar mano sobre mano en Solsona.

--¡Ah! . . . Ya sé que Pixola es un bruto. ¿Quién hace caso de Pixola? Has hecho perfectamente en venir aquí . . . ¿Y qué grado tienes? . . . ¿Nada menos que

earning a life-time pension of twenty thousand reales, the King's reward for such outstanding merits. He hated the calm, normal life of the city and the noble work of industry. His most pleasant mansion was the countryside; his rest, exhaustion; his bed, hard rocks. He lived as well under the burning sun as on snow and ice as long as he had a piece of bread and a raw tomato to eat for breakfast. When there was no war, one had to invent it, according to him, thus agreeing with Voltaire's thoughts concerning God.[1]

He did not seek wealth. He was troubled by an insatiable desire that some said was the desire to do harm. He scorned hardships and he knew how to get to sleep in jails, places of comfort and ease for him, having learned to sleep on horseback or on a tree branch. He had the audacity and quickness of the kestrel, as well as its cruelty. His face was dry, rough, and wrinkled like a piece of old wood.

When he is presented for our readers' contemplation, he wears the uniform of a royalist volunteer, with neither crosses nor insignia, not wearing the enormous shako with which the individuals of that body decorated themselves, or the Catalan cap[2] folded forward that the majority of the troops used. He treated the troops capriciously, sometimes being severe with mistakes and other times tolerant according to his mood. Ting-a-ling's lucky star willed that he would be in a good mood that day. After looking him over from head to toe, the general said to him with a certain amount of sarcasm:

"Oh! Are you the one who grew up on the nuns' laps? . . . Well, well. I know that you are brave. I especially like brave men. Nuns raised me too. My mother was the maid for the Madres del Monte Olivete in Tortosa . . . but that is beside the point."

"What I ask Your Excellency," said Ting-a-ling forcefully, "is that you give me the most dangerous post in the capture of Manresa. That way I will erase my mistake."

"What mistake?" Jep asked with surprise.

"Not having obeyed Pixola. I wanted to take part in the war and not just sit around twiddling my thumbs in Solsona."

"Oh! . . . I realize that Pixola is a brute. Who pays attention to Pixola? You did exactly the right thing coming here . . . And what is your rank? No less than commander? . . . When this is over, we will make all the ranks right and the

comandante ? . . . Cuando esto se acabe rectificaremos todos los grados, y el Rey, cualquiera que sea, dará los premios que cada cual merezca . . . Mira, chico, ya que estás aquí, puedes prestarme un servicio. Estos brutos no sirven para nada. Todavía están mis botas sin limpiar . . . Hace dos horas que están arreglando los arneses de los caballos . . . Mira, Tilín, límpiame esas botas que están llenas de barro.

El comandante general, calzado con alpargatas y sentado junto á una mesa sobre la cual garrapateaba un oficio, señaló sus botas que estaban arrojadas en un rincón de la sala junto á un montón de ropa sucia. Viéndolas parecía que se veían los piés de un borracho. De un morralillo sacó Jep un cepillo y lo tiró al otro extremo de la sala.

--Ya tienes lo necesario--dijo tomando la pluma con no poco dificultad.--¿Con que tú quieres un puesto de peligro? Lo mismo fuí yo en mi mocedad. ¡Un puesto de peligro! Eso es, ó ser soldado ó no serlo. Lo demás se deja para las damas. El inconveniente, chiquillo, es que ahora no habrá puestos de peligro. Como nosotros guerreamos por órdenes que vienen de muy alto; como á nosotros nos apoya parte de la Corte si no toda ella, y hay un manejo secreto que hace inútiles las bayonetas, la guarnición de Manresa se rendirá. Allá dentro hay unos nenes de sotana que harán más que todos los generales . . . Sin embargo, puede que tengas donde lucirte. Has subido mucho, monago; veo que aquí cada uno se da á sí mismo los grados que le acomodan.

Echóse mano al bolsillo y sacando los trebejos de fumar, dijo:

--Mira, Tilín, toma dos cuartos y vete á comprármelos de yesca. Doblas la esquina de esta casa y enfrente ves la lonja de Alfarrás. Tráemela pronto, que quiero fumar . . . pronto digo: me gusta la gente de piernas ligeras.

El soñador Tilín, cuyo cerebro hervía con el movimiento y bullicio de gloriosas batallas, sintió su corazón atravesado por una aguja de hielo y una sensación de caida semejante á la que tenemos cuando en sueños nos despeñamos de una alta cima sobre abismos sin fondo. Arrojó el cepillo con desdén, y tomados los dos cuartos, salió diciendo para sí:

--¡El Demonio me lleve! Ni esto es guerra, ni estos son soldados, ni esto es causa apostólica, ni esto es decencia, ni esto es valor, sino una farsa inmunda.

King, whoever, he may be, will give the rewards that each one deserves . . . Look, boy, since you are here, you can be of service to me. These brutes are of no use. My boots still haven't been cleaned . . . They have been fixing the harnesses on the horses . . . Look, Ting-a-ling, clean these boots because they are full of clay."

The commander general, wearing rope sandals and sitting next to a table on which he was doodling, pointed to the boots, thrown in a corner of the room next to a pile of dirty clothes. Seeing them, it seemed that he was looking at a drunkard's feet. Jep took a brush from a knapsack and he threw it to the other side of the room.

"Now you have what you need," he said, picking up the pen with great difficulty. "So you want a dangerous post? I was just like you in my youth. A dangerous post. That is: either be a soldier or don't be one. Leave everything else for the women. The trouble, kid, is that now there won't be any dangerous posts. We fight by orders that come from very high up. Part--if not all--of the Court supports us, and there is a secret operation that makes the bayonets useless. The Manresa garrison will surrender. Inside it there are some cassock-wearing babies who will do more than all the generals . . . Nevertheless, perhaps there is a place where you can shine. You have gotten a big promotion, altar boy. I see that everyone gives himself the rank that pleases him."

He put his hand in his pocket and taking out his smoking equipment, he said:

"Look, Ting-a-ling, take two *cuartos*[3] and go buy me a tinderbox. You go around the corner of this house and across from it you'll see Alfarras' grocery. Bring it to me in a hurry because I want to smoke . . . In a hurry, I say. I like people with fast feet."

Ting-a-ling the dreamer, whose brain was consumed with the movement and bustle of glorious battles, felt his heart pierced by an icy needle; then a sensation of falling similar to the one that sleep simulates for us, throwing us from a high summit into a bottomless pit. He threw the brush scornfully and taking the two *cuartos*, he left, saying to himself:

"The devil take me! This is not war, these are not soldiers, this is not the apostolic cause, this is not decency or valor, but a dirty farce."

CAPITULO CATORCE

Los intrigantes que dentro de Manresa trataban de ganar á la tropa de línea no pudieron convencer á algunos oficiales de la ventaja que obtendrían en su carrera, pasándose á la insurrección. Estos oficiales eran hombres de honor que no se vendían por dinero, ni tampoco por las promesas de salvación eterna. Pero los conspiradores lograron sobornar á algunos y á casi todos los sargentos del regimiento de la Reina, empleando entre otros argumentos el de que la Junta de Cataluña tenía poderes secretos del Rey para sublevarse contra el mismo Rey. Al leer esta pestilente página de nuestra historia es preciso tener mucha lástima de un soberano contra quien se sublevaba una parte del reino, tomando su nombre. Pero la doblez ya proverbial del hijo de Carlos IV autorizaba este procedimiento.

Manresa tiene buena situación para una defensa. Rodéala en gran parte de su circuito el río Cardoner, y su planta es enriscada, agria y tortuosa, y pendientes sus calles. Una guarnición pundonorosa la habría defendido contra todas las bandas y somatenes que pueden eruptar las cavernas del Bruch, los bosques del Ampurdan y las grietas de la Cerdaña. Pero la guarnición, salvo la oficialidad y un puñado de soldados, sucumbió á las intrigas, no al plomo ni al fuego, y se dejó vencer por la astuta labia del padre Vinader, religiosa mínimo, y del reverendo doctor D. José Quinquer, domero mayor de la Colegiata.

En la noche del 27 al 28 de Agosto penetraron de improviso las hordas apostólicas capitaneadas por Jep dels Estanys, Caragol y Pixola.

Al grito de *¡Viva la religión! ¡Mueran los negros!* que es el grito que servía entonces para la consumación de todas las hazañas populares, fueron

CHAPTER FOURTEEN

The conspirators within Manresa who were trying to win over the line troops could not convince certain officers that going over to the side of the insurrection would boost their careers. These officials were honorable men who could not be bought for money or for the promises of eternal salvation. Still the conspirators managed to bribe some of them and almost all the sergeants of the Queen's Regiment using--among others--the argument that the King had secretly authorized the Junta of Catalonia to rebel against the King himself. Upon reading this pestilent page from our history, one is moved to deep pity for a Sovereign against whom a part of his kingdom rebels, using his name. But the now-proverbial duplicity of Carlos IV's son made this procedure perfectly acceptable.

Manresa has a good location for its defense. The Cardona River surrounds it in large part and the land around Manresa is rocky, uneven, and tortuous and its streets are sloping. An honorable garrison would have defended it against all the gangs and militia that the caves of Bruch, the woods of Ampurdan and the fissures of La Cerdana could belch up. But the garrison, except for the officers and a handful of soldiers, succumbed to the intrigues--not to lead shot or fire--and let themselves be conquered by the crafty glibness of Father Vinader, a minim monk, and the reverend doctor Don Jose Quinquer, churchwarden of the collegiate church.

On the night of August 27 and 28, the apostolic hordes led by Jep dels Estanys, Caragol, and Pixola entered without warning.

asaltadas muchas casas y ultrajadas multitud de personas que no eran todas liberales: la mayor parte habían incurrido en el desagrado apostólico por la tolerancia de su realismo y la suavidad de su celo religioso. La ciudad fué al punto dominada por los payeses, voluntarios realistas y guerrilleros, que unían sus berridos á los de la plebe, ya sobornada para dar á aquel acto de civilización todo el esplendor posible.

Los pocos soldados y los veinticinco oficiales leales se resistieron en el Ayuntamiento, dando ocasión á una refriega en la cual ambas partes se batieron valerosamente. Los leales hacían fuego desde los balcones, y los insurrectos intentaron varias veces el asalto. Dios sabe á qué extremo de encarnizamiento habrían llegado aquellos hombres, si el comandante de la plaza no hubiera mandado á los suyos que se rindieran. Todo iba bien para los frailes, admirablemente; y con pocos heridos y menos muertos poseían una situación estratégica de grandísimo precio para dominar la montaña y tener en jaque á Barcelona.

Tilín y su gente sostuvieron el fuego en el Ayuntamiento al lado de la guardia negra de Jep dels Estanys, que mandaba la acción desde un callejón cercano. En lo más recio de ella, Tilín vió á Pixola que se metía entre el tumulto.

—¿Cómo estás aquí, sacristanillo?—exclamó el carnicero con asombro.

—Ladrón, estoy porque he venido—replicó el joven, indicándole con un gesto que se apartara.

—¿Por qué saliste de Solsona?

—Porque me dió la gana, borracho.

El furor bélico de Tilín daba á sus palabras extraordinario brío. Si Pixola en aquel instante se le pusiera delante en ademán hostil, de seguro le partiera en dos, como hacían los caballeros andantes con los endriagos y mónstruous fabulosos.

Pepet habría deseado que el Ayuntamiento de Manresa fuera altísimo castillo con formidables torres y baluartes, para acometerlo y asaltarlo, despreciando el ardor de los defensores, y hacer allí uno de esos admirables desatinos que son pasmo de los siglos: pero cuando más sublimado estaba su espíritu con esta idea y cuando sentía en su grado más alto el delirio de la matanza y el espeluznamiento de la embriaguez marcial, vióse que los sitiados no se defendían; un pañuelo blanco se agitó en la ventana, acudieron parlamentarios,

To the battle cry "Long live Religion! Death to the Blacks!"[1]--a battle cry that at that time was used for perpetrating all acts by the people--many houses were stormed and a multitude of people, not all of them liberals, were abused. The majority had fallen into disfavor with the apostolics, their royalism being too tolerant and their religious zeal too soft. The city was immediately overpowered by Catalan peasants and royalist volunteers, who shouted with the masses (who had been bribed) to give that act of civilization all possible splendor.

The few soldiers and the twenty-five officers who remained loyal put up a fight in the Town Hall, giving rise to a skirmish in which both sides fought bravely. The loyalists fired from the balconies and the insurrectionists tried to take them by storm several times. Only God knows to what extremes of carnage those men would have gone if the commander of the stronghold had not ordered his men to surrender. All was going well for the monks, admirably well. With only a few wounded men and even fewer casualties they took a strategic position of extremely great value to control the mountain and hold a threat over Barcelona.

Ting-a-ling and his men kept on firing on the Town Hall beside the black guardsmen of Jeps dels Estanys who was commanding the action from a nearby alley. In the thickest of it, Ting-a-ling saw Pixola who was in the midst of the tumult.

"What are you doing here, little sacristan?" the butcher asked in surprise.

"You thief, I am here because I'm here," replied the young man, gesturing for him to go away.

"Why did you leave Solsona?"

"Because I wanted to, you old sot."

Ting-a-ling's warlike furor gave his words an extraordinary spirit. If Pixola had appeared before him with a hostile gesture at that moment, he surely would have split him in two, as knights errant did with fabulous monsters.

Pepet had hoped that Manresa's town hall would be a tall, tall castle with formidable towers and bulwarks so he could attack it and assault it, scorning the defenders' ardor and performing there one of those admirable absurdities that are the wonder of the centuries. When his spirit was most sublimated with this idea and when he felt in its highest degree the delirium of slaughter and hair-raising martial drunkenness, he saw that the besieged were not defending themselves.

entró y salió un fraile llevando recados, y todo acabó.

--Cuando yo digo--murmuró Tilín hiriendo el suelo con furibundo pié--que ni aquí hay guerra, ni plan, ni soldados, ni idea ninguna, ni decencia, ni valor, sino una comedia indecente...

Los oficiales y soldados del Rey fueron al punto desarmados, y Jep, tomando posesión de la casa municipal, procedió á la formación de la indispensable Junta. Mientras se nombraba, los frailes y canónigos se confundían en las salas del edificio con los guerrilleros y jefes de somatén. Parecía aquello un mercado de infames ambiciones en que la vanidad cotizaba los servicios de cada sugeto en las campañas de la intriga. Un lenguaje soez compuesto de los vocablos más populares sobresalía entre aquel tumulto como el espumarajo que corona las olas agitadas del mar. Sobre aquel espumarajo de dicterios, de voces de venganza, de insultos y de blasfemias, se destacaron al fin los nombres de los elegidos para componer la Junta, el padre Vinader, de la orden de mínimos, el canónigo Quinquer, el guerrillero Caragol, el médico D. Magín Pallás y el regidor San Martín.

Durante la elección unos cuantos desalmados de la horda de Pixola invadieron la casa del gobernador, arrastraron, sacándola del lecho donde esta enferma, á su esposa, y ya les tenían á ambos en medio de la plaza con los ojos vendados para fusilarles, cuando D. José Sapères (Caragol) que era el más humano de los junteros, acudió y pudo impedir un horrible crimen. Los demás atropellos no fueron de consideración. Pero gran parte del vecindario abandonó la ciudad en la mañana siguiente buscando refugio en Barcelona.

Inútil es decir que el primer cuidado de la paternal Junta fué publicar una proclama y dar las consabidas órdenes para que todos los oficiales se presentasen, sin que se olvidara la cobranza de un año de contribución y el reclutamiento de los quintos del último reemplazo. La tradición revolucionaria fué escrupulosamente cumplida, probándose que no en vano habíamos tenido en nuestra historia cursos completos de motines. *La santa causa del Trono y del Altar*, como decía la proclama de Manresa, que poco después fué quemada por la mano del verdugo, como lo fuera años antes la Constitución del 12, plagiaba ramplonamente á los demagogos de las Cabezas de San Juan.

El día después de la toma de la ciudad, Jep dels Estanys trató á Tilín con desvío, no demostrando admiración de sus dotes militares, y después de

They waved a white flag in a window, negotiators arrived, a monk entered and left carrying messages and it was all over.

"I say," murmured Ting-a-ling, stamping his furious foot on the ground, "there is neither war, nor plan, nor soldiers, nor any ideal, nor decency, nor bravery here, but an indecent play . . .!"

The king's soldiers and officers were immediately disarmed and Jep, taking possession of the town hall, proceeded with the formation of the indispensable Junta. While it was being named, the monks and canons mingled in the rooms of the building with warriors and heads of the militia. It looked like a marketplace of wicked ambitions where vanity highly esteemed the services of each subject in the campaigns of intrigue. A vulgar language, composed of the most colloquial words, was heard over that tumult like the scum that crowns the waves stirred up by the sea. Over that scum of insults, cries for revenge, insults and blasphemies, the names of those selected to form the Junta were finally called out: Father Vinader, from the Order of Minims, the canon Quinquer, the guerrilla Caragol, Don Magin Pallas, M.D., and the town councillor, San Martin.

During the election, some of heartless men from Pixola's horde invaded the governor's house. They dragged the governor and his wife out, pulling her from her sick bed. They blindfolded both of them and put them in the middle of the plaza, to shoot them, when Don Jose Saperes (Caragol), who was the most humane member of the Junta, showed up and prevented a horrible crime. The other outrages were not serious. But a large portion of the neighborhood fled the city the next day, seeking refuge in Barcelona.

Of course, the first concern of the paternal Junta was to publish a proclamation and to give the usual orders that all officers appear before them, not forgetting the collection of one year's taxes and the recruitment of the conscripts of the latest annual draft. The revolutionary tradition was meticulously carried out, proving that not in vain had we had in our history complete courses in insurrections. "The holy cause of the Throne and Altar," as the proclamation of Manresa read, commonly plagiarized the demagogues of Cabezas de San Juan.[2] Shortly thereafter the proclamation was burned by the executioner's hand as was done years before with the Constitution of 1812.

The day after the city was captured, Jep dels Estanys treated Ting-a-ling coldly, showing no admiration for his military talents, and after asking if he had

preguntarle si tenía buena letra le puso á escribir oficios. Mucho disgustó á nuestro héroe verse en la triste condición de escribiente; pero no quiso manifestar su cólera. El mismo Jep debió conocer cuánto le mortificaba la inacción.

--Mira, Tilín--le dijo al día siguiente,--me ha hecho notar el señor Pallás, indivíduo de la Junta y médico de la ciudad, que las calles están llenas de inmundicias y que esto puede ser causa de enfermedades. No es natural que nuestros bravos chicos se ocupen en limpiar las calles, ¿verdad?

--Tiene razón vuecencia--repuso Tilín decidido á dejarse fusilar antes que envilecer su persona con el oficio de barrendero.

--Pues mira, Tilín, vas á hacer lo siguiente: Ya sabes que la carcel está llena de presos. Son los liberales y toda la gentuza negra de Manresa . . . conozco á algunos. Esos son los que van á poner á nuestra ciudad como el mismo oro. Llévate un par de docenas de hombres armados, entra en la primer tienda donde encuentres escobas y cubos para agua y toma tantos como sean los presos . . . me parece que estos pasarán de veinte. Luego vas á la carcel, sacas á los negros y á cada uno le pones en la mano su escoba y su cubo. Ellos limpiarán y tus soldados les vigilarán. Al primero que se niegue al trabajo, ó murmure de nosotros, ó pronuncie algún vocablo contra el Altar y el Trono me le dejas en el sitio. No te digo más.

Ni él necesitaba más. Aquella tarde se hizo todo como lo había mandado el jefe y las calles quedaron limpias de inmundicia. No así el corazón de los apostólicos, que cada vez se enfangaba más.

El héroe de San Salomó había de tener otros empleos y ocupaciones durante su residencia de cerca de dos meses al lado de la Excelentísima Junta Superior. Un fraile que acompañaba á Jep en calidad de jefe de división y que tenía la audacia de escribir furibundos libelos con la horrible firma de *El padre Puñal*, quiso tomar á Tilín por ayudante. Negóse éste y un día se trabaron de palabras. Cada cual sacó á relucir su gerarquía militar. De las palabras vinieron á las acciones y Tilín tuvo la suerte de poder pasearse sobre las costillas de su enemigo, á quien no dejó hueso sano. El escándalo fué grande y Pepet pasó á un calabozo, de donde le sacó días después otro fraile que le tenía grande afición. Vióse luego maltratado por Jep dels Estanys y favorecido por Caragol; pero fué víctima de las hablillas, y una mañana Caragol le llamó simple.

Su carácter impetuoso, su afán por sobresalir y su indómita soberbia,

good handwriting, he put him to writing communiques. Great was our hero's disgust to find himself in the sorry position of scribe, but he did not want to show his anger. Jep himself should have known how much inactivity mortified him.

"Look, Ting-a-ling," he said the next day, "Mr. Pallas, a member of the Junta and a doctor in this city, has pointed out to me how dirty the streets are and that this could lead to disease. It is not right that our brave boys have to clean the streets, right?"

"Your Excellency is right," Ting-a-ling replied, deciding to be shot rather than defile his person with the occupation of street sweeper.

"Well, look, Ting-a-ling. This is what you are going to do. You know the jail is full of prisoners. They are the liberals and all the black riffraff of Manresa . . . I know some of them. These are the people who will make our city shine like gold. Take a couple of dozen armed men, go in the first shop where you find brooms and buckets and take as many as there are prisoners . . . I think twenty should do. Then go to the jail, take out the blacks, and put a broom and bucket in each one's hand. They will clean and your soldiers will guard them. Kill on the spot the first one that refuses to work or grumbles about us or says anything against the Altar and Throne. You know what I mean."

Ting-a-ling was dismissed. That afternoon he did everything his superior had ordered and the streets were cleaned of filth. It wasn't so with the apostolics' hearts that were dirtier by the moment.

The hero of San Salomó was to have other jobs and activities during his residence of almost two months beside the Most Excellent Superior Junta. One of Jep's division chiefs--a monk who had the audacity to write furious lampoons with the awful signature of *Father Dagger*--wanted Ting-a-ling to be his assistant. He refused and one day they had words. They pulled rank on each other. Actions followed words and Ting-a-ling had the good fortune to be able to beat his enemy to a pulp. He broke every bone in his body. There was a big scene and Pepet went to jail and a few days later a monk who was very fond of him got him released. Then he was mistreated by Jep dels Estanys and favored by Caragol; but he was the victim of gossip and one morning Caragol called him a simpleton.

His impetuous character, his eagerness to stand out gave him the reputation of being a disobedient troublemaker and that no one could get along with him. His best friends abandoned him and if he had tried to go to the field with

diéronle fama de díscolo y revoltoso, y nadie hacía buenas migas con él. Sus mejores amigos le abandonaban, y si hubiera intentado echarse al campo con un somatén de su propia pertenencia, no habría encontrado quince hombres que le siguieran. Aquella esfera de vulgaridad y de bajeza era muy impropia para el desarrollo de su carácter despótico y soberbio, que necesitaba acción incesante y vasto campo para ejercer su dominio. Aquella guerra no era guerra, era una campaña de rencillas, de insultos, de miserias, de contiendas pequeñas, semejantes á las disputas de las verduleras. Una revolución grande y atrevida, una de esas revoluciones descaradas que atacan lo más firme en nombre de cualquier idea fija y van derechas á su objeto hasta que vencen ó se estrellan, hubiérale sobrepuesto á la multitud, personificando en su ruda figura todas las villencias disfrazadas de justicia, la firmeza heróica y quizás todas las maldades y excesos de la pasión humana; pero en aquella sentina de intrigas frailescas tenía que hundirse necesaria y fatalmente. Era inepto para toda intriga. Capaz de los más febriles arrebatos del valor y de la audacia, en la ociosidad de la plaza ganada no era más que un pobre monaguillo.

El fraile que ya á fines de Setiembre le había sacado de la carcel le demostraba siempre mucho cariño. Regalábale frutas y dulces de monjas; pero con confites no se conquistaba el corazón inmenso del voluntario realista. Un día el padre Bernardino de Chirlot le dijo:

--Querido Armengol, si hubiera muchos hombres como tú, facil sería dar al traste con ese fantasmón orgulloso que tiene forma humana y se llama Caragol. Yo sé que muchos religiosos verían con gusto que la actual Junta era disuelta á puntapiés y nombrada en su lugar otra de verdaderos católicos . . . A todas partes llega el francmasonismo.

--Padre Chirlot--dijo Tilín, ébrio de cólera--tan canalla sería una Junta como otra, y tan bestia es Caragol como todos los demás. ¿Quiere usted sobornarme para una sedición?

--Todo sería que te dieran medios para ello--replicó el fraile, acariciándose la luenga barba rubia semejante á la cola de un caballo.

--¿Me darían dinero?

--Tal vez--dijo el capuchino con malicia.

--¿Y hombres?

--Tú los buscarías. Con dinero convertirás las piedras en hombres.

his own militia, he wouldn't have found fifteen men to follow him. That sphere of banality and baseness was very unfavorable for the development of his despotic and proud character that needed incessant action and wide-open spaces to exercise his authority. That war was no war; it was a campaign of quarrels, insults, misery, of wretched fights, like the arguments of fishwives. A great and daring revolution, one of those straightforward revolutions that attacks the most solid ground in the name of any old obsession and goes directly to their purpose until they are victorious or fail, would have put him before the multitudes, personifying in his coarse figure all acts of violence disguised as justice, the heroic steadfastness and perhaps all the evil and excesses of human passion; but in that cesspool of monkish machinations it was inevitable that he would sink. He was inept at all intrigue. Capable of the most feverish fits of bravery and audacity, in the idleness of the defeated stronghold he was no more than a poor little altar boy.

The monk who had taken him out of jail around the end of September always showed a great deal of affection for him. He gave him fruits and candy from the nuns but the royalist volunteer's big heart could not be conquered with sweets. One day Father Bernardino de Chirlot said to him:

"Dear Armengol, if there were more men like you, it would be easy to put an end to that proud stuck-up thing in human form that calls itself Caragol. I know that many monks would gladly see the present Junta kicked out of power and another made up of true Catholics named in its place . . . Freemasonry is everywhere."

"Father Chirlot," said Ting-a-ling, blind with anger, "one Junta would be just as vile as any other and Caragol is just as big a brute as all the rest. Are you trying to bribe me to rebel?"

"It could well be that they will give you the means for it," the monk replied, stroking his long red beard that looked like a horse's tail.

"They will give me money?"

"Perhaps," said the Capuchin maliciously.

"And men?"

"You will get them yourself. With money you can change stones into men."

"And the objective? . . . The goal? . . . Oh! Damn it, Father Chirlot. I've had enough of this disgusting farce. Go to the Devil."

--¿Y el objeto?... ¿el fin?... ¡Ah! ¡padre Chirlot de todos los demonios, para farsa asquerosa basta ya! Váyase usted con Barrabás. Y se retiró dejando al fraile medianamente corrido.

Al llegar al alojamiento del general en jefe, vió á éste en la puerta con las manos metidas en la faja, paseando de largo á largo.

--¡Monago!--gritó Jep dels Estanys.

Este nombre causaba á Tilín enojo violentísimo, que no se atrevía á manifestar por temor de hacerse más ridículo.

--¿Qué manda vuecencia?--dijo.

--¿Por qué estás tan pálido?... ¿Te pasa algo? El Demonio cargue contigo... Mira, monago, lleva mi caballo al río y dale un baño.

Pepet Armengol tomó el caballo, lo sacó de la ciudad, y al llegar al camino montó en él en pelo, y oprimiéndole los ijares con sus talones sin espuelas, lo lanzó a la carrera por el camino de Solsona. Su alma sentía inefables delicias en aquella carrera, semejante al loco desbordamiento de su fantasía. Estaba solo, corría, era libre.

And he withdrew, leaving the monk fairly ashamed.

When he arrived at the lodging of the commander-in-chief, he saw the latter in the doorway with his hands stuck in his belt pacing back and forth.

"Altar boy!" shouted Jep dels Estanys.

This name made Ting-a-ling violently angry but he did not dare let it show for fear of making more of a fool of himself.

"Yes, Your Excellency?" he said.

"Why are you so pale? . . . Is something the matter? The devil take you. Look, altar boy; take my horse to the river and give it a bath."

Pepet Armengol took the horse, led it out of the city and when he got to the road, he got on him bareback and pressing his flanks with his spurless heels, he took off at full speed down the road to Solsona. His soul felt indescribable delights in that run, similar to the insane overflowing of his imagination. He was alone, he was running, he was free.

CAPITULO QUINCE

Arribó de noche á la ciudad y se apeó en casa de Mosén Crispí. Al día siguiente los pocos hombres de armas que guarnecían la ciudad le recibieron con simpatía, mostrándose dispuestos á obedecer al sedicioso, por cierta inclinación instintiva que tenían todos ellos á la anarquía.

--¿Qué órdenes teneis?--les dijo.

--Nada más que vigilar á los pocos presos que están en el Ayuntamiento y alojar á las facciones de Aragón y Navarra que llegarán dentro de dos días.

--Pues es preciso hacer todo lo contrario--afirmó Pepet gozando extremadamente en la rebeldía,--es preciso soltar á los presos y no preparar alojamiento algunos á esa nueva canalla que ha de venir.

En la mañana del 30 de Setiembre fueron puestos en libertad los presos, siendo los primeros que vieron la luz del día D. Pedro Guimaraens y D. Jáime Servet. En cuanto al borracho de Mañas que tenía en Solsona una sombra de autoridad, harto beneficio le hacían en no ahorcarle. El vino acabaría con él.

Llenos de alarma y susto estaban los solsoneses al ver que nadie mandaba en la ciudad, porque Tilín no se dejaba ver en sitios públicos, ni cuidaba de nada, ni impedía que unos cuantos desalmados cometiesen desafueros y maldades. También las monjas se asustaron, y cuando Tilín fué á visitar á la madre abadesa por el locutorio, ésta le echó un sermón por su mala conducta. El antiguo sacristán estuvo luego tres días sin repetir su visita, y rara vez se le veía en las calles de la ciudad.

CHAPTER FIFTEEN

He arrived in Solsona at night and dismounted at Mosen Crispi's house. The next day the few armed men who guarded the city welcomed him sympathetically, indicating they were ready to follow the rebel, due to a certain instinctive inclination that they all had towards anarchy.

"What are your orders?" he said to them.

"Just to guard what few prisoners there are in the Town Hall and to billet the troops from Aragon and Navarra due to arrive in two days."

"Well, you must do the exact opposite," Pepet affirmed, enjoying his rebelliousness very much. "You must let the prisoners go and you must not give any lodging at all to that new riffraff that will come."

On the morning of September 30, the prisoners were released, Don Pedro Guimaraens and Don Jaime Servet being the first to see the light of day. Regarding the drunkard Manas, who had a slight bit of authority in Solsona, they hardly did him a favor by not hanging him. Wine would finish him off.

The residents of Solsona were afraid and alarmed when they saw that no one was in charge of the city because Ting-a-ling was not seen in public places, nor did he take care of anything, nor did he prevent some scoundrels from breaking the law and doing evil. The nuns were also frightened and when Ting-a-ling went to visit the abbess in the locutory, she gave him a lecture about his misconduct. The former sacristan went three days without repeating his visit and rarely was he seen on the streets of the city.

Excusado es decir de Sor Teodora de Aransis que habiendo sentido vivísimo contento por la ausencia del dragón, se asustó mucho cuando tuvo conocimiento de su llegada.

Puesto que esta ilustre señora nos ha de ocupar bastante en el curso de la presente historia, convendrá que como complemento de las ámplias noticias que se han de dar de su vida y de su carácter, mencionemos también los objetos materiales que la rodeaban. De estos objetos materiales que acompañan á la persona, sirviéndole como de marco, el que siempre ofrece más interés es la vivienda; y la vivienda de Sor Teodora es digna de preferente atención.

Desde aquel infausto día de Setiembre de 1810, cuyo recuerdo, á pesar del lento paso de los años, no se había borrado aún de la memoria de la madre Monserrat, la casa de San Salomó, horriblemente profanada por los franceses, había recibido varias reparaciones; pero el ala occidental del claustro continuaba en el suelo. En la parte alta de dicha ala, que estaba formada por una fila de doce celdas, de modo que quedaban cinco unidas al cuerpo central del edificio y tres aisladas en el extremo de la crujía. En la solución de continuidad subsistía parte de las paredes, el techo era nulo, las puertas estaban tapiadas, la galería de unión estaba reparada y era perfectamente practicable. Disputas y cuestiones entre las monjas sobre los fondos del convento habían impedido reedificar la parte demolida, y tan sólo se habían hecho las obras de albañilería necesarias para que la destrucción no fuese á mayores. A las tres celdas que habían quedado solas al extremo del ala, dieron las madres un nombre muy propio; las llamaban *la Isla*, y en ellas habitaban dos religiosas. La tercera celda, que era muy pequeña y casi inhabitable, servía de despensa á entrambas señoras. Una de las monjas que habitaban la Isla era Sor Teodora de Aransis. En la época de nuestra historia era la única, porque su compañera había muerto.

El monasteria constaba: de un cuerpo de edificio pegado á la iglesia, y de dos alas paralelas que partían en ángulo recto y en dirección de Sur á Norte. Separábalas el rectángulo del claustro. El centro y ala de Oriente hallábanse intactos. El ala de Occidente era la que tenía la solución de continuidad y la Isla. El claustro que resultaba de estas tres construcciones estaba cerrado al Norte por el piso inferior que contenía el refectorio nuevo: en el superior hallábase abierto y un gran tejado servía de punto de unión impracticable á los extremos de las alas.

Needless to say, Sister Teodora de Aransis, who had been extremely happy about the dragon's absence, was very frightened when she learned of his arrival.

Since that illustrious lady will play an important role in the course of the present story, it would be best, as a complement to the extensive information that must be given of her life and character, that we mention also what was around her. Of the material objects that accompany a person, serving as a framework, the one that is always of most interest is one's living quarters; and Sister Teodora's living quarters deserve special attention.

Since that unfortunate day in September 1810 when the convent was horribly desecrated by the French--a memory that still has not been erased from Mother Monserrat's mind in spite of the slow passage of the years--San Salomó had been repaired several times, but the western wing of the cloister was still on the ground. In the high part of said wing, formed by a row of twelve cells, there was a breach, due to the disappearance of four cells so that five remained joined to the central body of the building and three isolated at the end of the *crujia* (the passage between the choir and sanctuary). In the breach, part of the walls remained, but not the ceiling; the doors were bricked up; the floor, solidly repaired, was perfectly passable. Disputes and questions among the nuns about the convent's funds had impeded the rebuilding of the demolished part and only the necessary bricklaying to prevent greater destruction had been done. The nuns gave the three cells that had been left alone at the end of the wing a very appropriate name: they called them "the Island" and in them two nuns lived. The third cell, very small and almost uninhabitable, served as a pantry for both ladies. One of the nuns who lived in the Island was Sister Teodora de Aransis. In the period of our story, she was the only one, because her companion had died.

The convent consisted of the main body of the building attached to the church and two parallel wings that split at a right angle and in a south to north direction. The rectangle of the cloister separated them. The center and the eastern wing were intact. The western wing was the one that had the breach and the Island. The cloister that resulted from these three constructions was closed to the north on the lower floor, that contained the new refectory. It was open on the upper floor and a large tile roof served as the impassable connecting point at the ends of the wings.

Diferentes veces dijo la madre abadesa á Sor Teodora de Aransis que mudase de habitación, para que no viviera sola en aquel apartado sitio; pero ella, sin rechazar la idea, hizo propósito de permanecer allí durante el estío, por razón de la frescura que en aquella parte del convento se disfrutaba. La celda tenía su puerta hacia la galeria del claustro, una pequeña reja al Poniente y otra grande al Norte, sobre la huerta, cuya frondosidad embelesaba el sentido en noches de verano. Desde aquellas rejas que distaban poco de la gran tapia del convento, se veían las murallas de la ciudad, sólo separadas de éste por la tortuosa calle de los Codos, la puerta del Travesat y parte de la campiña y de las montañas.

Interiormente era la celda un lugar sosegado y delicioso por el dulce silencio que en él reinaba á causa de su alejamiento del centro del edificio. Perfecto orden reinaba allí, así como la pulcritud más refinada, no siendo la austeridad tan excesiva que convidase al ascetismo, ni tanta la pobreza que inspirase un vivo anhelo de ser santo. Por el contrario, Sor Teodora tenía en su morada varios objetos primorosos que había traido de su casa, entre los cuales descollaban algunos vasos y jarros de plata, una alacena de talla que habría honrado á cualquier museo y un tapiz, obra de sus hábiles manos, que hubiera caido maravillosamente en el gabinete de una dama del siglo. Dos ó tres pinturas del mejor gusto, algunos imágenes de madera que no le eran tanto, tres docenas de libros, muchísimas flores contrahechas que casi competían con las verdaderas, completaban el ajuar.

Como la regla mandaba que las monjas no tuvieran cama sino un solo colchón puesto sobre el suelo, el lecho de Sor Teodora, como el de todas las monjas de San Salomó, y el de muchas monjas que hoy existen en Madrid y provincias, era un inmenso colchón de tres piés de alto. Véase aquí como interpretando la regla por la manera más ingeniosa y burlándola en realidad, convertían las monjas la mortificación en comodidad, y la pobreza en el refinamiento del bienestar.

Ciertamente convidaba á una vida regalada y tranquila, tal como pueden desearla los egoistas más empedernidos, aquel dulce retiro que tenía las ventajas del aislamiento, del silencio, de la calma unidas á las comodidades de una dorada medianía. Pocos habrá que no tengan la abnegación de ser pobres, austeros y recogidos en una cueva de tal naturaleza, donde no puede llamarse virtud el apartamiento del mundo. Había allí cierta elegancia unidas al aseo más grato;

Several times the abbess told Sister Teodora de Aransis to change rooms so that she might not live alone in that isolated site, but she, without rejecting the idea, stayed there on purpose during the summer, because of the coolness that part of the convent enjoyed. The cell had its door toward the gallery of the cloister, a small grille to the west and another big one to the north over the garden, whose luxuriance delighted the senses on summer nights. From those grilles, that were a short distance from the convent's big wall, one could see the walls of the city, the Travesat Gate, and part of the countryside and the mountains. Only the tortuous Elbows Street separated the convent from the city walls.

Inside, the cell was a quiet and delightful place due to the sweet silence that reigned because of its isolation from the center of the building. Perfect order reigned there as well as the most refined cleanliness, the austerity not being so excessive that it invited asceticism, nor the poverty so great that it inspired a keen interest in being a saint. On the contrary, Sister Teodora had several beautiful objects in her room that she had brought from her house. The ones that stood out were some silver glasses and pitchers, an outstanding wardrobe that would have honored any museum, and a tapestry, the product of skillful hands, that would have looked marvelous in the boudoir of a woman of the world. Two or three paintings in the best of taste, some wooden statues of inferior quality, three dozen books, and a bunch of fake flowers that almost looked real, completed the furnishings.

As the rules ordered the nuns not to have beds, but a single mattress placed on the ground, Sister Teodora's bed, like those of all the nuns in San Salomó and those of many nuns that today are in Madrid and in the provinces, was an immense mattress three feet high. By interpreting the rule in the most ingenious way and by actually flaunting it, the nuns changed mortification into comfort and poverty into refined well-being.

That sweet retreat had the advantages of isolation, silence, calm, along with the comforts of a gilded mediocrity. It certainly offered a regulated, peaceful life, desired by the most callous egotists. There are few people who would not have the abnegation to be poor, austere and secluded in that sort of cave, where one cannot call withdrawal from the world a virtue. There was a certain elegance there along with the most pleasant cleanliness. There was the delicate smell of flowers that is similar perhaps to the smell that the devout call an odor of sanctity.

había delicado olor de flores, que no sabemos si es parecido al que los beatos llaman olor de santidad.

Recogióse Sor Teodora en su apacible nido después de cerrar la puerta, no con llave ni cerrojo, porque las celdas de los conventos no tenían entonces aquellas seguridades, reputadas inútiles, sino simplemente con un picaporte que lo mismo podía abrirse por fuera que por dentro. Encendió su lámpara, tomó un libro y se puso á leer.

Después de leer tranquilamente por espacio de media hora, se puso de rodillas y rezó con fervor y recogimiento. Ya se llevaba las manos á la cabeza para quitarse las tocas, primera de las operaciones precursoras del acostarse, cuando sintió ruido en la puerta. Volvióse sobresaltada por no ser costumbre que ninguna monja la visitara de noche, y vió con espanto . . . ¡Jesus Sacramentado! . . . parecía un sueño increíble, pero era realidad innegable . . . vió á Tilín en persona, con su cuerpo uniformado, su cara morena, sus gruesos labios, sus ojos de fuego, su frente de bronce, sus cabellos duros. El sacristán guerrero mantúvose en la puerta con una especie de timidez feroz, como si ni aún su colosal osadía tuviese la fuerza suficiente para traspasar aquel umbral sagrado. Había atropellado la ley de Dios, abolido su propia conciencia, y no obstante se detenía tembloros ante el pudor y la hermosura, cuyo imponente prestigio llenaba de confusión al miserable.

Sor Teodora no pudo gritar: cayó desfallecida en una silla, cerró los ojos y sus brazos se estiraron trémulos como para apartar un objeto terrible.

--Señora--balbució Tilín dando un paso y cerrando la puerta tras sí--no hay que temer nada de este miserable . . . no vengo más que á pedir perdón, señora . . . este miserable . . .

Procurando dominarse la monja se levantó para salir y pedir socorro. Tilín la detuvo con mano de hierro, y precipitadamente le dijo:

--Si usted llama, vendrán y seré descubierto, y habrá escándalo; mientras que si se calma y me oye un instante, nada más que un instante, me marcharé pronto, la dejaré tranquila para siempre, señora, para siempre.

--No quiero--dijo Sor Teodora, intentando desasirse.--Voy á llamar.

--Por Dios y la Virgen María que á mí me han desamparado, señora, óigame usted. Si usted grita me marcho, y si me voy no sabrá una cosa que le interesa mucho.

Sister Teodora withdrew to her peaceful nest. She closed the door, not with a key or a bolt--because the cells in convents at that time did not have those safety measures that were deemed useless--but simply with a door handle that could be opened from the outside as well as from the inside. She lit her lamp, picked up a book, and began to read.

After reading quietly for half an hour, she kneeled and prayed fervently and in seclusion. She put her hands to her head to take off her wimple, the first of the precursory operations for going to bed when she heard a noise at the door. She turned, startled, because the nuns did not usually visit her at night and she was terrified . . . Holy Christ! . . . It seemed an incredible dream but it was undeniably real . . . She saw Ting-a-ling in person wearing his uniform. She saw his brown face, his thick lips, his fiery eyes, his bronze forehead, his stiff hair. The sacristan warrior stood in the doorway in a kind of fierce timidity, as if not even his colossal audacity had enough strength to cross that sacred threshold. He had disregarded God's law, he had abolished his own conscience and nevertheless, he stopped. He was trembling before chastity and beauty, whose imposing prestige filled the contemptible man with confusion.

Sister Teodora could not shout. She fell into a chair in a faint, closed her eyes, and stretched out her trembling arms, as if to push away a terrible object.

"Madam," Ting-a-ling stammered, taking a step and closing the door behind him. "You have nothing to fear from this despicable person. . . I have only come to ask your forgiveness, madam . . . This miserable . . ."

Trying to control herself, the nun arose to call for help. Ting-a-ling stopped her with his iron hand and hurriedly he said to her:

"If you call out, they will come and I will be discovered and there will be a scandal, whereas if you remain calm and listen to me for a moment, just a moment, I will soon go away. I will leave you alone forever, madam, forever."

"I don't want to," said Sister Teodora, trying to get away. "I am going to call someone."

"For the love of God and the Virgin Mary too, who have forsaken me, madam, listen to me. If you shout, I will leave and if I go away, you will never learn about something that is of great interest to you."

Nothing that you could say would interest me," she exclaimed, burning with anger. "You wicked man, I hate you."

--Nada tuyo puede interesarme--exclamó ella ardiendo en ira.--Malvado, te aborrezco.

--Eso al menos es algo--murmuró Tilín con sarcástico gozo.--Yo no vengo sino á pedir perdón y á ver por última vez, por última vez á quien me aborrece.

Se dejó caer de rodillas y besó el suelo.

--Antes de privarme para siempre de ver la luz de mi vida--exclamó con voz ahogada,--he querido besar estos ladrillos. Era un deseo ardiente, no quiero morirme sin satisfacerlo. ¡Besar estos ladrillos! Es lo único que puedo alcanzar. Con poco se contenta el malvado aborrecido.

Absorta y petrificada, la de Aransis permaneció en medio de la celda con los ojos fijos en Pepet y las manos cruzadas. Los elegantes pliegues de su hábito blanco daban á aquella imponente figura, belleza y majestad.

--Aquí está el hombre más infeliz del mundo--dijo Tilín, tocando los ladrillos con su frente;--aquí está el polvo más vil que Dios tiene en el mundo con forma de hombre. Vilipendiado, aborrecido de todo el mundo, sin gloria, sin honra, sin porvenir, sin ilusión alguna, este miserable no ve ya más que tinieblas y ruinas delante de sí . . . ruinas y tinieblas.

Miró después á la señora y le pareció más aplacada en su enojo.

--¿Y ni siquiera ha de merecer un ligero consuelo en su corazón? ¡Esto es horrible, señora! Los perros son más felices que yo. Soy criminal; pero ya que no puedo verme amado, quiero tener el único placer que me es lícito, el de verme perdonado.

--Sal de aquí al instante--dijo la madre con brío--y te perdono.

--Saldré, señora, saldré--replicó Tilín sin levantarse del suelo.--Mi vida es el infierno. Para comprender mi estado, no imagine usted las llamas y las calderas hirvientes de que hablan los predicadores; eso no basta, eso es frío y descolorido; imagine usted la falta absoluta de esperanza y de ilusiones, la ruina completa de todo lo que edifica el espíritu . . . Ese es el infierno en que vivo yo. Mi único alivio será que usted me mire un rato sin ira, que me permita estar aquí, y hable conmigo . . . y me diga, me diga: "Tilín . . ."

--¡Ni un instante! Malvado sacrílego . . . demasiadas pruebas te doy de mi bondad, pues que te escucho.

--Un momento pequeño, señora; muy poco, muy poco tiempo . . .

--Nada.

"That, at least, is something," Ting-a-ling murmured with sarcastic delight. "I only came to beg your forgiveness and to see for the last time, for the very last time, the person who hates me."

He fell on his knees and kissed the ground.

"Before you forbid me from ever seeing the light of my life again," he exclaimed in a muffled voice, "I want to kiss those bricks. It is a burning desire. I do not want to die without satisfying it. To kiss those bricks. It is the only thing I can have. It doesn't take much to satisfy the hated, vile man."

Entranced and petrified, Miss Aransis remained in the middle of her cell with her hands folded, staring at Pepet. The elegant folds of her white habit gave that imposing figure beauty and majesty.

"Here is the unhappiest man in the world," said Ting-a-ling, touching the bricks with his forehead. "Here is the vilest dust that God has in the world in the form of a man. Vilified, hated by everyone, without glory, without honor, without a future, without any illusions, this vile man sees only darkness and destruction before him . . . destruction and darkness."

He then looked at the lady and he thought her anger was somewhat placated.

"And doesn't he at least deserve a little sympathy in your heart? This is horrible, madam. Dogs are more fortunate than I am. I am a criminal, but since I cannot be loved, I want to have the only pleasure that is left me--to be forgiven."

"Leave here at once!" said the nun with determination, "and I will forgive you."

"I will leave, madam, I will leave," Ting-a-ling replied, without getting up from the ground. "My life is hell. In order to understand my condition, don't imagine the flames and boiling cauldrons that the preachers talk about. That is not enough. That is cold and colorless. Imagine the absolute absence of hope and illusions, the complete ruin of everything that edifies the spirit . . . This is the hell I live in. My only comfort will be that you look at me a short while without anger, that you allow me to be here and talk with me and say to me: `Ting-a-ling'."

"Not even for an instant! Sacrilegious, vile man. I have been too generous with you, since I have listened to you . . ."

"Just a moment, madam, just a little longer, a little longer."

"No."

--¡Estoy condenado!

--Condénate cien veces.

--¡Condenado por usted! ¡por usted! ¡por usted!

Y levantando la faz lívida hacia ella, añadió con voz ronca:

--¡Condenado por tí, monja, que pereces hechicera.

Y se cogió su propia cabeza por los cabellos, como cogería el verdugo la del recién degollado para mostrarla al pueblo.

--¡Condenado por tí! ¡por tí!--repitió ella--por tu execrable maldad y sacrilegio.

--Pues bien, señora, perdón, perdón, yo pido á usted perdón. Pero démelo sin ira, sin enfado, sin repugnancia, con aquella voz dulce y angelical con que me hablaba en mi niñez, con aquel mirar tiernísimo y aquel trato seductor que era mi encanto en tiempos mejores.

--Te perdono, márchate, y no vuelvas más aquí . . . Huye de mí, demonio del Infierno.

La religiosa se cubrió el rostro con muestras de horror, y extremecimientos nerviosos sacudieron su cuerpo.

--¡Ni un momento siquiera!--murmuró Tilín apretándose el corazón.

Miró á la monja y la monja le miró á él. Grande fué la sorpresa de Sor Teodora al ver lágrimas en las atezadas mejillas de aquel hombre que tanto se parecía á un volcán por tener el centro de fuego y el exterior de piedra.

--Te perdono--dijo la madre con lástima, pero siempre con el mismo terror.--Vete, vete, te digo que te vayas. Infame bandido, que has escalado los muros de esta santa casa, huye de aquí; ¿no temes la maldición de Dios?

--¡Dios! . . . ¡Dios! . . . ¿Para qué hablar tanto de él? Mi Dios es otro. Si usted me permite estar un poco más, y contemplarla y referirle mis penas . . . mis penas que son grandes, atroces . . .

--No permito nada.

Tilín dió un suspiro y se levantó. Su semblante desconcertado y contraido parecía el semblante de un reo de muerte momentos antes de subir al patíbulo.

--¡Mal rayo!--exclamó con desesperación--¡que el mundo sea así y no de otro modo! ¡Que existan estas paredes y estos votos, y estas rejas horribles!

Revolvió los ojos con fiereza por la estancia:

--Adios, señora--dijo en tono y con ademanes de loco.

"I am damned."

"Be damned a hundred times."

"Damned by you! By you! By you!"

Raising his livid face toward her, he added in a hoarse voice:

"Condemned by you, Sister, you who are bewitching."

And he took his own head by the hair, as an executioner would take the head of a recently beheaded man to show it to the people.

"Damned by yourself! By yourself!" she repeated. "By your loathsome evil and sacrilege."

"Well, then, madam. Forgive me. Forgive me. I beg your forgiveness. But give it to me without wrath, without anger, without repugnance, with that sweet, angelic voice, the way you talked to me in my childhood, with that very tender look and that seductive manner that was my delight in better times."

"I forgive you. Leave and don't ever come back again . . . Get away from me, devil from hell."

A look of horror spread over the nun's face and nervous tremors shook her body.

"Not even a single moment," murmured Ting-a-ling, his heart constricting.

He looked at the nun and the nun looked at him. Great was Sister Teodora's surprise to see tears on the tanned cheeks of that man who looked so much like a volcano, because he had a fiery center and a stone exterior.

"I forgive you," said the nun with pity and terror at the same time. "Go away! Go away! I order you to go. You wicked bandit that scaled the walls of this holy house, get out of here. Aren't you afraid that God will curse you?"

"God! . . . God! . . . Why do you talk about him so much? My God is another. If you would allow me to stay here a little while longer and to contemplate you and to tell you my troubles . . . my troubles, that are great, atrocious . . . "

"I will allow nothing."

Ting-a-ling sighed and got up. His face, disconcerted and contracted, looked like the face of a condemned man moments before climbing to the gallows.

"May I be struck down," he exclaimed in desperation, "if the world isn't that way and no other way. If these walls, these vows, these horrible grilles don't exist."

Sor Teodora le señaló la puerta.

Acercóse Tilín á la monja, retrocedió ella. Acercándose él más y bajando la voz le dijo:

--Antes de llegar los dos al otro mundo, nos veremos. Adios.

Cuando él salió de la celda, Sor Teodora dió algunos pasos para observar por donde iba; pero faltáronle las fuerzas consumidas en aquel cuarto de hora de angustias infinitas, y sintiéndose acometida de un desmayo, se dejó caer de hinojos, apoyó la frente en la silla y perdió por un instante el conocimiento y el uso de sus claros sentidos.

He rolled his eyes fiercely around the room.

"Good-bye, madam," he said with the tone and the gestures of a madman.

Sister Teodora showed him the door.

Ting-a-ling approached the nun. She stepped back. Drawing closer and lowering his voice, he said to her:

"Before the two of us reach the other world, we will meet again. Good-bye."

When he left the cell, Sister Teodora took a few steps to see where he went but she lacked the strength, sapped in that quarter of an hour by infinite agonies. Feeling that she was about to faint, she fell on her knees, leaned her forehead on a chair and for a moment lost consciousness and the use of her senses.

CAPITULO DIEZ Y SEIS

Pocó duró el síncope á la ilustre dama, y al reponerse, su primer cuidado fué correr á observar qué camino tomaba el dragón. Pero ni por la puerta de la celda, ni por la reja abierta al Sur sobre el emparrado y frente al palomar divisó forma humana. Teodora, al dar por terminadas inutilmente sus observaciones, supuso que Tilín había entrado por la sacristía.

--Ese bribón--pensó--se ha quedado esta tarde dentro de la iglesia, ó en algún rincón de la sacristía. Al avanzar la noche salió de su agujero como los ratones que van á hacer sus correrías, y ahora se ha metido en él otra vez . . . Pero yo he de descubrir el escondite y he de armar una ratonera para enseñar á ese desalmado á jugar con el honor de respetables mujeres consagradas á Dios.

Como la puerta no tenía cerrojo puso tras ella todos los muebles que pudo cargar; mas ni aún con tal barricada quedó la señora tranquila, y rebeldes sus ojos al sueño, no podían apartar de sí la imagen fiera del voluntario realista. Acostóse rendida, y no logrando hallar sosiego ni calmar la fiebre que el insomnio le producía, levantóse y se puso á leer. Pronto advirtió que su atención se distraía del piadoso asunto del libro, corriendo hacia otros pensamientos, y atormentándose con un descarriado giro alrededor de las pasiones humanas. Para esto conocía Sor Teodora un remedio preciosísimo que guardaba en la gaveta más alta del armario. Al punto abrió la gaveta para sacar su precioso específico. Era un manojo de cuerdas con nudos.

Largo rato duraron los azotes, cuyo término fué cuando la viveza de los dolores anunció á la buena religiosa que un golpe más haría traspasar los límites de

CHAPTER SIXTEEN

Our illustrious lady's syncope was short-lived and when she came to, her first concern was to run to see which way the dragon had gone. But neither through the door of her cell, nor through the open grille to the south over the arbor and facing the dovecote, did she make out any human form. Teodora, considering that her observations were useless and finished, supposed that Ting-a-ling had entered the sacristy.

"That rogue," she thought, "stayed inside the church this afternoon or in some corner of the sacristy. As night approached he came out of his hole, like rats do when they are going to make their raids and now he has gone back in it again . . . But I will find his hiding place and I will set a trap to teach that scoundrel to play around with the honor of respectable women consecrated to God."

As the door did not have a bolt, she put all the furniture she could pile up behind it, but not even with that barricade was the woman reassured. Her eyes rebelled against sleep and she could not put the frightful image of the royalist volunteer out of her mind. She went to bed exhausted and unable to find peace of mind or calm the fever that insomnia produced in her, she got up and began to read. She soon noticed that her attention was drawn away from the pious subject matter of the book, going toward other thoughts and was tormented by having gone astray on a course about human passions. For this, Sister Teodora knew a most precious remedy that she kept in the highest drawer of the wardrobe. She immediately opened the drawer to take out the specified precious object. It was a bunch of knotted ropes.

la penitencia para entrar en los de la barbarie. Sin embargo, como testigos presenciales, podemos asegurar que los instrumentos de mortificación usados por la madre Teodora de Aransis no eran de los más destructores, y que cualquiera podría hacerse santo con ellos sin riesgo de perder la vida temporal.

Abandonadas las disciplinas, pensó la dama que pues las oraciones no tranquilizaban su ánimo ni tampoco el cruento vapuleo, lo mejor sería ponerse al trabajo, y al punto tomó una obra de bordar que empezado había dos semanas antes.

Dábale á la aguja arriba y abajo, y cada vez que sentía algún ruido exterior ó bullicio de las hojas de los árboles se extremecía y sobresaltaba. Así pasó la noche hasta la hora en que la campana del convento la llamó á maitines. No solía madrugar para asistir al coro, contribuyendo con su pereza, fundada casi siempre en dolores de cabeza ó en cualquier desazón ilusoria, á la relajación de la disciplina; pero aquel día fué diligente y asistió al coro.

En el coro la madre Monserrat le dijo:

--Ya sé que ha estado usted enferma anoche.

--Yo . . . yo no, señora--repuso con turbación la de Aransis.

--Ha estado usted en vela toda la noche--afirmó la vieja moviendo su apergaminada cabeza como un martillo.--Me pareció que ví luz.

--Entonces también usted ha estado en vela--dijo Teodora.

--También . . . Pero yo he estado rezando--replicó con malicia la madre Monserrat.

Trazó una grandísima cruz desde su frente á su cintura y de hombro á hombro, y volviendo la vista al altar tomó parte en el rezo general.

Sor Teodora no tenía criada, no ciertamente por alarde de pobreza, sino porque en su sentir las criadas dentro de los conventos no compensaban con sus servicios las molestias que ocasionaban y los enredos que hacían chismorreando de celda en celda y ocasionando enemistades y sinsabores. Ella misma, pues, se hizo su chocolate y se preparó su comida privada, porque en San Salomó, como en muchos conventos modernos, aunque había refectorio y yantar común, cada celda tenía sus festinillos á que asistían dos, tres, cuatro monjas, ó más generalmente una sola. Sor Teodora disponía de una pequeña cocina en la tercera de las piezas que componían la Isla, y allí, ayudada de una fámula de las que servían indistintamente á todas las monjas, se aderezaba alguna vez platos de su gusto. Aquel día, quizás

The lashings lasted a long time, and stopped only when the sharpness of the pain told the good nun that one more blow would go beyond the bounds of penance and would cross the boundaries into barbarity. Nevertheless, as eyewitnesses, we can guarantee that the instruments of mortification used by Mother Teodora de Aransis were not the most destructive and that anyone could become a saint with them without risking the loss of his temporal life.

Abandoning the scourge whippings, the lady thought that since prayers had not calmed her spirit--nor had the bloody thrashing--the best thing would be to set to work and she immediately picked up her embroidery that she had started two weeks earlier.

She moved the needle up and down and every time she heard a noise outside or the rustle of the leaves in the trees, she trembled and jumped. That is how she spent the night until the convent bells called her to matins. She usually did not get up early to attend choir, attributing her laziness, almost always based upon headaches or on some imaginary discomfort, to the laxity in discipline; but that day she was diligent and she attended choir.

In the choir, Mother Montserrat said to her:

"I know you were sick last night."

"I . . . no, madam," Miss Aransis replied in confusion.

"You were up all night," the old woman affirmed, moving her wizened head like a hammer. "I thought I saw a light."

"Then you were awake too," said Teodora.

"I was . . . but I was praying," Mother Montserrat replied viciously.

She traced a very large cross from her forehead to her waist and from shoulder to shoulder, and looking at the altar, she took part in the general prayer.

Sister Teodora had no maid, certainly not as a display of poverty nor because in her opinion servants inside convents were more trouble than they were worth because of the mischief that they cause gossiping from cell to cell, producing enmities, and causing trouble. She herself, then, made her cocoa and prepared her private meals because in San Salomó, as in many modern convents, although there was a refectory and a common meal, each cell had its little feasts that two, three, four nuns, or more commonly, only one, attended. Sister Teodora had at her disposal a small kitchen in the third room that composed the Island and there, assisted by one of the maids that served all the nuns equally, she sometimes

con motivo del largo insomnio, sintió la buena madre inusitado apetito y antojos de comer golosinas. Felizmente no carecía de elementos. Además de los riquísimos fiambres que se hacían en la gran cocina del monasterio, la hermosa dama recibía de su familia jamones y carnes mechadas que habrían tentado á un cenobita. En la alacena de talla que ocupaba lugar muy principal en su celda había manjares diversos, que con un poco de lumbre serían de exquisito gusto.

Bastante tiempo empleó la señora en disponer algunas chucherías para su propio regalo, pero cuando llegó la hora de comer apenas probó un poco de cada cosa. Su apetito, que la había incitado á trabajar con tanto celo en la cocina, había desaparecido. Guardó todo para dedicarse á la labor de aguja. Mientras trabajaba sintió deseos vivísimos de pasearse por la huerta y bajó; pero el aburrimiento obligóla á subir de nuevo, y después de pasearse en su celda discurriendo lo que podría hacer para pasar el tiempo consideró que lo mejor sería escribir á su familia. Casualmente no había contestado á la última carta de su hermano.

Después de escribir por espacio de un cuarto de hora, tomó de nuevo el trabajo para bordar un ala de mariposa. Dedicóse luego á deshacer un ramo de flores naturales que en un búcaro tenía y á hacerlo de nuevo, operación en que tardó media hora. Corría lentamente la tarde pesada, calorosa y larga, y Sor Teodora pensó que era conveniente para su alma rezar un poco. Bajó al coro, estuvo rezando largo rato, subió después á la cocina, descendió á la huerta cuando ya había aflojado el calor, y se paseó bajo el emparrado mirando alternativamente al suelo y al cielo.

Para que el lector comprenda bien á Sor Teodora de Aransis le diremos que aquel desasosiego, aquel constante mudar de ocupación, aquella caprichosa inconstancia en los empleos que había de dar á su fantasía y á sus manos, eran fenómenos que se repetían invariablemente todos los días desde algún tiempo.

No nos es difícil inquirir la causa de este desasosiego ni nos importa nada decirla, porque no es depresiva para la noble señora de que tenemos el honor de ocuparnos. Ya hemos dicho á su tiempo que Teodora de Aransis consideró como un pecado digno de los más acerbos castigos poner toda su atención y sus pensamientos y sus afectos todos en las cosas de la guerra y de la intriga apostólica. Así desde que consideró pecaminoso aquel desvarío bélico y político, la buena madre hubo de intentar arrojarlo de sí y limpiar su espíritu de tan infame maleza. En efecto, no volvió á informarse de ninguna particularidad relativa á la

prepared plates to her liking. That day, perhaps due to the lengthy insomnia, the good mother felt unusually hungry and she craved sweets. Luckily, she did not lack ingredients. In addition to the extremely delicious cold cuts that were prepared in the convent's large kitchen, the beautiful lady received from her family hams and larded meats that would have tempted a cenobite. In the cupboard, that was in a very important place in her cell, there were various dishes that would taste delicious with a little bit of fire.

The lady spent quite a bit of time preparing some tidbits for her own feast, but when it was time to eat, she only tasted a little bit of each thing. Her appetite, that encouraged her to work with such zeal in the kitchen, had disappeared. She saved everything in order to spend her time at her needlework. While she was working, she very much wanted to walk in the garden. She went downstairs but boredom forced her to go back upstairs. After pacing in her cell and pondering what she could do to kill time, she considered that the best thing would be to write to her family. As luck would have it, she had not answered her brother's most recent letter.

After writing for a quarter hour, she again took up her work to embroider a butterfly's wing. She then spent her time taking apart a branch of live flowers that were in a vase and rearranging them, an activity that took a half hour. The sluggish, warm, long afternoon passed slowly, and Sister Teodora thought that it would do her soul good to pray a little. She went down to the choir. She was in prayer for a long time and then she went up to the kitchen. She descended to the garden when the heat had already let up and she strolled beneath the arbor looking first at the ground and then at the sky.

For the reader to understand Sister Teodora de Aransis better, we must say that the restlessness, that constant changing of activities, that capricious inconstancy in the use of her imagination and her hands were phenomena that had been repeated invariably every day for some time.

It is not difficult for us to inquire into the cause of this restlessness nor do we mind telling it because it is not depressive for the noble lady. We have already said that in due time Teodora de Aransis considered putting all her interest, thoughts and affection in matters of war and apostolic intrigue, a sin deserving the harshest punishments. Thus, as she considered that bellicose and political nonsense sinful, the good mother had to try to get rid of it and to cleanse her spirit

guerra, ni leyó las cartas de Doña Josefina Comerford, y siempre que venían á su pensamiento ideas de batallas ganadas ó por ganar, de reyes caidos, de príncipes elevados ó de trapisondas por la Fé, echaba prontamente sobre ello otras ideas é imaginaciones, como se echa tierra sobre el cadáver recién entrado en el hoyo. El efecto de este sistema fué, como es facil suponer, un estado de atolondramiento y vaguedad constante en el espíritu de la ilustre religiosa, que al hallarse apartado de su ocupación predilecta, pugnaba por tornar á ella, rechazando todas las distracciones que se le ofrecían para apartarle de su tema. En suma, Sor Teodora de Aransis se aburría lindamente en San Salomó, aunque ella misma no lo conocía y daba otro nombre á aquel su estado de constante zozobra diciendo:--¡Ay, Dios mío, qué maniática me he vuelto!

Ya sabemos de ella que su religiosidad no era extraordinaria. La más preciada joya de su corona de monja era su conformidad con aquella vida y con la irremediable reclusión en que estaba sin saber fijamente por qué. Y no es fuera de propósito decir algo acerca de las causas del monjío de Sor Teodora de Aransis. Sus padres, que eran ricos y nobles, murieron tempranamente, dejándola en la orfandad con otras dos hermanas de menos edad que ella, y un hermano mayor. Por desvío de su madre, fué criada por unos tíos, que la fiaron á las Ursulinas de Lérida para su educación, la cual fué desempeñada tan cumplidamente en el orden religioso, que á los diez y ocho años de su edad, Teodora, catequizada por las madres y por un capellán anciano que era un águila para el confesonario, no pensó más que en ser monja. Ninguna persona de su familia trató de contrariar esta vocación juvenil, que por lo precoz debió haber sido sujeta á observación; antes bien los nobles tíos de Teodora y su madre, que en Francia residía, encendieron más y más en su alma el celo religioso, y avivaron la llama de su devoción, convenciéndola de que era una felicidad para ella abandonar el mundo y sus picardías. ¡Y qué bien le alabaron de palabras y por cartas su afición, y qué mal pintaron las vanidades del mundo y la dificultad de salvarse fuera de los claustros! ... La pobre joven, cuya acalorada imaginación necesitaba poco para tomar vuelo, abrazó la vida mística con deleite y entusiasmo, mientras allá en el perverso mundo sus hermanas menores se casaban con sus primos, y su hermano mayor derrochaba la fortuna paterna y metía ruido y escandalizaba y emigraba y se hacía jacobino.

En los primeros años ¡Ave María Purísima! la religiosidad y unción de Teodora fueron el asombro de San Salomó. Parecía que iba á eclipsar su celo y

of that vile evil. In fact, she never again inquired into any particularity relating to the war, nor did she read Dona Josefina Comerford's letters. Every time she thought about battles won or about to be won, dethroned kings, princes raised up, or when plots for the faith came to mind, she would think other thoughts and daydream instead, just as earth is thrown on a recently buried cadaver in the grave. The effect of this system was, as one can easily imagine, a state of confusion and constant vagueness in the illustrious nun's soul. Finding herself removed from her favorite activity, she fought it, rejecting all forms of amusement offered her. In short, Sister Teodora de Aransis was simply bored in San Salomó, although she herself did not realize it, and she called that state of constant anxiety by another name, saying: "Oh, my God. How fussy I have become!"

We know that her piety was not extraordinary. The most valuable jewel in her crown as a nun was her resignation to that life and to her irremediable seclusion, without knowing exactly why. And it is not irrelevant to say something about the reasons for Sister Teodora de Aransis being a nun. Her rich and noble parents died prematurely, leaving her, her two younger sisters, and an older brother orphans. Due to her mother's indifference, she was raised by her uncle and aunt who entrusted her education to the Ursulines of Lerida. So thorough was the education by the religious order that by the age of eighteen, Teodora, catechized by the nuns and an elderly chaplain who was an ace in the confessional, only thought about becoming a nun. No one in her family tried to interfere with this youthful vocation, which being so precocious should have been watched closely. On the contrary, Teodora's noble aunt and uncle and her mother, who was living in France, kindled religious zeal more and more in her soul and they fanned the flame of her devotion, convincing her that it was a blessing for her to abandon the world and its evil. And how well they praised by word and in letters her zeal and how well they depicted the vanities of the world as being evil and how difficult it was to save one's soul outside the cloisters . . . The poor child, whose overactive imagination needed little to take flight, embraced the mystic life joyfully and enthusiastically, while in the perverse world her younger sisters married their cousins and her older brother squandered the paternal fortune and raised a ruckus and scandalized them and became a Jacobin.

During her first years in the convent (Hail Mary Most Pure), Teodora's religiosity and unction were the amazement of San Salomó. It seems that her zeal

piedad á las Teresas, Claras, Ritas y Rosas. No había culto que ella no practicase, ni mortificación que no se impusiese, ni sutileza mística que no discurriera para más elevar su alma. El amor divino la puso delicada y enferma; juntamente con las increibles penitencias que se imponía en castigo de pecados que no había cometido, y para aplacar tentaciones que no había tenido. Pero así como se desvanece poco á poco la ilusión de un amor primero, tanto menos sólido cuanto mayor es su aparente vehemencia, así se fué disipando la seráfica exaltación de Teodora de Aransis, á la manera que van apagándose las memorias y oscureciéndose la imagen del novio ausente. Así como las evoluciones de la vida física parece que sustituyen un sér con otro al verificarse el paso más importante de la edad, así el alma de la señorita de Aransis mudó de aficiones y de ideas. Su vocación había sido, dicho sea sin irreverencia, como esos amoríos juveniles tan parecidos á los fuegos artificiales que se desvanecen después de haber sonreido y estallado en la oscuridad, y no dejan tras sí más que ceniza, humo, sombras.

Creeríase que Sor Teodora había estado hasta poco antes en la edad de los juguetes, y que entraba en la edad de las personas, en aquella edad en que los muñecos son arrinconados y entran á desempeñar su papel los hombres. A la seriedad afectada que tan mal le sentaba, sucedió una seriedad verdadera. Adquirió entonces un desarrollo físico que la hacía parecer más linda, y su interesante hermosura mostróse con todo el esplendor de una risueña primavera. En el recinto triste y sombrío de San Salomó, aquella belleza de un carácter gracioso, seductor, mundano y ligeramente maligno parecía, según la expresión de Mosén Crispí de Tortellá, la imagen del sol de Mediodía reflejada en el fondo de un pozo.

Sor Teodora debió conocer que era hermosa, extraordinariamente hermosa, porque el convento, á pesar de la disciplina y de todas las reglas, estaba lleno de pícaros espejos. Ignoramos lo que pensó la ilustre dama acerca de su impremeditado casorio con Jesucristo; pero la idea del honor y del deber estaba muy profundamente arraigada en su alma, y tenía por sí tanta fuerza que sustituyó á la vocación. No pudo ser esto sin tormento interior; pues no hay, no puede haber sacrificio placentero, y al considerarse sepultada en vida y al conformarse á ello, Teodora ponía sobre sus sienes una corona quizás de más precio que aquella de imaginarias espinas, con que soñaba en la época de místico delirio.

and piety outshone the Teresas, Claras, Ritas, and Rosas. There was no ritual that she did not practice or mortification that she did not impose upon herself or mystic subtlety that she did not devise to elevate her soul more. Divine love made her delicate and sick together with the incredible penitences that she imposed upon herself as punishment for sins that she never committed and to placate temptations that she never had. But just as the illusion of first love fades little by little, the greater its apparent vehemence, the less solid it is--thus the seraphic exaltation of Teodora de Aransis dissipated the way memories die away and the image of the absent lover grows dim. Just as changes in one's physical life seem to substitute one being with another when the most important step of one's life takes place, so Miss Aransis' soul changed its likes and ideas. Her vocation had been, let it be said without disrespect, like those youthful flirtations that are similar to fireworks that fade after have exploded in the darkness and leave behind only ashes, smoke, and shadows.

Sister Teodora had been only shortly before in the toy stage and she was entering the person stage in which dolls are discarded and men enter to play their role. After the pretended seriousness which so ill became her, a true serious took its place. She then acquired the physical development which made her seem prettier and her interesting beauty shone with all the splendor of a pleasant springtime. In the sad, somber enclosure of San Salomó, that charming, seductive, worldly, and slightly malignant nature looked like--according to Mosen Crispi de Tortella--the image of the noonday sun reflected in the bottom of a well.

Sister Teodora must have realized she was beautiful, extraordinarily beautiful, because the convent was, in spite of discipline and all the rules, full of rascally mirrors. We do not know what the illustrious lady thought about her unpremeditated wedding with Jesus Christ but the idea of honor and duty was very deeply rooted in her soul and it had in and of itself such force that it replaced vocation. This was not without internal torment since there is not, nor can there be, any such thing as an enjoyable sacrifice. She considered herself buried alive and as she was resigned to it, Teodora wore on her temples a crown perhaps more costly than the one of imaginary thorns she dreamed about in the period of mystic delirium.

Her outward devotion decreased so much that it caused something of a scandal. This forced her to make an effort not to seem less of a nun than her

La devoción externa amenguó tanto en ella, que hubo de causar algo de escándalo. Esto la obligó á hacer esfuerzos para no parecer menos monja que sus compañeras. Pero al mismo tiempo la hermosa dama necesitaba apacentar con algo su espíritu, y dióse á la lectura. Por algún tiempo leyó obras diversas tanto sagradas como profanas, aunque éstas últimas eran autorizadas por la Iglesia. Más tarde se dedicó á criar pájaros. Después abandonó los pájaros regalándolos juntamente con los libros al padre capellán, y su alto espíritu y exclarecida inteligencia se apacentaron, se cebaron, mejor dicho, en aquel negocio delirante de las guerras. Nada hay más que decir sino que al desechar de si toda aquella maleza pecaminosa, se quedó tal cual tuvimos el honor de pintarla al comienzo de este capítulo, inquieta, desasosegada, caprichosa. Era una niña de treinta y dos años que no podía estarse quieta.

Y como en un convento, por más que se discurra, no se pueden inventar ocupaciones variadas y que interesen profundamente; como el continuo rezar no podía satisfacer aquellas constantes ansias de actividad, Sor Teodora había caido en el más grande tedio. Nada de lo que hacía era en ella más que una fórmula. Rezaba por fórmula, y se azoraba por hacer algo. Cocinaba por capricho y trabajaba por mecanismo. El trabajo material no podía satisfacer sino parcialmente á su entendimiento superior. ¡Oh! si no hubiera tenido el contrapeso de un gran sentimiento del deber, aquel espíritu preclaro, de cuya exaltación fanática hemos visto alguna muestra en las expresiones y discursos de marras, habría hecho perder á Nuestro Señor una de sus esposas más guapas, aunque no es la hermosura la cualidad que más estima Él.

Aquel día (y entiéndase que después de esta explicación retrospectiva, volvemos á aquel día, es decir, al que siguió á la nocturna diabólica aparición de Tilín) Sor Teodora tenía en qué pensar. Su terror era tan fuerte y de tal modo le repugnaban la pasión y más que la pasión la persona del desgraciado Armengol, que no cesaba de discurrir medios para impedir que volviese á poner los piés en el convento.

Pensó referir todo á la madre abadesa; pero luego desistió de este pensamiento por no dar motivo de escándalo en la comunidad y de grandísimo regocijo á la madre Monserrat, su terrible alguacil y enemiga. ¡Ah! ¡infame vieja! Ella fué la que por primera vez dijo que Sor Teodora de Aransis ¡horrible calumnia! se acicalaba á escondidas en su celda, adobándose el rostro,

companions. But at the same time the beautiful lady needed to nourish her spirit with something and she dedicated herself to reading. For a while she read a variety of works, sacred as well as profane, although the latter were authorized by the Church. Later, she devoted herself to raising birds. After she abandoned birds, giving them, along with her books, to the chaplain, her noble spirit and outstanding intelligence was nourished, or rather, it fed upon that delirious business of war. There is nothing more to say except that when she put aside all that sinfulness, she was as we had the honor to portray her at the beginning of the chapter: restless, anxious, capricious. She was a thirty-two year-old child who could not be still.

And as in a convent, no matter now hard one tries, it is not possible to invent varied activities that are extremely interesting and since continual prayer cannot satisfy those who need constant activity, Sister Teodora had become terribly bored. Her heart was not in anything she did and everything was a ritual. She prayed as a matter of form and she scourged herself just to have something to do. She cooked as a caprice and she worked mechanically. Physical work could only partially satisfy her superior intellect. Oh! If she had not had the counterbalance of a great sense of responsibility, that illustrious spirit, whose fanatic exaltation we have seen some indication of in the expressions and speeches of long ago, would have made Our Lord lose one of his prettiest wives, although beauty is not the quality that He values most.

That day (and let it be understood after that retrospective explanation that we return to that day, that is to say, the one that followed Ting-a-ling's diabolic nocturnal appearance), Sister Teodora had a lot to think about. Her terror was so great and such that she loathed passion and more than passion the person of the unfortunate Armengol himself. She never stopped thinking about ways to prevent him from setting foot in the convent ever again.

She thought about telling the abbess everything but then she gave up the idea in order not to be the cause of scandal in the community and the very great joy of Mother Montserrat, her awful alguazil and enemy. Oh! Vile old woman. She was the one who first told that Sister Teodora de Aransis (awful slander) got all dressed up secretly in her cell, putting lotions on her face, perfuming her hair, and making herself more beautiful with makeup and worldly things. She was the one who constantly pierced her with the steely nails of her treacherous irony; she who from her cell, situated at the end of the east wing of the convent, spied on

perfumándose el cabello, y refinando su hermosura con afeites y profanidades del mundo. Ella la que constantemente le clavaba las aceradas uñas de su aleve ironía; ella la que desde su celda, situada en el extremo del ala oriental del convento, atisbaba noche y día la de Sor Teodora, situada en la Isla, observando con vigilante saña á qué horas de la noche apagaba la luz, á qué horas del día bajaba á la huerta!

No, no, lo mejor era callar aquel horrible secreto, tomando precauciones para que no se repitiera el suceso en las noches siguientes. En caso de reincidencia, revelaría todo aunque el convento se hundiese, y con él la reputación intachable de casa tan noble, tan santa y venerable.

Firme en su idea de que Tilín se había ocultado en la sacristía, examinó aquella tarde la puerta de ésta y vióla clavada, como estaba desde que el voluntario realista saliera para Manresa. Grande fué entonces la confusión de la dama, y sin dar cuenta á nadie de su sobresalto, observó la reja del locutorio y la puerta interior de éste; mas nada pudo hallar que indicase fractura reciente. Al anochecer retiróse á su celda, muy descontenta de sus observaciones, y estuvo más de una hora pasando mental revista á todos los escondrijos y agujeros de San Salomó, representándose en su imaginación la informe y heterogénea masa del edificio con sus muros hendidos, sus techos abollados, sus altas tapias absolutamente inaccesibles desde fuera.

No tenía sueño ni esperaba tenerlo en toda la noche. La temperatura era buena, aunque ya avanzaba Octubre. Sor Teodora salió á la galería, y apoyando sus brazos en el barandal, estuvo largo rato aspirando la frescura de la huerta y recreándose con un ligero vientecillo que á ratos venía del Norte y que le besaba el rostro. La noche era oscurísima y en el cielo brillaban algunas estrellas con tan vivo fulgor, que parecían haber descendido, según la observación de Sor Teodora, á contemplar desde cerca la tierra. Cansada de fresco y de astronomía, entró en su celda y entornó las maderas de la ventana enrejada. Después encendió luz. El reló de la catedral dió las diez.

La idea del desamparo en que estaba y de la escasa seguridad de su celda volvió á mortificarla. Una barricada de muebles podía no ser obstáculo bastante para el mónstruo. ¡Oh! ¡cuánto sintió en aquella hora no haber referido el inaudito caso á la madre abadesa! . . . ¿Qué debía hacer? Lo mejor era quedarse en vela toda la noche, sin perjuicio de arrastrar todos los muebles hacinándolos

Sister Teodora's night and day, situated in the Island, observing with vigilant fury what time of night she put out her light, what time of the day she came down to the garden.

No, no. The best thing would be to keep that horrible secret, taking precautions so the incident would not be repeated on the following nights. In case of a recurrence, she would tell all, although the convent might collapse and with it the spotless reputation of that noble, holy, and venerable house.

Convinced that Ting-a-ling had hidden in the sacristy that afternoon, she examined the door to it and saw that it had been nailed shut as it had been since the royalist volunteer left for Manresa. Great was the lady's confusion as a result and not telling anyone about her fright, she checked the grille of the locutory and its inside door but she found nothing that indicated a recent break. At nightfall, she retired to her cell, very dissatisfied with her observations and she spent more than an hour mentally reviewing all the hiding places and holes of San Salomó, imagining the shapeless and heterogeneous plaster of the building with its cloven walls, dented ceilings, its high walls, absolutely inaccessible from the outside.

She was not sleepy nor did she expect to sleep at all that night. The temperature was good, although it was already well into October. Sister Teodora went out to the gallery and resting her arms on the handrail, she spent quite a while breathing in the freshness from the garden and enjoying a light breeze that from time to time came from the North and kissed her face. It was a very dark night and in the sky the stars shone with such bright splendor that they appeared to have descended, as Sister Teodora's observed, to contemplate the earth from up close. Tired of fresh air and astronomy, she entered her cell and she half closed the shutters of the latticed window. Then she lit a light. The cathedral clock struck ten.

The thought of her unprotected situation and the very little security of her cell again tormented her. A barricade of furniture would not be enough of an obstacle for that monster. Oh! How sorry she was at that moment for not having told the Abbess of the unheard of case! . . . What should she do? The best thing was to stay awake all night long without dismissing the possibility of pulling the furniture over and piling it up in front of the door. Startled and frightened, she looked at the door, thinking that she heard a noise.

junto á la puerta. Sobrecogida y espantada miró a la puerta, creyendo sentir ruido fuera.

Sor Teodora dió algunos pasos para reforzar el picaporte con algún objeto que le sujetara, y antes de llegar quedóse yerta y muda de terror. Su corazón dió un vuelco terrible cual si se rompiera en pedazos. Helóse su sangre. En la puerta que ligeramente se abría, apareció un bulto, un hombre . . . ¡el dragón!

Sister Teodora took some steps to reinforce the latch with some object that might hold it and before reaching it, she was petrified and terror stricken. Her heart skipped a beat as if it were breaking to pieces. Her blood froze. In the door, that was softly opening appeared a shape, a man . . . the dragon!

CAPITULO DIEZ Y SIETE

Conviene apartar los ojos por ahora de los sustos y congojas de aquella noble mujer, sometida por el pícaro Enemigo Malo á duras pruebas, para fijarlos en los pasos cada vez más errados y torpes del infelicísimo voluntario realista, el cual parecía no ya sometido á pruebas ó escrúpulos, sino arrastrado al mismo Infierno por Satanás, atizador infame de las humanas pasiones y perturbador de aquellas almas que encuentra organizadas con alientos grandes, mas sin el sostén de un sentido moral muy puro.

Por noticias de muy fiel origen, sabemos que Tilín, luego que salió de la celda de Sor Teodora de Aransis, dejando á ésta sin habla ni sentido, montó á horcajadas sobre el barandal de madera, y sin esfuerzo alguno, inclinándose de un lado, puso el pié en los palos horizontales del emparrado. No era preciso ser gran equilibrista para andar por allí, á causa de la robustez de los maderos. Andando á gatas y cuidando de evitar los huecos ocultos por el follaje, se podía recorrer aquel camino aéreo, especie de puente echado desde la galería hasta el palomar que estaba en el mismo borde de la tapia, punto donde acababa el convento y empezaba el mundo. El palomar tenía un reborde por el cual se podía andar fácilmente agarrándose á los ladrillos de las paredes que lo formaban; pero al llegar á la tapia, que en aquel sitio formaba un ángulo entrante casi recto, cesaba todo camino y era preciso volar para salir del convento. La pared era en lo exterior lisa, perfectamente vertical, y su altura de doce varas hacía ilusoria toda tentativa de escalamiento para entrar ó de salto para salir. Tilín miró hacia abajo y vió que todo era tinieblas en el callejón oscuro formado por las tapias de San Salomó y las

CHAPTER SEVENTEEN

It is best to turn away for now from the fright and anguish of that noble woman who was certainly put to the test by the roguish enemy Evil and concentrate on the actions--ever more stupid--of that most unfortunate royalist volunteer. He no longer seemed put to the test or subjected to scruples but dragged to Hell itself by Satan, who vily stirs up human passions, who disturbs those souls that are courageous but lack the support of a very pure moral sense.

We know from very good sources that after Ting-a-ling left Sister Teodora de Aransis' cell, leaving her speechless and unconscious, he straddled the wooden banister and effortlessly, leaning to one side, put his foot on the horizontal poles of the arbor. He did not have to be a great tightrope walker to walk there due to the sturdiness of the pieces of timber. Walking on all fours and being careful to avoid the earthenware hidden by the foliage, he was able to go along that aerial path, a kind of bridge between the gallery to the dovecote that was on the very edge of the wall, the point where the convent ended and the world began. The dovecote had an edge that he could easily walk on, grabbing on to the bricks of the wall that formed it, but when he reached the wall, which at that spot formed a re-entrant, almost a right angle, all paths stopped and one had to fly to leave the convent. The wall was smooth on the outside, perfectly vertical and twelve yards high, making all attempts to enter by scaling it or to leave by jumping it impossible. Ting-a-ling looked down and saw that it was totally dark in the alley formed by the walls of San Salomó and the walls of the city. It looked like a bottomless pit, fit for a desperate person to throw the most annoying burden of life into it.

murallas de la ciudad. Parecía aquello un abismo sin fondo, propio para que un desesperado arrojase en él la enojosísima carga de la vida.

Pero no era ésta la intención del joven realista. Ya sabía él por donde andaba. En lo alto de la tapia y asegurado entre los ladrillos del ángulo que ésta formaba con la pared del palomar, había un fortísimo clavo, del cual pendía hacia fuera una soga. La hábil colocación de ésta y la firmeza del hierro que la sostenía indicaban no ser aquel un trabajo del momento, improvisado por la pasión ó el capricho, sino más bien obra de premeditación hecha con estudio y en sazón oportuna. El lector, si tiene memoria, comprenderá cuando fué hecha esta obra. Tilín confió su cuerpo á la cuerda y echóse fuera descendiendo lentamente con los puños, y al llegar á distancia como de tres varas del suelo buscó con pié un objeto en la superficie de la pared. Hallado al fin aquel objeto que era un segundo clavo tan sólido como el de arriba y apoyando en él su pié, dejó la cuerda, agarróse con los acerados dedos á los huequecitos de los ladrillos y desde allí se arrojó al suelo.

En el momento de caer una voz sonó á su lado, y manos nada blancas le tocaron los hombros. La voz dijo riendo:

--Date preso, seductor de monjas.

--¡Quién va!--gritó Tilín desasiéndose de aquellas manos y arremetiendo á su descubridor con amenazadores puños.

--Alto, alto, señor Tilín--dijo éste agarrotando las muñecas del sacristán con mano vigorosa.--Soy amigo. No tema usted nada de un pobre prisionero. Jamás he sido protector de monjas, y si lo fuera, callaría este caso, porque tampoco soy delator...

--¿Quién es usted?

--¿Tan desfigurado estoy que no me conoce?--dijo acercando su rostro al de Pepet.

--¡Ah! es el Sr. Servet si no me engaño.

--El mismo, y si por carácter no fuera discreto, seríalo ahora por tratarse de un hombre á quien eternamente tendré gratitud por la libertad que me ha dado.

--El Demonio cargue con usted y con su gratitud--replicó Tilín, cuyo enojo no podía aplacarse con las corteses manifestaciones del que en tan mala ocasión le había sorprendido.

--Y con el mal humor de usted--añadió el llamado Servet.--En ninguna parte está mejor un secreto que en el pecho de un hombre agradecido. Si en vez

But this was not the intention of the young royalist. He knew what he was doing. At the top of the wall and secured between the bricks of the angle formed with the wall to the dovecote was a very strong nail from which hung a rope on the outside. Its skillful positioning and the strength of the iron that held it indicated that it was not a moment's work improvised out of passion or caprice, but rather a premeditated work carefully planned and done at an opportune moment. The reader, if you will recall, will realize when this work was done. Ting-a-ling entrusted his life to the rope and threw himself over, slowly descending using his hands and when he was within three feet of the ground, he searched for an object with his foot on the surface of the wall. Having finally found that object, which was the second nail as solid as the one on top, he put his foot on it, he dropped the rope, grasped the little holes in the bricks with his steely fingers and from there he jumped to the ground.

The moment he fell, a voice sounded at his side and hands that were anything but white[1] touched his shoulders. The voice said, laughing:

"You are under arrest, seducer of nuns."

"Who is there?" shouted Ting-a-ling freeing himself from those hands and attacking his discoverer with menacing fists.

"Stop, stop, Mr. Ting-a-ling," he said grasping the sacristan's wrists in his strong hands. "I am a friend. You have nothing to fear from a poor prisoner. I have never been a defender of nuns and if I were, I would stay quiet about this case, because I am not an informer either . . ."

"Who are you?"

"Have I so changed so much that you do not recognize me?" he said bringing his face near Pepet's.

"Oh! It is Mr. Servet, if I am not mistaken."

"One and the same. And if I were not discreet by nature, I would be now because it involves a man whom I owe my undying gratitude for giving me my liberty."

"The devil take you and your gratitude," Ting-a-ling replied, whose anger could not be placated with the courteous manifestations of the man who had caught him by surprise in such an awkward situation.

"And your bad humor," the so-called Servet added. "Nowhere is a secret better kept than in a grateful man's heart. If someone else had been passing by

de ser yo quien pasaba por aquí hubiera sido otro, el Sr. Tilín habría tenido un disgusto. Mañana sabría toda la ciudad que las monjas de San Salomó . . .

--¡Por las patas y el rabo de Satanás!--gritó Tilín con ira--que si usted habla mal de las señoras ó las ultraja, aquí mismo le arranco el corazón. Tengo ganas de matar á alguien.

--Hombre, ¡qué capricho! . . . Pues á mí pasa lo mismo--dijo Servet flemáticamente.--Aquí tengo dos pistolas y un cuchillo de monte que me ha dado el Sr. de Guimaraens.

--Pues vamos--gritó Tilín como un insensato, dando algunos pasos hacia la puerta del Travesat.

--¿A dónde?

--A matarnos.

Si la noche hubiera estado clara se habría visto en los ojos de Pepet Armengol el brillo siniestro de la locura.

--Eso debe meditarse antes--dijo el caballero D. Jáime con gravedad no exenta de burla.--Mi vida actual no es precisamente de las que merecen el nombre de deliciosas; pero ¡qué demonio! es preciso llevarla á cuestas y la llevaremos; no faltará un cabecilla que nos alivie de ese peso.

--¡Déjeme usted . . . déjeme usted solo!--exclamó Tilín apoyando su cuerpo en la muralla de la ciudad y hundiendo la barba en el pecho.

--Pues adios, adios. Nunca me ha gustado ser importuno.

El caballero dió algunos pasos para alejarse. Con violento ademán se abalanzó Tilín hacia él y deteniéndole por un brazo acercó el martilludo puño á su rostro y le dijo:

--Si usted deja escapar una palabra, una palabra sola que ofenda la honra, la fama y la santidad de las señoras de San Salomó, encomiéndese usted á Dios. ¿Está entendido?

--Entendido. Yo no he visto nada. Puede volver á subir si gusta.

--No subiré más, no. No subiré más--bramó el voluntario moviendo la cabeza con desesperación.--Y si subo ó no subo, á usted poco le importa. Las madres de San Salomó son honradas. No hay ninguna que no lo sea. Yo soy el criminal, ellas no.

Servet encogió los hombros y se retiró de nuevo.

instead of me, Mr. Ting-a-ling would have been in trouble. By tomorrow the entire city would know that the nuns of San Salomó . . ."

"By Satan's cloven feet and tail," shouted Ting-a-ling angrily. "If you talk bad about the ladies or insult them, right on this spot I will tear your heart out. I feel like killing someone."

"My dear fellow, fancy that! . . . Well, I feel the same way," Servet said with indifference. "Here are two pistols and a hunting knife that Mr. Guimaraens gave me."

"Well, let's go," shouted Ting-a-ling like a fool, taking a few steps toward the Travesat Gate.

"Where?"

"To kill ourselves."

If the night had been clear, he would have seen the sinister gleam of insanity.

"We'd better think about that first," said the gentleman Don Jaime with a grave yet mocking tone. "My present life does not exactly deserve to be called wonderful but, what the devil! It is a burden we must bear and we shall. Some scalawag will take this burden off our shoulders."

"Leave me . . . leave me alone!" exclaimed Ting-a-ling, leaning against the city wall and burying his chin in his chest.

"Well, good-bye, good-bye. I have never liked being a pest."

The gentleman took a few steps as if to go. With a violent gesture, Ting-a-ling rushed toward him and grabbing him by the arm, he shook his hammer-like fist in his face and said to him:

"And if you let slip a word, a single word that offends the honor, the reputation, and saintliness of the nuns of San Salomó, commend your soul to God. Is that clear?"

"Clear. I did not see a thing. You can climb back up if you like."

"I will never climb up again, never. I will never climb up again," the volunteer roared, moving his head in desperation. "And if I climb up or don't climb up, it is none of your business. The nuns of San Salomó are honorable. There is not a single one who is not. I am the criminal, not they."

Servet shrugged his shoulders and started to go again.

—No, no se vaya usted—dijo Tilín deteniéndole primero y siguiéndole después.

—Pronto cambiamos de parecer, amigo.

—Yo no tengo amigos. ¡Ay! si tuviera alguno le pediría un consejo.

—Pues cuente usted que yo soy ese amigo y ábrame su corazón.

—No, no, no. Mi corazón no se abre, no se puede abrir, está ya soldado con plomo derretido.

¡Qué exaltación, Sr. Tilín! Vámonos de aquí. Entraremos en la taberna de Mogarull ó de Guasp, y beberemos un poco para que al buen guerrillero se le despeje la cabeza.

Tilín se dejó llevar como un idiota.

—Yo siento haber sorprendido un secreto tan delicado como el que acaba de descubrirme la casualidad—añadió el caballero mientras se internaban en la ciudad.—Pero no es culpa mía, sino de la Providencia. Yo entré por la puerta del Travesat. Venía de casa del Sr. de Guimaraens que, entre paréntesis, si debe á usted la libertad, no puede olvidar que le debe también la prisión, y aguarda una coyuntura para desollarle vivo. Mi Sr. D. Pedro, luego que salimos de la carcel, me llevó á su casa, dióme de comer y de vestir, obsequiándome con tanta finura que no sé cómo pagarle. Todo cuanto he necesitado lo ha puesto á mi disposición menos una cosa que me hace suma falta; un caballo, un caballo, señor Tilín, que me lleve á la frontera antes que estos benditos apostólicos vuelvan á prenderme.

—¡Un caballo!—repitió Tilín sin atender á la narración de Servet.

—El Sr. de Guimaraens, que salió anteayer para Cervera á ponerse á las órdenes del conde de España . . . ¿no sabe usted que tenemos encima las tropas reales? . . . se despidió de mí con grandísima pena y me dijo: "Querido Servet, siento no poder darte un caballo; pero te ofrezco mi tartana, que es la mejor pieza que rueda en Cataluña. ¡Donoso regalo! Héme aquí, Tilín amigo, dueño de un coche que de nada me sirve y que daría por la pezuña de un caballo.

—¿Un coche?—dijo Tilín vivamente, con muestras de gran interés.

—Sí, esa preciosa alhaja la tengo en una cabaña que está á cien varas de la puerta del Travesat. Esta tarde he traido mi vehículo gallardamente tirado por un asno, sobre cuyos lomos he roto medio fresno sin conseguir hacerle salir de un pasillo morigerado y tímido que me quemaba la sangre. Mi ánimo es buscar un caballo en Solsona, empresa difícil, porque carezco de amistades en esta generosa

"No. Don't go," said Ting-a-ling, first stopping him and then following him.

"How soon we change our mind, friend."

"I have no friends. Oh! If I did have one, I would ask his advice."

"Well, consider me that friend and pour out your heart to me."

"No, no, no. I cannot pour out my heart. I cannot. It has been soldered with molten lead."

"You are overwrought, Mr. Ting-a-ling! Let's get out of here. Let's go to Mogarull's or Guasp's tavern and let's have a drink so the good soldier can clear his head."

Ting-a-ling let himself be led away like an idiot.

"I am sorry to have discovered such a delicate secret as the one that I just happened upon," the gentleman added while they were going into the interior of the city. "But it is not my fault, but Providence's. I entered through the Travesat Gate. I was coming from Mr. Guimaraen's house. By the way, he owes you his liberty but he cannot forget that you were also responsible for his imprisonment and he is waiting for the chance to skin you alive. After we left the jail, Don Pedro took me to his house, fed me and clothed me, lavishing me with so much attention that I will never be able to repay him. Everything I needed he put at my disposal, except one thing that I need very badly--a horse. A horse, Mr. Ting-a-ling, that can take me to the border before those blessed apostolics capture me again."

"A horse!," Ting-a-ling repeated, not listening to Servet's narration.

"Mr. Guimaraens left the day before yesterday to report to the Conde de Espana for service . . . Don't you realize that the royal troops are on top of us? . . . He bade me farewell with greatest sorrow and he said to me: `Dear Servet, I am sorry that I cannot give you a horse but I offer you my *tartana*[2] that is the best thing on wheels in Catalonia.' A fine gift. Here you have before you, Friend Ting-a-ling, the owner of a coach that is of no use to me and that I would give away for a horse's hoof."

"A coach?" Ting-a-ling said brightly, showing great interest.

"Yes. I have that precious jewel at a cabin that is one hundred yards from the Travesat Gate. This after I brought my vehicle so gracefully pulled by an ass. I broke half an ash tree over his rump and couldn't make him go faster than a snail's pace. That made my blood boil. My intention is to find a horse in Solsona,

•

ciudad de mis entrañas. Pero confío en Dios, que ya me ha dado pruebas de su protección deparándome un amigo al dar mi primer paso dentro de estos benditos muros . . . ¿Benditos dije? . . . ¡si yo os viera hechos polvo juntamente con toda la caterva apostólica! . . . En suma, Sr. Tilín amigo, yo considero harto feliz nuestro encuentro, acaecido del modo más extraño. Entraba yo por la calle de los Codos, pensando en el coche que tengo y en el caballo que no tengo, cuando parecióme sentir ruido en lo alto de la tapia de San Salomó. Miré y no ví nada. Detúveme . . .

—No quiero que nombre usted á San Salomó.
—Detúveme y al fin ví un bulto que descendía por una cuerda.
—Basta.
—Era un hábil trabajo de volatinero que merecía verse, mayormente cuando se veía gratis. El bulto se desprendió arrojándose al suelo. Hay un clavo á la altura de la mano, Sr. Tilín. La idea es ingeniosa.
—Digo que basta.
—No se hable más del asunto. Lo principal es que realmente yo soy aquí el que cuelga, el que pende, no digo de una soga sino de un cabello, y bajo mis piés miro, no la deleitosa calle de los Codos, sino el insondable abismo de mi perdición.
—¿Necesita usted un caballo? . . .
—Sí; un caballo á quien confiar mi pobre persona para que la ponga en la frontera sana y salva. Si estoy aquí un día más, señor guerrillero, me expongo á perder otra vez mi libertad. En el caso de que los señores apostólicos que hay en la ciudad y los que pronto vendrán fueran misericordiosos conmigo, ¿cuál sería mi suerte el día en que entrase en Solsona el conde de España, vencedor y vengativo? Y ese día no está lejos, amigo Tilín, ya se han visto tropas del Rey á dos leguas de aquí. Guimaraens recibió anteayer órdenes fechadas en Cervera.
—¿Y teme usted al conde de España? ¿Pues no es usted espía de Calomarde?
—¡Espía yo!
—Entonces no hay duda de que es usted sectario y jacobino. Tenía razón Pixola.
—Tampoco soy jacobino.

a difficult enterprise because I have no friends in this generous city that I love so much. But I trust in God, who has given me proof of his protection by providing me with a friend when I first set foot inside these blessed walls . . . Did I say blessed? . . . If I could only see them turned into dust together with that entire apostolic crowd . . . In short, Mr. Ting-a-ling, my friend, I consider our meeting rather fortunate, occurring in the strangest way. I was going down Elbows Street, thinking about the coach I have and about the horse that I don't have when I thought I heard a noise at the top of the San Salomó wall. I looked up and did not see anything. I stopped . . . "

"I don't want you to mention San Salomó's name."

"I stopped and finally I saw a shape coming down a rope."

"That's enough."

"It was the skillful work of an aerialist that was worth seeing, especially when one sees it for free. The shape let go, dropping to the ground. There is a nail a hand's reach high, Mr. Ting-a-ling. The idea is ingenious."

"I said that's enough."

"Let's not talk any further about the matter. The main thing is that actually I am the one hanging here, the one who is hanging, not by a rope, but by a thread and beneath my feet I see--not delightful Elbows Street--but the unfathomable abyss of my ruination."

"Do you need a horse?"

"Yes, a horse that I can trust to take my poor old self to the border safe and sound. If I am here one day more, I run the risk of losing my liberty again. Even if the aposotlic gentlemen that are in the city and those that will soon come were merciful with me, what would be my fate the day that the victorious and vengeful Conde de Espana entered Solsona? And that day is not far off, Mr. Ting-a-ling. The King's troops have been seen just two leagues from here. Yesterday Guimaraens received orders written in Cervera."

"And are you afraid of the Conde de Espana? Aren't you Calomarde's spy?"

"Me, a spy?"

"Then you are no doubt a sectarian and a Jacobin. Pixola was right."

"Neither am I a Jacobin."

--A mi no me importa que sea usted el mismo Lucifer, capitán del Infierno --dijo Tilín.--Nada me asusta. No tengo ya afición á ninguna causa política; todas me son indiferentes, mejor dicho, todas me interesan con tal que destruyan.

--¡Destruir!

--Sí, destruir. Díganme usted, ¿no está la Corte minada por los masones? ¿Es cierto, como aquí nos han dicho, que si los masones triunfan, destruirán todo, y no dejarán en pié nada de lo que hoy existe?

--Los masones no triunfarán.

--¿Qué bando hará tabla rasa de todo?

--El de ustedes si triunfara, pero tampoco triunfará.

--¿Y Calomarde pegará fuego á toda Cataluña?

--No lo creo; pero fusilará a todos los cabecillas que coja.

--Pregunto si pegará fuego á toda Cataluña.

--No lo sé.

--¿Y no demolerá las ciudades?

--Mucho es eso.

--Entonces ¿quién volverá el mundo del revés?

--Tampoco le sé; pero de seguro habrá alguien que lo haga.

--¿Y quién lo hará?

--Uno que puede mucho.

--¿Es fuerte?

--Más fuerte que todos los tronos, que todos los partidos, que todos los hombres.

--¿Quién es?

--El tiempo.

--¡El tiempo! ¿dónde está ese tiempo que no viene?

--Ya vendrá.

--¡Oh! tarda.

--Es propio del tiempo tardar.

Tilín calló después profundamente. Seguían andando y de pronto detúvose el guerrillero y mirando al cielo con espantados ojos y haciendo un gesto convulsivo como si al mismo cielo amenazara, exclamó:

--¡Me aborrece!

--¿Quién?

"I could care less if you were Lucifer himself, captain from Hell," said Ting-a-ling. "Nothing scares me. I no longer have any interest in any political cause. They are all the same to me; rather, I am interested in them all, provided they destroy."

"Destroy!"

"Yes, destroy! Tell me: Isn't the court undermined by Masons? Isn't it true, as they have told us here, that if the Masons triumph, they will destroy everything and they will not leave standing any of what exists today?"

"The Masons will not triumph."

"What faction will make a clean sweep of everything?"

"Yours, if they triumph; but they will not triumph either."

"And Calomarde, will he set fire to all Catalonia?"

"I do not think so; but he will shoot all the leaders that he catches."

"I asked if he will set fire to all Catalonia."

"I do not know."

"And won't he demolish the cities?"

"That is quite a lot."

"Then who will turn the world topsy-turvy?"

"I do not know that either; but surely someone will do it."

"And who will do it?"

"One who can do a lot."

"Is he strong?"

"Stronger than all the thrones, than all the political parties, than all men."

"Who is he?"

"Father Time."

"Father Time! Where is that time that does not come?"

"He will surely come."

"Oh! He is late."

"Being late is typical of time."

Ting-a-ling was then profoundly quiet. They continued walking. Suddenly, the guerrilla stopped and looking at the sky with fear in his eyes and making a convulsive gesture, as if he were threatening the sky itself, he exclaimed:

"She hates me!"

"Who?"

--¡Necia pregunta!--dijo Tilín apretando fuertemente el brazo del caballero.--No tengo amigos; yo no confiaré á nadie lo que me pasa . . . Sr. Servet . . .

--¿Qué?

--Míreme usted.

--Ya miro.

Los dos hombres se contemplaron lúgubremente en la oscuridad de la noche.

--Sr. Servet--prosiguió Tilín acercando más su rostro al de su improvisado amigo.--¿Es cierto que yo soy horrible?

--No, ciertamente. Un corazón generoso, una figura tosca, aunque enérgica y simpática no pueden ser horribles.

--¿Entonces no es cierto que yo sea un mónstruo?

--¿Un mónstruo?

--Sí lo seré; pero la maldad, de . . . no sé de qué.

Después estuvo meditando largo rato, apoyado en un poste de las arquerías de la plaza de San Juan.

Delante de él Servet contemplaba su faz sombría alumbrada á ratos por la mirada, y su fuerte y áspera cabellera que parecía tormentosa nube pesando sobre un horizonte inflamado en ciertos momentos por la sulfúrea luz del relámpago. El caballero cortó el silencio diciendo:

--Usted se ha malquistado con sus jefes. Es indudable que si le cogen los cabecillas apostólicos le fusilarán, y si cae en las manos del conde de España, le fusilará también. La común desgracia no hará amigos y compañeros. Ayudémonos mútuamente, y huyamos juntos.

--¡Huir!--murmuró Tilín con sordo gemido.--Yo también huiré.

--Iremos juntos.

--No, yo tengo que hacer algo en Solsona.

Miró al cielo hacia la parte donde estaba San Salomó.

--Lo que más importa es no perder tiempo, porque mañana, quizás dentro de algunas horas no habrá remedio para nosotros. Ya sabe usted que las facciones de Aragón y Navarra, en la imposibilidad de hacer cosa de provecho en aquellas provincias, vienen á reforzar las de Cataluña.

--Yo no sé nada.

"Stupid question!" said Ting-a-ling squeezing the gentleman's arm hard. "I have no friends. I will not tell anyone what is happening to me . . . Mr. Servet . . ."

"What?"

"Look at me."

"I'm looking."

The two men looked at each other lugubriously in the darkness of the night.

"Mr. Servet," continued Ting-a-ling, bringing his face close to that of his unexpected friend. "Is it true that I am horrible?"

"Certainly not. A generous heart, a rough but energetic and pleasant face cannot be horrible."

"Then, isn't it true that I am a monster?"

"A monster?"

"I must be, but an evil, a . . . I don't know what."

Then he was pensive for a long time, leaning against a pillar of the arcades in St. John's plaza.

Facing him, Servet contemplated his somber face, illuminated from time to time by his expression, and his thick, coarse head of hair that looked like a storm cloud hanging over the horizon set on fire at certain moments by the sulphurous light of a bolt of lightning. The gentleman broke the silence by saying:

"You have fallen out with your officers in command. There can be no doubt that if the apostolic leaders were to catch you, they would shoot you, and if you were to fall into the hands of Conde de Espana, he would shoot you too. The common misfortune will make us friends and companions. Let us help each other and let us flee together."

"Flee!" murmured Ting-a-ling with a dull groan. "I will flee too."

"We will go together."

"No. I have something to do in Solsona."

He looked at the sky in the direction of San Salomó.

"The most important thing is not to waste time, because tomorrow, perhaps within a few hours, there will be nothing we can do. You must know that the troops from Aragon and Navarra, finding it impossible to make any progress in the provinces, are coming to reinforce those in Catalonia."

"I know nothing."

--Se dice que pronto llegarán á Solsona. Yo temo volver á visitar los aposentos subterráneos del Ayuntamiento, y usted no debe vivir muy tranquilo, puesto que ya está declarado rebelde y pronto se le declarará vendido á Calomarde. Sé lo que son revoluciones y sé cómo se trata en ellas á los que después de haberlas servido las abandonan.

Tilín no atendía á las razones harto discretas del forastero. Abstraido en otros pensamientos dijo de súbito:

--Yo tengo una casa en Cadí . . . allá en los bosques de la Cerdaña, donde apenas hay raza humana . . . ¡Qué soledad, qué soledad tan grande!

--¡Ah!--dijo Servet--un buen guerrillero, cansado del mundo y herido en el corazón por los desengaños, se retira á hacer vida de anacoreta en su casa solar! Muy bien. Me gusta esa idea que responde á dos necesidades urgentes, la de descansar de las fatigas de la guerra ó de los sobresaltos amorosos y la de ponerse á veinte leguas del conde de España, cuya compañía debe evitar quien estime en algo la vida. Y el conde de España está en Cataluña . . . lo que equivale á decir que nuestras cabezas y las cabezas de todos los guerrilleros apostólicos están sobre el tajo. En mal hora vendrán esos valientes navarros y aragoneses, como no vengan, según se ha dicho, á someterse.

--El locutorio--dijo Pepet bruscamente--está al lado del camarín, donde están el altar viejo y las piezas del monumento.

Pasmado se quedó el forastero al oir razones tan incoherentes y que tan mal respondían al asunto de que se trataba. Continuó hablando de la necesidad de huir, de la absoluta perdición de la causa apostólica, y cuando pidió á Pepet su parecer sobre tan importante opinión, respondióle el irritado voluntario:

--De aquí á mi casa de la Cerdaña . . . cuatro jornadas y cuatro descansos, uno en Regina Coeli, otro en Vilplana, otro en Nargo, otro en Querforadat.

Oyendo tan desconcertadas razones, Servet pensó que aquel hombre había perdido el juicio.

--¿Cree usted--dijo Tilín echándose las manos á la espalda y dando algunos pasos en contrario sentido--cree usted, Sr. Servet, que el viento Sur me será favorable?

--Si piensa usted ir en buque . . .

--No es eso, digo que será favorable . . . ¡Oh! no, mejor será el viento Nordeste.

"They say that they will soon arrive in Solsona. I fear visiting the underground lodgings of the Town Hall and you must be worried since you are now a professed rebel and it won't be long before they declare that you have sold out to Calomarde. I know what revolutions are like and I know how they treat those who abandon them after having served them."

Ting-a-ling was not listening to the stranger's rather discreet arguments. Absorbed in other thoughts, he suddenly said:

"I have a house in Cadi . . . over in the woods of La Cerdana, where there is hardly a soul . . . What a lonely place, such a very lonely place!"

"Oh," said Servet. "A fine guerrilla fed up with the world, his heart wounded by disappointments, goes into seclusion to live as an anchoret in his ancestral home. Very nice. I like that idea which meets urgent necessities: that of resting from the hardships of war or amorous surprises and that of putting twenty leagues between yourself and the Conde de Espana, whose company must be avoided by anyone who values his life. And he is in Catalonia . . . which is the same as saying that our heads and the heads of every apostolic warrior are on the chopping block. Unfortunately those brave Navarrese and Aragonese will come, since they aren't coming, according to what's been said, to surrender."

"The locutory," Pepet said suddenly, "is beside the room where we used to keep the old altar and pieces of the temporary altar used on Maundy Thursday."

The stranger was flabbergasted to hear such incoherent thoughts and how poorly he was dealing with the matter at hand. He continued talking about the need to flee, about the absolute undoing of the apostolic cause, and when he asked Pepet for his opinion about that important matter, the exasperated volunteer answered him:

"From here to my house in La Cerdana . . . It's a four day's journey with four layovers: one in Regina Coeli, another in Vilaplana, another in Nargo, another in Querforadat."

Hearing such confused reasoning, Servet thought that the man had lost his mind.

"Do you think," said Ting-a-ling, putting his hands behind his back and talking a few steps in the opposite direction, "do you think that the South wind will favor me?"

"If you are planning to go by ship . . . "

Y miró al cielo para ver la dirección que llevaban las nubes.

--Norte fijo--afirmó Servet mirando también y riendo de los despropósitos de su nuevo amigo.--Cataluña necesita un poco de fresco para limpiar su atmósfera de lo que le viene del Sur. También tenemos al Rey D. Fernando en camino de esta tierra, y según todas las noticias, ya debe de estar cerca de Tarragona. Ese solícito y paternal monarca ha querido venir por sí mismo á aplacar la insurrección . . . ¿Sabe usted, señor Tilín, que más me huele á cáñamo que á pólvora?

El voluntario no contestó sino después de pasado un rato.

--Todo podrá quedar hecho en una hora--dijo mirando con extravío á D. Jáime,--y se hará, se hará.

Al decir esto oyóse lejano y ronco el ruido de los tambores de guerra, y algunos hombres pasaron apresurados por la plaza disputando. Reunióse bastante gente, y entre el rumor de las hablillas oyóse:

--Las facciones de Aragón . . . ahí están.

--Ahí tenemos ya á la canalla que faltaba--dijo Servet.--Ya vengan á pelear, ya vengan á someterse, conviene evitar su compañía. Buenas noches, Sr. Tilín.

El voluntario le estrechó la mano, diciéndole:

--Tendrá usted el caballo que desea, pero es preciso que me dé su coche.

--Con la mejor voluntad del mundo--replicó el otro lleno de gozo.--Es un mueble que no me parece mío sino por lo que me estorba.

--Pues yo lo necesito: es para mí de grandísima utilidad.

--Como el caballo para mí. Bendito sea el momento en que entrando por la calle de los Codos, ví descolgarse de la tapia . . .

--Basta. Usted no ha vista nada.

--Es verdad, amigo y protector mío: nada he visto.

Estipularon en seguida de un modo formal y definitivo el cambio que habían indicado. Servet daría su tartana á Tilín á trueque de un caballo. Mas como el guerrillero no tenía por el momento más que el suyo, ó sea el de Jep dels Estanys, hizo solemne promesa de buscar el que Servet necesitaba y de tenerlo á su disposición en todo el día siguiente.

No pudo fijar Tilín punto determinado para verse ambos amigos en el discurso de las veinticuatro horas siguientes, "porque--decía--mis quehaceres serán muchos mañana, y no se me podrá ver por ninguna parte."

"It is not that. I think it will be favorable . . . Oh! No. The Northeast wind will be better."

And he looked at the sky to see the direction that the clouds were taking.

"Due north," Servet affirmed, also looking at the sky and laughing at the irrelevant remarks of his new friend. "Catalonia needs a little fresh air to clean its atmosphere of what is coming from the south. We also have King Fernando on the way to this land, and according to the latest news, he should now be near Tarragona. This affectionate and paternal Monarch wanted to come in person to appease the insurrection . . . Do you know, Mr. Ting-a-ling, that it smells more like hemp than gunpowder to me?"

The volunteer did not immediately answer.

"Everything can be ready in an hour," he said, looking at Don Jaime vacantly, "and it will be done, it will be done."

Upon saying that, the far-off and muffled sound of war drums was heard and some men passed through the plaza in a hurry, arguing. Quite a few people gathered and among the murmur of gossip could be heard:

"The troops from Aragon . . . they are here."

"Just the riffraff we needed," said Servet. "Whether they come to fight or whether they come to surrender, it is best to avoid their company. Good night, Mr. Ting-a-ling."

The volunteer stretched out his hand to him, saying:

"You will have the horse you want, but you must give me your coach."

"With the greatest of pleasure," replied the other joyfully. "It does me no good and only gets in my way."

"Well, I need it; it is extremely useful to me."

"As the horse is for me. God bless the moment that I entered through Elbows Street and I saw you coming down the wall . . ."

"That is enough. You saw nothing."

"That is right, my friend and protector. I saw nothing."

They immediately finalized formally and once and for all the exchange that they had agreed upon. Servet would give his *tartana* to Ting-a-ling in exchange for a horse. But, since the warrior had only his own for the moment, or rather Jep del Estanys' horse, he made a solemn promise to look for the one Servet needed and to put it completely at his disposal the next day.

Al fin quedó concertado que Servet entregaría al día siguiente su coche y fuera al caer de la tarde á la posada de José Guasp, donde hallaría á un amigo de Tilín y con éste el deseado caballo. Dándose afectuosos apretones de manos, se despidieron cuando ya entraban en la plaza los grupos de guerrilleros aragoneses y navarros, que acababan de llegar.

--¿Podremos hacer el viaje juntos?--dijo Servet al voluntario.

--De ningún modo--repuso éste.--¿Sale usted mañana?

--Contando con el caballo, mañana.

Tilín clavó sus ojos en el suelo. Ceñudo y fosco parecía leer en la tierra misteriosos anuncios del destino.

--Entonces . . .

Y dijo una frase que uno y otro ¡ay! habrían de recordar más tarde.

Aquella frase era:

--Quizás nos encontremos en el camino.

Ting-a-ling could not set a definite time for both friends to meet in the course of the following twenty-four hours, "because," he said, "I have many things to do tomorrow and I cannot be in two places at once."

Finally, it was agreed that Servet would give him his coach the next day and by nightfall he would be at Jose Guasp's inn where he would find a friend of Ting-a-ling's and with him the horse he wanted. Shaking hands affectionately, they said good-bye just as the newly-arrived groups of Aragonese and Navarrese troops were entering the plaza.

"Can we travel together?" Servet said to the volunteer.

"No way," the latter replied. "Are you leaving tomorrow?"

"Counting on the horse, tomorrow."

Ting-a-ling stared at the sky. Scowling and sullen, it looked as if he was reading in the earth mysterious announcements from Destiny.

"Then . . ."

And he said something that they would both (Oh!) remember later.

It was:

"Perhaps we shall meet on the road."

CAPITULO DIEZ Y OCHO

El caballero D. Jáime Servet (de quien hemos de ocuparnos ahora con algún detenimiento) se retiró al campo y á la casa de Guimaraens, donde estuvo solo todo el día siguiente. Impaciente y sin sosiego, esperaba la tarde para ir á la ciudad y tomar el caballo prometido: así cuando comenzó á oscurecer quiso despedirse de la señora Badoreta, que por orden de su amo le había prestado ropa y algunos dineros para el viaje; pero la señora Badoreta no estaba en la casa, y el caballero tuvo que marcharse sin despedirse de ella, y lo que es más sensible, sin comer. Partió hacia la ciudad. En la cabaña situada fuera de la puerta del Travesat halló á Pepet que puntual había ido á tomar posesión de la tartana. Estaba el guerrillero en compañía de seis hombres cuyo aspecto pareció á Servet harto sospechoso, y aún el mismo Tilín figurósele más sombrío, más ceñudo, más hipocondriaco que de ordinario. Pocas palabras cambiaron. Tilín anunció á su amigo que el caballo le esperaba en la posada de Guasp.

--¿No entra usted en Solsona?--le dijo Servet.

--No: está atestada de navarros y aragoneses. Me repugna esa gente.

Despidióse de su amigo, y como el día anterior le dijo:

--Quizás nos encontremos en el camino.

Servet entró en la ciudad. Vestía un traje ambiguo que de la cintura abajo era de caballero, y de medio cuerpo arriba de payés, terminando el atavío con la gorra catalana. Su chaquetón pardo con vueltas encarnadas dejaba ver el pecho, donde se cruzaban los curvos mangos de dos pístolas, cuyos cañones desaparecían entre la seda de una faja morada. El pantalón de pana oscura era ajustado y

CHAPTER EIGHTEEN

The gentleman Don Jaime Servet--with whom we must now concern ourselves in some detail--left for the country and Guimaraens' house where he was alone the entire next day. Impatient and restless, he was waiting for the afternoon to go to the city and pick up the promised horse. Thus, when it began to get dark, he wanted to say good-bye to Mrs. Badoreta, who on her boss' orders had lent him clothes and some money for the trip, but Mrs. Badoreta was not at home and the gentleman had to leave without saying good-bye to her and what is more regrettable, without eating. He headed toward the city. In the cabin located outside the Travesat Gate, he found Pepet who had come on time to take possession of the *tartana*. The guerrilla was accompanied by six men, whom Servet found rather suspicious and even Ting-a-ling himself seemed more sullen, more scowling, more hypochondriac than usual. They said very little to each other. Ting-a-ling announced to his friend that the horse was waiting for him in Guasp's inn.

"Aren't you going into Solsona?" Servet asked him.

"No. It is crammed with Navarrese and Aragonese. I hate those people."

He said good-bye to his friend and as the day before, he said to him:

"Perhaps we shall meet on the road."

Servet went into the city. He was dressed in an ambiguous outfit. From the waist down he wore a gentleman's suit and the upper half was a peasant's, the getup being topped with the Catalonian cap. The brown three-quarter coat with scarlet cuffs let his chest be seen where the curved handles of two pistols crossed.

desaparecía en la rodilla, bajo el borde de cuero de sus botas negras con espuelas de plata. A pesar de la suavidad de la estación, no había olvidado la manta necesaria en las altitudes de los puertos del Pirineo.

Sin detenerse más que en comprar avíos para cargar sus armas, encaminóse á la posada de Guasp, punto de mucha concurrencia, por ser la parada de todos los carros y caballerías, y además porque el despacho de vino y comidas reunía en la oscura y fétida sala baja á todos los holgazanes de Solsona y sus cercanías. Aquella noche el figón rebosaba de gente, y por su enorme puerta chata y jibosa salía un bullicio ronco y un vaho inmundo semejantes á las blasfemias y al vinoso hálito que salen de la boca del borracho. El humo de los cigarros envolvía el enjambre de bebedores en una nube, que hacía palidecer las luces. Componíase tan noble concurrencia de guerrilleros navarros y aragoneses, y estaban discutiendo si seguirían hacia Manresa ó se volverían á su país, pues ya la guerra se tenía por abortada. Cuando D. Jáime entró, oyó que decían: "Nos han engañado . . . nos han tendido un lazo. Esto es una farsa . . . Volvámonos á nuestra tierra . . ." Algunos hablaban la jerga indefinible en la cual los eúskaros hallan gran belleza eufónica, y que la tendrá realmente cuando sea bello el ruido de una sierra.

Servet buscó al posadero, á quien conocía desde antes de su prisión, y hallado aquel insigne hombre, cuya semejanza con un tonel sostenido en dos patas de oso era perfecta, le preguntó por el caballo que había dejado Tilín. El posadero le contestó que el caballo estaba en la cuadra. Grande era la prisa de Servet, pero su hambre era mayor, y así, resuelto á acallar tan fiero enemigo, pidió un poco de carne asada y vino. Procuraba buscar los sitios más oscuros y huir de los grupos más bullangueros, pero en todas partes había gente. Dirigíase á un rincón que era sin duda el más ahumado, el más tenebroso y el más fétido del local, cuando vióse frente á frente de un hombre alto y proceroso que clavó en él sus ojos con asombro. Para figurarse aquel hombre, es preciso que el lector se figure antes una zalea bermeja cuyos abundantes bellones apenas dejan ver unos pómulos rojos, dos ojos azules y una nariz mediana. La zalea era la barba, lo demás la cara de tal individuo que apenas tenía frente, y ésta desaparecía bajo el borde redondo de una gorra blanca.

Servet le miró también y se extremeció de terror; mas disimulándolo, siguió adelante. Oyó que el coloso barbado decía á otro de poca talla, regordete y moreno:

Their barrels disappeared between a purple silk sash. His dark corduroy pants were tight and disappeared at the knee beneath the leather edge of black boots with silver spurs. In spite of the mildness of the season, he had not forgotten his cloak, necessary in the heights of the mountain passes of the Pyrennees.

Stopping only to buy provisions for loading his weapons, he headed to Guasp's inn, a much-frequented place because it was the rest stop of all carts and horseflesh. Also--because of the sale of wines and food--all loafers from Solsona and its vicinity gathered in the dark, foul-smelling lower room. That night the cheap restaurant was overflowing with people and through its enormous flat, humpbacked door came a muffled din and a filthy odor, like the blasphemies and smell of wine that comes out of a drunkard's mouth. Cigar smoke enveloped the swarm of drinkers in a cloud that made the light grow dim. That noble gathering was composed of Navarrese and Aragonese warriors and they were discussing whether they would continue on to Manresa or whether they would return home, since the war was now considered a failure. "They tricked us . . . They set a trap for us. This is a farce . . . Let's go back to home." Some were speaking in the undefinable gibberish in which the Basques find great euphonic beauty, and it really will be when the noise of a saw is beautiful.

Servet looked for the innkeeper whom he had known before his imprisonment and having found the renowned man, who looked exactly like a barrel supported by two bear paws, he asked him for the horse that Ting-a-ling had left. The innkeeper answered that the horse was in the stable. Servet was in a great hurry but his hunger was even greater and wishing to appease that ferocious enemy, he asked for a little roast meat and wine. He tried to find the darkest spots and avoid the most riotous groups, but there were people everywhere. He went to a corner that was, no doubt, the smokiest, the darkest and the most foul-smelling on the premises, when he found himself facing a tall man who stared at him in surprise. To visualize that man, the reader must first imagine a vermillion sheepskin, whose abundant tufts of wool hardly let red cheeks, two blue eyes, and an average nose be seen. The sheepskin was the beard; the rest, the face of that individual who barely had a forehead that disappeared under the rounded edge of a white cap.

Servet looked at him also and he shook in terror but hiding it, he walked on. He heard the colossal bearded man say to another man who was tubby, dark,

--Oricaín, mira esa cara.

Y señaló al forastero que quería confundirse entre la multitud. El pequeño dijo al grande:

--Zugarramundi, ¿estás seguro de que es él?

Servet salió al patio, que era grande y tenía en uno de sus costados un gran tinglado á cuyo amparo pensaban gravemente mulas y caballos. Púsose á examinar los animales buscando el suyo, y afectando no ocuparse de los que le seguían; pero estaba muy intranquilo, y en vez de caballos y mulas veía los inmensos peligros que tan á deshora le habían salido al camino.

De pronto oyó tras sí la voz del gigante barbudo que gritaba:

--Carlos, Carlos, baja.

Y después la voz de otro que dijo:

--Señor coronel Navarro, baje usted.

Ya no quedó al forastero duda alguna respecto al grandísimo aprieto en que se vería; pero como era hombre de mucho temple, pensó que la precipitación y azoramiento podían perderle. Afortunadamente pasó el mesonero con una cesta de paja, y Servet, formando un plan al instante con la rápida inspiración que infunde el peligro, le dijo:

--Sr. Guasp, me siento indispuesto y quiero pasar aquí la noche. Déme usted un cuarto.

--¡Un cuarto!--gruñó jovialmente el tonel con forma y alma humana.--¿Y de dónde voy yo á sacar un cuarto? Como no quiera usted uno de los cuatro míos.

--¿No hay ninguno? ¿Ni siquiera aquél donde dormían los volatineros hace dos meses?

--¡Ah! . . . aquél, sí . . . libre está, y si usted lo quiere, saque la llave de mi bolsillo. No puedo valerme de las manos.

--Gracias . . . Aquí está la llave--dijo Servet, retirando su mano de los bolsillos del Sr. Guasp.

--¿Sabe usted cuál es el cuarto?

--Ya, ya sé--dijo el caballero dirigiéndose sin precipitación al otro extremo del patio donde había una puerta que más bien de pocilga que de habitación para hombres parecía.

Mientras abría la puerta, observó á los que le observaban. Eran el indivíduo de las espesas barbas, su compañero y un tercer personaje con uniforme

and of small stature:

"Oricain, look at that face."

And he pointed to the stranger who was trying to get lost in the crowd. The little one said to the big one:

"Zugarramundi, are you sure it is him?"[1]

Servet went out to the patio that was large and had a large shed on one side whose shelter horses and mules think about seriously. He began to examine the animals looking for his own and pretending not to be concerned with the men who were following him, but he was very uneasy and instead of horses and mules he saw the great perils that so inconveniently faced him.

He soon heard behind him the voice of the giant bearded man shouting:

"Carlos, Carlos, come down."

And then the voice of the other man who said:

"Colonel Navarro, come down, sir."

Now the stranger had no doubt that he was in a very tight spot, but as he was a very sensible man, he thought that haste and fear could be his downfall. Fortunately, the innkeeper passed by with a basket of straw and Servet, instantly formulating a plan with the sudden inspiration that fear inspires, said to him:

"Mr. Guasp, I don't feel well and I want to spend the night here. Give me a room."

"A room!" the barrel with a human form and soul grumbled jovially. "And where am I going to get a room? Unless you want one of my four rooms . . ."

"There aren't any? Not even the one where the aerialists were sleeping two months ago?"

"Oh . . . That one . . . yes. It is free and if you want it, take the key out of my pocket. My hands are full."

"Thank you . . . Here is the key," said Servet, taking his hand from Mr. Guasp's pockets.

"Do you know which room it is?"

"Sure, I know," said the gentleman, making his way unhurriedly to the other end of the patio where there was a door that looked more like a pigsty than a room for people.

While he was opening the door, he watched the men that were watchinghim. They were the individual with a thick beard, his companion, and a

militar. No distinguió Servet su cara, pero la reconocía en la oscuridad de la noche y la reconociera en medio de las tinieblas absolutas.

El caballero entró en su vivienda y cerró por dentro.

--Ahora--pensó--que venga á buscarme.

Y se ocupó en cargar sus pistolas. Hecho esto, aplicó el oido á la puerta.

--Ya viene--dijo--y por el ruido que hace parece que trae un regimiento para cazarme . . . Bien, Sr. Garrote, tu cobardía no se ha de desmentir un momento. Traes cien perros contra un solo hombre. ¡Oh! Maldita sea cien veces mi suerte--exclamó hiriendo furiosamente el suelo con su pié.--Me cazará como á una liebre.

Llevó su mano á la frente y se dió un golpe con ella, como para que del choque brotase una idea. La idea brotó.

--No, no, no seré tan necio que les espere aquí. ¿De qué me valdría una defensa desesperada? ¡Ah! malvado asesino; no sospechaba que fueras jefe de estos bandidos de Aragón y Navarra. Debí sospecharlo, porque allí donde hay bandoleros has de estar tú para mandarlos.

Volvió á escuchar. Bulliciosa gente se acercaba por la parte exterior.

--¡Ah! ¡cobarde sayón!--murmuró Servet corriendo á la ventana y abriéndola.--Por esta vez se te escapa la pieza . . . ¡Maldito sea de Dios!

Mientras sonaban golpes en la puerta, él midió la altura de la ventana sobre el suelo. No era mucha, y aunque lo fuera, no vacilara en arrojarse. Saltó y hallóse en un corral. Felizmente había un gran portalón á poca distancia y entróse por él sin saber á donde iba. No había dado diez pasos por aquel recinto acotado, cuando se vió acometido por dos enormes perros, de los cuales á pesar de su brío, no pudo defenderse. Le magullaron atrozmente un brazo y una mano. Un mozo apareció con un garrote; mas sin darle tiempo á que le acometiera, fué derecho á él Servet y apuntándole con una pistola, le dijo:

--Si al instante no me abres camino para salir á la calle, te mato. Sujeta esos perros ó si no, te mato también.

Sin duda el joven (pues era un joven hortelano de pocos alientos) creyó que se las había con algún personaje de campanillas y no con ladrón ni ratero de gallinas, como al principio pensara, porque temblanco de miedo le dijo:

--No me mate usted, señor, y le enseñaré por donde se va á la calle.

Los perros, contenidos por el muchacho, dejaron de acometer al fugitivo.

third person in a military uniform. Servet could not see his face but he recognized him in the darkness of the night and he would have recognized him in the midst of absolute darkness.

The gentleman entered his room and closed the door from the inside.

"Now," he thought, "let them come looking for me."

And he busied himself with loading his pistols. Having done this, he put his ear to the door.

"Here they come," he said, "and by the noise they are making, it sounds as if they are bringing a regiment to catch me . . . Well, Mr. Garrote, you are still a big coward. You bring one hundred dogs against a single man. Oh! Damn my luck one hundred times," he exclaimed, stamping his foot furiously on the ground. "They will catch me like a young rabbit."

He put his hand on his forehead and hit it as if an idea would spring from the impact. The idea sprang forth.

"No, no. I am not stupid enough to wait for them here. What is the use of a hopeless defense? Oh! Evil assassin. I did not suspect that you were the head of those Aragonese and Navarrese bandits. I should have known better because where there are brigands, you are sure to be there in command of them."

He listened again. Boisterous people were approaching from the outside.

"Oh! You ugly coward," Servet murmured, running to the window and opening it. "This time your game got away. God damn you!"

While they beat at the door, he measured the distance from the window to the ground. It was not a lot and even if it had been, he would not have hesitated to jump. He jumped and he found himself in a corral. Luckily, there was a monumental gate a short distance away and he went through it without knowing where he was going. He had not taken ten steps through the short area when he was attacked by two enormous dogs. In spite of his determination, he could not defend himself against them. They bruised his arm and hand terribly. A boy appeared, armed with a club. Not giving him time to attack him, Servet went right up to him and pointing his pistol, said to him:

"If you do not make way immediately so I can get to the street, I will kill you. Hold those dogs, and if you don't, I'll kill you, too."

No doubt the young man (for he was a young gardener of little courage) thought that he was dealing with some person of importance and not with a robber

--¿Es usted . . .?--balbució el joven.

--Déjate de preguntas . . . guía pronto y sácame de aquí, porque te mato.

--Venga usted, señor, y guarde esa pistola, por amor de Dios.

Y le condujo á una puerta, que abrió. Al verse en un callejón oscuro y estrecho, el caballero dijo:--¿Qué calle es esta?

--El callejón del Cristo.

--¿A dónde va?

--Por la izquierda á la plazuela de las Tablas, por la derecha á la calle de los Codos.

--¿Y a dónde sale la plazuela de las Tablas?

--A la muralla y á la cuesta de Peramola, donde están las veinte casas arruinadas.

Servet miró á un lado y otro como el hombre que viendo dos muertes iguales á derecha é izquierda, no sabe cual preferir. Pero era preciso decidirse y se decidió. Sin decir adios al muchacho, tomó hacia la izquierda.

Iba despacio, pegado á las casas para ocultarse más en la sombra. Antes de llegar á la plazuela de las Tablas, sintió ruido de muchas pisadas de hombres que parecían brutos y una voz que claramente lanzó al negro espacio estas palabras:

--Por aquí ha de salir, por aquí . . . No puede escaparse.

Volvió atrás y corrió á escape en la dirección contraria. Era aquel más que callejón un tubo, sin salida lateral alguna. No vió puerta abierta, ni ángulo, ni resquicio. Andaba por allí como la bala por el ánima del cañón. Su fuga era semejante á la que emprendemos en sueños, cuando nos vemos perseguidos por horrible mónstruo y no tenemos más escape que correr por larguísima galería que no se acaba nunca, nunca. El mónstruo nos sigue, nos alcanza y la galería, ¡oh angustia de las angustias! no tiene fin.

Salió por fin á una calle que era la de los Codos. Siguióla en dirección al corazón de la ciudad. Sus perseguidores le seguían: eran muchos, veinte ó treinta lo menos, á juzgar por las patadas y los gritos. Decían: "Ahí va, ahí va."

La calle de los Codos era como una zanja formada por la muralla de la ciudad y la tapia de San Salomó. Tres ángulos agudos y contrarios, determinados por los baluartes, hacían de esta zanja un zic-zac. Servet apretó el paso. Llegó á un punto en que sus perseguidores no podían verle porque la noche era oscura y porque además le protegía la pared saliente de San Salomó. Allí, detrás de aquel

or chicken thief, as he thought at first, because, shaking with fear, he said to him:

"Don't kill me, sir, and I will show you how to get out to the street."

The dogs, held back by the boy, stopped attacking the fugitive.

"Are you . . .?" the young man stammered.

"Stop asking questions. Lead me out of here quickly or I'll kill you."

"Come, sir, and put the pistol away, for God's sake."

He led him to a gate that he opened. When he was in a dark, narrow alley the gentleman said:

"What street is this?"

"The Callejon de Cristo."

"Where does it go?"

"To the left, to the Plazuela de las Tablas. To the right, to Elbows Street."

"And where does the Plazuela de las Tablas lead?"

"To the city wall and Peramola hill where there are twenty houses in ruins."

Servet looked from one side to another like a man who, seeing two equal deaths, to the right and to the left, does not know which to prefer. But he had to decide, and he decided. Without saying good-bye to the boy, he went to the left.

He went slowly, clinging to the houses to hide in the shadows. Before he reached the Plazuela de las Tablas, he heard the footsteps of men who sounded like brutes and a voice that clearly uttered these words in the black void:

"He must have gone this way, this way . . . He cannot escape."

Turning back, he ran at full speed in the opposite direction. That was more like a tube than an alley, with no side exit. He saw no open door, or corner, or opening. He was going through there like a ball through the bore of a cannon. His flight was like the one that we take in dreams, when we are pursued by some horrible monster and the only means of escape is to run through a very long gallery that never, never ends. The monster follows us, catches up with us, and the gallery (oh woe of woes!) is endless.

At last he came out on a street. It was Elbows Street. He followed it in the direction of the Travesat Gate because it would have been foolhardy to head to the heart of the city. His pursuers followed him. There were many--twenty or thirty at least--judging by the sound of their footsteps and by their shouts. They were saying: "There he goes. There he goes."

Elbows Street was like a ditch formed by the city wall and the wall of San

gran pliegue del muro se detuvo para respirar. Pero no había tiempo de tomar aliento, porque los sabuesos venían y sus infames ladridos sonaban cerca.

Con rapidez inapreciable Servet pensó que su única salida era la puerta del Travesat; pero en la puerta había guardia y era más fácil cogerle. ¿Se arrojaría por la muralla? No, porque sería milagro que no se estrellase.

--¡Ah!--exclamó con súbito gozo.--Dios es conmigo.

Alzando su mano la extendió por la pared de San Salomó hasta tropezar con un grueso y fuerte clavo. Se agarró á él y su cuerpo trepó . . . Al punto buscaron sus manos una soga, la hallaron y haciendo un esfuerzo desesperado subió como un marinero. ¡Arriba! Subía con el corazón, con el impulso de su sangre hirviente, con el empuje elástico de sus músculos de acero, con su pensamiento atrevido, con su alma toda.

Una vez arriba prestó atención. La jauría pasaba. Oyó después disputar en la puerta del Travesat. La guardia sostenía que por allí no había salido nadie. Los infames cazadores retrocedían para reconocer la muralla, donde había lienzos destruidos por donde un hombre podía escabullirse y bajar aunque difícilmente al campo. No parecían sospechar de San Salomó, y recorrieron la calle de los Codos y después salieron al campo, y volvieron á entrar, y tornaron á salir metiendo tanta bulla que no parecía sino que en Solsona andaba suelto el Demonio.

Salomó. Three acute, opposite angles formed by the bulwarks made a zigzag from that ditch. Servet quickened his pace. He reached a point where his pursuers could not see him because the night was dark and also because the overhang of San Salomó's wall protected him. There, behind that large fold in the wall, he stopped to breathe. But there was no time to breathe because the bloodhounds were coming and their frightful barking sounded near.

With immeasurable speed, Servet thought that his only exit was the Travesat Gate; but there was a guard at the door and it would be very easy to catch him. Would he throw himself over the wall? No, because it would be a miracle if he did not break his neck.

"Oh!" he exclaimed with sudden joy. "God is with me."

Raising his hand, he stretched it up the San Salomó wall until he came across a thick, strong nail. He grabbed it and he climbed . . . Immediately, his hands searched for a rope. They found it and making a desperate effort, he climbed up like a sailor. Up! He was climbing with his heart, with the impulse of his seething blood, with the elastic energy of his steely muscles, with his bold thoughts, with his whole soul.

Once he was up, he listened. The pack was passing by. Then he heard arguing at the Travesat Gate. The guard was maintaining that no one had passed by there. The vile hunters were going back to examine the demolished stretches of the wall where a man could slip through and go down, although it was difficult, to the countryside. They did not seem to suspect San Salomó and they scoured Elbows Street and then they went out to the countryside and they came back in and they again left, making so much noise that it sounded as if the Devil was loose in Solsona.

CAPITULO DIEZ Y NUEVE

La idea de su triunfo regocijó de tal modo á Servet, mejor dicho, le enloqueció tanto que estuvo á punto de gritar: "¡Galgos del Infierno, no me cogereis aquí!"

No pudo reprimir la risa que le inspiraba el inútil furor y la confusión de sus perseguidores. Se reía con toda su alma inundada de una complacencia delirante. Creía sentir bajo su cuerpo la trepidación del convento y del pueblo todo que era como la prolongación de su carcajada.

Siguió observando y vió que sus perseguidores se detenían al pié del muro, y uno de ellos señalaba á lo alto. Uno había sospechado, y la idea no había parecido á sus compañeros absurda. Les oyó discutir: después miraron todos hacia arriba, como si un secreto instinto ú olfato de sabueso les indicase que allí estaba el rastro del hombre perdido. Servet tuvo cuidado de retirar la cuerda. Ellos seguían mirando: al fin retiráronse todos y quedaron algunos como de guardia.

--Esos salvajes--pensó Servet,--serán capaces de registrar el convento.

Comprendiendo que allí era grande también el peligro si no tomaba resolución pronta, Servet exploró el lugar á donde su buena ó mala estrella le había llevado, y vió confusamente las negras alas del convento, el emparrado tendido como un puente de verdes pámpanos entre el muro y el edificio, y por último una luz en la reja más cercana. Entre tanto, un dolor agudísimo en el brazo recordóle que había sido mordido poco antes y que su herida, ensañada por el esfuerzo últimamente hecho y por el roce de los ladrillos, iba á tomar carácter de gravedad.

CHAPTER NINETEEN

The idea of his triumph delighted Servet so, or rather, excited him so much, that he almost shouted: "Hounds from hell, you will not catch me here!"

He could not hold back the laughter inspired by the useless rage and the confusion of his pursuers. He laughed with all his heart, flooded with a delirious satisfaction. He believed he felt beneath his body the vibrating of the convent and the entire town that was like his drawn out burst of laughter.

He continued watching and he saw that his pursuers stopped at the foot of the wall and one of them pointed to the top. He had suspected and his companions did not think the idea absurd. Servet heard him discuss it with them. Then they all looked up as if a secret instinct or a bloodhound's sense of smell pointed out to them that there was the trail of the man they had lost. Servet was careful to pull up the rope. They continued looking. Finally, they withdrew, a few staying as guards.

"Those savages," Servet thought, "might just search the convent."

Realizing that he was in great danger there too if he did not make a decision quickly, Servet examined the place where his lucky or unlucky star had led him and he saw in a blur the black wings of the convent, the arbor stretching like a bridge of green tendrils between the wall and the building, and finally, a light in the nearest grille. Meanwhile, a very sharp pain in his arm reminded him that he had been bitten shortly before and that his wound--aggravated by his most recent action and by the rubbing of the bricks--could become serious. His weakness also reminded him that he had eaten nothing the entire day and that he must get his

Su debilidad recordóle también que no había comido nada en todo el día y que era urgente acudir á la restauración de fuerzas tan bien empleadas hasta allí y tan necesarias aún si Dios no se ponía de su parte.

Pronto comprendió nuestro fugitivo que no podía haber dado con su pobre cuerpo en sitio menos á proposito. ¡Un convento de monjas! ¡Buen genio tendrían las madres para recibir á deshora huéspedes llovidos!

La extraordinaria santidad de aquel lugar hacíalo ¡cosa horrible! casi tan inhospitalario como el Infierno. Pero ni estas consideraciones, que habrían bastado para dar en tierra con el corazón más esforzado, abatieron el de Servet que confiaba mucho en las soluciones providenciales é inesperadas, en los bruscos cambios de la suerte, ó si se quiere decir más clara y cristianamente, en la misericordia de Dios.

Encomendóse á él con todo su corazón y deslizóse por el emparrado adelante, poniendo piés y manos donde parecía haber resistencia. Andaba como un gusano, y su situación, con ser tan deplorable, le hacía sonreir. Cerca de él brillaba la claridad de una luz que parecía arder en el recatado y honesto recinto de una celda. La reja estaba entreabierta. ¡Oh, Dios poderoso! En el interior una hermosa monja leía.

El caballero pensó lo siguiente:

—Necesito ahora de toda la audacia, de todo el descaro, de toda la sangre fría que puede tener un desesperado.

Entre los peligros, mejor dicho, la muerte segura que había fuera de aquellos muros y las desconocidas soluciones que podría ofrecerle aquella casa, no debía existir vacilación. La inspiración divina que le llevó desde la calle de los Codos á deslizarse como un reptil por entre los pámpanos, podría sugerirle dentro de San Salomó recursos salvadores. Era preciso tener mucho arrojo, firmeza grande en la acción y rapidez suma, lo mismo que cuando se va á dar una gran batalla.

Concibió su plan y con aquella prontitud aquilífera, que es la cualidad primera del genio estratégico lo empezó á poner en ejecución. Saltó á la galería, empujó primero suavemente la puerta de la celda y viendo que cedía la abrió con fuerza... entró.

Súbitamente cerró tras sí y dirigiéndose á la monja y poniéndole su puñal al pecho, le dijo:

strength back, so well used up to that point and so necessary still if God did not do His part.

Our fugitive soon learned that he could not have found a less appropriate place for his poor body. A convent full of nuns! The mothers must really be in the mood to receive uninvited guests out of the blue.

The extraordinary saintliness of that place made it (how awful!) almost as inhospitable as Hell. But none of these considerations, which would have been sufficient to destroy the bravest heart, discouraged Servet's. He trusted a great deal in providential and unexpected solutions, in abrupt changes in fortune or, stated more clearly and in a more Christian way, in God's mercy.

Commending his soul to Him with all his heart, he slid forward on the arbor, putting his hands and feet where there seemed to be resistance. He crawled along like a worm, and his situation, because it was so deplorable, made him laugh. Near him a light that seemed to burn in the modest and decorous area of a cell was shining. The grille was half open. Oh! God Almighty! Inside a beautiful nun was reading.

The gentleman thought the following:

"Now I need all the daring, all the nerve, all the sangfroid that a desperate man can muster."

Between the dangers, or rather, certain death, that were beyond those walls and the unknown solutions that house could offer him, hesitation must not exist. Divine inspiration, that took him from Elbows Street to slithering like a reptile among the tendrils, might suggest ways he could save himself within San Salomó. He must be very courageous, firm in action and extremely swift, just as when one is going to fight a great battle.

He conceived his plan and with that quickness that is the first quality of a genius in strategy, he began to put it into action. He jumped to the gallery, he first pushed gently on the cell door and seeing that it was yielding, he opened it forcefully . . . He entered.

He quickly closed it behind him and heading straight to the nun and putting his dagger to her chest, he said to her:

"If you shout in alarm, if you call out, if you denounce to the community in any way my entrance in the convent, I will have to kill you. I will regret killing

--Si usted da un grito de alarma, si usted llama, si usted denuncia de algún modo á la comunidad mi entrada en el convento, me veré precisado á matarla, y la mataré con sentimiento; pero sin vacilar un instante. El peligro me obliga á ser despiadado.

Ya dijimos que Sor Teodora de Aransis había creido ver un bulto, un hombre, el dragón. Su sorpresa y terror fueron mayores al ver que no era Tilín el que entraba: era un desconocido.

El miedo, el estupor, la vista del arma terrible cuya punta tocaba su pecho, quitáronle todo movimiento y paralizaron el curso de su sangre y hasta de sus pensamientos, y detuvieron en su garganta la palabra. Sólo pudo exhalar un débil gemido, como la cordera próxima á morir, y balbució estas palabras: "Hombre, no me mates, no me mates."

Había cruzado sus hermosas manos blancas y con suplicantes ojos más que con palabras pedía misericordia al aventurero intruso.

--Señora--dijo éste, amenazando siempre con su arma.--No soy un ladrón, no soy un asesino, soy un desgraciado caballero víctima de las discordias civiles y de una miserable venganza. He entrado aquí al azar huyendo de un inmenso peligro; no vengo á llevarme nada ni á faltar al respeto; sólo pido amparo por poco tiempo, un hueco, un escondite. Elija usted entre la muerte y otorgarme lo que le pido, comprometiéndose á ocultarme en sitio seguro, si, como creo, es registrado esta noche el convento para buscarme.

Sor Teodora no podía decir nada. Convulsión violenta agitaba su cuerpo y sus ojos desencajados se fijaban en el aparecido como en espectro aterrador. El intruso tuvo una idea. Volviéndose rápidamente cerró la puerta, y tomando una silla sentóse delante de ella.

--Señora--dijo gravemente bajando la voz,--mi situación en esta celda es sumamente desagradable para mí. Mi brusca entrada en esta casa de paz y santidad, la audacia con que he profanado esta celda honesta y venerable, presentaránme á los ojos de usted como un sér aborrecible, espantoso. No podré con palabras hacer que se forme de mí una opinión mejor, no: el peligro en que me veo he ha obligado á amenazar á usted con esta arma que sólo usan los malvados . . . Pero no, yo intentaré . . . yo intentaré convencer á usted de que no soy un criminal, sino un desgraciado, el más desgraciado de los hombres. Me he hallado solo en la ciudad, frente á centenares de enemigos . . . ¿No es legítima mi defensa?

you but I will not hesitate for a moment to do so. Danger forces me to be heartless."

We had already said that Sister Teodora de Aransis had thought she saw a shape, a man, the dragon. Her surprise and terror were greater when she saw that it was not Ting-a-ling who was entering: it was a stranger.

Fear, astonishment, the sight of that awful weapon, whose point was touching her chest, robbed her of all movement and paralyzed the flow of her blood and even her thoughts and her words stuck in her throat. She could only utter a weak moan, like a lamb about to die, and she stammered these words: "Don't kill me. Don't kill me."

She had clasped her beautiful hands together and with pleading eyes, more than with words, she begged the intruding adventurer for mercy.

"Madam," the latter said, still threatening her with his weapon. "I am not a thief nor am I an assassin. I am an unfortunate gentleman, a victim of civil discord and vile revenge. I entered here by chance, fleeing from a great danger. I have not come to carry off anything or out of disrespect. I only ask for your help for a short time, for a hole, a hiding place. Choose between death and granting me what I ask of you. Agree to hide me in a safe place if the convent is searched tonight to find me, as I believe it will be."

Sister Teodora could not say a thing. Her body shook in violent convulsions and her wild eyes stared at the man who had appeared like a frightening specter. The intruder had an idea. Turning quickly he closed the door and taking a chair, he sat down in front of her.

"Madam," he said solemnly, lowering his voice. "I find my situation extremely unpleasant. My sudden entrance in this house of peace and holiness, the audacity with which I have desecrated this chaste and venerable cell, makes me a hateful, frightening being before your eyes. Using words, I cannot make you form a better opinion of me. No. The danger that I am in has forced me to threaten you with this weapon that only evil men use . . . But, no . . . I will try . . . I will try to convince you that I am not a criminal, but an unfortunate man, the most unfortunate of men. I found myself alone in the city facing hundred of enemies . . . Haven't I the right to defend myself? Oh, madam! While there is blood in my veins, while my hand can hold a weapon and my body can sustain itself, I will not surrender my life to those people, a thousand times no . . . I have fought against

¡Ah! señora. Mientras yo tenga sangre en mis venas, mientras mi mano pueda empuñar un arma y mi cuerpo pueda sostenerse, no entregaré mi vida á la ferocidad de esa gente, no mil veces . . . He luchado contra inmensos obstáculos. A punto de caer en manos de mis verdugos, un milagro me ha salvado, la mano de Dios me ha levantado y me ha puesto aquí. Es preciso que yo me salve, no porque estime en mucho mi vida, que poco vale, sino por no dar á esos miserables el regocijo de la victoria . . . Señora--añadió con noble acento--perdone usted la violencia de mis palabras y mis crueles amenazas. Han sido recursos impuesto por la necesidad, superior á mi carácter, á mi respeto, á todo, por el peligro que convierte en fieras á los séres más pacíficos.

Sor Teodora empezó á recobrar el uso de sus pensamientos, de sus palabras, de su acción.

--Váyase usted de mi celda--dijo con torpe y angustiosa voz--salga usted de aquí, y acójase en cualquier parte del convento. Yo no le denunciaré . . . yo no.

--¡En cualquier parte del convento! . . . No conozco el edificio. Si le registran esta noche para buscarme . . .

--¿Y quién, quién se atreverá á registrar á San Salomó?

--Quien se ha atrevido á cosas mayores, señora.

--Salga usted al instante de mi celda--repitió Sor Teodora restableciéndose prodigiosamente en el ejercicio de sus facultades intelectuales y vocales.--No puedo tolerar esta profanación horrible. Salga usted y ocúltese . . . no diré nada. Si usted no se va, gritaré y llamaré á las hermanas. Por pronto y bien que usted me mate, no me faltará un poco de aliento para pedir auxilio.

--¡Oh! no--exclamó el caballero.--Me arrepiento de mi primer arrebato. No pondré la mano en quien ya me ha prometido un poco de amparo permitiéndome que me oculte en cualquier parte del convento. Ya he encontrado una generosidad que no esperaba, y esto me mueve á abandonar el papel odioso que, á pesar mío, he hecho al entrar aquí. Señora . . .

El intruso se levantó.

--¿Qué?

--Señora, si yo pudiera mover á compasión el espíritu elevado y piadoso de usted me tendría esta noche por el más feliz de los hombres. He entrado aquí

immense obstacles. When I was about to fall into my executioners hands, a miracle saved me. The hand of God has lifted me up and has put me here. I must save myself, not because I greatly value my life, which is worth very little, but in order not to give those wretches the joy of victory . . . Madam", he added nobly, "forgive the violence in my words and my cruel threats. They were recourses imposed by necessity, stronger than my basic nature, my respect, everything, for fear converts even the most peaceful men into wild beasts."

Sister Teodora began to regain the use of thought, speech, and action.

"Get out of my cell," she said in a dull, anguished voice. "Leave here at once and take refuge anywhere in the convent. I will not denounce you . . . not I."

"Anywhere in the convent! . . . I do not know the building. If they search it tonight looking for me . . ."

"And who would dare to search San Salomó?"

"People who have dared do worse things, madam."

"Leave my cell this moment," repeated Sister Teodora, prodigiously recovering the use of her intellectual and vocal faculties. "I cannot tolerate this horrible desecration. Leave and hide . . . I will say nothing. If you do not go, I will shout and I will call the sisters. No matter how quickly and how well you kill me, I will still have breath to call for help."

"Oh! No," exclaimed the gentleman. "I am sorry for my initial outburst. I will not lay a hand on the one who has now promised me a little aid allowing me to hide anywhere in the convent. I have found a generosity that I did not expect and this does not move me to abandon the hateful role that, against my will, I played when I came in here. Madam . . ."

The intruder got up.

"What?"

"Madam, if I could move your lofty and pious spirit to compassion, tonight I would consider myself the happiest of men. I came in here inspiring fear. I prefer any favor granted by charity to the greater advantages conceded through fear."

"Very well," said Sister Teodora, wishing to put an end to that scene, that still seemed a frightening nightmare to her. "Go away, by the wounds of Jesus Christ! . . . Go away . . . Hide anywhere . . . I will pretend that I know nothing . . . It is the only thing, the only thing that I can do."

inspirando miedo. Prefiero cualquier pequeño beneficio otorgado por la caridad á las mayores ventajas concedidas por el miedo.

--Bien, bien--dijo Sor Teodora deseando poner fin á aquella escena que aún le parecía espantosa pesadilla.--Váyase usted, ¡por las llagas de Jesucristo! . . . váyase usted . . . escóndase en cualquiera parte . . . Yo haré que no sé nada . . . Es lo único, lo único que puedo hacer.

--Yo saldré, saldré--dijo Servet--pero si usted me lo permite . . .

--No admito réplica . . . Fuera, fuera de aquí--prosiguió la monja adquiriendo al fin dominio sobre sí misma y acercándose con paso seguro y ademán imponente al intruso.

--¡Oh! ¡señora! . . . cómo me atreveré á pedir á usted un poco más de compasión, un poco, casi nada.

--No oigo una palabra más. Salga usted . . . ya no temo sus armas, las desprecio, porque mi deber se sobrepone á todo y al miedo del morir.

--Señora . . .

El caballero dió un gran suspiro, apoyóse en la silla, después dejó caer su cabeza sobre el pecho, y sus brazos desfallecidos se extendieron á un lado y otro. Volvió hacia la ilustre religiosa su semblante pálido, y con dolorido acento le dijo:

--Estoy herido.

Sor Teodora se quedó cortada y parecía meditar. El forastero caía rápidamente en profundo marasmo. Mortal palidez cubrió su rostro y su voz sonó cavernosa como la del que agoniza.

--¡Herido!--repitió la monja mirando el brazo ensangrentado.--Es verdad.

--Si la caridad, señora--murmuró el caballero--no se sobrepone en el ánimo de usted al rencor que le he inspirado, al sentimiento de la profanación de esta casa por mi entrada importuna, á su recato y á su escrupulosidad de monja, declárome abandonado no sólo de los hombres sino de Dios, y me resigno á morir. No puedo más.

Cerró los ojos y su abatimiento fué más visible.

--Mis escrúpulos--indicó Sor Teodora con entereza--no me impedirán dar á usted algunos auxilios. ¿Esa herida es grave?

--Es la mordedura de un perro; siento dolores horribles. Después he tenido que trepar por la tapia de San Salomó y me he magullado horriblemente el brazo herido.

"I shall leave. I shall leave," said Servet. "But if you will permit me . . . "

"I don't want any arguments . . . Out, out of here," the nun continued, finally getting control of herself and approaching the intruder, walking resolutely with an imposing expression.

"Oh, madam! . . . I just dared to ask you for a little more compassion, a little, that's all."

"I will not listen to one more word. Leave . . . I no longer fear your weapons, I scorn them because my duty comes before the fear of dying and everything else."

"Madam . . ."

The gentleman sighed deeply, rested in a chair, then let his head fall on his chest, and his arms hung limply at his sides. He turned his pale face toward the nun and in pain said to her:

"I am hurt."

Sister Teodora was confused and seemed to meditate. The stranger quickly fell into a deep marasmus. A mortal pallor covered his face and his voice sounded hollow, like one in agony.

"Hurt!" repeated the nun looking at his bloody arm. "It is true."

"If charity, madam," the gentleman murmured, "does not triumph in your soul over the rancor that I have inspired in it, over the feeling that this house has been desecrated because of my inopportune entrance, and over your prudence and your scruples as a nun, I declare myself abandoned, not only by men but by God and I resign myself to die. I cannot go on."

He closed his eyes and his dejection was more visible.

"My scruples," Sister Teodora stated firmly, "will not keep me from helping you. Is that wound serious?"

"It is a dog bite; I am in terrible pain. Then I had to scale the wall around San Salomó and I bruised my wounded arm horribly."

My conscience, thought the nun, says nothing against treating his wound and bandaging his arm.

And she went to the cupboard to get what she needed from it.

"Oh, madam," the intruder said fervently. "I now see that God has not abandoned me. Forgive, forgive my threats when I entered here, my discourteous

--Mi conciencia--pensó la religiosa--no me dice nada contra la idea de curarle esa herida y vendarle el brazo.

Y dirigióse á la alacena para sacar de ella lo necesario.

--¡Oh, señora!--dijo el intruso con fervor.--Ya veo que Dios no me abandona. Perdón, perdón por mis amenazas al entrar aquí, por mi lenguaje descortés. Creí entrar en la caverna de un enemigo y me encuentro en la morada de un ángel.

Sor Teodora echó vino en un vaso. Parecía muy atenta á preparar la medicina, pero su semblante estaba ceñudo y no indicaba gran tranquilidad en su alma.

--Señora y venerable madre--añadió el herido, tomando su puñal y sus pistolas y poniéndolas sobre la mesa.--Ahí tiene usted las armas que le han inspirado tanto miedo. En presencia de un angel de bondad me desarmo. Me entrego á usted en cuerpo y alma y estoy dispuesto á obedecerla. Me someto á su autoridad, y si mi bienhechora se arrepiente de serlo y me denuncia, hágalo en buen hora. ¡Infeliz de mí! Antes lo fiaba todo á mi audacia y al arrojo que me infundía el peligro; ahora lo fío todo á la nobleza y á la caridad de esta dama tan santa como hermosa, que tiene pintada en su semblante la bondad de los ángeles. ¡Bendito sea Dios que me ha traido aquí!

La de Aransis dejó un momento su obra para recoger las armas y ponerlas en otro sitio.

--Soy de usted--dijo el herido con sumisión.--Mi libertad, mi vida, están en sus divinas manos.

language. I thought I was entering my enemy's cave and I find myself in an angels' dwelling."

Sister Teodora poured wine in a glass. She seemed very attentive to preparing the medicine, but her scowling face did not reveal great tranquility in her soul.

"Madam and venerable mother," the wounded man added, putting his dagger and pistols on the table. "Here are the weapons that made you so afraid. In the presence of an angel, I lay down my arms. I give myself to you body and soul and I am prepared to obey you. I surrender to your authority and if you regret being my benefactress and turn me in, do it now. Poor me. In the past I depended upon my daring for everything and my boldness that made others fear me; but now I trust completely the nobility and charity of this lady, as holy as she is beautiful, who has the goodness of the angels painted on her face. Thanks be to God who has brought me here."

Miss Aransis stopped her work for a moment to pick up the weapons and put them somewhere else.

"I am yours," the wounded man said submissively. "My liberty, my life, are in your divine hands."

CAPITULO VEINTE

Poco después los blancos y finísimos dedos de Teodora se acercaban temblando á la herida y tocaban sus bordes doloridos. El semblante de la religiosa era todo compasión y el del aventurero gratitud.

--Esto debe lavarse--dijo ella.

Sin detenerse echó agua en una jofaina de plata, añadiéndole gotas de una esencia aromática que perfumó la celda. Después de lavar la herida aplicó sobre ella el vino que había batido con aceite y la vendó al fin cuidadosamente.

Clavando sus negros ojos en el herido, señaló la puerta y le dijo:

--Ahora . . .

--Ahora, sí--repuso él de mala gana sin moverse de su silla.--Si yo me atreviera á decir á la señora una cosa . . .

Hablaba en el tono más humilde.

--¿Qué cosa?--preguntó Sor Teodora con severidad.

--Que me muero de hambre, señora.

Al decir esto parecía que sus fuerzas se extinguían y que iba á perder el conocimiento. La monja miró al suelo, luego al intruso, después á la rica alacena de talla que guardaba tantos tesoros.

--Las inmensas fatigas del día de hoy--añadió Servet con profunda lástima de sí mismo--no me han permitido llevar un pedazo de pan á la boca. El hambre y el cansancio me agobian de tal modo, señora, que si usted me arroja de aquí en este triste estado, no podré dar un paso.

CHAPTER TWENTY

Shortly thereafter, Teodora's white, very slender fingers, trembling, approached the wound and touched its sore edges. The nun's face was all compassion and that of the adventurer, gratitude.

"This should be washed," she said.

Without delay, she poured water in a silver washbasin, adding drops from an aromatic essence that perfumed the cell. After washing the wound, she applied the wine mixed with oil to it and she carefully bandaged it.

Fixing her black eyes on the wounded man, she pointed to the door and said to him:

"Now . . ."

"Yes, now," he replied reluctantly, not budging from his chair. "It I might be so bold as to tell you something . . ."

He was speaking in an humble tone of voice.

"What?" asked Sister Teodora sternly.

"That I am starving to death, madam."

As he said this, it seemed that his strength was ebbing and that he was going to lose consciousness. The nun looked at the ground, then at the intruder, then at the rich hand-carved cupboard that guarded such treasures.

"The great difficulties I have faced today," Servet added, feeling very sorry for himself, "have not given me the chance to put a single piece of bread in my mouth. Hunger and fatigue have so exhausted me, madam, that if you throw me out of here in this sad shape, I will not be able to take a step."

La venerable madre volvió á fruncir el ceño. Parecía vacilar. Después dirigióse á la alacena y sacó de ella un objeto que despedía olores gratísimos al olfato: era una gallina asada. Su dorada pechuga, sus gordos muslos medio achicharrados por el fuego, convidaban á la gastronomía. El hambriento se reanimó sólo con la vista de tan hermosa pieza, honra de las cocinas de San Salomó.

Sin decir una palabra, la monja tendió sobre la mesa un pequeño mantel, blanco y limpio como el cuello de un cisne, puso en él la fuente con la gallina, un pan entero y una botella de vino blanco que en el subido color de oro y delicadísimo aroma indicaba sus muchos años. Hecho esto, sin olvidar el cubierto y un vaso de plata, se apartó de la mesa, y tomando una silla sentóse en ella, volviendo la espalda al intruso que había caido ya sobre la cena. Sor Teodora no acompañó con una sola palabra su acción, ni tampoco con una sola mirada. Tomando su libro de oraciones, se puso á leer.

--Si mil años viviera--dijo el hambriento, después de los primeros bocados --no tendría tiempo bastante para agradecer á usted lo que ha hecho por mí esta noche, venerable madre.

Hubo una pausa durante la cual nada se oía más que el ruido del comer. La de Aransis miró de reojo y viendo que el intruso, después de hacer desaparecer media pechuga y un ala, se detenía, levantóse y volviendo á la alacena, sacó una lonjas de jamón adornadas con esa filigrana de cocina que llaman huevos hilados y es tan agradable al paladar como á la vista.

--Gracias, señora--murmuró D. Jáime.--Mi hambre ha sido satisfecha y me basta.

La monja sacó también un plato de confituras y se lo puso delante. Sin mirarle, ni cambiar con él palabra alguna, volvió á su asiento y volvió á tomar su libro. ¡Qué ganas de rezar le habían entrado! Sin duda quería desagraviar á Dios del grandísimo desacato y profanación que la entrada del aquel hombree en su celda representaba. Pero el aventurero se cansó del largo silencio, y deseoso de romperlo, habló de este modo:

--Bien sé, reverenda madre, que el hombre que ha entrado aquí como un ladrón amenazando y aterrado, no merece ser tratado con miramiento y consideración. Lo más que se puede hacer por él es darle una limosna, pero nada más, nada más.

The venerable mother frowned again. She seemed to hesitate. Then she went to the cupboard and took something from it that gave off an aroma that delighted the sense of smell. It was roast chicken. Its golden breast, its fat thighs, half burnt by the fire, said: "Eat me." The hungry man only had to see that beautiful piece of chicken--an honor to San Salomó's kitchens--to come back to life.

Without saying a word the nun spread a little tablecloth as white and clean as a swan's neck on the table. On it she placed the platter with the hen, a whole loaf of bread, and a bottle of white wine, whose subtle golden color and very delicate bouquet revealed that it was very old. Having done this, not forgetting the table setting and a silver glass, she left the table . . . and taking a chair, she sat down, turning her back on the intruder who had already fallen upon the supper. Not a single word--not even a single glance--accompanied Sister Teodora's actions. Picking up her prayer book, she began to read.

"If I live a thousand years," said the hungry man, "I will never have enough time to thank you for all you have done for me tonight, venerable mother."

There was a pause during which only the sound of eating was heard. Miss Aransis looked out of the corner of her eye. Seeing that the intruder, after dispatching half a breast and a wing, had stopped, she got up and from the cupboard took some slices of ham adorned with that culinary filigree called *huevo hilado*[1], as pleasing to the palate as to the eyes.

"Thank you, madam," Don Jaime murmured. "My hunger has been satisfied and I have had enough."

The nun also took out a plate of jams and put it before him. Without looking at him or exchanging a single word with him, she returned to her chair and picked up her book. How very much she longed to pray. No doubt she wanted to make amends to God for the very great disrespect and desecration that the man's entrance into her cell represented. But the adventurer grew tired of the long silence and anxious to break it, he said:

"I know, Reverend Mother, that the man who entered here like a thief, threatening and terrifying you, does not deserve to be treated with respect or consideration. The most you can do for him is to give him alms; but nothing more, nothing more."

Sor Teodora no pronunció sílaba ni movió pestaña. Parecía una de esas estátuas en que el arte ha representado á un grave personaje histórico leyendo sobre su sepulcro.

--Bien sé que este hombre no merece consideración--añadió el caballero.--Si se le conociera bien, quizás la tendría; pero no se le conoce, no es más que como un saltador de tapias. ¡Ah! si se conocieran sus inmensas desgracias, los móviles que le han traido aquí, quizás, quizás no tendría el sentimiento de ver apartados de sí los ojos de su bienhechora. Permítame usted--añadió dirigiéndose á ella--que me duela de este desvío. No estoy acostumbrado á él. He tenido la suerte de encontrar hasta hoy simpatías, afecto, amistad en todas partes. Bien sé que pedir esto en el caso presente sería mucho pedir . . . He recibido mucho más de lo que podía esperar y mi gratitud será eterna.

Inclinóse profundamente con el mayor respeto.

--Demasiado favor es--dijo Sor Teodora sin mirarle--auxiliar á un hombre desconocido que ha entrado aquí como entran los ladrones sacrílegos.

Entonces le miró y con súbito enojo le dijo:

--¿Pero no se marcha todavía? . . .

--Espero las órdenes de mi dueño--replicó el intruso inclinando su cabeza.

--Váyase usted.

--¿A dónde, señora?

--Al Infierno . . . ¿qué sé yo?

--No puedo salir de San Salomó mientras estén en Solsona las guerrillas de Navarra. Me es imposible, señora. Si salgo mi muerte es segura: entre mis cazadores hay uno que jamás perdona.

--¿Y qué me importa eso?--dijo la monja alzando bruscamente los hombros y cerrando el libro.

--Yo he puesto mi vida en manos de usted, señora, en esas manos que han nacido para ser generosas y que lo serán, aunque usted misma no quiera. He entregado á usted mis armas. Estoy indefenso. Si usted no quiere completar su acción caritativa ocultándome en el convento por esta noche, abra esa puerta, llame á las buenas madres que duermen, alborote la casa, toque la campana de alarma, llame á las autoridades de la ciudad y entrégueme á ellas. Si usted lo hace lo acepto, recibiré mi perdición y mi muerte como si vinieran de Dios.

Sister Teodora did not say a word or bat an eyelid. She looked like one of those statues in which art has depicted an important historical figure reading over his grave.

"I know that this man does not deserve consideration," the gentleman added. "If you knew him well, perhaps you would be considerate; but as you do not know him, he is no more than someone who jumps walls. Alas, if you knew his great misfortunes, the motives that have brought him here, perhaps, just perhaps his benefactress would not turn away her eyes. Let me," he added, looking straight at her, "apologize for this inconvenience. I am not used to it. I have had the good fortune up to now to find kindness, affection, friendship everywhere. I know that asking this under the present circumstances is asking a great deal of you . . . I have received much more than I could have hoped for and my gratitude will be undying."

He bowed deeply with the greatest respect.

"It is too much to ask," Sister Teodora said without looking at him, "to help a stranger who has come in here the way sacrilegious thieves do."

Then she looked at him and suddenly angry, she said to him:

"Haven't you left yet?"

"I am awaiting my master's orders," the intruder replied, bowing his head.

"Go."

"Where, madam?"

"To hell . . . how should I know?"

"I cannot leave San Salomó while the guerillas from Navarra are in Solsona. It is impossible for me, madam. If I leave, my death is assured: among those hunting for me, there is one who never forgives."

"And what concern is that of mine?" the nun said, brusquely shrugging her shoulders and closing the book.

"I have put my life in your hands, madam; in those hands that were born to be generous and that will be, although you yourself do not wish it. I have handed over my weapons to you. I am defenseless. If you refuse to complete your charitable action by hiding me in the convent tonight, open that door, call the good mothers, who are asleep, raise a ruckus in this house, sound the alarm bell, call the authorities of the city and hand me over to them. If you do, I will accept it. I will receive my perdition and my death as if they came from God."

--¿De modo que insiste usted en quedarse aquí?--dijo la de Aransis confusa y asombrada.

--Por mi voluntad, sí, señora, porque nadie va voluntariamente á su ruina. Si usted en conciencia cree que debo ser arrojado de este asilo que me deparó la Providencia, arrójeme en buen hora.

--¿Háse visto un descaro igual? . . . ¡Un hombre en mi celda! . . . ¡Jesus y María Santísima de mi alma!

La madre se llevó las manos á su preciosa cabeza cubierta con las blancas tocas.

--No pretendo que usted me oculte aquí, sino en cualquier otro sitio donde esté seguro. Lo pido como se piden los favores, no con amenazas ni con armas; usted hará lo que su conciencia le dicte, señora; ó entregarme á mis enemigos ó salvarme.

--¿Cómo he de salvar á quien no conozco, cómo? No es virtud sino pecado ocultar al criminal y ponerlo á cubierto de la justicia.

--Yo no soy criminal, ni nunca, nunca lo he sido, señora--declaró el intruso con acento patético y conmovido.

Su acento tenía la admirable entonación del honor verdadero que no puede confundirse con ninguna otra. Los histriones más hábiles apenas pueden fingirla. Sor Teodora que tenía su alma fácilmente abierta á la convicción, principió á experimentar hacia Servet las agradables sensaciones que producen los movimientos de benevolencia en el corazón humano.

--Por el que está en esa cruz--dijo el herido extendiendo su mano hacia el crucifijo--juro que no soy criminal, que no lo he sido nunca, que esta cacería que ahora sufro no es motivada por ningún hecho deshonoroso.

--¿El cazador de usted quién es?

El caballero vaciló un instante. Comprendiendo que la verdad le salvaría, dijo:

--Es un celoso.

--¡Un celoso!--repitió Sor Teodora sintiendo su cerebro cargado de ideas que repentinamente entraron en él.

--Un celoso y además un fanático. Si yo le contara á usted esa historia, usted que es buena y noble dejaría de ver en mí un criminal atrevido, y si en el curso de ella aparecían faltas y faltas graves, seguro estoy de que me las

"So you insist upon staying here?" said Miss Aransis, confused and surprised.

"Yes indeed, madam; because no one goes willingly to his perdition. If you truly believe that I should be thrown out of this asylum that Providence provided for me, throw me out now."

"Have you ever seen such impudence? . . . A man in my cell! Jesus and my dear Holy Mary!"

The nun lifted her hands to her beautiful head covered with the white wimple.

"I don't want you to hide me here, but some other place where I will be safe. I ask this as one would ask for a favor, not with threats or weapons. You will do what your conscience dictates, madam. Either hand me over to my enemies or save me."

"How am I to save someone I don't know. How? It is not a virtue but a sin to hide a criminal and let him take cover from Justice."

"I am not a criminal nor have I ever, ever been one, madam," the intruder declared in a pathetic, moving tone.

His voice had the admirable intonation of true honor, which cannot be mistaken for anything else. The most skillful actors can hardly feign it. Sister Teodora, whose soul was easily convinced, began to feel toward Servet the pleasing sensations that acts of kindness produce in the human heart.

"In the name of He who is on that cross," said the wounded man, pointing to the crucifix, "I swear that I am not a criminal, that I never have been one. I am not being hunted down because I committed some disgraceful act."

"Who is after you?"

The gentleman hesitated a moment. Realizing that the truth would save him, he said:

"He is a jealous man."

"A jealous man!" Sister Teodora repeated, feeling her brain suddenly filled with ideas.

"A jealous man and, also, a fanatic. If I were to tell you that story, you, who are noble and good, would no longer see me as a daring criminal; and if, in the course of it grave shortcomings were to appear, I am sure that you would forgive me."

perdonaría.

--Tal vez no--replicó ella que había empezado á sentir abrasadora curiosidad sin poder precisar de qué ni por qué.

--Y pongo por testigo á Dios de que la protección que usted se digne concederme esta noche no será mal empleada ni recaerá en persona indigna de ella. No es vanidad, señora, lo que voy á decir; si usted, faltando á todas las leyes de la caridad, diera la voz de alarma y me entregase á mis enemigos, cometería un crímen abominable, porque crímen es entregar al verdugo un inocente.

Sor Teodora replicó frunciendo el ceño:

--Eso podrá ser verdad y podrá no serlo.

--Sí, podrá ser verdad y podrá no serlo. Pero esto no lo ha de decidir el discernimiento frío de un juez, sino el corazón noble y generoso de una dama, de una religiosa, de una santa. Elija usted, señora.

Sor Teodora dió un gran suspiro indicio cierto del grave compromiso en que estaba su alma, fluctuando entre el rigor de los deberes monásticos y la bondad de su corazón. No siempre va éste en perfecto acuerdo con las tocas.

--No me será muy difícil creer--dijo después de una larga pausa--que no estoy delante de un ladrón, bandolero ó asesino. Bien veo por su lenguaje que no pertenece usted á esa pobre clase plebeya de la cual salen todos los malvados. Hasta llegaré á creer que pertenece usted á la clase más alta de nuestra sociedad. Ciertos modales y lenguaje no se adquieren sino habiendo nacido á larga distancia del populacho . . . Pero hay muchas especies de criminales desde que la política ha trastornado la sociedad, y quizás usted, sin ser precisamente reo de esos feos delitos propios de la baja plebe, haya cometido otros que me vedarían en absoluto ampararle.

--Señora, no comprendo á usted.

--Desde que me entregó sus armas, desde que usted me habló de esa terrible persecución que sufre, formé un juicio que creo ha de resultar cierto. A ver si me engaño: el afán con que usted huye de los guerrilleros de Navarra, es porque sin duda algún celoso defensor del Altar y del Trono ha visto en usted á un enemigo de esta causa sagrada. Usted es espía de Calomarde, y de las tropas del Rey que ya están sobre Cervera. ¡Oh! señor mío, no creo en la farsa de esa cacería por celos, no: tanta inquina en ellos, tanto recelo en usted, me prueban que anda

"Perhaps not," she replied, having begun to feel a burning curiosity, but could not specify of what or why.

"And as God is my witness, the protection that you kindly give me tonight will not be misused nor will it fall on a person who does not deserve it. What I am going to say is not vanity, madam: if you were to break all the laws of charity, if you were to sound the alarm and hand me over to my enemies, you would commit an abominable crime because it is a crime to hand over an innocent man to the executioner."

Sister Teodora replied, wrinkling her brow:

"That might be true or it might not be."

"Yes. It might be true or it might not be. But this will not be decided by a judge's cold discernment but by the noble generous heart of a lady, a nun, a saint. Choose, madam."

Sister Teodora heaved a big sigh, a sure sign of the serious, difficult situation that her soul was in, fluctuating between the strictness of her monastic obligations and the goodness of her heart. The latter and the habit are not always a perfect match.

"It would be easy for me to believe," she said after a long pause, "that I am not in the presence of a thief, brigand, or murderer. I well see by the way you speak that you do not belong to that poor plebeian class, from which all evildoers come. I might even end up believing that you belong to the highest class of our society. Certain manners and modes of speech are acquired only by having been born far from the masses . . . But there are many kinds of criminals since politics has turned society upside down and perhaps you, without being exactly guilty of those ugly crimes, so typical of the low common people, have committed others that would absolutely prevent me from helping you."

"Madam, I don't understand."

"Since you handed over your arms to me, since you talked to me about that terrible persecution that you suffer, I have formed an opinion that I think is right. Let's see if I am wrong. You are so anxious to flee Navarra's soldiers because, no doubt, some zealous defender of the Altar and Throne has seen you as an enemy of this sacred cause. You are a spy for Calomarde and the King's troops who are now in Cervera. Oh, my dear sir, I don't believe that nonsense about being hunted out of jealousy. No. So much ill will on their part; such suspicion on yours proves

por medio la pasión de las pasiones . . . la política. ¿Y siendo usted amigo de esos hombres corrompidos que vienen á sofocar esta santa insurrección por la Fé, se atreve á buscar asilo dentro de los muros sagrados de San Salomó? . . . ¡Qué audacia!

--¡Oh, señora!--exclamó el caballero cruzando las manos.--Nada podré ocultar á usted. Dios ha dispuesto que me revele á mi bienhechora tal como soy . . . Me he fiado á su generosidad y su generosidad no puede faltarme. Hallo en usted un carácter que despierta en mí grandísima afición y simpatía, y no puedo dejar de corresponder á ese carácter, mostrando la parte principal del mío, que es el amor á la verdad. El corazón me dice que de tan noble y hermosa dama, que de tan ejemplar religiosa no he de recibir más que beneficios. Señora, me presentaré á usted con mi verdadera forma, y así me haré más acreedor á su amparo . . . Yo no soy espía de Calomarde.

--Entonces . . .

--Los defensores de la llamada causa apostólica y los realistas de Madrid son igualmente extraños á mis ideas y á mis acciones. Habiéndome impuesto ahora el deber de decir á usted la verdad pura, creyendo que así ha de tomar más interés por mí, le diré . . . Salga lo que saliere, señora, digo á usted que soy liberal.

Sor Teodora sofocó un grito y se puso pálida.

--Y repito ahora lo que antes dije--manifestó el intruso arrodillándose ante la monja en la actitud más respetuosa.--Reverenda madre, disponga usted de mi suerte. Entrégueme usted á mis enemigos ó salve esta pobre vida, según lo que su conciencia le dicte.

--¡Jacobino!--murmuró Sor Teodora santiguándose.

--Así nos llaman--dijo festivamente permaneciendo de hinojos y alzando los ojos para contemplar la soberana hermosura de la monja.--Así nos llaman . . . De modo que tiene usted de rodillas á sus piés al mismo Demonio.

--Levántese usted--dijo la de Aransis bruscamente.

No me levanto hasta no oir mi sentencia de esos labios--repuso galantemente el caballero.--¿Será posible que mi franqueza no despierte en usted la piedad? A un hombre que muestra así el más grave de sus secretos ¿se le puede negar amparo?

Sor Teodora había llegado al más alto grado de confusión. Bien lo comprendía Servet, el cual, conocedor del corazón humano, había visto en la

to me that this is all about passion's passion . . . politics. And being the friend of those corrupt men who have come to suppress that holy insurrection for the Faith, you dare seek asylum inside the sacred walls of San Salomó? . . . How dare you!"

"Oh, madam!" the gentleman exclaimed, crossing his hands. "I cannot hide anything from you. It is God's will that I reveal my true nature to my benefactress. I have entrusted myself to your generosity and your generosity cannot fail me. I find in you a basic nature that inspires the greatest affection and fondness in me and I can no less than reciprocate, showing the main part of my nature which is the love of truth. My heart tells me that from such a noble and beautiful lady, from such an exemplary nun, I will only receive favors. Madam, I will show you my true self and thus I will become more deserving of your help . . . I am not a spy for Calomarde."

"Then . . ."

"The defenders of the so-called apostolic cause and the royalists in Madrid likewise have no connection to my ideas and my actions. I believe that by telling you the plain truth as you demand, you will take more interest in me. I shall tell you . . . Come what may, madam, I tell you that I am a liberal."

Sister Teodora stifled a scream and grew pale.

"And I repeat what I said before," the intruder stated, kneeling before the nun in a respectful posture. "Reverend Mother, my fate is in your hands. Turn me over to my enemies or save this poor soul, according to the dictates of your conscience."

"Jacobin!" murmured Sister Teodora, blessing herself.

"That's what they call us," he said wittily, remaining on his knees and raising his eyes to contemplate the nun's supreme beauty. "That's what they call us . . . So, you have the Devil himself kneeling at your feet."

"Get up," said Miss Aransis brusquely.

"I will not get up until I hear my sentence from those lips," the gentleman gallantly replied. "Can it be possible that my candor does not move you to compassion? Can you deny help to a man who reveals his deepest secrets?"

Sister Teodora could not have been more confused. Servet was well aware of it. As an expert on the human heart, he had seen that the illustrious lady was one of those people who is won over more easily with truth and frankness than with violence and threats. Miss Aransis was, in fact, as he believed her to be. To

ilustre dama uno de esos caractéres que se conquistan más facilmente con la verdad y la franqueza, que con la violencia y la amenaza. La de Aransis era en efecto como él la creía. Para conquistar su benevolencia era preciso confiársele resueltamente, someterse á ella sin rodeos. El desconfiado, el artificioso, el astuto no serían sus amigos; pero el franco, el leal y el verdadero sí.

--Lo que usted me ha dicho--indicó mirando tan fijamente al caballero que parecía querer penetrar sus más íntimos pensamientos--me mueve á tratarle como el mayor enemigo de esta casa. Yo no puedo dar asilo á un jacobino, enemigo de los Reyes and de la Fé.

Servet inclinó su cabeza en señal de resignación.

--Por consiguiente--añadió ella alzando la mano y estirando el dedo índice como un predicador--voy á dar aviso á la comunidad para que llame á las autoridades de Solsona.

El caballero se inclinó otra vez. Las miradas y el tono de Sor Teodora no parecían indicar sentimientos tan crueles como los que sus palabras expresaban.

--Sin embargo--añadió--prometo ocultarle y favorecerle, si me revela el objeto de su venida á Solsona y las conspiraciones de jacobinos que entre manos trae . . . porque usted ha venido sin duda con algún fin contrario á esta porfía apostólica que hay ahora.

--Si yo comprara á ese precio el favor de usted, señora--dijo el caballero con entereza--sería un miserable. Yo creí que usted no me tendría por un miserable. ¡Revelar lo que se nos ha confiado como un secreto! No, señora. En lo que usted me pide, acaba la franqueza y empieza la deshonra. La reverenda madre no sabrá nada de mi boca. Yo no soy traidor á mis amigos y favorecedores. ¿Esperaba usted mi contestación para dar la voz de alarma á la comunidad? pues ya la tiene . . . He dicho antes que me sometía en cuerpo y alma á mi bienhechora. Desarmado estoy . . . puede perderme si gusta; salga usted . . . no tema que lo impida violentamente.

Corriendo á la puerta puso su mano en el picaporte.

--Quieto--dijo vivísimamente Teodora corriendo á impedir aquel movimiento.

--Es que no puedo acceder á la traición que se me exije.

--No importa . . . yo no quiero que nadie sea traidor--replicó la monja, acompañando su voz de un ademán tranquilizador.--Me he acordado de mi pobre

win her over, he had to have complete faith in her, to trust her blindly. Being untrustworthy, crafty, or artful would not help him but being frank, loyal, and truthful would indeed.

"What you told me," she indicated starring so fixedly at the gentleman that she seemed to try to penetrate his most intimate thoughts, "forces me to treat you as the greatest enemy of this house. I cannot give asylum to a Jacobin, an enemy of the King and Queen and of the Faith."

Servet bowed his head in resignation.

"Therefore," she added, raising her hand and stretching out her index finger like a preacher, "I am going to tell the community so they can call the authorities of Solsona."

The gentleman bowed again. Sister Teodora's expression and tone did not seem to indicate feelings as cruel as the feelings her words expressed.

"Nevertheless," she added, "I promise to hide you and to help you, if you will reveal to me why you have come to Solsona and the Jacobin conspiracies that you are engaged in because you have come, no doubt, for reasons harmful to the apostolic struggle that exists right now."

"If I were to pay that price for your favor," the gentleman said forcefully, "I would be a scalawag. Reveal what someone has confided to us as a secret! No, madam. What you are asking is the end of candor and is the beginning of dishonor. The Reverend Mother will learn nothing from my lips. I am not a traitor to my friends and patrons. Were you waiting for my answer to sound the alarm in the community? Well, now you have it . . . I have said before that I submitted body and soul to my benefactress. I am unarmed . . . You can get rid of my if you like. Go . . . Don't worry that I will use violence to stop you."

Running to the door, he put his hand on the door handle.

"Don't move," she said quickly running to stop him.

"It is simply that I cannot accede to the treason that you demand of me."

"It doesn't matter . . . I don't want anyone to be disloyal," the nun replied, a reassuring gesture accompanying her voice. "I was thinking about my poor brother who also has the misfortune to be a Jacobin. My poor brother. You owe my compassion to his memory."

"Then you will help me? You have decided to help me?"

hermano, que como usted tiene la desgracia de ser jacobino. ¡Pobre hermano mío! A su recuerdo debe usted mi piedad.

--¿Entonces me favorece usted, se decide á ampararme?

--Sí--repuso ella sonriendo ligeramente.

Parecióle á Servet, al ver aquella sonrisa, que veía, como vulgarmente decimos, el cielo abierto.

--¡Oh! ¡gracias, gracias, señora!--exclamó acercándose á ella con intención evidente de besarle las manos.

--Por Dios, hable usted más bajo, más bajo--dijo Sor Teodora retirándose y poniéndose el dedo en la boca.

"Yes," she replied, smiling slightly.

Servet thought, when he saw that smile, that he saw, as we say commonly, heaven open up before him.

"Oh! Thank you, thank you, madam." he exclaimed, approaching her to kiss her hands.

"For God's sake, lower your voice," Sister Teodora said moving back and putting her finger to her mouth.

CAPITULO VEINTIUNO

--En la otra celda de la Isla . . . en el cuarto de la leña . . . en la sacristía . . . no, mejor será en la iglesia . . . no, en la iglesia no . . . En la covacha del hortelano . . . no, en la torre . . . ¿por qué no en la iglesia? . . . dentro de uno de los altares.

Estas palabras dichas por Sor Teodora de Aransis, con la voz apagada, los ojos fijos en el suelo y un dedo sobre el labio inferior, demostraban la gran vacilación de su alma. Iba nombrando los distintos lugares donde el caballero podía esconderse, pero tan pronto como los nombraba los desechaba, por no ofrecer la seguridad absoluta que el caso requería. El problema era dificilísimo; pero la dama se aplicaba á él con la constancia y el ardor de un buen matemático. Después de indicar varios sitios apuntando en seguida sus inconvenientes, miró al caballero y le dijo:

--Verdaderamente no hay en la casa paraje alguno donde no pueda usted ser descubierto. Si no se tratara más que de la noche, facil sería . . . pero usted quiere estar oculto toda la noche y todo el día de mañana . . .

--Hasta que se vayan esos salvajes de Navarra.

La venerable madre, demostrando un interés que contrastaba un tanto con su anterior desvío, volvió á enumerar los distintos rincones de San Salomó.

--Hay aquí al lado una celda que no tiene uso--dijo.--Nadie entra en ella . . . pero la madre priora tiene la llave . . . y si se le antoja entrar . . . la madre priora tiene el don de hacer las cosas cuando menos falta hacen . . . Suele venir á mi

CHAPTER TWENTY-ONE

"In the other cell of the Island . . . in the room used for firewood . . . in the sacristy . . . No, it would be better in the church . . . No, not in the church . . . in the grotto in the garden . . . No, in the tower . . . Why not in the church . . . inside one of the altars."

These words, spoken by Sister Teodora in a weak voice, staring at the ground, her finger on her lower lip, showed the great hesitation in her soul. She was naming the different places where the gentleman could hide; but as soon as she named them, she rejected them, because they did not offer the absolute safety that the situation required. The problem was extremely difficult but the lady applied herself to it with the constancy and ardor of a good mathematician. After suggesting several places, pointing out immediately their drawbacks, she looked at the gentleman and said to him:

"Really, there is no place in the building where you cannot be discovered. If it was a matter of only one night, it would be simple . . . but you want to be hidden tonight and all day tomorrow . . ."

"Until those savages come."

The venerable mother, showing an interest that conflicted a little with her former indifference, again enumerated the different corners of San Salomó.

"There is an unused cell near here," she said. "No one goes in it . . . but the Prioress keeps the key . . . and if she feels like it, she goes in . . . She has a gift for doing things when you least expect it . . . She usually comes to my kitchen, which

cocina que está entre las dos celdas, y si siente ruido . . . ó si se le antoja . . . porque tiene unos antojos muy ridículos . . .

--Y recibo la visita de esa respetable señora . . . En tal caso procuraré que no tenga quejas de mi cortesía.

--Quite usted allá, hombre de Dios--exclamó la dama mostrando por segunda vez al caballero su linda dentadura. De todos modos es preciso que usted me deje sola lo más pronto posible . . . Bien podría suceder que cualquier hermana pasase por aquí y viese un hombre en mi celda . . . En tal caso resultaría muy mal recompensada mi generosidad.

--No pasará eso, señora. Las buenas madres duermen. Dios vela su sueño y los ángeles de la guarda impedirán que este acto caritativo sea descubierto y mal interpretado por la malicia.

--Mucho confio en el amparo de los ángeles de la guarda y en la bondad de Dios--dijo la señora--pero lo mejor es que salga usted de aquí.

Estaban sentados los dos el uno frente al otro junto á la mesa central de la celda, y la luz de la lámpara iluminaba de lleno ambos rostros.

--Nadie que esto viera--añadió la monja contemplando á su huesped con curiosa fijeza--podría interpretarlo como lo que es realmente, como un acto caritativo . . . ¡Cuántos juicios equivocados se forman en el mundo! ¡Cuantas personas inocentes son víctimas de la maledicencia! . . .

--Pero hay un juez que todo lo sabe, y que nunca se equivoca en sus sentencias. A ese hay que apelar, despreciando los vanos juicios de los hombres, inspirados siempre en el odio ó la envidia . . . Pero no quiero mortificar por más tiempo á mi bienhechora, permaneciendo aquí.

Se levantó.

--Estaba pensando--dijo la madre--que pudiendo trepar por una ventanilla que está sobre la puerta de la sacristía, podría usted ocultarse fácilmente en el camarín. Hay allí mil objetos . . . Pero no: el sacristán ha dado ahora en la manía de arreglar aquello y todo el día está revolviendo trastos . . . ¿Dónde, Jesús Sacramentado, dónde? . . . Déjeme usted pensar.

Apoyó la frente en la palma de la mano. El caballero se sentó de nuevo y esperó las decisiones de su angel bienhechor. Después de largo rato el caballero no oyó más que un suspiro.

--¿No halla usted mi salvación, reverenda madre?--dijo al fin Servet.

is between the two cells, and if she hears a noise . . . or if she gets the notion . . . because she has some very ridiculous notions . . ."

"And that respectable lady might pay me a visit . . . In that case I will make sure that she has no complaints about my manners."

"Come now," the lady exclaimed, showing the gentleman her pretty teeth for the second time. "At any rate you must leave me alone as soon as possible . . . Any of the sisters could pass by and see a man in my cell . . . In that case my generosity would be very badly repaid."

"That will not happen, madam. The good mothers are asleep. God watches over their sleep and the guardian angels will prevent this charitable act from being discovered and maliciously misinterpreted."

"I put a great deal of trust in guardian angels and God's goodness," the lady said, "but it is best that you leave here."

The two were seated facing each other, next to the central table of the cell, and the lamp light fully illuminated both their faces.

"Anyone who saw this," added the nun, contemplating her guest with a curious stare, "might interpret it as it really is--as a charitable act . . . How many mistaken opinions are formed in the world! How many innocent people are the victims of slander! . . ."

"But there is a Judge who knows everything and who never makes a mistake in his sentences. This is the one you must appeal to, scorning the vain opinions of men, always inspired by hate or envy . . . But I do not want to mortify my benefactress any longer by staying here."

He got up.

"I was thinking," said the nun, "that by climbing through a little window that is over the sacristy door, you could easily hide in the alcove. There are a thousand objects there . . . But, no, the sacristan has gotten the crazy idea to tidy that up and all day long he is rummaging through junk . . . Where, Holy Jesus, where? . . . Let me think."

She rested her forehead in the palm of her hand. The gentleman sat down again, awaiting the decisions of his beneficent angel. After a long pause, the gentleman heard only a sigh.

"Have you found my salvation, reverend mother?" Servet finally said.

--¿Qué?--exclamó bruscamente ella como si fuera arrancada de una meditación profunda.

--Lo mejor será que no se mortifique usted más por este desgraciado. Si Dios ha decidido ampararme esta noche nadie lo podrá impedir.

El caballero volvió á levantarse.

--Yo creo--dijo Teodora en tono de lástima y melancolía--que Dios no le abandonará á usted si son ciertas, como creo, esas cristianas ideas que ha manifestado. El que confía en Dios nuestro Señor y amantísimo padre, será salvo.

--Tantas, tantísimas veces me ha salvado de inmensos peligros, que he llegado á creerme invulnerable, y siento un valor muy grande para acometer los trances difíciles y arriesgados. Mi secreta confianza en Dios me ha sostenido durante mi juventud, la más borrascosa que puede imaginarse, por las pasiones, los trabajos, las sorpresas, los compromisos, las penalidades, los triunfos y las caídas que en ella ha habido, y es tal mi vida, reverenda madre, que yo mismo me recreo echando una ojeada hacia atrás y mirando esas turbulentas páginas ya pasadas.

La idea de una vida agitada, fatigosa, llena de pasiones y sobresaltos, de dolores y alegrías contrastaba de tal modo con la idea que Sor Teodora tenía de su propria juventud, la más monótona, la más solitaria, la más desabrida de todas las juventudes posibles, que la dama ilustre sintió vivo interés ante aquella existencia que se le presentaba como un drama vivo. Su discreción era tanta que pudo disimular aquel interés y curiosidad ansiosa, y dijo:

--La juventud del día vive en locos afanes. No dudo que la de usted habrá sido y será de las más desasosegadas.

El huesped se sentó.

--La mayor desgracia de mi vida--dijo--ha sido siempre no poseer lo que amo y amar todo lo que no puedo poseer, corriendo siempre detrás de cosas imposibles.

--Ese mal parece muy común.

El caballero dió su opinión sobre esto, y Sor Teodora se admiró de observar en si cierta cosa inexplicable, así como un deseo de saber toda la vida del intruso hasta en sus más escondidos repliegues. Despertaba en ella interés semejante al de una novela de la cual se han leído algunas páginas que anuncian escenas conmovedoras. Después de doce años de convento había sentido la reverenda madre un brusco llamamiento de la vida exterior y mundana, de toda

"What!" she brusquely exclaimed, as if she were pulled from a deep meditation.

"It would be best that you not mortify yourself further for this unfortunate. If God has decided to help me tonight, no one can stop Him."

The gentleman got up again.

"I think," Teodora said in a compassionate, melancholy tone, "that God will not abandon you if the Christian ideas that you have stated are true, as I believe they are. Whoever trusts God, Our Lord and Dear Beloved Father, will be saved."

"So many, so very many times He has saved me from great danger, that I have come to think of myself as invulnerable and I can readily get out of tight fixes. My secret confidence in God has sustained me during my youth, the stormiest youth that you can imagine, because of the passions, hardships, surprises, compromising situations, sufferings, triumphs and downfalls in it. And my life is such, Reverend Mother, that I myself enjoy looking back on it and looking at those turbulent pages that are turned over now."

That hectic, tiring life full of passion and shocks, sorrow and happiness, was such a contrast to Sister Teodora's own youth--the most monotonous, solitary, insipid of all possible youths--that the illustrious lady was very interested in that existence that appeared before her as a living drama. Such was her discretion that she was able to conceal her interest and eager curiosity, saying:

"Today's youth lead crazy, anxious lives. I don't doubt that there must have been a lot of turmoil in yours."

The guest sat down.

"The greatest misfortune of my life," he said, "has always been not having what I love and loving what I cannot have, always running after the impossible."

"That is a common evil."

The gentleman expressed his opinion about that and Sister Teodora was surprised to observe in herself a certain inexplicable something, a desire to know the life story of the intruder, even in its most hidden aspects. An interest was awakened in her similar to the interest in a novel, which, after the first few pages are read, promises moving scenes. After twelve years in the convent, the Reverend Mother had felt an abrupt calling from the worldly life outside the convent, that entire life that she had laid, along with her magnificent hair, at her Husband's feet.

aquella vida que había puesto juntamente con sus magníficos cabellos, á los piés del Esposo. Ella se asombraba de no estar todo lo horrorizada que debía estar en presencia de un extraño, y se admiraba de oir con agrado, más que con agrado con simpatía, la conversación del caballero desconocido.

Pero lo escandaloso de su situación revelósele después de un momento de tristeza meditabunda en que se creyó libre, sin tocas, en el siglo, rodeada de afectos nobles, en consorcio honrado y cariñoso con toda clase de personas. Fué una visión breve y risueña, y tras la visión vino un sobresalto y un grito de la conciencia semejante al alarido del centinela que da el "quien vive."

Levantándose bruscamente, dijo:

--Esto no puede seguir. Salga usted y escóndase donde pueda . . . ¡No parece sino que estoy tonta!

El caballero se dispuso á obedecer. El reló de la ciudad dió la una.

Sor Teodora abrió cautelosamente la puerta y examinó la galería y el claustro para ver si reinaba soledad absoluta. Sus sentidos experimentaron una impresión extraña. Tuvo miedo, lanzó una ligera exclamación. Servet acercóse á ella y vió que aspiraba el aire fuertemente, cual si no bastándole sus ojos y oidos, quisiera explorar con el olfato.

She was amazed that she was not as horrified as she should have been in the presence of a stranger and she was surprised to listen to the unknown gentleman's conversation with pleasure, with more than pleasure, with affection.

But the most scandalous part of her situation revealed itself to her after a moment of pensive sadness in which she imagined herself free, without the wimple, in the world, surrounded by noble affection, in an honorable and loving fellowship with all kinds of people. It was a brief, pleasant vision and after the vision there was a frightening outcry of conscience similar to the sentinel's cry of "Who goes there?"

Getting up abruptly she said:

"This cannot go on. Leave and hide wherever you can . . . I am such a fool!"

The gentleman was prepared to obey. The city clock struck one.

Sister Teodora cautiously opened the door and checked the hallway and cloister to see if absolute solitude reigned there. Her senses experienced a strange sensation. She was afraid. She uttered a soft exclamation. Servet approached her and saw that she was inhaling the air deeply as if her eyes and ears were not enough and she wanted to explore with her sense of smell.

CAPITULO VEINTIDOS

Por la parte exterior de la celda ocurría poco antes algo que merece ser referido. La soledad y apartamiento de la Isla no eran tan grandes que estuviese á salvo de la curiosidad monjil aquella interesante parte del convento, y así como no hay bien que no tenga su sombra de mal, así la independencia que gozaba la de Aransis, tenía por enemigo el afán inquisitorial de una madre que habitaba en el ala opuesta del convento, frente á frente, claustro por medio, de la celda de Sor Teodora. Grandísima era la inclinación de la madre Monserrat á saber lo que hacían ó dejaban de hacer las otras monjas, y ya corrompiendo con mimos y regalitos la discreción de las criadas, ya valiéndose de sus propios ojos, había logrado ser un archivo humano lleno de cuantos datos pudiera apetecer al autor que tuviese el capricho de escribir la historia íntima de aquella antigua casa. Hacía con tal disimulo sus pesquisas, y observaba con tal delicadeza y finura, que la mayor parte de las madres apenas notaban la presencia de aquel diligente alguacil aposentado en el extremo Norte del ala de Oriente.

Pero á ninguna de sus compañeras vigilaba con tanta gana y con tanto celo como á Sor Teodora, la cual por su hermosura, por su orgullo y por antiguas rivalidades, tenía cierto derecho divino á la fiscalización de la madre Monserrat, según opinión de esta misma. Bien puede afirmarse que los pasos de la de Aransis, sus entradas en la celda y en la cocina, sus paseos por la huerta, sus visitas al coro, ocupaban las tres cuartas partes del tiempo y del espíritu del alguacil de enfrente. Ponía éste especial atención en la hora á que apagaba su luz la monja de la Isla; y cuando á las altas horas de la noche estaba la lámpara encendida, la Monserrat

CHAPTER TWENTY-TWO

Something happened outside the cell that deserves to be recounted. The solitude and isolation of the Island were not so great that that part of the convent was safe from nunnish curiosity. Just as everything good has its shadow of evil, so the independence that Miss Aransis enjoyed had an enemy in the inquisitorial zeal of a nun who lived in the opposite wing of the convent, straight across from Sister Teodora's cell, the cloister being in the middle. Mother Monserrat was very interested in knowing what the other nuns did or did not do. Sometimes she bribed the maids by pampering them and giving them little gifts. Sometimes she used her own eyes. She had become an archive full of all the information any author who had the caprice to write the intimate history of that ancient house might crave. She conducted her inquiries so furtively and she was such a tactful and shrewd observer that the majority of the nuns hardly noticed the presence of that diligent alguazil staying in the extreme northern part of the east wing.

She watched none of her companions so willingly or with such intense zeal as Sister Teodora, who, because of her beauty, pride and old rivalries, had a certain divine right to Mother Monserrat's snooping, according to the opinion of Mother Monserrat herself. One can rest assured that Miss Aransis' steps, her entrances in the cell and the kitchen, her walks in the garden, her visits to the choir occupied three quarters of the time and spirit of the alguazil opposite her. She paid special attention to the time that the nun of the Island put out her light. When her lamp was lit late at night, Miss Monserrat would leave her cell step by step, she would go through the hall of the east wing, she would then pass through the large

salía paso á paso de su celda, recorría la galería del ala de Oriente, pasaba después por el gran pasillo del cuerpo central del edificio, y recorriendo la galería del ala de Poniente se acercaba con pasos ligerísimos á la celda de su enemiga, y por un pequeño agujero, que allí habían hecho los ángeles sin duda, introducía su alma toda puesta en una mirada. Miraba como quien clava una aguja.

Algunas veces al retirarse después de esta inspección decía:

--Lo que yo me figuraba . . . Está leyendo novelas.

Otra noche al retirarse, se santiguó tres ó cuatro veces, y poniendo cara de espanto, exclamó para sí:

--Nuestra Señora de Monserrat nos valga . . . Está con las tocas quitadas poniéndose flores en la cabeza y mirándose al espejo.

La atisbadora iba á su celda por el mismo camino. Sus pasos no se sentían: calzaba sus venerandos piés con alpargatas que parecían de plumas.

Aquella noche (nos referimos á la noche del caballero hambriento, que fué una noche muy célebre en San Salomó) la de Monserrat hizo su viaje de inspección porque ya era cerca de la una y la celda de su víctima estaba iluminada. Era preciso tomar acta de este peregrino caso.

La monja aplicó su oreja á la puerta, y entonces . . . ¡Por los sagrados clavos y las divinas llagas de Jesucristo! . . . Se quedó helada de espanto. No daba crédito á aquel su sentido acústico tan bien ejercitado y tan experto. El agujerillo de vigilancia parecía que se había agrandado. Adaptó la monja su ojo vidrioso . . . Miró, estuvo mirando un largo rato. ¡Cómo miraba! Creyó al principio que era alucinación; pero no, era realidad, realidad.

Echó á correr tambaleándose, porque sus caducas piernas vacilaban, cual si no pudieran sostener el formidable peso de su indignación. Se santiguó repetidas veces, elevó las flacas manos al cielo, movió la cabeza tan semejante á una calavera, y murmuró:

--Ya me esperaba yo esto . . . En esto habían de parar las locuras de esa mujer. ¡Piedad, Señor!

Dicen que la reverendísima estuvo á punto de dar en tierra con su esqueleto, tal era el pavor que sentía; pero ella sacó de su demacración senil las fuerzas que necesitaba para poder llegar hasta la madre abadesa y referirle un caso tan horroroso. Los minutos que tardó en llegar á la celda de la superiora, le parecieron siglos de infamia, de vilipendio, para la orden de Santo Domingo.

corridor of the central section and going through the hall of the west wing, she would approach the cell of her enemy stepping very lightly and through a hole that the angels no doubt had made, she would put her whole soul into staring. She would watch like someone who threads a needle. Sometimes, when she retired after that inspection, she would say:

"Just what I thought . . . She is reading novels."

Another night, when she retired, she made the sign of the cross three or four times and looking afraid, she exclaimed to herself:

"Our Lady of Montserrat give us strength! . . . She has taken off her wimple and is putting flowers on her head and looking at herself in the mirror."

The lookout went back to her cell the way she had come. Her footsteps were not heard; on her venerated feet she wore rope sandals that seemed to be made of feathers.

That night (we refer to the night of the starving gentleman, which was the most famous night in San Salomó), Miss Montserrat made her rounds because it was already one o'clock and her victim's cell was lit. She had to take action in this peculiar case.

The nun put her ear to the door and . . . By the sacred nails and divine wounds of Jesus Christ! . . . She was scared to death. She couldn't believe her ears, ears so well trained and so expert. The little spy hole seemed to have gotten larger. The nun put her glazed eye to it . . . She looked. She looked for a long time. How she looked! At first she thought it was a hallucination; but no: it was reality, reality.

She began to run. She staggered and her decrepit legs buckled as if they could not sustain the formidable weight of her indignation. She made the sign of the cross repeatedly. She raised her skinny hands to heaven. She moved her head that looked so much like a skull and murmured:

"Just what I expected . . . So that is where that woman's acts of madness have led. Have mercy, Lord!"

They say that the most reverend mother's terror was so great that her skeleton almost fell down but she mustered from her senile emaciation the strength that she needed to go to the Abbess and to recount that awful affair. The minutes that it took to reach the Mother Superior's cell seemed like centuries of infamy and vilification for the Order of Santo Domingo.

La abadesa no estaba en su celda. Aquella señora, que era la más rezona de las habitantes de la casa, acostumbrada dejar por las noches su angosto lecho y bajar al coro, donde estaba en oración largas horas, de rodillas sobre el mármol duro y frío, apoyando sus brazos en una silla que le servía de reclinatorio y sumido el espíritu en las honduras mareantes de la mística. Algunas monjas la imitaban en esta santa costumbre.

Entró la vieja en el coro, y á la luz incierta de la lámpara que alumbraba al Cristo, vió á la madre abadesa de rodillas. Acercóse y le tocó en el hombro.

--¿Quién es?--dijo la abadesa con voz soñolienta.

La de Monserrat se arrodilló á su lado y se persignó con precipitación.

--Soy yo--repuso--que vengo á poner en conocimiento de . . .

--Ya . . . ya me lo figuro--dijo la madre abadesa incorporándose.--Yo también empezaba á alarmarme.

--¿Sabe usted lo que voy á decirle? . . .

--Sí . . . que se siente olor á madera quemada.

--No, no es eso.

--Hace un rato que sentí ese olor--afirmó la madre abadesa husmeando el aire. --¿No siente usted?

--Fuego hay en el convento, pero es un fuego que no se ve.

--¿Qué me dice usted, señora?

--Dentro del convento ha entrado esta noche un hombre.

--Usted sueña, hermana . . . Pues no me queda duda . . . ¿No siente usted olor á quemado?

--Será que en las murallas han encendido alguna hoguera . . . Cuando pasan cosas graves, cuando el convento está profanado, deshonrado por la infamia y el sacrilegio, no conviene pensar en fruslerías.

La abadesa se levantó.

--¡Un hombre! Eso no puede ser--dijo con espanto.

Y al punto se puso á temblar.

--Un hombre, sí. ¿No sé yo lo que es un hombre?

--¿En dónde?

--En la celda de una religiosa.

La abadesa cesó de temblar y empezó á reir. El caso le parecía tan absurdo, tan inverosímil; estaba además acostumbrada á los ridículos terrores de

The abbess was not in her cell. That good woman, the most sensible of the inhabitants of the convent, usually left her narrow bed during the night and went down to the choir loft where she prayed for hours on end on her knees on the cold, hard marble, resting her arms on a chair that served as prie-dieu and she would immerse her soul in the dizzying depths of mysticism. Some nuns imitated her in this holy practice.

The old woman entered the choir loft and by the flickering light that illuminated the figure of Christ, she saw the Abbess on her knees. She approached and tapped her on the shoulder.

"Who is it?" said the Abbess sleepily.

Miss Montserrat kneeled at her side and hurriedly made the sign of the cross.

"It is I," she replied. "I have come to let you know . . ."

"I thought as much," said the Abbess, sitting up. "I was also beginning to get worried."

"You know what I am going to tell you? . . ."

"Yes . . . that it smells like burnt wood."

"No, it is not that."

"I smelled that odor a little while ago," the Abbess stated sniffing the air. "Don't you smell it?"

"There is fire in the convent but it is an unseen fire."

"What are you talking about?"

"Tonight a man entered the convent."

"You are dreaming, Sister . . . Well, there is no doubt about it . . . Don't you smell something burning?"

"Someone must have lit a bonfire on the walls . . . When serious things happen, when the convent is desecrated, disgraced by infamy and sacrilege, one should not think about trivialities."

The Abbess got up.

"A man! That cannot be," she said frightened.

And she immediately began to tremble.

"Yes, a man. Do you think I don't know what a man is?"

"Where?"

"In a nun's cell."

Sor María Monserrat, que no pudo permanecer seria.

--Si á la abadesa de esta comunidad--dijo la delatora--le falta valor para llamar á la puerta de la celda donde se está consumando el horrendo sacrilegio, yo lo haré. No temo nada, no me importa que un asesino . . .

La monja no pudo continuar porque fué acometida de una tos muy fuerte.

--¡Oh! . . . sí, parece que hay humo aquí--dijo en tono de alarma.

Las dos monjas se acercaron á la reja que daba al altar mayor.

--¡Humo, humo!

Esta exclamación brotó á un tiempo de una y otra garganta. A la indecisa luz de la lámpara veíase una como niebla espesa que envolvía los abigarrados oropeles del altar churrigueresco.

Las dos monjas corrieron de aquella reja á otra que al claustro daba.

--¡Jesús de mi alma!--gritó la madre Monserrat llevándose las manos á la cabeza.--¿Qué es esto? . . . Un hombre . . . dos hombres, tres hombres . . . les he visto correr por el claustro hacia la sacristía . . .

La abadesa se quedó tan aterrada que no pudo ni hablar ni moverse. Volvieron á asomarse á la reja de la iglesia. Una claridad ténue y rojiza llenaba el recinto sagrado permitiendo ver las imágenes, las colgaduras, los altares: era un aspecto siniestro y horripilante.

Las dos monjas corrieron hacia el claustro. Oyéronse los pasos precipitados de tres hermanas que bajaban. En el patio había también algo de humo. Corrieron todas á la puerta de la sacristía, la empujaron; estaba abierta. Cuando la puerta cedió las cinco madres lanzaron espantoso grito y retrocedieron de un salto. Por la puerta salió una bocanada, un chorro, una manga formidable de humo negro, espeso, resinoso y en el fondo del centro oscuro vieron las llamas que brillaban y extendían sus rojas lenguas por las paredes.

Todo San Salomó no tuvo más que una voz para gritar: ¡Fuego!

The Abbess stopped trembling and began to laugh. The situation was so absurd, so improbable. Also, she was so accustomed to Sister Maria Montserrat's ridiculous fears that she could not take her seriously.

"If the Abbess of this community," the informer said, "is not brave enough to knock on the cell door where the horrible sacrilege is taking place, I will do it. I am afraid of nothing. I don't care if a murderer . . ."

The nun could not continue, overcome by a fit of coughing.

"Oh! . . . Yes. There seems to be smoke here," she said alarmed.

The two nuns approached the grille that looked out over the high altar.

"Smoke! Smoke!"

This exclamation sprang from their throats in unison. By the flickering lamp light they saw something like a thick cloud that enveloped the tinsel of the Churrigueresque altar.

The two nuns ran from that grille to the one that overlooked the cloister.

"Dear Jesus!" shouted Mother Montserrat, putting her hands to her head. "What is this? . . . A man . . . two men, three men . . . I saw them run through the cloister toward the sacristy . . ."

The Abbess was so terrified, she could not talk or move. They peeked out again through the church grille. A tenuous reddish brightness filled the holy enclosure allowing them to see the statues, the tapestries, the altars. It was a sinister, hair-raising sight.

The two nuns ran toward the cloister. They heard the hurried steps of three nuns who were coming down. There was also some smoke in the patio. They all ran to the sacristy door; they pushed on it; it opened. When the door gave way, the five nuns cried in fear and jumped back. Through the door came a puff, a jet, an enormous sleeve of black smoke, thick, resinous smoke and at the back of its dark center they saw flames blazing and spreading their red tongues up the walls.

All San Salomó was one voice shouting: "Fire!"

CAPITULO VEINTITRES

Con fulminante rapidez se progagó, siendo de notar que parecía haber comenzado por dos puntos distintos; por la sacristía y por las habitaciones ruinosas llenas de retama y trastos viejos que estaban dejado de la Isla. Es difícil distinguir los incendios de casualidad de los de intención. La primera sabe remedar á la segunda, y ésta tiene á veces bastante destreza para disfrazarse de inocencia . . . Pero no pueden hacerse consideraciones dentro de un convento que se quema y en presencia de veintiseis pobrecitas mujeres, contando religiosas y sirvientes, aprisionadas entre llamas y que por ninguna parte hallarán salida si no las favorece el vecindario.

Las llamas entraron en la iglesia y agarrando la primera cortina que hallaron á mano junto al altar escalaron la pared. Como bocas hambrientas que hallan pan, clavaron sus voraces dientes en la vieja madera de los altares; de un soplo devoraron el apolillado tisú y las secas flores que adornaban las imágenes; subieron más culebreando; de una manotada hicieron estallar todos los vidrios, entraron fuertes corrientes de aire, y entonces engordando súbitamente los horribles dragones de fuego estrecharon en sus mil brazos ondulantes las vigas del techo.

Por otra parte, la sacristía que era centro y raíz principal del incendio, enviaba llamas por el pasillo que conducía al locutorio, mientras el fuego que salía de las crugías bajas del ala izquierda trepaba á las galerías incendiando las celdas altas. Felizmente la escalera estaba libre y, aunque muy cargada de humo, permitía á las monjas bajar al claustro. La invasión de la sacristía por el fuego no permitía tocar la campana; pero los vecinos de Solsona vieron pronto aquella claridad

CHAPTER TWENTY-THREE

The fire spread at a staggering speed, it being noteworthy that it appeared to have begun in two different places: in the sacristy and in the dilapidated rooms full of kindling and old junk that were beneath the Island. It is difficult to tell accidental fires from those that are deliberately set. The first knows how to imitate the second and arson sometimes can disguise itself and appear innocent . . . But there is no time for these considerations inside a burning convent with twenty-six poor women, counting both nuns and servants, trapped in the flames who can escape only with the help of the local residents.

The flames entered the church, grabbed the first curtain that they found handy next to the altar, and scaled the wall. Like hungry mouths that find bread, they sank their voracious teeth in the old wood of the altars. In a second, they devoured the moth-eaten lamé and the dried flowers that adorned the statues. They climbed higher, slithering. With a slap they broke out all the glass in the windows. Strong drafts of air entered, and then suddenly getting fatter, the horrible, fiery dragons embraced the beams of the roof with their thousand undulating arms.

Elsewhere, the sacristy, the center and main source of the fire, sent flames down the hall that led to the locutory, while the fire that came from the lower corridors of the left wing climbed the galleries, setting the upper cells on fire. Luckily, the staircase was clear, although filled with smoke, and the nuns were able to come down it to the cloister. The fire's invasion of the sacristy kept the bell from being rung but the residents of Solsona quickly saw that horrible light and

horrible y la columna de humo que coronaba á San Salomó como una aureola infernal. Todas las campanas de la ciudad se desgañitaban y se levantaron los habitantes todos, para correr en auxilio de las madres dominicas.

El incendio era de esos que no habrían cedido antes los aparatos modernos, formidable artillería de agua que servida por los bomberos suele abatir baluartes de fuego en las ciudades de hoy. ¿Qué podrían hacer contra aquel infierno los diligentes vecinos y los guerrilleros navarros llevando cubos de agua? Pronto se conoció que serían inútiles todos los esfuerzos para salvar la fundación del señor marqués de San Salomó y no hubo más que un pensamiento: salvar á las pobres madres.

No se sabe por donde entraron los primeros que fueron á auxiliar á la comunidad; lo cierto es que cuando algunos vecinos rompieron á hachazos la puerta del locutorio y entraron en el claustro, vieron que dentro del convento había ya algunos hombres ocupados en salvar lo que se podía. Sin duda aquellos hombres habían entrado antes que el fuego imposibilitase el paso de la sacristía al claustro.

El aspecto de éste y del patio era espantoso. Bajaban llorando las pobres monjas, y no hubo santo alguno que no fuera invocado entre gritos, lamentos, congojas, interjecciones de horror. Veíanse las blanquinegras figuras corriendo y bajando al claustro, como rebaño de ovejas acosadas por el lobo. Algunas habían salido de sus celdas sin acabar de vestirse, porque el fuego no les había dado tiempo para más. Ponían otras gran empeño en salvar su ajuar, y hacían subir á los vecinos ó trataban ellas mismas de arrostrar la atmósfera de humo para sacar algunos objetos. Otras más filosóficas creían que después de perdida la casa, nada merecía ser salvado.

Los hombres á quienes la catástrofe había abierto las puertas del sagrado asilo, sacaron de las celdas lo que se podía salvar y lo arrojaban desde la galería alta. Las llamas avanzaban y no fué posible continuar en aquella tarea. Un calor horroroso, suficiente á dar idea perfecta de las penas del Infierno, impedía á todo sér vivo permanecer más tiempo en el claustro y aún en la huerta. Era preciso salir, abandonar para siempre aquellos benditos muros que el Demonio había tomado para sí expulsando á las esposas de Jesucristo. Había monja á quien esta idea afligía más que el peligro de morir asada. Dos de aquellas infelices que

column of smoke crowning San Salomó like an infernal halo. All the city bells rang like crazy. All the residents got up and ran to help the Dominican nuns.

The fire was the type that would not have yielded to modern apparatus, formidable water cannons that usually knock down bastions of fire in today's cities when used by firemen. What could the quick residents and Navarrese warriors carrying buckets of water do against that inferno? They soon realized that all efforts to save the Marquis of San Salomó's foundation would be useless and there was only one thought: to save the poor nuns.

No one knows how the first people who went to the aid of the community got in. In fact when some residents broke the door of the locutory with an ax and entered the cloister, they found that there were already men inside the convent trying to save what they could. No doubt, those men had come in before the fire made it impossible to go from the sacristy to the cloister.

The appearance of the cloister and the patio were frightening. Crying, the nuns came down and there was no saint who was not called upon between the shouting, lamentations, cries of anguish, and interjections of horror. The black and white figures could be seen running and coming down to the cloister like a flock of sheep pursued by the wolf. Some had left their cells before they had finished dressing because the fire had not given them time for more. Others took great pains to save their trousseaus and made the neighbors go up or tried themselves to brave the smoke-filled air to take out some objects. Others, who were more philosophical, believed that once the convent was lost, nothing deserved to be saved.

The catastrophe had opened the doors of that sacred refuge to men. They were taking what they could save from the cells and were throwing it from the high gallery. The flames advanced. It was impossible to continue that task. A horrible heat sufficient to give a perfect idea of the torments of hell, kept all living beings from remaining longer in the cloister and even in the garden. They had to leave, to abandon forever those blessed walls that the Devil had taken as his own, expelling the wives of Jesus Christ. There was a nun who was more distressed by that idea than by the danger of being roasted alive. Two of those unfortunates, who were bedridden, were carried out and one of them was so afraid that she died at the door.[1]

estaban enfermas en cama fueron sacadas en brazos y en una de ellas pudo tanto el miedo que espiró en el claustro.

La confusión crecía. Había allí hombres diversos, paisanos y militares, yendo y viniendo sin entenderse. Todos mandaban, nadie obedecía. Cada cual obraba según su valor, su generosidad ó su iniciativa. Hubo quien se echó á cuestas á dos monjas y quiso salir con ellas cuando aún no habían bajado todas. Hubo quien propuso un premio al que entrara en la iglesia para salvar de las llamas el símbolo de la Eucaristía, sin que apareciese un héroe decidido á afrontar la muerte por empresa tan santa. Hubo quien intentó salir por la puerta del locutorio; pero esto era imposible. Las llamas se habían extendido ya por el pasillo y el humo era tan denso que no había medio de dar un paso por el locutorio.

Las monjas se llamaban unas á otras como para reconocerse y recontarse.

--Madre Transfiguración, ¿está usted ahí?

--Sí, el Señor me ha dejado vivir, ¿y Sor Melitona de San Francisco?

--La he visto hace un momento . . . ¿Se ha salvado la Madre Rosa de San Pedro Regalado? . . .

--Sí, ahí está . . .

--Sor Ana, ¿está usted aquí? . . . Sor Ana.

--Allí está . . . Se ha empeñado en salvar sus colchones, y por tales pingajos han estado á punto de perecer dos hombres.

--Hay personas muy imprudentes.

--¿Y la madre Monserrat?

--Aquí estoy, hija, más muerta que viva--repuso la voz cavernosa que salía al parecer de una calavera.--Por más que me vuelvo loca no puedo averiguar dónde está Sor Teodora de Aransis.

La flaca monja entraba y salía de grupo en grupo, como una serpiente que culebrea rosbalando entre la yerba.

--¿Está Sor Teodora de Aransis?

--Repito que no lo sé . . . No está aquí, ni allí, ni allá.

--¡Jesús Sacramentado! ¿Si se habrá quedado en su celda . . .?

--¡Calle usted, tonta! . . . ¡por las sagradas llagas! . . . Si hemos subido y hemos encontrado la celda vacía! . . . y los restos de un festín. ¡Es particular! . . . ¡Y el incendio ha sido intencionado! ¡Aquel hombre! . . . no me queda duda de que él, él . . .

The confusion grew. There were several men, civilians and soldiers, coming and going, not knowing what they were doing. Everyone was giving orders; no one was obeying. Each person worked according to his courage, generosity and initiative. Someone threw two nuns over his back and tried to leave with them when not all had come down yet. Someone proposed that an award be given to anyone who would enter the church to save the symbol of the Eucharist from the flames. No determined hero appeared to confront death for such a holy undertaking. Someone tried to leave through the locutory door but that was impossible. The flames had already spread through the corridor and the smoke was so thick that there was no way to take a step in the locutory.

The nuns were calling out to each other so as to recognize each other and to tell their stories.

"Mother Transfiguration, are you there?"

"Yes, the Lord has let me live."

"And Sister Melitona de San Francisco?"

"I saw her a moment ago . . . Was Mother Rosa de San Pedro Regalado saved?"

"Yes, she is there . . ."

"Sister Ana, are you here? . . . Sister Ana?"

"She is there . . . She insisted upon saving her mattresses and two men almost perished for those rags."

"Some people are very foolish."

"And Mother Monserrat?"

"I am here, child, more dead than alive," replied a deep voice that seemed to come from a skull. "Unless I am going crazy, I cannot find out where Sister Teodora de Aransis is."

The thin nun went from group to group like a slithering snake sliding over the grass.

"Is Sister Teodora de Aransis here?"

"I said I don't know . . . She is not here, there or over there."

"Holy Jesus! What if she is still in her cell!"

"Shut up, fool! . . . By the blessed wounds of Jesus Christ! . . . We went up and we found the cell empty! . . . and the leftovers of a feast! It is peculiar . . . And the fire was set! That man! . . . I have no doubt that it is he . . ."

--¡Sor Teodora! ¡Sor Teodora! . . .

--Es preciso salir al momento, no puede perderse un minuto. A fuera, señoras--gritó un hombre moreno, bien plantado, con uniforme militar, el cual había logrado á fuerza de golpes, bramidos y empellones imponer su voluntad en medio del gran tumulto.

¡Gracias á Dios, al fin había alguien que mandara en aquel desconcierto!

--¡Que se cae la pared del claustro!--gritó una voz terrible y de agonía.

--¡A fuera, á fuera!

Fué preciso abrir con grandísimo trabajo un boquete en la tapia de la huerta, con espacio suficiente para dar salida á la comunidad, siempre que esto se hicera con orden. El hombre moreno, coronel de ejército y jefe de los voluntarios navarros y aragoneses, designó un plazo para aquella operación y la hizo ejecutar á sablazos. Trabajaban con ardorosa fiebre picoteando el ladrillo con azadones, palas, barras, clavos; con cuanto había. No había concluido la obra importante, cuando el coronel sintió que le sacudían fuertemente el brazo. Volvióse y vió una monja que no parecía sino la estampa de la muerte.

--Señor coronel--dijo el espectro.--Señor coronel, el incendio ha sido intencionado. Yo sé quién es el perverso que ha hecho esta gran bellaquería.

--¿Quién? . . . ¿Dónde está?

El espectro extendió su brazo blanco que parecía un bastón metido en la funda de una almohada y señaló á un hombre vestido de payés y con un brazo vendado, el cual en aquel instante arrojaba una herramienta de las que habían servido para abrir el boquete y se deslizaba por él, ávido de poner sus piés en la calle.

Dando un rugido, Carlos Navarro gritó:

--¡A ese . . . ese . . . que se escapa! . . . ¡Zugarramundi . . . ahí va . . . cuidado . . . es él! . . .

La roja claridad que iluminaba las caras, daba á esta escena un aspecto de extraordinario pavor.

La gritería que fuera sonaba no permitió conocer lo que pasó; pero sin duda los deseos del jefe quedaron satisfechos, porque se abalanzó á la tronera y retiróse después diciendo:

--Muy bien, compañeros . . . No pensé que Dios me lo depararía esta

"Sister Teodora! Sister Teodora! . . ."

"You must get out at once. There is not a minute to lose. Get out, ladies," shouted a dark, good-looking man in a military uniform, who had managed by dint of beatings, bellowing and pushing to impose his will in the midst of the great uproar.

Thank God there was finally someone in command of that confusion.

"The cloister wall is falling," shouted a dreadful voice in agony.

"Out, out!"

They had to open a narrow breach in the garden wall, with enough space to give the community a way out, provided that it be done in an orderly fashion. The dark man, an army colonel and head of the Navarrese and Aragonese volunteers, designated a place for that operation and he had it carried out with sabre blows. They worked feverishly, picking at the bricks with hoes, shovels, crowbars, nails-- whatever was available. That important work was not yet finished when the colonel felt someone tugging strongly on his arm. He turned and saw a nun who looked exactly like death itself.

"Colonel," the specter said, "Colonel, the fire was set. I know who is the evil person who did this great fiendish trick."

"Who? . . . Where is he?"

The specter stretched her white arm that looked like a stick put in a pillow case and pointed to a man dressed as a Catalonian peasant, his arm in a bandage. At that moment, he threw down one of the tools that he had used to open the narrow breach and he was slipping through it, anxious to set foot in the street.

Bellowing, Carlos Navarro shouted:

"Stop him . . . him . . . He's getting away! Zugarramundi . . . There he goes . . . Careful . . . He's the one! . . ."

The red light that illuminated their faces gave this scene an extraordinarily frightening appearance.

The shouting from outside made it impossible to know what had happened; but no doubt, the leader's wishes were satisfied because he rushed to the small opening and he then withdrew, saying:

"Very well, comrades . . . I didn't think that God would be so good to me tonight . . . I told you that he was here . . . So, he is an arsonist too? A horrible set of crimes . . . Now then, ladies, let's go. Stay in order . . . Stay in order I say . . .

noche . . . Bien decía yo que se había metido aquí . . . ¿Con que también incendiario? ¡Horrible conjunto de crímenes! . . . Ahora, señoras, salgamos. Mucho orden . . . digo que mucho orden . . . Esta noche le voy á romper la cabeza á uno.

Colocó un grupo fuera de la tronera y otro grupo dentro. No eran como dos ejércitos, sino como dos partidas de juego de pelota. Los de dentro cogían en brazos una dominica y por el boquete la entregaban en los brazos de los que estaban fuera. Parecía que echaban niños en el torno de una casa de expósitos. Nunca falta un bufón en las más terribles escenas de la vida, y allí hubo uno que al echar fuera una monja, decía: "Ahí va otra carta al correo."

Pocas hubo que hicieran dengues y repulgos al verse entre brazos de hombres; pero el susto, el horror, el peligro, no permitieron á las más de ellas entretenerse en gazmoñerías. Cuando todas estuvieron fuera, se reunieron en apretado grupo; no sabían andar, no sabían á donde ir. La más tranquila era la muerta, á quien echaron fuera como un saco. Aunque se incendiase el mundo todo, aquella nada podría decir. Unas se arrojaban sin aliento en el suelo; otras lloraban á lágrima viva, otras hablaban todas á un tiempo, haciéndose preguntas, expresando con una observación breve, con un vocablo suelto, con una articulación indefinible el pánico, el azoramiento, la turbación de aquel instante.

--¿Estamos todos?

--Una, dos, tres, cuatro . . .

--¿Y á mí no me cuentan? También estoy aquí.

--Tengo una mano abrasada . . . ¡Jesus mío, qué dolor tan vivo!

--Mirad cómo está mi hábito; y gracias que la Santísima Virgen me libró de morir achicharrada.

--Estuvo en un trís que me quedase en la escalera hecha carbón.

--Ya sabeis que no gusto de enredos. Por la salvación de mi alma, que cuando subimos, había en la celda restos de un festín . . . pero de un festín opíparo.

--Contemos otra vez . . . dos, tres . . .

--Pues sí que falta una.

--Su celda estaba vacía, vacía, vacía . . . La luz apagada . . . Yo le había visto antes, y su cara se me quedó en la memoria ¡qué terror! Tenía el brazo vendado y la manga subida.

--El único zapato que pude ponerme se me perdió en la huerta . . .

Before tonight is over, I am going to bash someone's head in."

He put one group outside the small opening and another group inside. They were not like two armies but rather two teams for a game of ball. The ones who were inside picked up a Dominican nun in their arms and handed her through the narrow breach into the arms of those who were outside. It looked as if they were putting children in the revolving window of a home for foundlings. There is always a clown in the most awful scenes of life and there was one there who said, as each nun was thrown out, "There goes another letter in the mail."

A few of the nuns acted silly and were repulsed when they found themselves in the men's arms. Fear, horror, and danger did not allow the majority to waste their time being prudish. When they were all outside, they assembled in a tight group. They could not walk--they had nowhere to go. The calmest one was the dead woman they threw out like a sack. Even if the whole world burned down, that woman would not say a word. Some of them threw themselves breathless on the ground; others cried their eyes out; others talked at the same time asking questions, making a brief observation, with a single word, with a indefinable articulation, about the panic, the embarrassment, the confusion of that moment.

"Are we all here?"

"One, two, three, four . . ."

"Why didn't you count me? I am here too."

"My hand is burned . . . Sweet Jesus, what pain I'm in."

"Just look at my habit. Thanks be to the Holy Virgin who saved me from dying fried to a crisp."

"I was very nearly turned into a lump of coal on the stairs."

"You know that I don't like to gossip. I swear on the salvation of my soul, when we went up to the cell there were leftovers of a feast--a sumptuous feast."

"Let's count again . . .: one, two, three . . ."

"There's one missing."

"Her cell was empty, empty, empty . . . Her light was out . . . I had seen him before and his face is burned in my memory. His arm was bandaged and his sleeve was rolled up."

"In the garden I lost the only shoe that I could put on . . ."

"I was sound asleep when I heard an infernal noise: I opened my eyes; I saw light . . . Divine Jesus give us strength."

--Yo dormía profundamente, cuando sentí un ruido infernal, abrí los ojos, ví la claridad . . . ¡El divino Jesus nos valga!

--Ya no queda duda. Con la muerta somos veintiuna, con las cuatro criadas veinte y cinco.

--¡Falta una, falta una!

¿Sería yo capaz de decir una cosa por otra? . . . Un hombre, un hombre. ¡Horripilante suceso! ¿Por qué nos quemaría nuestra casa ese malvado?

--Yo también digo que el convento ha sido incendiado por una mano alevosa.

--¡Falta una!

--¡Qué horrible aspecto presenta nuestra casa! . . . Adios, San Salomó, vivienda querida, vivienda adorada, adios para siempre.

--Adios, San Salomó. Señor, Padre Nuestro, pues tú lo has querido, sea. Pobres debemos ser y pobres seremos.

--¡Bendito sea el poder de Dios!

--No puedo mirar á San Salomó . . . Me muero de aflicción.

--Animo, hermanas mías. El Señor lo ha querido así; tengamos resignación.

--Yo le ví, yo le ví.

--¿A dónde vamos?

--¿Estamos todas?

--No, no, que falta una.

--Falta una.

--Una.

"There's no doubt about it. Counting the dead woman, there are twenty-one of us; with the four maids, twenty-five."

"Someone is missing! Someone is missing!"

"May I say something? . . . A man, a man . . . A hair-raising crime. Why did that evil man burn down our convent?"

"I agree that the convent was burned down by a traitor's hand."

"Someone is missing!"

"How awful our house looks! . . . Good-bye, San Salomó, dear home, adored home. Good-bye forever."

"Good-bye, San Salomó. Lord, Our Father, thy will be done. Poor we should be and poor we are."

"Blessed be the power of God."

"I cannot look at San Salomó . . . I breaks my heart."

"Courage, my sisters. It is God's will. We must be resigned."

"I saw him. I saw him."

"Where are we going?"

"Are we all here?"

"No, no. Someone is missing."

"Someone is missing."

"Someone."

CAPITULO VEINTICUATRO

El concertado desarrollo de esta narración, que es menos novela de lo que creerán muchos, exige que no digamos ahora una palabra más de las buenas madres de San Salomó, dejándolas entregadas á su dolor y en camino del albergue provisional que les preparó el obispo de Solsona. Otros personajes nos llaman en lugar no apartado del siniestro, allá donde suena la bronca trompeta de la historia anunciando los sucesos que se escriben en unos libros muy serios y que también han de tener su hueco importante en este que lo es de entretenimiento.

A la mañana siguiente, cuando aún echaba humo y chispas el cádaver tostado de San Salomó, D. Carlos Garrote (y jamás pudo en su gloriosa vida de insurrecciones por la Fé quitarse nombre tan duro) estaba en su alojamiento de la calle de San Francisco acometido de un mal que con frecuencia padecía, y que en los últimos años se le había recrudecido bastante: este mal era la cólera. Mostraba su dolencia hiriendo el suelo con el pié, golpeando con la mano una mesa harto desvencijada, y que con tales caricias iba en camino de no servir más que para leña, y finalmente, soltando de su boca en nutrida descarga, venablo tras venablo.

Mientras él expresaba su enojo andando de un testero á otro y llevando de la cabeza á los bolsillos sus manos, un segundo personaje sentado junto á una segunda mesa donde había butifarra, pasteles y vino, parecía encargado de representar con su sensual abandono, sus ojos medio chispos y su semblante epicúreo, la antítesis del exaltado y ardiente Garrote. Aquel viejo borracho era Mañas, guerrillero estúpido que los caudillos habían arrinconado por no servir más que de estorbo.

CHAPTER TWENTY-FOUR

The concerted development of this narration, which is less of a novel than many might think, demands that we say not one word more about the good mothers of San Salomó, leaving them to their sorrow and on the way to their temporary lodgings that the bishop of Solsona prepared for them. Other characters are calling to us from a place not far away from the catastrophe, where the raucous trumpet of History sounds, announcing events written on very serious pages and which also must have their important place in these pages, which are for entertainment.

The next morning when the roasted cadaver of San Salomó was still smoking and giving off sparks, Don Carlos Garrote (and never in his glorious life as an insurrectionist for the Faith was he able to get rid of that harsh name)[1] was in his lodging on San Francisco Street attacked by a sickness from which he suffered frequently. In recent years it had gotten a great deal worse. This sickness was rage. He manifested his pain by hitting the ground with his foot, beating a rather rickety table with his hand, and with such caresses it would soon be reduced to little more than firewood, and finally hurling from his mouth an abundant volley of curse after curse.

While he vented his anger, walking from one wall to the other and taking his hands from his head to his pockets, a second character was seated next to a second table where there were Catalonian sausages, pastries, and wine. It seemed that his purpose was with his sensual abandon, his half tipsy eyes, and his epicurean look to represent the antithesis of the hotheaded and ardent Garrote.

Un tercer personaje agrandaba el cuadro: era un capitán de lanceros, joven, bien parecido y que por su cortesanía y aspecto hidalgo contrastaba con la rudeza de los dos soldados apostólicos. Aún falta mencionar otro individuo; pero en éste basta la mención: era el capellán de San Salomó, Mosén Crispí de Tortellá. Lo único que la escrupulosidad histórica nos obliga á decir es que parecía inclinarse más á compartir con Mañas la butifarra, los pasteles y el vino, que con Garrote la ira, las manotadas y los vocablos picantes. Menos Navarro todos estaban sentados y á excepción de Mañas todos muy serios.

Lástima que no estuviéramos allí desde el principio del consejo. El primero á quien oimos fué Garrote, que repitiendo una idea expresada sin duda muchas veces antes de nuestra llegada, dijo con la boca, con las manos y con los piés:

--Yo no me someto.

A esta aseveración semejante á un disparo, sucedió un silencio profundo. Garrote, luego que dió varias vueltas en una órbita cuyo centro era Mañas, se paró delante del oficial de lanceros y le echó á boca de jarro estas palabras:

--Si los demás quieren someterse, yo no me someto. Dígalo usted así al conde de España que le ha enviado.

--Ya esta guerra no tiene razón de ser, señor coronel--dijo con energía el oficial.--Su Majestad ha llegado ya á Cataluña y ha mandado dejar las armas á los que se habían alzado en su nombre.

--Yo no me he levantado en su nombre.

--¿Pues en nombre de quién?

--En nombre de otro . . . No vengamos aquí con mistificaciones . . . Se nos dijo una cosa y ahora resulta otra . . . Este es un juego indecente, un juego indecente.

--Pero señor coronel de mis pecados--dijo Mosén Crispí apretándose el vientre y tratando de dar á su rostro expresión de bondad.--Si Su Majestad declara que es libre, que no hay tal jacobinismo en Palacio, que pondrá la Fé católica por encima de todo . . . ¿qué hemos de hacer nosotros? No seamos más realistas que el Rey, por amor de Dios.

--Sr. Tortellá de mil demonios--dijo Garrote encarándose con él é increpándole con desabrimiento.--No venga usted á empastelarnos con sus distingos y sus boberías de canónigo harto. Bastante nos han engañado ya; ¿y quién nos ha metido en este berengenal? Usted y sus colegas los de hábito negro y

That old drunk was Manas, a stupid guerrilla fighter that the *caudillos* had shelved for he was of no use to them except for being in their way.

A third person enlarged the scene: he was a young, good-looking captain of the lancers. His politeness and noble appearance contrasted with the coarseness of the two apostolic soldiers. There is still another individual who needs to be mentioned but for him mere mention is enough. It was San Salomó's chaplain, Mosen Cripi de Tortella. The only thing that historic scrupulousness obliges us to say is that he seemed more inclined to share the Catalonian sausage, pastries, and wine with Manas than anger, slaps and pungent words with Garrote. Except for Navarro, all were seated and, except for Manas, all were very serious.

It is a shame that we were not there from the beginning of the council. The first one that we heard was Garrote who, repeating an idea expressed no doubt many times before our arrival, said with his mouth, hands, and feet:

"I will not surrender."

A profound silence followed this assertion, which was like a shot. Garrote, after having revolved several times in an orbit whose center was Manas, stopped before the officer of the lancers and he spit out these words at close range:

"The others may want to surrender but I will not. Tell that to the Conde de Espana who sent you."

"This war no longer has a raison d'etre," the officer said energetically. "His Majesty has already arrived in Catalonia and he has ordered those who had rebelled in his name to lay down their arms."

"I didn't rise up in his name."

"Then in whose name?"

"In someone else's name . . . Let's not come here with tricks . . . He told us one thing and now he does something else. This is an obscene game, an obscene game."

"But my dear colonel," said Mosen Crispi, holding his belly and trying to put on an expression of goodness, "if His Majesty declares that he is free, that there is no Jacobinism in the palace, that he will put the Catholic Faith above all else . . . What can we do? For the love of God, we cannot be more royalist than the King."

"Damn you, Mr. Tortella!" said Garrote, facing him and scolding him harshly. "Don't come around here getting us mixed up in your plots and your

pardo. ¿Por qué antes nos decían una cosa y ahora otra? ¿Qué inmunda farsa es esta? ¿Qué comedia ridícula y nauseabunda quieren ustedes representar? ¿Me han tomado por títere? A mí me gustan las cosas claras, y las palabras concretas, ¡Sr. Tortellá de mil rábanos! Ustedes nos han engañado; nos hicieron tomar las armas, y ahora nos mandan soltarlas. ¿Cuál fué la razón de aquello? ¿Cuál fué la razón de esto?

--Nosotros . . .--balbució el capellán muy atolondrado.

--Ustedes, sí--declaró Garrote furioso como un león.

Estaba junto á la mesa desvencijada, y á cada dos ó tres palabras, daba con la palma de la mano un golpe que sonaba como un pistoletazo.

--Sí, ustedes . . . Nos dijeron que se iba á emprender una guerra grande, gloriosa . . . ¡pum! una guerra por la Religión. Nos dijeron que el Rey ¡pum! estaba entregado a los masones, y que la Cámara real era una logia, una zahurda de jacobinos . . . ¡pum! que Calomarde era masón, que el Rey era mason . . . ¡pum! Nos dijeron, y esto es lo más grave, que la guerra se haría alzando la bandera de la Religión y proclamando . . . ¡pum! el nombre del infante D. Carlos como futuro Rey de España en sustitución de Fernando VII . . . Nos dijeron que en Madrid estaba todo hecho para quitar del trono á un hermano el cual estaba vendido á los masones y poner . . . ¡pum! á otro hermano que oye misa todos los días . . . Nos dijeron que cuando se levantase Cataluña, toda España respondería y que el reinado de la Fé y la destrucción del liberalismo vendrían facilmente . . . Nos dijeron que había un breve secreto del Papa, ordenando el alzamiento, y que Francia, Austria y Rusia lo apoyaban . . . ¡pum! Nos engañaron pintándonos la Junta Apostólica de Madrid como un centro poderoso, y ahora veo que no es más que una reunión de mentecatos, de algunos consejeros cesantes que quieren volver al Consejo, de algunos canónigos que quieren ser obispos y de algunos brigadieres que quieren ser generales . . . ¡pum, pum, pum!

La mano del guerrillero rebotaban como una pelota de goma y tenía la palma roja, casi sangrienta. Mosén Crispí no se atrevió á contestar y miraba á la butifarra, á Mañas, al oficial, á la mesa golpeada, por ver si algunos de estos tres objetos le sugería una idea.

--Y ahora--prosiguió Garrote apartándose de la mesa que había quedado casi llorando,--ahora nos dicen que todo ha sido una broma, que dejemos las armas, que el proyecto de poner á D. Carlos en el trono es prematuro,

foolishness as a fed-up canon. You've fooled us enough already. Who got us into this fine mess? You and your colleagues, the ones who wear a black and brown habit. Why did you tell us one thing and now you tell us something else? What sort of filthy farce is this? What kind of ridiculous sickening act are all of you trying to put on? Do you all think I am a puppet? I like things clearly stated with concrete words, Mr. Tortella of a thousand radishes! You have deceived us. You made us take up arms and now you tell us to drop them. What was the reason for that? What was the reason for this?"

"We . . ." stuttered the chaplain, quite bewildered.

"Yes, you all," Garrote declared, as furious as a lion.

He was next to the rickety table and at every two or three words, he hit it with the palm of his hand; the blows sounded like a pistol shot.

"Yes, you all . . . You told us that a great, glorious war was about to begin . . . Bang! a war for Religion. You told us that the King, Bang! was in the hands of the Masons and that the Royal Council was a lodge, a pigpen of Jacobins . . . Bang! that Calomarde was a Mason, that the King was a Mason . . . Bang! You told us and this is the most serious part, that the war would raise Religion's banner and would proclaim . . . Bang! the name of Prince Carlos as the future King of Spain in Fernando VII's place . . . You told us that in Madrid everything was in place to take the Throne from the brother who had sold out to the Masons and to put . . . Bang! the other brother who hears Mass every day on it . . . They told us that when Catalonia rises up, all of Spain would respond and the kingdom of the Faith and destruction of liberalism would come about easily . . . They told us that there was a secret Papal brief ordering an uprising and that France, Austria, and Russia would support it . . . Bang! They deceived us by portraying the Apostolic Junta in Madrid as a powerful center and now I see that it is no more than a meeting of half-wits, some dismissed counselors who want to return to the Council, some canons who want to be bishops and some brigadiers who want to be generals . . . Bang! Bang! Bang!"

The warrior's hand was bouncing like a rubber ball and his palm was red, almost bloody. Mosen Crispi did not dare answer and looked at the Catalonian sausage, at Manas, at the officer, at the beaten table, to see if any of these three objects might give him an idea.

"And now," Garrote continued, leaving the table, that was almost crying,

impracticable, tonto, cosa de monjas, y no sé qué más . . . Esto es jugar con hombres formales. Ha bastado que el Rey haya venido á Cataluña para que todo se desvanezca como el humo; los más valientes se vuelven cobardes, muchos bravos son sacrificados, y los curas se meten en sus iglesias á decir: *pésame Señor* . . . ¡Mil rábanos! No ha pasado nada . . . con tal que conserven sus empleos, sus canongías y sus prebendas esos señores que nos han hostigado. El Rey llegará y hará un picadillo masónico con la carne de todos los que se han batido en Cataluña por la causa santa, divina, inmortal de la Fé y de la Monarquía.

—No—dijo bruscamente el oficial,—lo primero que ha dicho Su Majestad es que perdonará á todo el mundo.

—Eso se dice para que soltemos las armas, para que nos entreguemos como corderos . . . ¡Perdón, perdonar! ¡Qué horrible ironía! Linda cosa es el perdón masónico. Los mismos que desde Madrid y desde Barcelona dirigieron esta trama, serán los primeros que aconsejen al Rey castigos terribles, para que callen las bocas que pudieran revelar secretos graves . . . ¡Rábano, rábano! La mía, si no me la cierra el verdugo, será la primera que grite: "Esos que hoy se acogen al manto real y reciben en triunfo á D. Fernando, fueron los que nos hostigaron á quitarle del trono para poner en su lugar al infante D. Carlos, que oye misa todos los días."

Mañas, que comprendió la necesidad de decir algo, murmuró algunas palabras torpes y oscuras que salieron de su boca como un vapor vinoso. Mosén Crispí le mandó callar, tocándose la sién con el dedo índice y guiñando el ojo. Su mímica quiso decir:

—Ese hombre de los rábanos está loco: no hagamos caso de él.

—Sus deberes de militar, sus gloriosos antecedentes, señor coronel—dijo el oficial—el uniforme que viste, el bien del país, y la suerte de muchos hombres inocentes exigen de usted que se someta á la voluntad del Rey. El Rey ha pedido á todos prudencia y cordura, y es preciso que todos respondamos á la voz de nuestro Rey legítimo.

—Yo no me someto, yo no me someto—afirmó Garrote con voz de trueno. —Si Jep del Estanys, Caragol, Pixola, Rafi y los demás quieren someterse, háganlo en buen hora: ellos se entenderán con su conciencia. Al hacerlo habrán visto delante de sí la balanza que tiene en uno de sus platos el ascenso y en otro el verdugo. ¡Mal demonio harto de rábanos! A mí no me sobornan las charreteras ni me asusta la horca . . . Cuando mi conciencia me acuse me fusilaré yo mismo. Yo

"now they tell us that it was all a joke; that we should leave our arms; that the project to put Don Carlos on the Throne is premature, impractical, stupid, the idea of a bunch of nuns and I don't know what else . . . This is playing with serious-minded men. It is bad enough that the King has come to Catalonia so that everything could disappear like smoke. The bravest have become cowards, many brave men have gone into hiding, and the priests have gone into the churches to say: `I'm sorry, Lord' . . . a thousand radishes! Nothing has happened . . . as long as those men who have urged us on keep their cushy positions, their canonries, and their prebends. The King will come and will make a Masonic mincemeat out of all those who have fought in Catalonia for the holy, divine, immortal cause of the Faith and the Monarchy."

"No," the officer said brusquely, "the first thing His Majesty said is that he will pardon everybody."

"They say that so we will drop our weapons and surrender like lambs . . . Forgiveness! To forgive! What awful irony! Masonic forgiveness is a fine thing. The very ones who directed this plot from Madrid and Barcelona will be the first to advise the King to administer terrible punishment so the voices of those who could reveal graves secrets will be silenced . . . Radishes. Radishes. Unless the executioner silences my voice, mine will be the first to shout: `Those who today welcome the royal mantle and receive Don Fernando in triumph were the ones who urged us to take away his throne in order to put Prince Carlos--who hears Mass every day--in his place.'"

Realizing that he had to say something, Manas mumbled some awkward, obtuse words that left his mouth like a vapor given off by wine. Mosen Crispi ordered him to shut up, touching his temple with his index finger and winking his eye. His mimicry meant:

"That man with radishes is crazy. Let's not pay any attention to him."

"Your military obligations, your glorious history, Colonel," said the officer, "the uniform you wear, the good of the country, and the fate of many innocent men demand that you surrender to the King's will. The King has asked prudence and wisdom of all of you and all must respond to the voice of our legitimate sovereign."

"I will not surrender, I will not surrender," Garrote affirmed in a thundering voice. "If Jep del Estanys, Caragol, Pixola, Rafi and the rest want to surrender, let

no me someto . . . Aquí hay mucha, pero mucha inmundicia . . . Esto da náuseas.

--Somos militares y debemos obediencia al Rey--dijo el oficial.

Garrote clavó en él una mirada centellante; apretó los dientes: la piel verdosa de sus sienes y de su cara vibró como si los tendones y venas fueran alambres sacudidos por la descarga eléctrica.

--¡Obediencia!--exclamó sacando de su volcánico pecho palabras como rugidos.--¿A quién? . . . ¡Ah! señor oficial . . . yo no obedezco más que á Dios que fortalece mi brazo y afila mi espada para que defienda sus religión santa contra los jacobinos. Yo no obedezco más que á mi conciencia, que me manda no reconocer dueño alguno mientras no se siente en el trono de San Fernando el príncipe elegido por Dios para restablecer los santos principios del gobierno cristiano . . . Veo que mira usted mis charreteras . . . ¡Ah! desde hoy las considero como una deshonra . . . No se puede servir á dos señores . . . Fuera de mí, insignias de vilipendio, que me pareceis diabólicos emblemas de un orden masónico.

Y se arrancó con salvaje fuerza las charreteras. Su mano como una garra tiró tan violentamente que rasgó el paño de la levita y mostró la camisa en los hombros. Después arrojó contra la pared las insignias, gritando:

--¡Fuera de mí! . . . No quiero pertenecer á este rebaño de miserables . . . Desde hoy soy libre, combatiré solo, combatiré por la Fé y por el verdadero Trono allá en mis benditas montañas donde jamás se conoció la traición.

El oficial se levantó.

--Nada tengo que hacer aquí--manifestó con desabrimiento, afirmándose el chacó en la cabeza. Por fortuna los jefes principales del movimiento conocen lo descabellado y ridículo de sostenerlo más tiempo, y ya han dicho que depondrán las armas.

--Cada cual--dijo Garrote mirando al oficial con desdén--es dueño de meterse en lodo hasta el cuello.

El oficial hizo una profunda reverencia y se retiró. El ruido de sus pasos no se había extinguido en la escalera, cuando Garrote se acercó á la puerta y gritó:--¡Zugarramundi!

El hombre velludo, tan parecido á un oso pirenáico, apareció en la puerta: era desde antaño feroz satélite y ayudante del furibundo coronel. En las guerras de partidas era su jefe de Estado Mayor.

them. They must live with their consciences. When they do, they will see before them the scales that have promotion in one of its plates and the executioner in the other. Evil demon full of radishes, I cannot be bribed by epaulets nor am I frightened by the gallows. When my conscience accuses me, I myself will shoot myself. I will not surrender . . . There is a lot, yes, a lot of filth here . . . It makes me sick."

"We are soldiers and we must obey the King," said the officer.

Garrote stared at him, his eyes flashing. He gnashed his teeth. The greenish skin of his temples and his face shook as if the tendons and veins were jolted by an electric shock.

"Obedience!" he exclaimed, the words coming out of his volcanic chest like bellows. "To whom? . . . Oh, my dear sir . . . I only obey God who strengths my arm and sharpens my sword so I might defend his holy religion against the Jacobins. I only obey my conscience that orders me not to recognize any master as long as the prince chosen by God to reestablish the holy principles of Christian government does not sit on San Fernando's Throne . . . I see that you are looking at my epaulets . . . Oh! As of today, I consider them a dishonor . . . I cannot serve two masters . . . Away from me, humiliating insignias. You look like the emblems of a Masonic order to me."

And he tore off the epaulets with savage fury. His hand, like a claw, pulled so violently that he tore the cloth of his frock coat and exposed his shirt at the shoulders. Then he threw his insignia against the wall and shouted:

"Get away from me . . . As of today I am free . . . I will fight alone. I will fight for the Faith and the true Throne over there in my blessed mountains that have never known treason."

The officer got up.

"I have nothing to do here," he declared abruptly, securing the shako on his head. "Fortunately, the main leaders of the movement know how crazy and ridiculous it is to hold out any longer and they have already said that they will lay down their arms."

"Everyone," said Garrote, looking at the officer with contempt, "is free to be up to one's neck in the mud."

The officer bowed deeply and retired. The sound of his steps on the stairs had not died out when Garrote went to the door and shouted: "Zugarramundi!"

--Nos vamos en seguida--le dijo el jefe.
--¿A dónde?
--A nuestra tierra; los aragoneses pueden quedarse en la suya.
--Está bien: ¿y cuándo salimos?
--Dentro de una hora. Paga las cuentas del mesón, dispón los caballos . . . Si algún catalán de los que están conmigo quiere someterse le dejas ir en paz . . . Pero antes . . .

Zugarramundi, que ya se retiraba, volvió.

--Pero antes--añadió el coronel--le mandas dar veinticinco palos.
--Está bien . . . ¿Y qué dispones del prisionero?
--¡Ah . . . el prisionero! no me acordaba en este momento. Pues al prisionero . . .

Se puso á meditar acariciándose la barba.

--Le llevaremos con nosotros. ¿Cuántos carros tenemos?
--Cinco.
--Destina uno para él si no puede andar.
--No puede: la herida que ayer le hicimos cuando quería escapar por la gatera de San Salomó le tiene un poco marchito. ¿No dijiste que era preciso fusilarle? Pues dejémosle aquí.
--¿Muerto?
--O vivo. El Sr. Mañas se encargará de cumplir la sentencia.
--Sí; para que me lo suelten otra vez. ¡Rábanos! No; le llevaremos, le llevaremos, y en el camino daremos cuenta de él. ¿Va algún capellán con nosotros?
--Ninguno.
--Bueno; no faltará un cura que le auxilie . . . Dale bien de comer . . . no quiero que padezca hambre . . . Es paisano nuestro, Zugarramundi, es alavés.
--Está bien.

Después que se retiró el oso, quien primero rompió el silencio fué Mosén Crispí de Tortellá, y gozoso de tener un tema de conversación distinto de aquel en que había merecido los apóstrofes del coronel, habló de este modo:

--Por mis pecados, Sr. D. Carlos Navarro, que ha sido usted demasiado benigno con ese demonio de hombre. Yo le hubiera mandado fusilar delante de las tapias humeantes de esa santa casa vilmente incendiada. ¡Oh! Sr. D. Carlos,

The shaggy man, who looked like a Pyrennean bear, appeared at the door. He had been a fierce satellite and assistant of the furious colonel since the year before. In the wars over politics he was his Chief of Staff.

"We are leaving at once," the leader said to him.

"Where are we going?"

"Home. The Aragonese can stay in theirs."

"All right. When do we leave?"

"Within the hour. Pay the bill at the inn. Get the horses ready . . . If one of the Catalonians who is with me wants to surrender, let him go in peace . . . But first . . ."

Zugarramundi, who was already leaving, turned around.

"But first," the colonel added, "have them give him twenty-five lashes."

"All right . . . And what do you do with the prisoner?"

"Oh! . . . the prisoner. I had forgotten about him for the moment . . . Hmm, the prisoner . . ."

He began to ponder, stroking his beard.

"We will take him with us. How many carts do we have?"

"Five."

"Assign one for him, if he cannot walk."

"He cannot. He is a little weak from the wound he got yesterday when he tried to escape through the cathole of San Salomó. Didn't I tell you that we should shoot him? Well, let's leave him here."

"Dead?"

"Or alive. Mr. Manas will be in charge of carrying out the sentence."

"Yes, so they can turn him loose again. Radishes! No, we will take him, we will take him and on the road we will take care of him. Is one of the chaplains going with us?"

"Not one."

"Very well. There should be a priest to give him last rites. Give him something good to eat . . . I don't want him to suffer from hunger . . . He is from our region, Zugarramundi. He is from Alava."

"All right."

After the bear withdrew, the first to break the silence was Mosen Crispi de Tortella, and delighted to have a topic of conversation different from the one that

horripila ver la enorme dósis de perversidad que Lucifer ha depositado en el alma de algunos hombres!

Carlos sólo contestó con un gruñido.

--No puede quedar duda de que ese embajador de los jacobinos fué quien puso fuego á la casa del Señor, sin duda con el salvaje intento de reducir á carbón á las inocentes vírgenes . . . No puedo hablar de esto sin que se me parta el corazón.

En el mismo instante Mañas partía la butifarra.

--No obstante--añadió el venerable tomando la ruedecilla que Mañas le ofrecía--yo procuraría indagar . . . Indudablemente aquí hay un misterio . . . Ese hombre . . .

--Aquí hemos venido . . .--murmuró Mañas con torpe lengua, demostrando que si los demás habían ido allí con algún objeto, él no había ido sino á comer cerdo y á beber vino.

--Sí, y lo sé--replicó el capellán algo turbado.--Hemos venido á convenir cómo se ha de arreglar esto de soltar las armas . . . Es caso grave, porque la ciudad de Solsona no quiere malquistarse con el Rey, la ciudad de Solsona no quiere que la horca se alce en su plaza de San Juan, ni que las tropas del conde de España entren aquí tocando los clarines de la venganza.

--Pues usted dirá . . . Ya sabe usted que me voy.

--Pues . . . el Ayuntamiento que me delegó para tratar con usted la paz, desea que todo se arregle, que la ciudad de Solsona aparezca amiga de Su Majestad.

--Yo me voy . . .

--No sometiéndose, eso es lo mejor para la tranquildad de la ciudad. Ahora falta ver quién recoge el mando de las pocas fuerzas apostólicas que hay por aquí.

--Por mi voluntad entregaría el mando á D. Pedro Guimaraens, la única persona decente que conozco en esta tierra.

--D. Pedro marchó al cuartel general, y dicen que el conde de España le ha dado un batallón para que recorra el país, y apoye á los que quieran someterse, que son los más. Puede que esté en Regina Coeli. A falta de D. Pedro Guimaraens, yo pondría la autoridad en la cabeza de Tilín.

--¿En dónde está ese Tilín?

had earned the colonel's apostrophes, he spoke in this manner:

"Upon my soul, Don Carlos Navarro, you have been too kind with that devil of a man. I would have ordered him shot before the smoking walls of that holy house so vilely set on fire. Oh! Don Carlos, it makes your hair stand on end to see the enormous dose of perversity that Lucifer has put in some men's souls."

Carlos only answered with a grunt.

"There can be no doubt that ambassador of the Jacobins was the one who set fire to the Lord's house, no doubt for the savage purpose of reducing the innocent virgins to ashes . . . Every time I talk about this, it breaks my heart."

At that very moment Manas was cutting into the Catalonian sausage.

"Nevertheless," added the venerable man, taking the little slice that Manas was offering him, "I will try to investigate . . . Undoubtedly there is a mystery here . . . That man . . ."

"We have come here . . ." murmured Manas awkwardly, showing that if the rest had a reason for being there, he had come only to eat pork and drink wine.

"Yes, I know," the chaplain replied somewhat upset. "We have come to reach an agreement about how all that business about laying down our weapons will be arranged . . . It is a serious situation because the city of Solsona does not want to alienate the King. The city of Solsona does not want the gallows to be raised in the plaza of San Juan, nor does it want the troops of the Conde de Espana to enter here playing the clarions of revenge."

"You've said a mouthful . . . You are aware that I am going."

"Well . . . the Town Council, that gave me the task of discussing peace with you, wants everything to be arranged so that the city of Solsona will appear His Majesty's friend."

"I am going . . ."

"Without surrendering; that is best for the peace of the city. Now it remains to be seen who will assume command of the few Apostolic forces that are here."

"As far as I'm concerned, I would give Don Pedro Guimaraens the command, the only decent person I know in this area."

"Don Pedro went to Headquarters and they say that the Conde de Espana has given him a battalion so that he may travel around the countryside and support those who want to surrender, which is the majority of them. He might be in

--Pues mire usted que no lo sé, y me da que pensar su desaparición. Hoy le he buscado todo el día y no le he podido encontrar. Anoche se portó heróicamente; fué el primero que entró á salvar á las pobres monjas... Después no se le vió más.

--¿En dónde está?

--¿No le he dicho á usted que no lo sé? Ese sacristán tiene unas rarezas... Suele esconderse cuando se le necesita y presentarse cuando no hace falta.

--Bien--dijo Garrote.--Pues ha de quedar en la división apostólica de Solsona una sombra de autoridad; pues es preciso que esta farsa asquerosa que llaman la paz... yo la llamaría la ignominia... se haga con visos de convenio, yo delego mi autoridad...

Miró con desprecio á Mañas que con su mano temblorosa vaciaba el turbio resíduo de la última botella.

--Sí--añadió el fogoso guerrillero.---El bando apostólico de Solsona es digno de tener por jefe á un borracho. Viejo Mañas, te confiero el mando. Toma ese bastón, animal.

Y cogiendo una butifarra y haciendo ademán de metérsela por la boca, y dándole después dos golpes con ella en la cabeza, la arrojó violentamente sobre la mesa y salió de la sala.

Regina Coeli. If it weren't for Don Pedro Guimaraens, I would give Ting-a-ling the authority."

"Where is old Ting-a-ling these days?"

"Well, you see, I don't know. His disappearance gives me something to think about. I looked for him all day long today and couldn't find him. Last night he behaved heroically. He was the first who went in to save the poor nuns . . . Afterwards, I didn't see him any more."

"Where is he?"

"Didn't I just tell you that I don't know? That sacristan is a bit odd . . . He usually hides when someone needs him and he shows up when he's not needed."

"Well," said Garrote, "there must be a shade of authority in the Apostolic division of Solsona. Since this disgusting farce that they call peace--I would call it a disgrace--must be made to appear as an agreement, I delegate my authority."

He looked scornfully at Manas who, with a trembling hand, emptied the cloudy residue of the last bottle.

"Yes," the spirited guerrilla leader added, "the Apostolic band of Solsona deserves to have a drunkard as a leader. Old Manas, you have the command! Take this baton, blockhead."

And picking up the Catalonian sausage and looking as if he were going to put it in his mouth, he then struck him on the head with it twice and he threw it violently on the table and left the room.

CAPITULO VEINTICINCO

Desde que los cocheros de Palacio, los marmitones, los lacayos y algunos soldados vendidos á los cortesanos inauguraron el 19 de Marzo de 1808 en Aranjuez la serie de bajas rapsodias revolucionarias que componen nuestra epopeya motinesca, el más repugnante movimiento ha sido la sublevación apostólica de 1827. Es además de repugnante, oscuro, porque su orígen, como el de los mónstruos que degradan con su fealdad á la raza humana, no tuvo nunca explicación cabal y satisfactoria. Acabó misteriosamente, lo mismo que había empezado, como esas tragedias reales en que por una secreta confabulación de testigos, asesinos y jueces, queda todo indeterminado y confuso, no existiendo la evidencia más que en la muerte de la víctima . . . No hubo lógica ni plan en la sublevación, como no hubo justicia en los castigos. Creeríase que eran autores de aquella intriga sangrienta los mismos contra quienes parecía dirigida, y que la propia mano herida por el filo, acariciaba la empuñadura de aquella espada que se forjó en las agrestes ferrerías de las montañas catalanas y se templó en los conventos. En todo lo relativo á los orígenes de aquella guerra, hay algo de las poéticas vaguedades de la leyenda: la historia no ha podido esclarecer con su luz las lobregueces de este hecho que sólo puede compararse á las tenebrosas demencias del suicidio.

Durante mucho tiempo se consideró que la guerra apostólica había sido engendrada por la sociedad secreta del absolutismo llamada *El Angel Exterminador*, y compuesta de obispos ambiciosos, consejeros cesantes é inquisidores sin trabajo. Aunque el absolutismo ha tenido también su masonería, y

CHAPTER TWENTY-FIVE

Ever since the palace coachmen, scullions, lackeys, and a few soldiers who sold out to the courtiers inaugurated on March 19, 1808 in Aranjuez the series of low revolutionary rhapsodies that make up our mutinous epic, the most repugnant movement has been the Apostolic uprising of 1827. It is, in addition to being repugnant, obscure, because its origins, like those monsters who degrade the human race with their ugliness, never had a complete and satisfactory explanation. It ended mysteriously, just as it had begun, like those royal tragedies in which-- through a secret conspiracy of witnesses, murderers and judges--everything is vague and confused, the only evidence being the victim's death. There was no logic or plan in the uprising, just as there was no justice in the punishment. One might think that the authors of that bloody intrigue were the very ones it seemed directed against and that the very hand wounded by the cutting edge caressed the hilt of that sword that was forged in the rustic forges of the Catalonian mountains and was tempered in monasteries and convents. Concerning the origins of that war, there is something of a legend's poetic vagueness: history has not been able to shed its light on the dark side of this event that can only be compared to the tenebrous dementia of suicide.

For a long time it was thought that the Apostolic War had been engendered by the secret society of Absolutism, called "The Exterminating Angel," composed of ambitious bishops, advisors that had been removed from office, and out-of-work inquisitors. Although Absolutism also had its freemasonry, and some of the funniest, even without the use of aprons, no historian has proven the existence of

de las más chuscas, aún sin el uso de mandiles, ningún historiador ha probado la existencia del *Angel Exterminador*. Quién decía que su centro estaba en Roma, quién que estaba en el cuarto del infante D. Carlos. Pero si la sociedad no es cosa evidente, lo es sí la existencia de una intriga formidable y subterránea, de la cual eran activos trabajadores muchos próceres y magnates, diestros en las artes del topo. La posterior guerra de los siete años probó que desde 1825 el absolutismo rabioso, anhelando cambiar de ídolo porque el existente no satisfacía por completo su sed de persecuciones y de venganza, había empezado á preparar el terreno.

Si alguien pudo exclarecer los orígenes de la sublevación apostólica fueron los cabecillas catalanes; sin duda ellos pensaban decir algo; pero antes que pudieran ser indiscretos, Calomarde y el conde de España les fusilaron á todos. El Rey les prometió el perdón para que se sometieran, y después de sometidos les fusiló para que no hablaran. Es una diplomacia como otra cualquiera.

¿Fué Calomarde instigador de la guerra? Entonces resultaría Fernando VII juguete de su ministro, y esto no era así. Calomarde, que sin duda hubiera sido capaz de venderse á quien le quisiera comprar, sirvió bien á Fernando hasta el cuarto casamiento de éste, y en 1827 todavía era no más que instrumento harto sumiso de las pasiones y del brutal egoismo de su señor.

Si Calomarde no fué autor de la guerra, los verdaderos autores de ella se le sometieron al ver el mal éxito que aquella tenía, aspirando á sacar de la paz el partido que no habían podido sacar de la guerra. Es indudable que los tenebrosos congregacionistas del *Angel Exterminador* (y es forzoso dar este nombre á la pandilla por no tener otro) salieron muy bien librados de aquella sangrienta aventura; pero también lo es que los infelices que habían sacado las castañas del fuego para satisfacer las hinchadas ambiciones y las envidias de la Corte, pagaron con su vida el crímen propio y el ageno.

Grave cosa fué aquella sublevación cuando Fernando se dispuso á sofocarla por sí mismo. Salió del Escorial el 22 de Setiembre, siendo despedido por los célebres versos de la bondadosa Reina Amalia, que al componerlos demostró tener más comercio con los ángeles que con las musas. Al Rey acompañaba Calomarde. Había gran prisa, y el déspota y su Sancho Panza recorrieron el camino con una rapidez que habrían envidiado quizás algunos de nuestros trenes mixtos. Pero delante del Rey habían salido los correos reservados llevando órdenes apremiantes para que cesara todo. Por eso apenas puso el pié en tierra de Lérida el egregio

"the Exterminating Angel." Some said its heart was in Rome; some in Prince Carlos' chamber. But if there is no evidence of the society, there is indeed evidence of a formidable underground plot in which many eminent persons and magnates were active workers, skillful in the art of the mole. The subsequent seven-year war proved that from 1825 rabid Absolutism, desiring to change the idol because the existing one did not completely satisfy their thirst for persecutions and revenge, had paved the way.

If anyone could throw light on the origins of the Apostolic uprising, it would be the Catalonian leaders. No doubt, they planned to say something, but before they could be indiscreet, Calomarde and the Conde de Espana shot them all. The King promised to pardon them if they would surrender and after they surrendered he shot them so they would not talk. It is a diplomacy like none other.

Was Calomarde the instigator of the war? Then that would make Fernando VII a toy of his minister and that is not the way it was. Calomarde, who no doubt would have sold himself to the highest bidder, served Fernando well until the King's fourth marriage and in 1827 he was still no more than the very submissive instrument of the passions and brutal egoism of his master.

If Calomarde was not the author of the campaign, its true authors surrendered to him when they saw the failure of the same, aspiring to reap the benefit of peace that they had not been able to reap in war. There is no doubt that the sinister congregationalists of the "Exterminating Angel" (and one must give this name to the gang since it has no other), came away unscathed from the bloody adventure; but there is no doubt that the unfortunates who had pulled the chestnuts out of the fire to satisfy the inflated ambitions and envy of the Court paid with their lives for their own crime and the crimes of others.

That uprising was a serious situation when Fernando set out to suppress it himself. He left the Escorial on September 22. He was seen off by the famous verses of good Queen Amalia, who, upon composing them, showed that she had more in common with the angels than with the muses. Calomarde accompanied the King. They were in a great hurry and the despot and his Sancho Panza traveled down the road at a speed that might have made some of our passenger-and-cargo trains envious. Secret couriers had gone on ahead of the King bearing the urgent orders to stop everything. For that reason, the illustrious Conde de Espana had barely set foot in Lerida with his army when the disbanding began.

conde de España con su ejército, principió la desbandada. Las pequeñas partidas se presentaban, y las grandes se ponían en movimiento para sacar algún jugo del país antes de disolverse. La sublevación cayó como un espantajo de trapo y caña puesto en medio de los sembrados, y al cual quitan de pronto la vara que lo sustenta. Los facciosos del Panadés y de Tarragona fueron los más solícitos para presentarse á indulto. En cambio Jep dels Estanys, Caragol y la gente furibunda de Manresa se mostraron muy rebeldes. Sin atreverse á hacer frente al conde de España, resistiéronse á terminar tan tonta y desabridamente una guerra á que los del *Angel Exterminador* les habían lanzado, ofreciéndoles la cooperación de Rusia con 40.000 hombres y 6.000 caballos, el apoyo de Francia y las simpatías del Papa.

Dejando guarnecida á Manresa salieron; Jep se dirigió á Berga, que era su madriguera preferida, y Caragol fingió una marcha sobre Barcelona, unos dicen que con objeto de acercarse á la frontera y otros que con el fin puramente *apostólico* de merodear. No tenían las manos atadas aquellos benditos arcángeles de fusil y cartuchera, porque Jep dels Estanys cuando tuvo que salir de Berga perseguido por el conde de España sacó de allí *diez y ocho* cargas de dinero, que eran la cosecha de unos cuantos meses de trabajo en la viña del Altar y el Trono.

Ya veremos la suerte que les cupo á estos andantes cosecheros, á quienes Fernando hablaba en su proclama *el lenguaje de la clemencia, abriéndoles sus brazos de padre amoroso*. Una observación haremos que será la última pincelada en el cuadro de aquella guerra, y es que todas las reyertas entre los absolutistas de uno y otro bando, así como todas sus reconciliaciones terminaban con un porrazo á los liberales. Estos infelices, pocos en número, acobardados y oscurecidos, pagaban el furor de los sublevados y de los perseguidores de los sublevados. Los rebeldes, al huir delante del conde de España, gritaban de pueblo en pueblo: "¡muerte á los *negros*!" y el conde de España solía decir: "esos malvados negros tienen la culpa de todo." Así es que se llevaba con paciencia la fuga é impunidad de los apostólicos con tal que hubiese *negros* que sacrificar. Un observador de pura casta absolutista como Mosén Crispí, habría creido que aquellos pobres fueron puestos en España por Dios para impedir que los defensores de Éste se destrozaran mucho al engrescarse entre sí.

Es preciso ser de bronce ó de berroqueña para no sentir la más viva lástima de tales desdichados. ¿Vencían los apostólicos? . . . pues, ¡*muerte á los negros*! ¿Iban bien los absolutistas? . . . pues ¡*duro en los negros*! Que las cosas iban mal

The small bands appeared and the large ones moved out to bleed the land dry before dissolving. The uprising fell like a scarecrow made out of rags and a pole placed in the middle of the sown fields whose stick that hold him up is suddenly taken away. The rebels from Panades and from Tarragona were the most obliging to apply for a pardon. On the other hand, Jep del Estanys, Caragol, and the enraged people of Manresa proved very rebellious. Not daring to face the Conde de Espana, they resisted ending so stupidly and insipidly a war that the "Exterminating Angel" had gotten them into, offering them the cooperation of Russia with 40,000 men and 6,000 horses, the support of France and the sympathies of the Pope.

After leaving a garrison in Manresa, they left. Jep headed to Berga, which was his favorite lair. Caragol pretended to march on Barcelona, some say for the purpose of getting close to the border and others, with the purely *apostolic* purpose of marauding. Those blessed archangels with rifles and cartridge belts did not have their hands tied because when Jep del Estanys had to leave Berga pursued by Conde de Espana, he took from there *eighteen* loads of money which were the harvest of as many months of work in the vineyard of the Altar and Throne.

We shall see the fate that befell those errant harvesters about whom Fernando was talking in the proclamation "the language of clemency throwing open his arms as a loving father." We will make one more observation that will be the last brush stroke in the painting of that war--all the quarrels between the absolutists from one or the other band, as well as all their reconciliations, ended in the bludgeoning of the liberals. These unfortunates, few in number, frightened and confused, paid for the fury of the rebels and the pursuers of the rebels. The rebels, as they fled before Conde de Espana, were shouting from town to town: "Death to the *Blacks*!" and the fierce Espana would say: "Those evil *Blacks* are to blame for everything." That is why the escape and impunity of the Apostolics were tolerated provided there were *Blacks* to sacrifice. An observer of the pure absolutist lineage like Mosen Crispi might have thought that those poor souls were put in Spain by God to prevent His defenders from tearing each other to bits when they quarreled among themselves.

Anyone who does not feel the deepest pity for those poor devils must be made of bronze or granite. Were the Apostolics victorious? . . . well then, *Death to the Blacks*! Were things going well for the absolutists? . . . then "*make it hard*

en el campo de Jep . . . pues ¡*a ellos, que tienen la culpa de todo*! Que salía chasqueado el conde y se desesperaba por no poder alcanzar á Pixola . . . pues ¡*viva la religión y mueran los masones*! Síntesis de este hecho y resúmen de él fueron las horrorosas hecatombes de Barcelona á principios del año siguiente, cuando los envenenados odios y disputas que desgarraban el seno de la familia realista parecían no poder aplacarse sino engolosinando á uno y otro partido con carne de liberales.

Explicada la situación de la guerra, nos cumple despedirnos de esa bienaventurada ciudad de Solsona, donde han ocurrido los principales sucesos de esta historia para buscar el término y solución lógica de éstos en otro pueblo menos ilustre, pues carece de escudo de armas, de abolengo romano y de murallas; pero que merecería tener todas estas cosas y aún otras, sólo por haber sido teatro de los verídicos sucedidos que vamos á referir.

on the Blacks!" When things were going badly in Jep's camp . . then "*The fault was all THEIRS!*" When the Count was frustrated and was exasperated because he could not catch Pixola . . . well, "*Long live Religion and death to the Masons!*" The awful hecatombs of Barcelona at the beginning of the next year were the synthesis and summary of this event when it seemed that the poisoned hatred and disputes that tore apart the bosom of the royal family could not be placated except by gorging one party or the other with liberal flesh.

Having explained the situation of the war, we must now say good-bye to the blessed city of Solsona, where the main events of this story have occurred, to see the conclusion and logical solution to them in another less illustrious town, that lacks a coat or arms, Roman ancestry, and walls; but it would deserve to have all these things and even others, only for having been the theater of the true events that we are going to recount.

CAPITULO VEINTISEIS

Al anochecer del día que siguió á la catástrofe de San Salomó, un cochecillo de dos ruedas corría por el detestable camino que desde Solsona se dirige á la Conca de Tremp. Era uno de esos vehículos puramente españoles que parecen hechos para realizar el ideal de la incomodidad, y cuyo nombre respondería perfectamente á su cruel instituto si en vez de tartana fuera *quebranta-huesos*. El que ocupa hoy nuestra atención era cerrado, formando una especie de cajón alto con portezuela en la parte posterior y en la delantera una ventanucha pequeña, sin vidrio, destinada á dar aire á la víctima, para que no la asfixiara el calor antes de tener los huesos bien rotos y las carnes bien molidas. Tiraba de él un brioso caballo que parecía más hecho al noble oficio de la silla que al del arrastre, á juzgar por el desorden de su marcha y los brincos con que amenazaba volcar el vehículo. Guiábalo un joven sentado en media cuarta de tabla adherida á la limonera de la derecha. Parecía tener el cochero un delirante anhelo de llegar pronto á su destino, según aporreaba al animal con la vara. El interior lo ocupaba sin duda persona á quien el de fuera estimaba en mucho, porque entre golpe y golpe descargado sobre la bestia, volvía su rostro, y mirando al interior del quebranta-huesos por la ventanilla delantera decía algunas palabras enderezadas á dulcificar la molestia de trasporte tan inquisitorial. El camino, que más era de herradura que de ruedas, estaba alfombrado de guijarros, que en algunos sitios eran verdaderos peñascos, ofreciendo en otros hoyos profundos. Caballo y camino jugaban con el coche como un titiritero con las bolas haciéndole dar las más graciosas piruetas. Viendo aquello, tendría corazón de bronce quien no

CHAPTER TWENTY-SIX

At dusk on the day following San Salomó's catastrophe, a little two-wheeled coach was traveling down the detestable road that leaves Solsona and heads toward Conca de Tremp. It was one of those purely Spanish vehicles that appear to be made to achieve the ideal of discomfort and whose name would correspond perfectly to its cruel purpose if, instead of *tartana* it were bone breaker. It was closed, making a kind of tall carton with a little door in the back part and in the front, a little window, without glass, intended to give its victim air, so the heat will not asphyxiate him before his bones are good and broken and his flesh is well ground. It was pulled by a spirited horse, that seemed better suited to the noble profession of saddle horse rather than draft horse to judge by the trouble he had staying on the road and the leaps that threatened to tip over the vehicle. A young man guided it, seated in the middle of the plank attached to the right shaft. The coachman seemed to have a delirious desire to reach his destination quickly, according to the way he beat the animal with the stick. Someone he highly esteemed occupied it, no doubt, because between the blows he dealt the beast, he would turn his face and looking inside the bone breaker through the little forward window, he would say a few appropriate words to soothe the discomfort of such inquisitorial transportation. The road, that was made for horseshoes rather than for wheels, was carpeted with pebbles that in some places were really large rocks, offering in others deep holes. Horse and road were playing with the coach like a juggler with balls making them do funny pirouettes. Anyone who saw that would have to have a heart of stone not to feel sorry for the person who was inside.

compadeciera á la persona que iba dentro. Si tal persona además de ir allí, iba contra su voluntad, entonces era tan digna de lástima como quien va al patíbulo en la fatal carreta.

La noche era oscura y serena; pero el horizonte se inflamaba á ratos con vivos relámpagos, indicio de tormenta próxima, y algunas ráfagas de aire fresco venían del lado de la montaña, levantando polvo y haciendo murmurar el ramaje de los árboles.

Ni un alma se hallaba en tal hora por aquel camino solitario y agreste, y las pocas casas que se veían al paso estaban cerradas y silenciosas. Creerías que la superstición había alejado á todos los habitantes de aquella tierra y que sólo quedaban los duendes para obligar á huir también á los que después viniesen.

Pero el quebranta-huesos pasó al fin á regular distancia de una casa, en cuya ventana brillaba una luz. Entonces del lóbrego cajón inquisitorial salió una voz angustiosa que dijo:

--¡Socorro!

El que guiaba castigó fieramente á la cabalgadura para que acelerase el paso, y cuando quedó á distancia mayor la casa iluminada, el hombre volvióse hacia dentro y dijo:

--No... no vale pedir socorro, señora. Nadie oye, nadie ve.

--¡Socorro! ¡Socorro!--repitió la voz interior ya enroquecida y furiosa.

Después varió de tono y acompañada al parecer de lágrimas, dijo suplicante y dolorida:

--Por la salvación de tu alma, Pepet, por la memoria de tu madre; déjame, suéltame, déjame en medio del camino y vete solo con tu endiablado coche... Te lo agradeceré, te lo agradeceré con toda mi alma... no te guardaré rencor, Tilín... no te tendré miedo; me acordaré de tí en mis oraciones; pediré á Dios por tí... Sé bueno conmigo, ten piedad de mí... suéltame, déjame y así podrás librarte del castigo que te espera por tu maldad... Piensa un instante siquiera en Dios.

El hombre no pensaba en Dios. Pálido y hosco, cejijunto, balbuciente como el asesino en el momento de clavar el puñal en la víctima dormida, marchaba derecho á su bárbaro objeto; no reparaba en consideración alguna, no se acordaba de Dios, no era cristiano; era incapaz de toda idea piadosa; no veía tampoco obstáculos, no veía más que la fiebre ardiente que le devoraba y aquel objeto criminal que le atraía fascinando su alma irritada, objeto que, fijo en su cerebro, le

If that person, in addition to going there, was going against his will, he was as deserving of pity as he who goes to the gallows in the fatal cart.

The night was dark and calm, but from time to time the horizon lit up with bright flashes of lightning, the sign of an approaching storm, and some gusts of fresh air would come from the mountainside, raising dust and making the tree branches murmur.

Not a soul was on that lonely, rustic road at that hour and the few houses that could be seen when passing by were shut up and silent. It appeared that superstition had removed all the inhabitants of the land and had only left goblins to make those who came afterwards flee.

But the bone breaker finally passed at a normal distance a house with a light shining in the window. Then, a distressed voice came from the gloomy inquisitorial box that said:

"Help!"

The driver fiercely whipped the steed to make it speed up and when he was at a greater distance from the lit-up house, the man turned toward the inside and said:

"No . . . There is no use yelling for help, Madam. No one hears you. No one sees you."

"Help! Help!," repeated the voice from inside, now hoarse and furious.

Then she changed her tone and apparently accompanied by tears, she said, beseechingly and sorrowfully:

"For the salvation of your soul, Pepet, for your mother's memory, leave me alone. Let me go. Leave me in the middle of the road and continue on alone with your bedeviled coach . . . "I would thank you, I would thank you with all my heart . . . I will not hate you, Ting-a-ling . . . I will not fear you. I will remember you in my prayers. I will pray to God for you . . . Be good to me. Take pity on me . . . Let me go. Leave me alone and you will escape the punishment that awaits you for your evil . . . think for a moment about God."

The man was not thinking about God. Pale and gloomy, surly, frowning, stammering like the murderer at the moment he plunges his dagger into his sleeping victim, he went straight to his barbarous purpose. He did not take anything into consideration. He did not remember God; he was not a Christian. He was incapable of all pious thought. Nor did he see obstacles. He only saw the

enloquecía con el deleite del triunfo y le quemaba con el fuego de la impaciencia.

Oyó que su víctima lloraba dentro del coche. Entonces se volvió adentro y dijo:

--Es verdad que soy un malvado, que me condenaré, que arderé en el Infierno . . . ¿pero de quién es la culpa?

--Tuya, infame ladrón, incendiario; tuya, mónstruo emparentado con todos los demonios del Infierno--exclamó la voz del coche, volviendo á ser colérica.-- Mucho más humano serías conmigo si me mataras . . . ¡Ay! te lo agradecería con toda mi alma. Viva ó muerta, infame bandido, no arderé como tú en los infiernos . . . estarás solo, y padecerás eternamente, siempre, quemándote en tus sacrílegas pasiones, sin satisfacer en toda la eternidad la sed rabiosa de tu alma.

Tilín hizo crugir sus dientes, tan fuertemente los apretaba, y hablando consigo mismo, dijo:

--¡El Infierno! . . . pues poco que me gusta á mí el Infierno . . . Ya sé que he de ir á él . . . ya lo sé . . . Si de todos modos he de ir á él, que sea . . .

Y azotaba al caballo, porque aunque éste corría mucho, á él siempre le parecía que andaba poco; tan anheloso estaba de ganar terreno. Habría deseado las alas negras que había visto pintadas en el ángel de las tinieblas, para cruzar con ellas el cielo tempestuoso hasta llegar con su presa á las cavernas donde se traman en juntas diabólicas las tentaciones que luego se esparcen por la tierra. Era firme creyente y creía en las potestades del Báratro tal como las pinta la doctrina cristiana. Hacía el mal sabiendo lo que hacía y las consecuencias de él. No era malo por carencia de ideas morales, como los adocenados criminales que pueblan diariamente los presidios y dan trabajo al verdugo, sino por un extravío que arrancaba de la exacerbación de sus violentas pasiones. Su corazón, precipitado en aquel rumbo perverso, podía torcerse de improviso tomando otro camino. Esto le conocía Sor Teodora de Aransis. Dando á ratos tregua á su violenta ira, no creía fácil conseguir nada por la violencia, y trataba de someter á su terrible enemigo, tocándole hábilmente al corazón. Por eso intentaba dar suavidad á su voz y mágico encanto de seducción á sus palabras. Sofocando su cólera, dejaba que hablase la conmovedora piedad. Diríase de ella que intentaba enternecer y cristianizar al Demonio con las súplicas que se dirigen á los santos. Sus manos aparecieron cruzadas en el ventanillo.

burning fever that was consuming him and that criminal intent that attracted him, fascinating his agitated soul.

He heard his victim crying in the coach. He turned around to the inside and said:

"It is true that I am a wicked person, that I will damn myself, that I will burn in hell . . ., but whose fault is it?"

"Yours, vile thief, arsonist Yours, you monster related to all the demons of hell," exclaimed the voice from the coach, becoming furious. "You would be much more humane with me if you would kill me. Oh! I would thank you with all my heart. Alive or dead, vile bandit, I will not burn as you will in hell . . . You will be alone and you will suffer eternally, forever, burning in your sacrilegious passions, unable for all eternity to satisfy the insatiable thirst of your soul."

Ting-a-ling gnashed his teeth, so loudly did he grit them and talking to himself, he said:

"Hell! Well, there is little about Hell that I like. I know I will go there . . . I know . . . If I am going there anyway, so be it . . ."

He whipped the horse. Although it was running swiftly he thought it was running too slowly, so anxious was he to cover ground. He must have wished for the black wings that he had seen painted on the prince of darkness, wings that he used to cross the stormy sky to arrive with his prey in the abysses where the temptations that then are scattered throughout the earth are cooked up in diabolical juntas. He was a firm believer and he believed in the sixth order of angels of Baratro[1] the way Christian doctrine portrays them. He did evil knowing what he was doing and the consequences of it. His evil was not due to a lack of moral consciousness like ordinary criminals that daily populate the prisons and make work for the executioner. His was due to wrongdoing that came from the exacerbation of his violent passions. Rushing in that perverse direction, his heart could be changed unexpectedly, taking another path. Sister Teodora de Aransis knew that. Giving her violent wrath a rest from time to time, she did not believe that anything would be easily accomplished through violence and she tried to subdue her terrible enemy by skillfully touching his heart. For that reason she tried to soften her voice and give her words a magic enchantment. Suppressing her anger, she let a poignant compassion do her talking. It might be said of her

--Tilín, Tilín--le dijo.--Yo te juro por Dios que es mi padre y por nuestro glorioso Patriarca Santo Domingo, que si me dejas y te vas, no te guardaré rencor, no tendré de tí malos recuerdos . . . al contrario los tendré buenos, muy buenos . . . A nadie diré que pegaste fuego á San Salomó; á nadie diré que en la confusión del primer momento y cuando bajé huyendo de las llamas, me cogiste, me amordazaste y me sacaste por la puerta del locutorio, cuando el fuego y el humo permitían aún pasar por allí. A nadie diré que me ocultaste después en una casucha que hay fuera de la puerta del Travesat, donde tú y otros bandidos como tú, digo mal, bandidos no, sino alucinados, me tenían preparado el suplicio de este coche. A nadie diré que luego me has traido á este viaje horrible, que no sé donde terminará; no diré nada . . . tendré buenos recuerdos de tí, me acordaré de tu amistad, tus buenos servicios; todos los días, todos, cuando me arrodille delante del Señor Sacramentado para pedirle por los pecadores, pediré á Dios que te quite esos malos pensamientos y te dé otros buenos y cristianos que llevan tu alma al cielo, donde me volverás á ver . . . sí, me volverás á ver.

Esta idea debió parecer eficaz á la dominicana, porque la repitió después de una pausa, añadiendo:

--Me volverás á ver, me estarás viendo por toda una eternidad.

Tilín no dijo nada. De pronto detuvo el coche. El corazón de Sor Teodora, al sentir aquella pausa en su tormento físico, palpitó de emoción y esperanza.

Pero Tilín se había detenido para prestar atención á un rumor lejano que á su espalda había creido sentir, y quiso cerciorarse de él.

--Sí--pensó después de un minuto de atención.--Viene gente á caballo, y no debe de ser poca, según el ruido que hace.

El sacristán diablo pareció un momento turbado; pero al punto halló en su grande ánimo la iniciativa y la prontitud de ejecución que le distinguía en los lances difíciles.

--Tilín--añadió la señora--¿no oyes lo que te he dicho?--Ten compasión de mí, acuérdate de aquellos días en que asistiéndote en tu enfermedad, te salvé esa vida que ahora vuelves contra mí. Tú eras entonces un niño, yo una joven. Ahora soy una vieja. ¿Qué quieres de mí? Por Dios y por tu madre, hijo mío, ¿á dónde me llevas? ¿Qué horrible viaje es este?

that she was trying to soften up and christianize the demon with supplications addressed to the saints. Her folded hands appeared in the little window.

"Ting-a-ling, Ting-a-ling," she said to him. "I swear to God, who is our Father, and our glorious patriarch St. Dominick, that if you leave me and you go away, I shall not hold a grudge against you, nor will I have bad memories of you . . . on the contrary, I will have good ones, very good ones . . . I shall tell no one that you set fire to San Salomó. I shall tell no one that in the confusion in the beginning when I came downstairs fleeing the flames, you grabbed me, gagged me and you took me out the locutory door when the fire and smoke still allowed a way through there. I shall tell no one that you then hid me in a hovel beyond the Travesat Gate where you and other bandits--I misspoke--not bandits, but people suffering from hallucinations had prepared the torture of this coach for me. I shall tell no one that you then brought me on this horrible journey that will end who knows where. I shall say nothing . . . I shall have fond memories of you, I shall remember your friendship, your good service. Every day, every single day, when I kneel before the Lord to pray for sinners, I shall pray that He take away your evil thoughts and replace them with good, Christian thoughts that will lead your soul to Heaven where you will see me again . . . Yes, you will see me again."

This idea must have seemed efficacious to the Dominican nun because she repeated it after a pause, adding:

"You will see me again, you will see me for all eternity."

Ting-a-ling did not say anything. Soon the coach stopped. When Sister Teodora's heart felt a pause in physical torture, it beat with emotion and hope.

But Ting-a-ling had stopped to listen to a faraway noise that he thought he had heard behind him and he wanted to make sure of it.

"Yes," he thought, after listening for a moment . . . "People on horseback are coming and there is not a few of them, according to the noise that they are making."

The sacristan-devil seemed disturbed for a moment but soon he found in his great spirit the initiative and the speed of execution that distinguished him in tight spots.

"Ting-a-ling," the lady added, "didn't you hear what I said? Have pity on me. Remember those days when I treated your illness, and I saved your life which you are now turning against me? You were just a child then and I was a young

--En la Cerdaña--dijo Tilín con nerviosa agitación--en lo más alto, en lo más enriscado, en lo más solitario, en lo más montuoso, allí donde están libres los osos, y donde nacen los torrentes, tengo yo una casa . . .

--¡Y allá me quieres llevar, bandido!--exclamó la dama con desesperación, no pudiendo reprimir la cólera.--No, yo gritaré y alguien me oirá . . . Esto no puede seguir. ¿No hay almas caritativas aqui? ¿Se ha acabado el mundo? ¿Es posible que no me favorezca Dios? ¡Dios, Dios mío! . . . ¿Tantos son mis pecados que merezca este horrible infierno en vida?

Tilín, muy temeroso por aquel ruido de tropa que había sentido, volvió á azotar al caballo, y desviándose del camino por una colina pelada que á la derecha había, dijo para sí:

--Me ocultaré en el monte hasta que pase esa tropa. Por aquí está, si no me engaño, el convento arruinado de Regina Coeli, donde sólo viven dos clérigos pobres que piden limosna. No sería malo intentar congraciarme con ellos . . . Necesito un sitio seguro donde pasar el día de mañana. ¿Qué hora es? próximamente las doce. Este maldito coche es el estorbo de los estorbos. Si pudiera llevarla á caballo . . . Necesito cuatro jornadas que es preciso hacer de noche y tres descansos por el día, uno aquí ó en Vilaplana, otro en Nargo, otro en Querforadat, para de allí subir á mi casa. ¡Maldito coche! . . . Alas, alas es lo que yo quisiera. Sólo mi fuerza de voluntad que jamás se acobarda es capaz de intentar este viaje con tales obstáculos . . . Si triunfo, Lucifer tendrá que darme tratamiento de Excelentísimo Señor.

El coche avanzaba lentamente, porque el camino era casi impracticable en la oscuridad de la noche. De pronto oyóse un estallido metálico, seco, y el coche se hundió cayendo sobre un costado. Sor Teodora dió un grito, y Tilín lanzó un apóstrofe que habría hecho extremecer de espanto á cielo y tierra, si la tierra y el cielo se afectaran por las vanas palabras del hombre. El eje del coche se había roto.

--¿Lo ves, lo ves?--dijo Sor Teodora esforzándose en reprimir su alegría.--¿Qué quiere decir esto, Tilín? ¿No ves claros y patentes los designios de Dios? ¿No ves la mano que te ataja en tu infame camino? Tú tienes buen corazón, tú tienes conciencia, aunque ahora está muy perturbada. Considera, hijo, reflexiona

Al mismo tiempo que esto decía dulcificando su voz, temblaba

girl. Now I am old woman. What do you want from me? For God's sake, for your mother's sake, my son, where are you taking me? What is the purpose of this horrible trip?"

"In La Cerdana," said Ting-a-ling with nervous agitation, "in the highest, the most rugged, in the loneliest place, there where bears are free and where torrents are born, I have a house . . ."

"And you want to take me there, bandit!" the lady exclaimed in exasperation, unable to suppress her anger. "No, I shall shout and someone will hear me . . . This cannot go on. Are there no charitable souls here? Has the world come to an end? Is it possible that God does not help me? God! My God! . . . Are my sins so great that they deserve this horrible hell on earth?"

Ting-a-ling, fearful because he had heard the noise of a crowd, whipped the horse again and turning from the road down a bare hill that was to the right, he said to himself:

"I will hide in the forest until this crowd passes. If I am not mistaken, the ruins of the Regina Coeli monastery are around here, where only two clerics live who beg alms. It would not be a bad idea to try to ingratiate myself with them. I need a safe place where I can spend tomorrow. What time is it? It must be about twelve o'clock. This damned coach is the greatest obstacle. If I could take her on horseback . . . It is a four-day journey, since it must be done at night and with three rest stops during the day; one, here or in Vilaplana; another in Nargo; another in Querforadat, from there to my house. Damned coach! Wings, wings are what I want. Only my willpower that is never intimidated is capable of attempting this journey with such obstacles . . . If I triumph, Lucifer will have to give me the title of Most Excellent Lord."

The coach was advancing slowly, because the road was almost impassible in the darkness of the night. Suddenly, there a metallic, dry pop and the coach sank, falling on its side. Sister Teodora cried out and Ting-a-ling uttered an apostrophe that would have made heaven and earth shake with fear, if earth and heaven were affected by man's vain words. The axle of the coach had broken.

"Do you see, do you see?" said Sister Teodora, trying to hide her happiness. "What does this mean, Ting-a-ling? Don't you see the clear and obvious design of God? Don't you see the hand that blocks your wicked road? You have a good heart, you have a conscious, although now it is disturbed.

interiormente de miedo, pensando que aquella contrariedad exasperaría al malvado inspirándole quizás alguna violencia horrible. También ella oyó entonces el ruido de hombres á caballo y puso atención invocando mentalmente á Dios para que en tan apretada ocasión la amparase. Tilín, que oía también con toda su alma, rugió así:

--¡Por las uñas y rabo del Otro! Es la partida de Garrote que salió esta tarde de Solsona.

Después miró su coche que yacía en tierra como un buque recién naufragado. Abriendo la portezuela, ayudó á salir á Sor Teodora, cuyos molidos huesos apenas le permitían moverse. La dama dió algunos pasos para probar si funcionaban después del atroz suplicio del coche los tendones y músculos de sus piernas. Tilín dijo sombríamente:

--Esto puede remediarse. A una legua escasa de aquí está el herrero Gasparó Cort, que tiene ejes de coche. Si tiene ejes, iré, traeré uno antes del día, y seguiremos nuestro camino.

--¡Y yo, insigne mentecato--gritó Sor Teodora viendo que su situación mejoraba extraordinariamente--te esperaré aquí tan tranquila como si estuviera en la celda de mi convento! A fé que eres simple. Esto ha concluido. Déjame en paz.

Tilín comprendió lo descabellado de su plan en lo relativo á buscar un nuevo eje, como no lo forjara con un hueso de su cuerpo en la fragua de su corazón. No había más remedio que dar por concluido el viaje, pensando cristianamente en la intervención de la Providencia para salvar á la digna señora del riesgo en que estaba. Pero Tilín, enérgicamente apasionado y delirante, antes que en Dios pensaba en los demonios que guiaban sus pasos y silbaban en sus oidos palabras enloquecedoras y le ponían delante de los ojos fantasmas y expectáculos de gran atractivo para él.

--No, no, señora--exclamó de súbito asiendo la mano de su víctima con extraño vigor.--Esto no ha concluido. Un hombre como yo no se deja vencer por un eje roto.

Sor Teodora, al sentir la mano de hierro que la sujetaba como las tenazas de Satanás sujetarían al precito sobre la caldera hirviente, encomendó su alma al Señor. La oscuridad y silencio del bosque cercano diéronle grandísimo pavor; pero evocando las fuerzas todas de su alma, decidió hacer frente á los mayores

Consider, son. Think about it."

As she was saying this, softening her voice, inside she was shaking with fear, thinking that obstacle would exasperate the evil man, inspiring him, perhaps, to commit some horrible act of violence. Also, she then heard the sound of men on horseback and she paid attention, mentally invoking God to help her in that difficult situation. Ting-a-ling, who was also listening with all his heart, roared:

"By the nails and tail of the Other One! It is Garrote's band that left Solsona this afternoon."

Then he looked at his coach, that was lying on the ground like a recent shipwreck. Opening the little door, he helped Sister Teodora, who could hardly move her tired old bones, to get out. The lady took a few steps to see if the tendons and muscles of her legs were working, after the atrocious torture of the coach. Ting-a-ling said somberly:

"This can be fixed. Just one league from here is the blacksmith Gasparo Cort, who has coach axles. If he has any, I will go bring one before daylight and we will continue on our way."

"And I, you famous half-wit," shouted Sister Teodora, seeing that her situation had improved considerable, "will wait for you here, as peacefully as if I were in the cell of my convent. Upon my faith, you are simple-minded. This is over. Leave me alone."

Ting-a-ling understood how crazy his plan was in regard to looking for a new axle unless he could make one with a bone from his body in the forge of his heart. There was nothing to do but consider the trip ended, believing as a Christian in the intervention of Providence to save the honorable woman from the danger she was in. But Ting-a-ling--energetically worked up and frenzied--thought about the demons who were guiding his steps and who put ghosts and spectacles that were very attractive to him before his eyes before he thought about God.

"No, madam," he suddenly exclaimed, grabbing his victim's hand with unusual strength. "This is not over. A man such as I does not let himself bedefeated by a broken axle."

When Sister Teodora felt the iron hand that was holding her the way Satan's claws would hold the damned over the boiling cauldron, she commended her soul to the Lord. The darkness and silence of the nearby forest made her very

peligros, desplegando los recursos de su voluntad, de su astucia y aún de su vigor físico, que no era despreciable á pesar de ser mujer y monja.

--Tilín--dijo con grave acento.--Por malvado y pervertido que seas, no podrás desconocer que la voz de Dios acaba de hablarte, que su mano te ha detenido en tu criminal carrera.

El criminal no decía nada; pero apretaba más la mano preciosa, como el avaro oprime su tesoro temiendo que se le escape. Fijaba sus ojos con terrible expresión de duda en el suelo.

¡Tilín, Tilín!--añadió la monja, que había empezado á comprender la posibilidad de ablandar aquel bronce.--¿No me oyes? ¿Piensas en Dios, en tu crímen, estás mirando á tu horrible conciencia? . . . Por Dios y su Santa Madre, déjame y sálvate, hijo mío, de la condenación eterna.

Cuando esto decía oyóse el tañido de un esquilón que sonaba muy cerca, en el bosque.

--¿Qué campana es ésta?

--La de Regina Coeli, la de Regina Coeli--gritó Tilín hiriendo el suelo furiosamente con el pié.

--¡Es un convento, un asilo!--dijo ella.--¡Dios mío, has venido en mi ayuda!

Y la monja empezó á rezar. Pero Tilín le apretaba aún la mano.

Oyóse entonces á muy poca distancia el ruido de gente á caballo que poco antes obligara á Pepet á apartarse del camino.

--¡Gente de armas!--balbució Sor Teodora de Aransis, inundada de gozo.--¡Me he salvado!

--El Demonio, sí, el Demonio es quien me ha jugado esta mala partida.

--Suéltame, ladrón--dijo la dominica recobrando su entereza y dueña ya de la situación,--suéltame.

Sacudió la mano gritando:--¡Socorro!

--Basta, basta--gruñó Pepet soltando la mano.

La monja dió algunos pasos hacia donde sonaba el esquilón, y Tilín corrió hacia ella.

--Es usted libre--le dijo.--Pida usted hospitalidad á los frailes de Regina Coeli . . . Me confieso vencido. El Demonio se ha reido de mí.

--No me sigas, malvado, no me sigas.

fearful, but summoning all the strength of her soul, she decided to face the greatest perils, mustering the resources of her will, her cleverness and even her physical strength, which was considerable in spite of being a woman and a nun.

"Ting-a-ling," she said gravely, "No matter how evil and perverted you may be, you cannot deny that God's voice just spoke to you, that His hand has stopped you in your criminal career."

The criminal did not say anything but he squeezed the lovely hand tighter like a miser grasping his treasure, fearing that she would escape. He stared at the ground with an awful expression of doubt.

"Ting-a-ling! Ting-a-ling!" the nun added, having begun to understand the possibility of softening that heart of stone. "Don't you hear me? Do you think about God, do you think about your crime? Are you looking at your horrible conscience? . . . For God's sake and his Holy Mother, leave me alone and save yourself. Save yourself, my son, from eternal damnation!"

When she said that, she heard the tolling of a bell from nearby in the woods.

"What bell is that?"

"The one at Regina Coeli, the one at Regina Coeli," shouted Ting-a-ling, stamping his foot furiously on the ground.

"It is a monastery, a sanctuary," she said. "My God, you have come to my aid!"

And the nun begin to pray. But Ting-a-ling still squeezed her hand.

Then at a short distance they heard the sound of people on horseback, that shortly before had forced Ting-a-ling to leave the road.

"Armed troops," stammered Sister Teodora de Aransis, flooded with joy. "I am saved."

"The Devil, yes, the Devil is the one who has played this dirty trick on me."

"Let me go, evil man," the Dominican nun said, recovering her strength and now mistress of the situation. "Turn me loose."

She shook his hand, shouting: "Help!"

"That's enough, that's enough," Pepet grunted, letting go of her hand.

The nun took a few steps toward the sound of the bell and Ting-a-ling ran toward her.

--¿Qué pensarán de una religiosa que se presenta sola, á estas horas, pidiendo asilo en un convento de frailes?

La monja se detuvo.

--¿Qué importa?--dijo.--Todo antes que estar en tu poder, mónstruo. No me sigas.

--Yo también quiero pedir hospedaje en Regina Coeli, yo también: estoy cansado.

Pero Teodora había adelantado y no le oía. Corriendo entre los árboles, perdióse por un momento; pero al fin pudo salir á donde se veía la oscura mole de Regina Coeli. El esquilón seguía tocando. La dama vió una puerta y en la puerta luz, y esta luz iluminaba una figura, un hombre, un fraile, cualquier cosa . . . Sin vacilar corrió hacia él.

"You are free," he said to her. "Ask the monks of Regina Coeli for hospitality . . . I admit defeat. The Devil has laughed at me."

"Don't follow me, you wicked man, don't follow me."

"What will they think of a nun who shows up alone at these hours seeking asylum in a monastery?"

The nun stopped.

"What difference does it make?" she said. "Anything is better than being in your power, monster. Don't follow me."

"I want to ask for lodging in Regina Coeli too. Me too. I am tired."

But Teodora had gone on ahead and didn't hear him. Running among the trees, she was lost for a moment; but finally she came out where she could see the dark mass of Regina Coeli. The bell continued ringing. The lady saw a door and in the door a light and this light illuminated a figure, a man, a monk, something . . . Without hesitation she ran toward him.

CAPITULO VEINTISIETE

¡Una monja!--exclamó con asombro el que estaba en la puerta, que era un viejecillo tembloroso y caduco, empaquetado dentro de una sotana, y que ni aún parecía tener fuerzas para sostener la linterna con que se alumbraba, y cuyos rayos caían principalmente sobre la pechera encarnada de un segundo personaje vestido con uniforme militar.

--¡Una monja!--repitió éste, antes que la de Aransis tuviera tiempo de exponer el objeto de su peregrina visita.

--Sí, una monja--dijo ella,--una pobre monja de San Salomó, que se ve obligada á pedir auxilio á los religiosos, caballeros, militares ó quienes quiera que sean los habitantes de esta casa . . . Pero si no me engaño estoy hablando con el Sr. D. Pedro Guimaraens.

--El mismo, señora--repuso el bravo coronel, quitándose galantemente el sombrero y dirigiendo hacia el semblante de la religiosa los pálidos rayos de la linterna.--Me parece que estoy viendo á Sor Teodora de Aransis.

--Esa soy yo . . . Usted no comprenderá mi presencia aquí--dijo muy turbada la dama, como quien aún no ha inventado bien la mentira que va á decir.-- Ya sabe usted que anoche nos quemaron el convento . . . Yo iba á casa de mis tíos, á Balaguer, porque me encuentro muy enferma . . . ¡cosa tremenda! . . . el coche se ha roto . . . roto el eje . . . me ví sola en medio del camino . . . sola no . . . con el criado de mis tíos.

--No se necesitan más explicaciones para dar alojamiento á la buena madre --declaró Guimaraens menos atento á las cuitas de Sor Teodora que al ruido de

CHAPTER TWENTY-SEVEN

"A nun!" the man at the door exclaimed in surprise. He was a shaking, decrepit little old man, packaged in a cassock. He hardly seemed to have the strength to hold up the lantern that illuminated him and whose rays fell mainly on the red shirt front of a second person dressed in a military uniform.

"A nun!" he repeated before Miss Aransis had time to explain the purpose of her peculiar visit.

"Yes, a nun," she said, "a poor nun from San Salomó who finds herself forced to ask the monks, gentlemen, soldiers or whoever may be the inhabitants of this house for help . . . But if I am not mistaken, I am talking with Don Pedro Guimaraens."

"One and the same, madam," replied the brave colonel, gallantly taking off his hat and directing the pale rays of the lamp toward the nun's face. "I think I see Sister Teodora de Aransis."

"I am she . . . You probably do not understand my presence here," the lady said very confused, like one who has not yet thought of the lie that he is going to tell. "You must know that they burned down our convent last night . . . I was going to my aunt and uncle's house in Balaguer because I am very sick . . . a terrible thing. The coach broke down . . . An axle broke . . . I was alone in the middle of the road . . . Not alone . . . with my aunt and uncle's servant."

"No further explanations are needed for us to give lodging to the good mother," Guimaraens declared, listening more closely to the sound of the horses he heard approaching than to Sister Teodora's troubles. "I am here performing

caballos que cerca se sentía.--Yo estoy aquí cumpliendo un deber militar que me ha encargado el conde de España... ¿Sabe usted?... Este sitio es el mejor para cortar la comunicación de los valles del Cardoner con la Conca de Tremp... Estoy aquí con un pequeño destacamento esperando las fuerzas que han de llegar á la madrugada...

Y volviéndose al frailecillo, añadió:

--Nuestro bendito padre Martín de la Concepción se ha cansado de tocar la campanilla, y es preciso que no cese de tañer un momento para que la brigada pueda dirigirse aquí sin equivocarse, porque esos niños de Madrid no conocen estas tierras... Que toque, que siga tocando... Pues sí, señora mía, aquí podrá usted reposar hasta mañana. No hay comodidades de ninguna especie, ¿verdad Padre Juanico?

--No importa--dijo la dominica entrando en el atrio.--Me basta con hallarme en lugar seguro.

--Y dispénseme la reverendísima madre--indicó D. Pedro haciéndole otra cortesía sombrero en mano,--que no la acompañe en este momento, porque siento ruido de caballerías, y si al principio me parecía tropel de arrieros que iban al mercado de Castellnou, ahora me parece una partida fugitiva que pasa.

--Vaya su excelencia--dijo el frailecillo.--Yo acompañaré á la reverendísima madre á la única habitación que tenemos para cuando se nos presenta algún forastero... ¿No ha traido la señora la servidumbre? ¿No ha venido con la señora alguna otra madre, ó un par de madres, ó media docena de madres?

Incapaz de responder á estas preguntas, la monja calló, dejándose guiar por el padre Juanico. En el ruinoso patio sintió rumor de soldados que jugaban ó cantaban coplas tendidos en el suelo. Tan aturdida estaba la buena madre, que no había formado aún juicio alguno sobre su nueva situación, si bien se veía segura y salva por el respeto que entonces infundía á la gente armada el hábito religioso. Érale sí forzoso desplegar un poco de ingenio para explicar su presencia en Regina Coeli sin ocasionar interpretaciones malignas, y para hacerse trasladar á Solsona sin peligro de caer de nuevo en los terribles brazos del dragón que la perseguía.

D. Pedro salió á toda prisa acompañado de algunos soldados, mientras el padre Juanico guiaba á Sor Teodora por un claustro medio derruido, siendo preciso mucho cuidado para no tropezar en las piedras que obstruían el paso.

military duty by order of the Conde de Espana. You know what? . . . This place is the best for cutting off communications between the valleys of Cardoner and Conca de Tremp . . . I am here with a small detail waiting for the forces that are to arrive at dawn."

And turning to the little old monk, he added:

"Our blessed Father Martin de la Concepcion has gotten tired of ringing the bell and it must not stop ringing even for a moment so the brigade can find its way here without getting lost. Those boys from Madrid don't know this area . . . Let it ring. Let it keep on ringing . . . Well, yes, madam, you may rest here until morning . . . There are no comforts of any kind, isn't that right Father Juanico?"

"It doesn't matter," said the Dominican nun, entering the atrium. "I am just glad to be in a safe place."

"And forgive me, Most Reverend Mother," Don Pedro said, bowing again, hat in hand, "for not accompanying you at this moment because I thought I heard horses. At first I thought it was a bunch of muleteers that were going to market in Castellnou, but now I think it is a fugitive band passing by."

"Go, Your Excellency," said the little old monk. "I will accompany the Most Reverend Mother to the only room that we have for when some stranger comes to us   . . . " Didn't you bring servants with you? Didn't another nun or a couple of nuns or a half dozen nuns come with you?"

Unable to respond to these questions, the nun remained silent letting herself be led by Father Juanico. In the tumbledown patio she heard the murmur of soldiers that were gambling or singing ballads, stretched out on the ground. The good nun was so dazed that she still had not formed a single opinion about her new situation, although she was safe and sound due to the respect that the religious habit inspired in the men of arms. It was indeed necessary to show a little ingenuity to explain her presence in Regina Coeli without it being misinterpreted and in order to be taken to Solsona without the risk of again falling into the awful arms of the dragon pursuing her.

Don Pedro left posthaste accompanied by a few soldiers while Father Juanico guided Sister Teodora through a cloister half in ruins. She had to be very careful not to trip over the rocks that blocked her way.

"This house, Madam," said the decrepit monk, "has been like this since the attack by the French in 1810. Regina Coeli was a house of regular clerics. Oh!

--Esta casa, señora--dijo el caduco fraile,--está así desde la acometida de los franceses el año 10. Regina Coeli era una casa de clérigos regulares. ¡Ah! entonces éramos treinte y cinco, ya no somos más que dos, el padre Martín de la Concepción y un servidor de Vuestra Maternidad reverendísima . . . Creo que ha sido horrible eso de San Salomó.

El padre Juanico se detenía á cada seis pasos para contemplar el rostro de la señora, y alzando no sin esfuerzo su cabecilla flaca y colgante, obsequiaba á la monja con una sonrisa senil harto grotesca.

--Sólo dos, señora--añadió alumbrando el piso lleno de piedra.--Vivimos de limosna . . . vivimos tranquilos, esperando la muerte que ha de asemejarnos á estos escombros, á estas piedras, á este cadáver descompuesto de Regina Coeli. Lo poco que aún vive en Regina Coeli será polvo también . . . Pues como decía á la señora, los dos hermanos vivimos aquí tranquilamente, es decir, vivíamos tranquilamente hasta esta noche á las diez, hora menguada en que se nos metió por las puertas el señor D. Pedro Guimaraens con sesenta soldados de Su Majestad . . . ¡Linda noche nos ha dado! . . . Al pobre Martín de la Concepción lo tiene desde hace dos horas tocando la esquila . . . y no quiere que se canse el buen hombre, sino que toque y toque . . . Estos demonches de militares son muy déspotas, señora . . . Cuidado no tropiece usted en la losa de ese sepulcro . . . Por aquí, señora, por aquí . . . y aún falta lo mejor. Esos toques de la esquila son para avisar á una brigada entera, á una brigada de demonios uniformados que viene á tomar posesión del convento . . . Estamos lucidos . . . ¡Venir á turbar á dos religiosos moribundos que esperamos por instantes la última hora! . . . En fin, paciencia nos dé Dios. Aceptemos este cáliz no tan amargo como el que supo apurar Su Divina Majestad en la noche de su pasión . . . El pobre hermano Martín se ha cansado otra vez de tocar . . . En fin, señora, esta es la única habitación que podemos ofrecer á Vuestra Maternidad reverendísima para que pase la noche . . . Iré á ver si han llegado los de la servidumbre de Vuestra Maternidad reverendísima.

--¡Esta es la habitación! . . .--exclamó llena de asombro la madre Teodora de Aransis contemplando las desnudas paredes de una sala inmensa, helada, vacía, con el techo agujereado y el piso hecho de escombros.

--No tenemos otra. En cuanto á lecho para dormir, no espere Vuestra Maternidad que se lo ofrezcamos, porque no lo tenemos. Martín de la Concepción y yo dormimos en el suelo.

There were thirty-five of us then; now there are only two: Father Martin de la Concepcion and Your Most Reverend Motherhood's servant . . . I think that what happened at San Salomó was awful."

He stopped every six steps to contemplate the lady's face and raising--not effortlessly--his thin, hanging little head, bestowed a senile, quite grotesque smile upon the nun.

"Only two, Madam," he added, illuminating the floor filled with stone. "We live on charity . . . We live quietly, waiting for death, that will make us like this rubble, like these stones, like this decomposing cadaver of Regina Coeli. The little of Regina Coeli that is still alive will also be dust . . . Since, as I told the lady, we two brothers live here quietly. That is to say, we were living here quietly until tonight, at ten o'clock--wretched hour--when Don Pedro Guimaraens came in through the doors with sixty of His Majesty's soldiers . . . What a fine night they've given us. They've had poor Martin de la Concepcion ringing the bell for two hours . . . and they don't expect the good man to get tired but to keep on ringing and ringing . . . Those devilish soldiers are very despotic, Madam . . . Be careful not to trip over that tombstone . . . Through here, Madam, through here . . . the best is yet to come. That ringing of the bell is sending for an entire brigade. A brigade of uniformed devils is coming to take possession of the monastery . . . We are in a fine mess . . . To come to disturb two poor, dying monks who are at death's door any moment now! In short, God give us patience. We accept this chalice--not as bitter as the one His Divine Majesty drained on the night of his passion . . . Poor Brother Martin has gotten tired of ringing again . . . In short, Madam, this is the only room that we can offer Your Most Reverend Motherhood to spend the night . . . I will go see if the servants of Your Most Reverend Motherhood have arrived."

"This is the room!" . . . Mother Teodora de Aransis exclaimed full of surprise, contemplating the bare walls of a huge, cold, empty room. The ceiling was full of holes; the floor, covered with debris.

"We have no other. As for a bed to sleep on, don't expect us to offer Your Motherhood one because we do not have one. Martin de la Concepcion and I sleep on the floor."

The nun again looked at the dump she found herself in, no less frightened than the first time. A bit of altar and a pile of worm-eaten boards were the only

La madre volvió á mirar no menos espantada que la vez primera el antro en que se hallaba. Un pedazo de altar y un rimero de tablas carcomidas eran los únicos asientos. Algunas piedras sepulcrales llenas de escudos é inscripciones formaban apiladas como una especie de mesa.

Aterrada en el primer momento, Sor Teodora se serenó pronto comprendiendo que no estaba en el caso de pedir gollerías.

--Está bien, reverendo hermano--dijo.--Deme usted una luz y ayúdeme á cerrar estas ventanas.

--Estas dos ventanas no se pueden cerrar--dijo el frailecillo con burlona sonrisa.--Tampoco se cierra la puerta. En una palabra, madre reverendísima, aquí no se cierra nada. En Regina Coeli no hay llaves, ni cerrojos, ni trancas, ni candados. Puede Vuestra Maternidad entornar las puertas y afianzarlas con un palo. Como no hay viento no se abrirán . . . Traeré la luz al momento.

Largo rato estuvo sola y á oscuras la buena monja embebida en hondas reflexiones sobre su situación, y ya se impacientaba de la oscuridad cuando volvió el padre Juanico tan apresurado como sus piernas medio muertas se lo permitían. Puso una lámpara de cobre sobre el montón de piedras sepulcrales que hacían las veces de mesa, y dejándose caer sobre un madero, dijo suspirando:

--Déjeme Vuestra Maternidad que descanse un rato . . . no puedo tenerme . . . Este renegado de Guimaraens va á quitarnos la poca vida que tenemos . . . ¿Oye usted? todavía repica el desventuradísimo Martín de la Concepción . . . ¡Ay! cómo me canso, señora, con estas idas y venidas. A estas horas estaríamos el hermano y yo roncando riquísimamente sobre nuestras tablas si estos Barrabases no se nos hubieran metido aquí . . . Y lo que falta, pues, y lo que falta.

--Paciencia, hermano--dijo la dominica, sentándose también.

--Pues como iba contando--prosiguió el fraile, demostrando menos cansancio de lengua que de piernas,--esos hombres á caballos que iban por el camino eran los de la partida de Garrote, que hace días pasó para Solsona y ahora se vuelve á su país. El señor de Guimaraens les ha quitado algunas armas y les ha dejado seguir. Llevaban consigo un prisionero, un hombre malvado de esa infame ralea de jacobinos. Es, según dicen, el que pegó fuego á San Salomó.

Sor Teodora suspendió tan bruscamente sus reflexiones, que se la habría creido picada por el aguijón de una víbora. Clavó los negros ojos en el rostro

chairs. Some tombstones filled with coats of arms and inscriptions were piled up, making a kind of table.

Horror-stricken at first, Sister Teodora soon calmed down, realizing that she was in no position to ask for the moon and the stars.

"It is fine, reverend brother," she said. "Give me a light and help me close these windows."

"Those two windows cannot be closed," said the little old monk with a mocking smile. "The door cannot be closed either. In a word, Most Reverend Mother, here nothing closes. In Regina Coeli, there are no keys, nor bolts, nor bars, nor padlocks. Your Motherhood can leave the doors ajar and secure them with a stick. Since there is no wind it will not open . . . I will bring the light right away."

The good nun was alone and in the dark for a long time, absorbed in deep reflections about her situation. She was growing impatient with the dark when Father Juanico returned in as much of a hurry as his half-dead legs would allow. He put a copper lamp on the pile of grave stones that served as a table and dropping on a piece of timber, and sighing he said:

"Let me rest a little while, Your Motherhood . . . I cannot stand up . . . That renegade Guimaraens is going to take away the little life that we have left. Do you hear? That poor devil Martin de la Concepcion is still ringing. Oh! How tired I am of these comings and goings. By now the brother and I would be snoring our heads off on our boards if these Barrabases hadn't come in here . . . And that's all we need, now that's all we need."

"Patience, brother," said the Dominican nun, also sitting down.

"Well, as I was saying," the monk continued, his tongue not quite as tired as his legs, "those men on horseback that were coming down the road were from Garrote's band which passed through Solsona and is now returning to its land. Mr. Guimaraens took away some of their weapons and let them continue. They had a prisoner with them, an evil man, part of that infamous pack of Jacobins. According to what they say, he is the one who set fire to San Salomó."

Sister Teodora's thoughts were interrupted so abruptly that one might have thought she had been bitten by a viper She fixed her black eyes on the overly mature and overly ripe face of Father Juanico, who, encouraged by the attention she gave his words, added:

excesivamente maduro y pasado del padre Juanico, que alentado por la atención que á sus palabras se prestaba, añadió:

--Garrote, que va en retirada y sin armas, ha dejado aquí al prisionero para que el señor Guimaraens haga un poco de justicia. ¡Hace tanta falta en estos tiempos! . . . Le van á fusilar.

Sor Teodora se levantó. Un lúgubre rumor que en el patio se oía, llamó vivamente su atención. Miró por la ventana que al patio daba.

--Ahí le llevan--dijo el fraile, señalando al patio donde se distinguían grupos moviéndose con algazara.--Le van á meter en la cueva, en lo que era panteón y ahora nos sirve de leñera.

Sor Teodora no vió más que sombras, pero comprendió lo que pasaba. El corazón se le salía del pecho latiendo con desusada violencia.

--Adios, señora, que pase Vuestra Maternidad reverendísima buena noche-- dijo el padre Juanico tomando su linterna.--¡Ah! me olvidaba de advertir á Vuestra Maternidad que el Sr. de Guimaraens pasará á verla. Me lo ha dicho. Sin embargo, estará muy ocupado en toda la noche. Parece que ya llega la brigada que esperaban . . . ¡Gracias á Dios que descansa el pobre Martín! . . . Buenas noches . . . He visto entrar á varios paisanos . . . la servidumbre de Vuestra Maternidad reverendísima.

--Yo no tengo servidumbre--dijo Sor Teodora bruscamente.

--¿Ha venido Vuestra Maternidad sola?--exclamó el padre Juanico desplegando toda la piel de los ojos.

--Sola, sí, sola--afirmó la dama con energía sin pensar en su reputación.

El padre Juanico iba á persignarse, pero no se persignó. Creyó que debía marcharse . . . y se marchó.

La de Aransis dió algunos pasos hacia la puerta, después retrocedió . . . Llevóse las manos á la cabeza, cruzólas después. Puede afirmarse que en los treinta y dos años de su existencia no había conocido su alma un afán tan grande. Tan grande era, que la última aventura de Tilín le parecía cosa lejana, indigna de fijar su atención, y en verdad aquel drama terrible, puramente externo y que en nada afectaba á sus sentimientos, le parecía muy menguada cosa en comparación de la íntima sacudida que ora sentía en su alma.

"Garrote, who is in retreat and unarmed, has left a prisoner here so Mr. Guimaraens can carry out a little justice. In times like these, we really need it . . . They are going to shoot him."

Sister Teodora got up. A lugubrious noise that she heard in the courtyard quickly caught her attention. She looked out the window that overlooked the courtyard.

"There he goes," said the monk, pointing to the courtyard where groups could be seen moving noisily. "They are going to put him in a cave, in what was a pantheon and now serves us as a wood box."

Sister Teodora only saw shadows but she understood what was happening. Her heart was leaping in her chest, beating with unusual violence.

"Good-bye, madam. May Your Most Reverend Motherhood have a good night," said Father Juanico picking up his lantern. "Oh. I forgot to tell Your Motherhood that Mr. Guimaraens will come see you. He told me so. Nevertheless, he will be very busy all night long. Apparently the brigade he was waiting for has already arrived . . . Thank God that poor Martin can rest! . . . Good night . . . I saw several civilians enter . . . The Most Reverend Motherhood's servants."

"I have no servants," Sister Teodora said abruptly.

"Your Motherhood came alone?" Father Juanico asked, showing the whites of his eyes.

"Alone, yes, alone," the lady affirmed energetically, not thinking of her reputation.

Father Juanico was going to cross himself but he did not. He thought he should leave . . . and he left.

Miss Aransis took a few steps toward the door, then took a step back . . . She put her hands to her head, then folded them. In her thirty-two years of existence her soul had never known such great anxiety. It was so great that the recent adventure with Ting-a-ling seemed long ago to her, undeserving of her attention and in truth that terrible drama, purely external and in no way affecting her emotions, seemed very paltry in comparison to the intimate shock that she now felt in her soul.

She was so engrossed, so attentive to herself that she did not notice that she was being spied upon. Outside the window, opened to a second courtyard full

Tan absorta estaba, tan atenta á sí misma, que no observó que era espiada. Fuera de la ventana abierta á un segundo patio lleno de ruinas, un espantajo negro la vigilaba. Ella no veía el brillo verdoso de los ojos del buho acechando su presa.

of ruins, a black bogeyman was watching her. The nun did not see the shiny greenish eyes of the owl stalking its prey.

CAPITULO VEINTIOCHO

Sí, aquel tenaz guerrillero D. Carlos Garrote, cuya cólera hirviente, cuyas palabras amenazantes encerraban un gran fondo de rectitud, porque anunciaban su odio á las intrigas y á las transacciones indecorosas, tuvo que abandonar parte de sus armas en Regina Coeli. Habría sido petulancia sostener un combate. Él no se sometía; pero se retiraba de la lucha. No disparaba un tiro en contra de la causa apostólica; pero tampoco en pró del Rey, cuya doblez conocía como nadie. Deferente y cortés con D. Pedro Guimaraens, á quien por sus altas cualidades apreciaba, no sólo le entregó algunas armas, sino también un valioso prisionero, y después de recomendarlo al señor coronel con la mayor eficacia, siguió adelante, para buscar por la Conca de Tremp el camino de Aragón.

No estaba á cien varas de Regina Coeli cuando su pequeño ejército inerme fué detenido por otro armado y relativamente grande. Era la brigada que esperaba Guimaraens, y que había sido mandada por el conde de España para ocupar á Regina Coeli. Guimaraens, á quien España dió el día anterior pequeñas comisiones, fué encargado de ocupar previamente á Regina Coeli, en la previsión de que alguna pequeña partida se apoderase de punto tan conveniente, y de esperar allí á la brigada. El aviso de la campana fué cosa convenida entre el jefe de ésta y Guimaraens.

Garrote sabía que probablemente encontraría aquella tropa; sabía también quien la mandaba, y así con la esperanza de refrescar cordiales y antiguas amistades, luego que las avanzadas le detuvieron, preguntó:

CHAPTER TWENTY-EIGHT

Yes, that tenacious soldier, Don Carlos Garrote, whose seething anger, whose threatening words contained a great font of rectitude, because they announced his hatred for intrigue and shady deals, had to give up part of his weapons in Regina Coeli. It would have been arrogant of him to put up a fight. He did not surrender but he withdrew from the fight. He did not fire a shot against the Apostolic cause but neither did he fire in favor of the King whose duplicity he knew better than anyone else. Deferential and courteous with Don Pedro Guimaraens, whom he held in high esteem, he handed over to him not only some weapons but also a valuable prisoner and after commending him to the colonel with the greatest efficiency, he continued on to look for the road to Aragon through La Conca de Tremp.

He was not one hundred yards from Regina Coeli when his small, unarmed army was stopped by another armed and relatively big one. It was the brigade that Guimaraens was expecting and that had been sent by the Conde de Espana to occupy Regina Coeli. Guimaraens, to whom Espana had given small assignments the day before, was ordered to occupy Regina Coeli before some small band could overpower that convenient site and wait for the brigade there. The warning bell was something agreed upon by the brigade leader and Guimaraens.

Garrote knew that he would probably run into that troop. He also knew who commanded it and so with the hope of renewing cordial and old friendships, the moment the advance party stopped him, he asked:

--¿En dónde está el jefe? ¿En dónde está mi amigo queridísimo el Sr. D. Francisco Chaperón?

Fuéle respondido que no lejos venía, y poco después el valiente soldado navarro y el antiguo presidente de la Comisión Militar Ejecutiva se daban estrechísimo abrazo en mitad del camino, alargando cada cual el cuerpo sobre el caballo, de modo que por un instante parecieron un solo hombre sobre dos brutos.

--Por vida del Santísimo Sacramento--dijo el brigadier--que no creí tener sorpresa tan agradable. Sabía que andaba usted por estos barrios... ¿Y á dónde se va? Supongo que en retirada.

--Me voy á mis montañas, me voy sin armas, sin ilusiones, sin esperanza por ahora... Han querido meterme en intrigas, y enlodarme con estos inmundos arreglos, y... me voy, me voy. ¡Esto es una farsa, señor D. Francisco, pero qué farsa!

--Hombre ¡qué diantres! ya sabemos que en el mundo, todo es farsa... Pero ¿á qué conducía esta guerra? Francamente, hablemos como hombres formales... más adelante, no digo que no; pero ahora... ¡Vaya con las diabluras catalanas! Es preciso sofocar esto, echarle tierra á todo trance, antes que tome vuelo, porque si no se aprovecharán de ello los liberales. Es lo que yo digo: divídase el partido del orden y tendremos á los masones tirándonos de la nariz...

--Los liberales tienen poco que ver en este negocio.

--¡Qué error! Por donde quiera que vamos recibimos la noticia de tramas horribles. Ellos son los que con halagos y promesas inclinan á los guerrilleros á no someterse. Yo le digo al conde de España: "Señor conde, mientras quede uno de esos, no tendremos paz en el reino," y el conde es de mi opinión. A veces me dice: "Chaperoncillo, aquí hay que amenazar á un lado y dar á otro," y yo soy también de esa opinión. Estoy contento de haber enviudado de aquella endiablada Comisión que me dió tantos disgustos, y de haberme casado con esta guerra. Me gustan los campamentos más que las oficinas, y nuestro jefe me agrada mucho. Es riguroso, y hace cumplir la ordenanza con crueldad; pero eso es bueno, eso es bueno. También sabe premiar á los que sirven con celo y á los que ejecutan sus órdenes con prontitud y sin vacilaciones... Con que, amigo mío... Por vida del Santísimo Sacramento, estoy por decirle á usted que vuelva grupas y me acompañe á Regina Coeli, que ya debe de estar cerca... allí echaremos una copa y fumaremos un cigarro.

"Where is your leader? Where is my dear, dear friend Don Francisco Chaperon?"

They told him that he was far off and shortly thereafter the brave Navarese soldier and the former president of the executive military commission were embracing very tightly, each one stretching his body over his horse, so for an instant they looked like only one man between two beasts.

"Upon the Blessed Sacrament," said the brigadier.[1] "I did not think I would have such a pleasant surprise. I knew that you were in these parts . . . So where are you going? I suppose you are in retreat."

"I am going to my mountains. I am going without weapons, without illusions, without hope, for now . . . They tried to get me involved in intrigues and dirty my hands with those filthy arrangements and . . . I am going away. I am going. This is a farce, Don Francisco, what a farce!"

"My dear fellow! What the devil! We knew already that everything in the world is a farce . . . But where was this war leading? Frankly, let's be serious . . . later on, things will be different; but now . . . Those devilish Catalonian tricks! This must be stopped; it must be hushed up at all costs, before it gets out of hand, because if we don't, the liberals will take advantage of it. This is what they say: Split the party in two and we will have the Masons leading us around by the nose . . ."

"The liberals have little to do with this business."

"That's where you are wrong. Everywhere we go we hear the news of horrible plots. They are the ones who, with flattering words and promises, convince the guerrillas not to surrender. I told the Conde de Espana: 'Conde, while one of them is left alive, we will not have peace in the kingdom' and he agrees with me. Sometimes he says to me: 'My dear Chaperon, here one has to menace one side and give to the other' and I agree with him. I am glad I left that evil commission that gave me so much trouble and that I joined this war. I like army life better than working in an office and I like our leader very much. He is strict and cruelly goes by the book; but that is good, that is good. He also knows how to reward those who serve fervently and those who execute his orders quickly and without hesitation . . . So, my friend . . . Upon the blessed sacrament! I think you should turn back and accompany me to Regina Coeli which must be close now . . . There we will have a drink and smoke a cigar."

--No puedo, Sr. D. Francisco . . . Regina Coeli está á dos pasos: allí descansará usted. Por cierto que le he dejado á usted allí un buen regalo.

--¿Algo de cena?--dijo D. Francisco haciendo con su mano en las inmediaciones de la fiera boca, el gesto vulgarísimo que denota buen apetito.

--Nada de eso.

--¿Pues qué?

--Un liberal.

--¿Y para qué quiero yo un liberal, como no sea para fusilarlo?

--Precisamente para eso.

--¿Sí? ¡Por vida del . . . ! ¿Y quién es?

--Un gran delincuente. Anoche le cogimos *in fraganti*. Había pegado fuego al convento de San Salomó en Solsona.

--Hombre, ¡qué alhaja! Para encontrar estos primores no hay otro como usted.

--Vino á España enviado por los de Lóndres para tejer una de tantas conspiraciones. Es pájaro de cuenta: le conozco hace tiempo. Es de los que figuraron cuando las Cabezas . . . Después anduvo en masonerías y comunismo.

--¡Preciosísimo!

--Es paisano mío. Se llama Salvador Monsalud.

--Yo he oido ese nombre, lo he oido.

--Lo han oido todos los que en Madrid asistieron á los infames escándalos de los tres años.

--¿Y está allí, en Regina Coeli?

--La verdad, no quise dejarle en Solsona porque no tengo confianza en la gentuza que queda allá. Es probable que le dejaran escapar. Después tuve intención de fusilarle en el camino; pero Sr. D. Francisco, yo soy buen católico y no me atrevo á matar á un hombre cuando no puedo darle los auxilios de la religión . . . Mis creencias no me permiten quitar á un hombre, por malvado que sea, la probabilidad de redención, y aunque éste sea de los que merecen morir como perros, yo . . . no quiero cuestiones con mi conciencia . . . ¿He hecho bien?

--Perfectamente: si es usted al mismo tiempo un bravo soldado y un doctor de la Iglesia. Para casos como este tengo yo mis capellanes, que despabilan un par de reos en diez minutos.

"I cannot, Don Francisco . . . Regina Coeli is a short way away. There you can rest. By the way I left you a nice gift there."

"Something to eat?" said Don Francisco, making the very common gesture with his hand in the environs of his frightful mouth that denotes bon appetite.

"Not that."

"Then what?"

"A liberal."

"And what do I want a liberal for, unless it be to shoot him."

"That's it precisely."

"Really? Upon . . . Who is it?"

"A great criminal. Last night we caught him *in fraganti*. He had set fire to the convent of San Salomó in Solsona."

"My dear fellow. What a jewel. There is no one like you when it comes to finding those beauties."

"He came to Spain sent by the men in London to weave conspiracies that are nothing special. He is a nasty customer. I've known him for some time. He is one of those who was present at Las Cabezas[2] . . . At that time he was involved in Masonry and Communism."

"That's just wonderful."

"He is a from my region. His name is Salvador Monsalud."[3]

"I've heard that name."

"Everyone who witnessed those infamous scandals during the last three years in Madrid has heard of him."

"And he is there, in Regina Coeli?"

"The truth is I didn't want to leave him in Solsona because I have no confidence in the riffraff there. They would probably let him escape. Then I intended to shoot him on the road, but Don Francisco, I am a good Catholic and I would not dare kill a man when I cannot give him last rites . . . My beliefs would not allow me to take away the possibility of redemption from a man, no matter how evil he may be. Although he may deserve to die like a dog, I . . . don't want anything on my conscience . . . Did I do right?"

"Perfectly, if you are at the same time a brave soldier and a doctor of the Church. For cases such as this, I have my chaplains, who dispatch a couple of criminals every ten minutes."

—Hay dos curas en Regina Coeli.

—El negocio corre de mi cuenta—dijo D. Francisco demostrando gran impaciencia.

—¿Confío en que usted castigará al mayor de los criminales?...

—¡Hombre, qué idea! Pues si así no lo hiciera... Además de que me gusta arrancar la mala yerba que encuentro en mi camino, soy hombre que no está dispuesto á recibir reprensiones del general en jefe, y le juro á usted que si el conde supiera que yo, después de tener en mi mano un pájaro del plumaje de ese caballero masón, le había de dejar escapar... vamos, no quiero pensarlo. Yo creo que me mandaría dar palos como á un recluta. Usted no conoce bien á ese insigne defensor de la Monarquía. ¡La ordenanza, el exterminio de la gente negra! Estos son los polos sobre que gira el grande espíritu del conde de España... Dicen que Su Excelencia está loco: yo no le tengo por tal, sino por muy cuerdo, y con media docena como él bastaba para arreglar el mundo.

—Es hombre que no perdona una falta ni á Cristo Sacramentado.

—Ni á la Santísima Trinidad. Hombre más inexorable no se ha visto ni se verá. Cuando su hijo no se levanta temprano, el conde manda una banda de tambores á la alcoba... entran despacito, se colocan junto á la cama y de repente... ¡purrúm! rompen generala, y así el muchacho se despabila y salta hasta el techo. Pues digo, cuando D. Carlos encarga á su hija algún trabajo de aguja, ya puede andar lista y acabarlos para cuando su padre le ha dicho, porque si no me la pone de centinela en el balcón con la escoba al hombro dos, tres, cuatro horas, según el caso. No tiene consideración ni con su señora la condesa... Ya podía descuidarse un día en ponerle tal ó cual plato que le gusta. La manda arrestada y la tiene cinco ó seis días sin salir del cuarto con un oficial de guardia á la puerta.

—Eso me parece extravagante.

—Pues yo no opino lo mismo; es preciso que el hombre del día sea muy enérgico. Los lazos del poder se van aflojando mucho, y llegará día en que no haya disciplina ni autoridad, y héteme aquí á la sociedad desquiciada por completo. En España hacen falta hombres así, desengáñese usted, Carlos... ¡Si no, á dónde vamos á parar! Dicen que el conde está loco. Ya quisieran más de cuatro tener su juicio. ¡Por vida del Santísimo!... Lo que tiene es muchas agallas. Es el único hombre á quien veo con capacidad bastante para acabar con el bando liberal. Marchando despacito con su ejército va barriendo el país, lo va barriendo, sí, á

"There are two priests in Regina Coeli."

"This affair is my responsibility," said Don Francisco, very impatiently.

"I trust you will punish this hardened criminal?"

"My dear fellow, the very idea! Of course I will . . . Besides, I like to pull out weeds that I find in my path. I am a man who is not prepared to receive reprimands from the general-in-chief and I swear to you that if the Conde de Espana knew that I had let him escape after having a bird with the plumage of this Masonic gentleman in my hand . . . Well, I don't even want to think about it. I think he would order me beaten like a recruit. You do not know that renowned defender of the Monarchy very well. Orders, the extermination of Blacks. Those are the poles on which the great spirit of the Conde de Espana turns. They say His Excellency is crazy. I don't think he is. I think he is very sane and half a dozen like him would be all we would need to put the world right."

"He is a man who does not forgive mistakes, not even for Holy Christ himself."

"Nor the Holy Trinity either. There has never been nor will there ever be a more inexorable man. When his son does not get up early, the Count sends a band of drums to his bedroom . . . They enter slowly, position themselves next to the bed and suddenly rat-a-tat-tat, they break into the call to arms and so the boy wakes up and jumps to the ceiling. Well, I tell you, when Don Carlos gives his daughter some needlework to do, she must be clever and finish it quickly because if she doesn't, he puts her on guard duty on the balcony with a broom to her shoulder for two, three, four hours, according to the situation. He has no consideration for the Countess, his wife, either . . . One day she was careless when she put some dish that he likes before him. He ordered her arrested, he put an officer at her door to guard her and he did not let her come out of her room for five or six days."

"I think that is odd."

"Well, I don't agree. The man of the moment must be very energetic. The bonds of power are getting very weak and the day will come when there is no discipline or authority and what you've got is a society that is completely topsy turvy. In Spain, we need men like that. Open your eyes, Carlos. If not, where is it all going to stop! They say the Count is crazy. We should all be so crazy. Lots of people wish they had his judgment. By the Most Holy! . . . He is the only man I

fusilazos. Como nos dejen no quedará uno para muestra . . . Figúrese usted que él llega á un pueblo, sale á pasear por las calles y á todo el que encuentra le detiene y le dice: "enséñame el rosario." Como no se lo enseñe va derecho á la carcel. ¡Ay de los que sean conocidos por sus opiniones! Esos no van á la carcel: van á otra parte de donde no se vuelve . . . Yo no soy de los que opinan que España es un hombre cruel y sanguinario . . . no, todo es relativo. Hay que ver como está nuestro país, podrido de malas ideas. Es preciso que esta guerra corte y ampute y despedaze y descuartice. ¿No cree usted lo mismo?

--Lo mismo.

--¡Cruel y sanguinario! Pues yo sostengo que es un hombre de bonísimos sentimientos, muy pío y temeroso de Dios. Me consta que confiesa y comulga todas las semanas. ¡Con qué miramientos trata á los señores clérigos y frailes! Yo le he visto en la iglesia dándose golpes de pecho como el mayor pecador del mundo. Me han dicho que tiene éxtasis y que usa silicio . . . Pero le estoy deteniendo á usted demasiado con mi charla . . . Es tarde.

--Sí, Sr. D. Francisco, y quiero llegar mañana á la Conca. Mucho me place la compañía; pero es preciso que nos separemos.

--Hombre--dijo Chaperón con acento campechano.--Yo creo que algún día nos hemos de ver peleando juntos por una misma causa.

--También lo creo.

--Venga un abrazo.

Los dos hombres se acercaron el uno al otro, y dos corazones de tigre latieron juntos unidos por un abrazo. Al separarse, Chaperón le dijo:

--Gracias por el regalo.

--Me olvidaba de una advertencia--indicó Garrote deteniendo un instante su caballo.--Ese Sr. D. Pedro Guimaraens que está en Regina Coeli me parece un poco débil y amigo de contemplaciones.

--¿Sí? . . . ya le arreglaré yo.

--Puede que le hable á usted de perdonar al reo. Es hombre de mimos y blanduras.

--¿Sí? á buena parte viene. Ya le leeremos la doctrina á ese señor.

--Los caballos se encabritaron, emprendióse la marcha y Garrote gritó desde lejos:

--Es preciso ser inexorable.

see capable enough to get rid of the liberal party. Marching, oh so slowly, with his army he is sweeping the country, he is sweeping it, yes indeed, with gunfire. The way they are going, there won't be one left as an example . . . Just imagine--he arrives in a town, goes for a walk through the streets and he stops everyone he meets and says, `Show me your rosary.' Anyone who doesn't show it goes straight to jail. Woe to those who are known for their views. They don't go to jail; they go somewhere else, from where they never return . . . I am not one of those who thinks that Espana is a cruel, bloodthirsty man . . . No, everything is relative. You must see what our country is like, rotten with bad ideas. This war must cut and amputate, tear to pieces and quarter. Don't you believe the same?"

"Exactly the same."

"Cruel and bloodthirsty! Well, I maintain that he is a man of very good sentiments, very pious and God-fearing. I am certain that he goes to confession and takes communion every week. How respectfully he treats the clerics and monks. I have seen him in church beating himself on the chest as if he were the greatest sinner in the world. They tell me that he has visions and that he uses the hairshirt . . . But I am detaining you too long with my chit-chat. . . It's late."

"Yes, Don Francisco and I want to reach La Conca tomorrow. I am enjoying your company but we must part company."

"My good man," said Chaperon good-naturedly. "I believe that some day we will find ourselves fighting together for the same cause."

"Give me an embrace."

The two men approached each other and two bloodthirsty hearts beat together, united in an embrace. When they separated Chaperon said to him:

"Thank you for the gift."

"I forgot to warn you," Garrote pointed out, stopping his horse for a moment. "That Don Pedro Guimaraens, who is in Regina Coeli, seems a little weak and tends to be indulgent."

"Is that right? . . . I'll take care of him."

"He might talk to you about pardoning the criminal. He is a pampered, weak man."

"Is that right? He's come to the right place. We will read that man the catechism."

Chaperón se echó á reir, y su carcajada confundíase con el piafar de los caballos. Más lejos ya, el furibundo cabecilla repitió:

--Inexorable.

Después se oyó el tumulto de las voces de mando, y la tierra trepidaba con el violento pisar de hombres y brutos. El murmullo del ejército en marcha se oía á larga distancia, como el zumbido de un gran enjambre invasor que iba conquistando lentamente el espacio oscuro. El tañido de una esquila les guiaba llamándoles hasta que dieron en el portalón de Regina Coeli.

Fué recibido el señor brigadier por D. Pedro Guimaraens que le condujo adentro, mientras los subalternos daban órdenes para alojar y racionar á las tropas. Mostróse muy seco y disciplinario Chaperón, el cual, cuando se vió en su dormitorio, dijo al coronel que él no había venido á Cataluña á hacer niñerías, que él pensaba en todo y por todo inspirarse en las ideas del general en jefe D. Carlos España, y que prohibía absolutamente al D. Pedro hablar de clemencia y enternecerse como una cómica que representa el drama sentimental. Dicho esto, se paseó por la desmantelada sala y dijo que no habiendo camas, dormiría en una silla, pues hombres como él no necesitaban finuras. Mandó que le trajesen un jarro de vino, un pan y la carne fiambre que traía en su balija, y puesto el mantel sobre una arca vieja, invitó á Guimaraens á que le acompañase con otros dos coroneles en su frugal cena. Hízolo D. Pedro, aunque no tenía gana, y Chaperón, engullendo y bebiendo con apetito, no daba paz á la lengua. Era preciso convencerse de que él era inexorable, absolutamente inexorable; de que estaba decidido á corresponder á los deseos del conde de España, su jefe y amigo. A los apostólicos que se sometieran, les perdonaría: eran alucinados y no criminales; á los jacobinos y masones les aplastaría sin piedad. Ya sabía él que en Regina Coeli estaba un gran criminal que debía acabar sus días en la mañana próxima, y como él era absolutamente inexorable contra los enemigos de la sociedad, prohibía al Sr. Guimaraens que le hablase de compasión, porque hombres como él no se ablandaban con suspirillos. Aunque D. Pedro respondía á todo afirmativamente, aún no parecía satisfecho el ogro, y ponía por testigo al Santísimo Sacramento de su decidido entusiasmo por lo absolutamente inexorable.

Asomóse después al balcón que daba al gran patio ó esplanada de ruinas, y al retirarse dijo:

--¡Qué negro está todo! Señor coronel Guimaraens...

The horse reared up, the march began, and Garrote shouted from a distance:

"You have to inexorable."

Chaperon began to laugh and his laughter and the stamping of the horses' hooves became jumbled together. Now further away, the furious leader repeated:

"Inexorable."

Then, there was an uproar of voice giving orders and the earth shook with the violent tramping of men and beasts. The sound of the army on the move could be heard far off, like the buzzing of a great swarm, an invader that was slowly conquering the dark space. The tolling of the bell guided them, calling to them until they reached the monumental door of Regina Coeli.

Don Pedro Guimaraens met the brigadier at the door and led him inside while the subordinates gave the order to billet the troops and to give them rations. Chaperon was very curt and strict. When Chaperon was in his bedroom, he told the colonel that he had not come to Catalonia to play around; that he thought of everything and in everything he was inspired by the ideas of the general-in-chief Don Carlos Espana and that he absolutely forbade Don Pedro to talk about clemency and to be moved like an actress in those sentimental dramas. Having said this, he walked through the dismantled room and said that he would sleep in a chair, there being no beds, since men such as he did not need finery. He ordered a jug of wine, a loaf of bread, and cold cuts that he carried in his suitcase be brought to him and when the tablecloth was placed on an old chest, he invited Guimaraens to accompany him and the two other colonels, in his frugal supper. Don Pedro did so, although he did not feel like it and Chaperon, gobbling up the food and drinking heartily, would not stop talking. He had to convince himself that he was inexorable, absolutely inexorable; that he had decided to give in to the desires of the Conde de Espana, his leader and friend. He would pardon the Apostolics who had surrendered. They were suffering from hallucinations and were not criminals. He would crush the Jacobins and Masons without pity. He knew that in Regina Coeli there was a great criminal who was to end his days the next morning and as he was absolutely inexorable against society's enemies, he forbade Mr. Guimaraens from talking to him about compassion because men such as he were not softened up with sighs. Although Don Pedro answered everything in the affirmative, the ogre still did not seem satisfied and made him swear his decided enthusiasm for

D. Pedro se puso á sus órdenes.

--Mañana á las seis en punto, forma usted el cuadro en ese patio y me fusila usted al jacobino. A las seis en punto. Yo quiero verlo desde este balcón; sí, quiero verlo con mis propios ojos.

Diciendo esto acercaba dos de sus dedos á los ojos y se estiraba los párpados inferiores, mostrando redondas y saltonas las córneas, bordadas de un cerco sanguinolento; después se sentó en una silla, estiró las piernas, apoyando el brazo derecho en el respaldo y la cabeza en la palma de la mano.

--Voy á dormir un rato. Son las tres. Que me llamen á las seis menos cuarto.

Retiráronse todos, y el ogro quedó roncando. Guimaraens fué á dar órdenes, y después de pasar largo rato en las cuadras bajas hablando con los oficiales que estaban á sus órdenes, recordó que Sor Teodora de Aransis le había mandado llamar poco antes. Gozoso de ser util á tan insigne señora, corrió á la caverna donde estaba, y por espacio de media hora larga conferenció con ella. Lo que hablaron no lo sabemos; pero quizás lo adivine el que siga leyendo.

being absolutely inexorable on the Blessed Sacrament.

Then he peeped over the balcony that looked out on the large courtyard or esplanade of ruins and, upon withdrawing, he said:

"How black everything is! Colonel Guimaraens..."

Don Pedro snapped to attention.

"Tomorrow, at six o'clock sharp, make a firing squad in that courtyard and shoot the Jacobin for me. At six o'clock sharp. I want to watch it from my balcony. Yes, I want to see it with my own eyes."

Saying this, he put two of his fingers near his eyes, and pulled down the lower eyelids, showing his round, bulging corneas surrounded by a blood-shot ring. Then he sat down on a chair, stretched his legs, resting his right arm on the back and his head in the palm of his hand.

"I am going to sleep for a while. It is three o'clock. Have them call me at a quarter till six."

They all retired and the ogre started snoring. Guimaraens went to give orders and after spending a long time in the lower quarters talking with the officers that were under his command, he remembered that Sister Teodora de Aransis had sent for him shortly before. Delighted to be of use to that distinguished lady, he ran to the cavern where she had taken refuge, and for a good half hour, he talked with her. What they talked about we do not know, but perhaps whoever continues reading will figure it out.

CAPITULO VEINTINUEVE

Don Pedro salió cabizbajo. Cuando la señora se quedó sola, sentóse sobre las piedras sepulcrales y apoyando el codo en una tabla y la frente en las coyunturas de su mano cerrada cual si empuñara un arma, estuvo largo rato inmergida en profunda meditación. Su alma sentía una ansiedad hasta entonces desconocida, como no tuviera su semejante en las vagas ansiedades de aquel amor místico que la inflamó durante los primeros días de su vida en el convento. Se preguntaba qué razón había para aquel interés por cosa que tan poco debía importarle: pero no podía darse respuesta satisfactoria. Trató de vencer aquel afán; pero contra este enemigo terrible eran débiles las armas de la razón, que hiriéndole sin matarle, le irritaban más. El enemigo se asentaba al mismo tiempo en su imaginación y en su corazón; aunque más parte ocupaba de aquélla que de éste.

En su mente había una idea, inmutable, aterradoramente fija y clara, la cual le ponía delante como la mayor de las desgracias y de las injusticias posibles, el sacrificio de aquel hombre que estaba en las mazmorras de Regina Coeli. No podía de ningún modo asentir á que pereciese aquella figura airosa y elegante, aquel semblante varonil, aquel mirar dulce y penetrante, aquella discreción y urbanidad de lenguaje, aquella nobleza que en toda su persona resplandecía, aquel misterio de su vida y de su entrada en el convento, la violencia misma de su aparición seguida después de manifestaciones hidalgas, aquel no sé qué de semejante hombre que había despertado súbitamente un interés muy vivo en el

CHAPTER TWENTY-NINE

Don Pedro was quite crestfallen when he left. When the nun was left alone, she sat down on the tombstones and leaning her elbows on a slab and her forehead in the joints in her hand, closed as if she were grasping a weapon, she was immersed in deep meditation for a long while. Her soul felt an anxiety unknown until then, as it had no equal in the vague anxieties of that mystic love that inflamed her during the first days of her life in the convent. She asked herself the reason for that interest for something that should be of such little importance; but she could not give a satisfactory reply. She tried to overcome that enthusiasm, but the weapons of reason were weak against this terrible enemy. Wounding him instead of killing him just irritated him more. The enemy was established at the same time in her imagination and in her heart, although the former rather than the latter occupied a greater part.

In her mind then was an immutable idea, terrifyingly fixed and clear, that appeared before her as the greatest of possible misfortunes and injustice--the sacrifice of the man locked up in the dungeons of Regina Coeli. She could under no circumstances allow to perish that graceful and elegant figure, that manly face, that sweet and penetrating look, that discretion and politeness of speech, that nobility that shone in his entire person, that mystery about his life and his entrance in the convent, the very violence of his appearance, followed by gentlemanly declarations; that certain something about the man who had suddenly awakened a very deep interest in Sister Teodora de Aransis's soul. She protested against the

alma de Sor Teodora de Aransis. Ella protestaba contra la calumnia de que fuera incendiario de San Salomó. Tan grande injusticia poníala furiosa.

No tenía serenidad suficiente para considerar lo anómalo de sus sentimientos. Después de doce años de claustro, de calma y de tibia y rutinaria devoción, Teodora de Aransis perdía toda su entereza y su paz espiritual por la presencia de un desconocido. Quizás era ella menos monja de lo que parecían indicar sus doce largos y monótonos años de claustro; quizás aquel período lento y pesado como un sueño de embriaguez, había sido tan sólo un verdadero sueño estúpido del cual la despertaba la voz de un hombre; tal vez la verdadera juventud de la hermosa dama comenzaba en aquel instante, y quizás, quizás el grito de terror proferido al ver profanada su casta celda por el aventurero, fué la última palabra de su niñez.

Contra esta idea desfavorable protestó la razón de la vírgen del Señor, diciéndose:--No, es lástima, nada más que lástima lo que siento.

Pero una lástima profunda, abrasadora, una lástima que le hacía olvidar los sucesos de las últimas horas, las llamas de San Salomó, su rapto, el viaje con Tilín, y le hacía olvidar también sus doce años de cláustro. Creeríase que todos los deseos, todas las ilusiones, todos los caprichos, todas las afecciones arrinconadas durante los doce años habían renacido súbitamente, y se juntaban para hacer de aquella lástima un sentimiento sublimamente cariñoso. De mil cachivaches olvidados y perdidos en los repliegues de una vida oscura y pasiva, la compasión hacía su acopio en un día para fundir con ellos un afecto poderoso. El filo de esta arma iba derecho contra el propio corazón de la monja, el cual se partía y se hacía pedazos, pensando en la muerte injusta de un desconocido.

Mientras meditaba no vió que en la ventana aparecía un rostro oscuro, después un busto, y que el ágil cuerpo de Tilín saltaba sobre el antepecho y se acercaba pausadamente á ella. El viento entraba en la sala, y la luz de la lámpara oscilaba como la llama de una antorcha, produciendo intervalos de claridad y sombra. Teodora no vió al dragón hasta que no estuvo delante de ella, con las manos cruzadas, inclinado el rostro. Ligera exclamación de sorpresa salió de los labios de la señora; pero nada más. La presencia de su enemigo ya no le causaba temor sin duda.

Sorprendióse Tilín de no ser recibido como esperaba, con exclamaciones de horror. Él daba por perdida ya su causa. Había entrado en Regina Coeli con el

false accusation that he had set fire to San Salomó. Such a great injustice made her furious.

She was not calm enough to consider how anomalous her feelings were. After twelve years in the cloister, twelve years of calm, lukewarm and routine devotion, Teodora de Aransis lost all her fortitude and spiritual peace through the presence of an unknown man. Perhaps she was less of a nun than her twelve long, monotonous years in the cloister would seem to indicate. Perhaps that period, slow and boring like an intoxicating dream, had been only a true, stupid dream from which the voice of a man was awakening her. Perhaps the true youth of the beautiful lady began in that instant and perhaps, just perhaps, that shout of terror uttered upon seeing her chaste cell profaned by the adventurer was the last word of her childhood.

The intellect of the Lord's virgin protested against this unfavorable idea, saying to herself:

"No, it is pity, what I feel is nothing more than pity."

But a deep, burning pity, a pity that made her forget the events of the last few hours, the flames of San Salomó, her abduction, the trip with Ting-a-ling, made her forget also her twelve years in the cloister. All the desires, illusions, caprices, affections forgotten during those twelve years had suddenly been reborn and they joined together to turn that pity into an affectionate--even a sublime-- feeling. From a thousand forgotten and lost things in the recesses of an obscure, passive life, compassion gathered them in a single day to fuse them into a powerful affection. The cutting edge of this weapon went right to the very heart of the nun, whose heart was breaking to pieces, thinking about the stranger's unjust death.

While she was meditating, she did not see that a dark face appeared in the window, and then a bust and that Ting-a-ling's agile body was jumping on the windowsill and was slowly approaching her. The wind entered the room and the lamp light wavered like a torch's flame producing intervals of light and shadow. Teodora did not see the dragon until he was all but in front of her with his hands folded and his head bowed. A light exclamation of surprise escaped from the lady's lips, but that was all. The presence of her enemy no longer inspired fear, no doubt.

Ting-a-ling was surprised not to be received in the manner he expected: with exclamations of horror. He now gave up his cause as lost. He had entered

tumulto de tropa y paisanos, y se había deslizado entre las sombras del patio en ruinas para ver de lejos la presa que se le había escapado. No creía ya en su éxito; no tenía ilusión alguna. Sabía que su víctima estaba ya en seguridad contra él, y que un grito, una voz sola, le bastarían para defenderse, si nuevamente fuera perseguida. A pesar de esto, esperaba oir en boca de la señora recriminaciones y apóstrofes. En vez de esto Tilín halló un silencio de sepulcro y una impasibilidad sombría y taciturna.

--Soy yo, señora--dijo Pepet en voz baja--soy yo, que aún aquí, donde está la monja más segura, vengo sin temor á nada, ni á la misma muerte.

La religiosa no contestó. Parecía que más enojaba á Tilín el silencio que las recriminaciones, porque alzando la voz con violencia, añadió:

--Soy yo, señora, que si supiera que no había de salir de aquí sino hecho pedazos, no dejaría de entrar. Vengo, porque quiero decir la última palabra.

Nuevo silencio.

--La última palabra, señora--prosiguió el voluntario realista.--He perdido la partida. Por primera vez dejo de creer en el buen éxito de mi osadía, de mi fuerza y de mi astucia. Mis diablos me han desamparado . . . vencido soy. El angel que á usted la protegía me destrozó en mitad del camino.

Tilín creía con ciega fé en esta idea de Satán abandonándole y del angel que le acuchillaba.

--Un recurso me queda--añadió sordamente--el recurso mío, el que más me gusta.

Sor Teodora le miró. Parecía que de improviso oía con interés las palabras de Tilín. Su atención indicaba un cambio brusco en sus ideas, algo como esperanza, ó presentimiento de una solución posible.

--Me queda--dijo él, animado por aquella mirada--el recurso de la muerte, que es ya mi único consuelo.

Pepet se detuvo, y la monja, mirándole con mayor interés, le dijo:

--Sigue, Tilín, ya ves que te escucho sin enfado.

--El mundo se acabó para mí. Ninguna de las ambiciones de mi alma he podido satisfacer en él. Lo miro como un lodazal de hielo en el cual no nace ni una yerbecilla . . . Huir de él es lo que deseo. Dos objetos han llenado mi alma y cabalgando en ella parece que la han espoleado; ambos han sido un esfuerzo estéril y doloroso como las convulsiones del loco. Ni soldado ni amante, ni la gloria ni

Regina Coeli with the tumult of troops and civilians and he had slipped among the shadows of the courtyard in ruins to see from faraway the prey that had escaped. He no longer believed in his success; he had no illusions. He knew that his victim was safe from him and that a shout, just a voice would be sufficient to defend himself if she were again pursued. In spite of this he expected to hear recriminations and apostrophes from the lady's mouth. Instead, Ting-a-ling found a deathly silence and a somber, taciturn impassiveness.

"It's me, madam," said Pepet in a low voice. "It is me and although I am here where the nun is safest, I come without fear of anything, not even of death itself."

The nun did not answer. Ting-a-ling seemed angered more by the silence than by the recriminations because, raising his voice violently, he added:

"It's me, madam. Even if I had known that I would leave here torn to pieces, I still would have come in. I have come because I want to have the last word."

New silence.

"The last word, madam," the royalist volunteer continued. "I have lost the game. For the first time ever I have stopped believing in the good success of my boldness, my strength and my cleverness. My demons have abandoned me . . . I am defeated. Your guardian angel broke me in the middle of the road."

Ting-a-ling believed with blind faith that Satan had abandoned him and the angel had stabbed him in the back.

"I have one recourse left," he added quietly, "my recourse, the one I like best."

Sister Teodora looked at him. Suddenly she listened to Ting-a-ling's words with interest. Her attention indicated an abrupt change of idea, something like hope, or the premonition of a possible solution.

"What I have left," he said, encouraged by that look, "is the recourse of death which is my only consolation now."

Pepet stopped and the nun, looking at him with greater interest, said to him:

"Go on, Ting-a-ling; you see that I am listening to you without anger."

"The world is over for me. I have not been able to satisfy any of my soul's ambitions in it. I look at it as a mire of ice where not even a blade of grass sprouts

el amor . . . ¡Todo perdido! Los deseos no satisfechos, que son como áscuas que no puedo trocar en llamas ni tampoco en cenizas, me piden mi sangre, señora, mi sangre malvada.

Ronco por la violencia de su expresión y trémulo con las convulsiones del despecho, se clavó las dos manos en el seno. Después cayó de rodillas é hiriendo el suelo con su frente, dijo con voz angustiosa:

--Monja, díme que me perdonas y moriré contento.

La llama de la lámpara que poco antes parecía extinguida, inundó de claridad la sala. El rostro de la monja se tiñó de leve púrpura; sus ojos brillaron; no de otro modo brillan en el semblante humano las llamas de la inspiración. Sor Teodora tuvo una inspiración.

--¡Perdonarte!--dijo.--¿Y has podido dudar de mi perdón, siendo sincero tu arrepentimiento? ¿Reconoces tu sacrilegio, tu infame conducta?

--Yo no reconozco nada--repuso Tilín con desesperación.--No reconozco sino que amo, que adoro, y que por esto sólo merezco misericordia. Mis maldades no son maldades, son mis caricias, caricias á mi modo, porque no me es permitido hacerlas de otro modo. ¡El sacrilegio! El Diablo me lleve si entiendo esta palabra. No sé más sino que mi alma se abrasa, que pongo sobre todo el Universo á una sola persona; que esa persona me aborrece, y que no quiero vivir . . . Esto es lo que sé . . . ¡Perdón, perdón! Pido perdón, porque es lo único que espero me pueden dar; lo pido por poder decir: "Me arrojó una palabra dulce y dejó caer una lágrima de piedad sobre mi corazón envenenado." Por esto pido perdón.

--Y yo te lo doy--dijo la monja poniendo su dedo sobre la cabeza del hombre terrible.

--Esto me regocijará en la otra vida. Señora, adios; me voy á matar.

Apartóse algunos pasos, y metiéndose la mano en el pecho sacó un cuchillo. Corrió hacia él prontamente la monja, diciéndole:

--Aguarda.

Tilín extendió la mano armada, y apartando con ella á la de Aransis, dijo:

--Usted que me aborrece, no podrá impedirme que me mate.

--Yo no lo impido.

--¿Se opone usted á mi muerte?

--No, no me opongo, no.

--¿Por qué?

. . . What I want is to get out of it. Two objects have filled my soul. As they rode in it, it seems they have spurred it on. Both have been a sterile, painful effort, like a crazy man's convulsions. Neither soldier nor lover, nor glory nor love . . . Everything is lost! The unsatisfied desires that are like embers that I can no longer change into flames or into ashes either, demand my blood, madam, my evil blood."

Hoarse due to the violence of his expression and trembling due to the convulsions of his despair, he clasped his two hands to his chest. Then he fell on his knees and hitting his forehead on the ground, he said in an anguishing voice:

"Sister, tell me that you forgive me and I will die a happy man."

The flame of the lamp, which shortly before seemed to have gone out, flooded the room with brightness. The nun's face was tinged a light purple; her eyes were sparkling, the way flames of inspiration shine on the human face. Sister Teodora had an inspiration.

"Forgive you!" she said. "And how could you doubt my forgiveness if you were truly repentant? Do you recognize your sacrilege, your infamous conduct?"

"I do not recognize anything," Ting-a-ling replied in desperation. "I only recognize that I love, I adore and for this reason alone, I deserve mercy. My evil deeds are not evil; they are my caresses, caresses in my own fashion, because I am not allowed to do them any other way. Sacrilege! The devil take me if I understand that word. I only know that my soul is burning, that I put just one person above the entire Universe; it is that person who hates me and I don't want to live . . . This is what I know . . . Forgiveness, forgiveness! I ask forgiveness because it is the only thing that I expect. I ask it so I can say: `She said a sweet word to me, and she let a tear of pity fall on my poisoned heart.' That is why I ask your forgiveness."

"And I give it to you," said the nun, putting her finger on the head of the terrible man.

"That will cheer me in the next life. Madam, good-bye. I am going to kill myself."

He moved a few steps away and placing his hand on his chest, he took out a knife. The nun suddenly ran toward him, saying to him:

"Wait."

Ting-a-ling extended his armed hand and pushing Miss Aransis aside with it, he said:

--Porque la mereces.

--Bien, señora. Todo ha concluido--dijo Tilín apartándose, resuelto á consumar el último crímen.--El Infierno me llama; voy al Infierno.

La monja se abalanzó á él denodada y sin miedo al arma ni á la descompuesta cara de Tilín, cuyos ojos inyectados de sangre causaban horror. Le puso ambas manos sobre el pecho, le miró con ternura y en tono dulce y persuasivo le dijo:

--¿Y por qué no al Cielo?

El tono y la mirada fascinaron de tal modo al dragón, que quedó extático, embelesado.

--¡Al Cielo!--murmuró.

Soltó el cuchillo. La monja volvió con apariencia tranquila á su asiento, é indicó con una seña á Tilín que se sentara también.

--Ya no hay Cielo para mí, ni puede haberlo--dijo el dragón.

--¿Por qué?

--Porque soy un malvado, porque amo lo imposible, lo que Dios prohibe, lo que es suyo, y no puedo dejar de amarlo . . . ¡Oh! Mi Cielo no es el Cielo de los demás, mi Cielo sería que usted me amase y usted no me puede amar, usted me aborrece.

--¿Y si dejase de aborrecerte?

Pepet sintió en su alma un consuelo inefable.

--¿Y si te amase?--añadió la monja con animación, pero sin dejar su acento y su expresión de melancolía.

La sensación que experimentó Tilín era como si unas manos de querubines le hubieran suspendido en el aire.

"The person who hates me cannot keep me from killing myself."
"I will not stop you."
"Are you against my death?"
"No, I am not against it."
"Why?"
"Because you deserve it."
"Fine, madam. Everything is over," said Ting-a-ling, leaving, determined to commit the ultimate crime. "Hell is calling me. I am going to Hell."

The nun bravely rushed at him without fear of Ting-a-ling's weapon or his distorted face whose bloodshot eyes inspired fear. She put both of her hands to her bosom, looked at him tenderly and in a sweet, persuasive tone of voice, she said to him:

"And why not to Heaven?"

Her tone and her look fascinated the dragon in such a way that he was bewitched.

"To Heaven!" he muttered.

He dropped the knife. The nun returned to her seat with a peaceful outward appearance and signaled Ting-a-ling to sit down too.

"There can no longer be any heaven for me," said the dragon.

"Why?"

"Because I am an evil man, because I love the impossible, what God forbids, what is his and you cannot love me; you hate me."

"And if I stopped hating you?"

Pepet felt an indescribably relief in his soul.

"And if I were to love you?" the nun repeated with animation but without abandoning her melancholy accent and expression.

The sensation that Ting-a-ling experienced was as if the hands of cherubim had suspended him in the air.

CAPITULO TREINTA

¡Oh, señora!--exclamó--no juegue usted con mi corazón. ¿Y cómo ha de poder ser que usted me ame?

--Mereciéndolo.

--¿Cómo?

--¿De qué nace el amor sino de la admiración y de la gratitud? Cuando no nace de esto es fútil capricho que se va tan pronto como viene.

--¡Admiración!--dijo Tilín meditabundo.--¡Oh! sí, es verdad. Por eso yo soñaba con ser un héroe, con realizar hazañas grandes y extender mi fama por todo el mundo, para que admirándome usted me amase.

--Pero más que de la admiración nace el amor de la gratitud--dijo la monja firme ya en su papel,--nace de la placentera dicha que nos produce la contemplación de las virtudes y de los sacrificios de otra persona. Un acto de abnegación sublime, uno de esos actos que ponen de manifiesto la superioridad de un alma, basta á encender el amor en el corazón más frío. El mío no puede ser conquistado de otra manera, Tilín; pero conquistado así, su posesión será eterna por los siglos de los siglos.

El bárbaro guerrero contemplaba embebecido y trastornado el rostro de la dama, que tenía en aquel momento una expresión sobrehumana. De sus ojos veía Tilín que emanaba y caía sobre él una luz divina.

--¡Ay!--exclamó--si eso fuera verdad, si el mundo no fuera un centro de vulgaridad, si existiera la posibilidad de esos actos sublimes . . . ¿Qué no haría yo

CHAPTER THIRTY

"Oh, madam!" he exclaimed. "Don't play with my heart. How can you possibly love me?"
"By being worthy."
"How?"
"From what is love born, if not from admiration and gratitude. When it is not born from that, it is a futile caprice, which goes away as quickly as it comes."
"Admiration!" said Ting-a-ling, pensive. "Oh yes, it is true. That's why I was dreaming about becoming a hero, about accomplishing great feats and spreading my fame throughout the world so that by admiring me you might love me."
"But more than from admiration, love is born from gratitude," said the nun, now secure in her role. "It is born from the pleasant happiness that the contemplation of the virtues and sacrifices of another person produces in us. An act of sublime self-denial, one of those acts that reveals the superiority of a soul is sufficient to kindle love in the coldest heart. Mine can be no other way, Ting-a-ling, but winning it over that way, its possession will be eternal."
The barbarous warrior was contemplating, delighted and out of his mind, the lady's face, which had at that moment a superhuman expression. Ting-a-ling saw divine light emanating from her eyes and falling on him.
"Oh!" he exclaimed. "If this were true, if the world were not a center of vulgarity, if the possibility of those sublime acts existed . . . What wouldn't I do to

por merecer esa vida que anhelo? . . . Pero no, lo que me puede acercar á usted no existe.

--Sí puede existir--dijo con entereza la monja.

Después cambió de tono repentinamente. Dijo algunas palabras con desfallecido acento y en seguida algunas lágrimas brotaron de sus bellos ojos. La luz se amortiguó dejando en sombra la sala.

--¿Llora usted?

--Sí lloro . . . ¿No comprendes que hay en mí algo extraordinario? . . . ¿No me ves cambiada, no me ves muy otra de lo que fuí hasta hace algunas horas?

--Sí, y nada comprendo--dijo Tilín acercando su rostro para ver mejor el de ella.

--¡Qué has de comprender! . . . Mi angustia no puede comprenderse si yo no la explico . . . En pocas horas mi situación ha cambiado bruscamente . . . tengo que ocuparme de lo que antes no me ocupaba, y he tenido que olvidar mis desgracias porque he caido en desgracias mayores.

Parecía que lloraba amargamente. Armengol estaba perplejo.

--Escúchame--dijo la monja secando sus lágrimas--y tendrás lástima, mucha lástima de mí. Si entraste en Regina Coeli poco después que yo, verias que los guerrilleros dejaron aquí á un pobre prisionero á quien acusan de jacobino y de incendiario de San Salomó.

--Falsedad, porque el incendiario del convento soy yo.

--Verdad; pero en lo de jacobino tienen razón, no puedo menos de confesarlo.

--¿D. Jáime Servet? Le conozco.

--Pero no sabes que han decidido fusilarle y que mañana, es decir, hoy al romper el día se cumplirá esa horrible sentencia.

--Me lo figuraba.

--Pues bien--dijo la monja con brío.--Tilín, ese hombre, ese á quien tú llamas D. Jáime Servet, es mi hermano.

Al decir esto, la monja sintió que por sus labios pasaban unas como ascuas. Aquella fué la primer mentira grave que Sor Teodora de Aransis había dicho en su vida.

--¡Oh, señora! ¡qué horrible caso!--exclamó Tilín ocultando su cabeza entre las manos.

deserve that life that I long for? . . . But no. What can bring me nearer to you does not exist."

"Yes, it can exist," the nun said firmly.

Then she suddenly changed her tone. She said a few words in a weak accent and a few tears welled up in her beautiful eyes. The light was growing dim, leaving the room in shadows.

"Are you crying?"

"Yes, I am crying . . . Don't you understand that there is nothing extraordinary about me? . . . Don't you see how I have changed, don't you see that I am quite different from what I was like when you saw me just a few hours ago?"

"Yes, and I do not understand why," said Ting-a-ling, leaning toward her to see her face better.

"How could you understand! . . . My anguish cannot be understood unless I explain it . . . In a few short hours, my situation has abruptly changed . . . I have to deal with something that did not worry me before and I have had to forget my misfortunes because greater misfortunes have befallen me."

She was crying bitterly. Armengol was perplexed.

"Listen to me," said the nun drying her tears, "and you will feel sorry--very, very sorry for me. If you had entered Regina Coeli shortly after me you would have seen the guerrillas leave a poor prisoner here who they accuse of being a Jacobin and setting San Salomó on fire."

"False, because I was the one who set the convent on fire."

"True, because they are right about him being a Jacobin. I must admit that."

"Don Jaime Servet? I know him."

"But you don't know that they have decided to execute him and that tomorrow, or rather, today at daybreak that awful sentence will be carried out."

"I thought as much."

"Well then," said the nun with determination, "Ting-a-ling, that man, the one you call Don Jaime Servet, is my brother."

When she said that the nun felt that live coals were passing through her lips. That was the first serious lie that Sister Teodora de Aransis had told in her life.

—Mi hermano, sí, mi infeliz hermano--añadió la monja volviendo á llorar,--mi pobre hermano, á quien amo entrañablemente, á pesar de sus ideas jacobinas, y que tuvo la loca idea de dejar su emigración y venir á España con nombre supuesto á no sé qué, Tilín, á locuras y despropósitos...

—¡Su hermano!--murmuró Tilín.--Puede usted creerme que esta idea pasó por mi cabeza cuando sorprendí á ese hombre en Cardona y vi la carta que llevaba para la abadesa de San Salomó.

—¿Comprendes ahora mi desesperación, mi agonía? ¡Ver á mi hermano, el único consuelo y amparo de mi anciana madre, verlo, como lo estoy viendo, con las manos atadas á la espalda!... ¡Oh! esto es espantoso... Dios dé fuerzas á mi espíritu... yo moriré, moriré sin remedio... ¡Y estoy bajo el mismo techo que él! Si me parece que oigo los latidos de su corazón... Pepet, Pepet, ten compasión de mí.

Diciendo esto, dejó caer su afligida cabeza sobre el hombro del guerrillero.

—Los ruegos y las lágrimas de una religiosa--dijo Pepet,--¿no ablandarán al coronel?

—¡Ah! ¿no sabes tú que ha entrado en Regina Coeli un hombre terrible, un tigre, el célebre D. Francisco Chaperón, que jamás ha perdonado á nadie? Ese infame hombre hará fusilar dos veces á mi pobre hermano si hay quien implore misericordia por él. Guimaraens me ha dicho que no hay remedio, que no puede haberlo. Chaperón ha fijado la hora del amanecer para el suplicio; ha dado á Guimaranes órdenes que no tienen réplica, determinando que el acto se verifique en su presencia. El feroz verdugo se asomará al balcón de su alojamiento que cae á ese patio.

—¿No hay remedio?... ¿Y es posible que no haya remedio?--preguntó Tilín haciendo ademán de horadarse la frente con el puño.

—Después de una pausa, la monja suspiró y dijo:

—Sí hay remedio, sí lo hay. Chaperón no conoce á mi hermano, no le ha visto nunca.

Hubo una pausa larga y lúgubre, durante la cual no se oía voz ni suspiro. Al fin Tilín alzó la cara y dijo:

—Para salvarlo bastará que otro muera en su lugar. D. Pedro Guimaraens no tendrá inconveniente en la sustitución, si el sustituto...

Se detuvo para tomar aliento. Parecía que se ahogaba.

"Oh, madam. What a horrible situation!" exclaimed Ting-a-ling, burying his head between his hands.

"My brother, yes, my unfortunate brother," the nun added, crying again. "My poor brother whom I love dearly in spite of his Jacobin ideas and who had the crazy idea to come back to Spain under an assumed name to do--I don't know what, Ting-a-ling--acts of madness and nonsense."

"Your brother!" Ting-a-ling muttered. "Believe me, that idea crossed my mind when I surprised that man in Cardona and I saw the letter than he was carrying for the abbess of San Salomó."

"Do you now understand my desperation, my agony? To see my brother, the only comfort and solace of my elderly mother; to see him as I am seeing him, with his hands tied behind his back! . . . Oh! This is frightening . . . God give me strength . . . I will die, I will die on the spot . . . I am under the same roof as he. I think I hear his heart beating . . . Pepet, Pepet, take pity on me."

Saying this, she dropped her troubled head on the warrior's shoulder.

"Won't a nun's pleas and tears soften the colonel's heart?" Pepet said.

"Oh! Don't you know that a terrible man, a tiger, the famous Don Francisco Chaperon, who never has pardoned anyone, has entered Regina Coeli? This vile man will shoot my poor brother twice if someone begs him for mercy. Guimaraens has told me that there is nothing we can do about it. Chaperon has set the execution for dawn. He has given Guimaraens orders that cannot be revoked and he is determined that the execution be carried out in his presence. The fierce executioner will watch from the balcony of his quarters that looks out over this courtyard.

"Nothing can be done? . . . And are you sure that nothing can be done?" Ting-a-ling asked, striking his forehead with his fist.

After a pause, the nun sighed and said:

"There is something we can do about it. There sure is. Chaperon does not know my brother. He has never seen him."

There was a long and dismal pause during which not a voice or a sigh was heard. Finally, Ting-a-ling lifted his face and said:

"To save him another must die in his place. Don Pedro Guimaraens will not object to the substitution, if the substitute . . ."

—Si el sustituto—dijo acabando la frase—soy yo, que le ofendí y le llevé con los codos atados á Solsona.

Una segunda pausa siguió á estas palabras.

—Pero los soldados conocerán al engaño—murmuró Tilín.

—Los de Chaperón no, porque no conocen á mi hermano—dijo Sor Teodora.—Los de Guimaraens tampoco . . . Mi pobre hermano ha entrado de noche. D. Pedro me responde de que se atreverá á engañar de este modo á Chaperón. Hablamos de esto. Yo pensaba en tí, que eres el verdadero criminal . . . La sustitución, además de ser justa, es facil.

—¡Oh! morir así, morir á sangre fría—exclamó con fiereza Tilín, sintiendo que el instinto se sublevaba en él con impetuosa voz.—¡Y todo en cambio de un amor, de un premio que recibiré . . . en la eternidad!

La monja se levantó bruscamente. Tilín la miró con estupor porque parecía una encarnación divina, un angel de castigo que fulminaba rayos, una personificación extraordinariamente bella y terrible, tal como él la soñaba en sus horas de delirio amoroso y de ardor guerrero. Su actitud majestuosa, su ademán colérico, su voz grave, dejaron suspenso y sobrecogido al sacristán soldado. La monja le dijo:

—¡Y vacilas, hombre pequeño y miserable! ¡Y tiemblas, cobarde! No eres capaz de ningún acto sublime y generoso, gusano despreciable, y te has atrevido á poner los ojos en mí! ¡No eres capaz del sacrificio y has osado mirarme con amor, como si yo, mujer noble, hermosa y consagrada á Dios, pudiera acogerte sin merecimientos grandes, tan grandes como la inmensa escala que he de recorrer descendiendo desde mi altura á tu pequeñez! . . . Quítate de mi presencia, reptil despreciable; juzgué posible no aborrecerte, juzgué posible amarte; pero esto no puede ser, no; no puede alterarse la ley que prohibió á los sapos brillar como las estrellas del cielo. Quítate de mi presencia . . . ¿En dónde está ese corazón tuyo que llamas grande y es incapaz de un sentimiento de sublime piedad y abnegación? No tienes más que los estúpidos ardores de la bestia, y á eso llamas amor, miserable. Llamas amor á ese instinto de manchar, que es propio de los más bajos séres . . . y te has atrevido á mirarme, á mirarme á mí, que vivo de lo ideal, de los sentimientos puros, de las ideas castas y nobles . . . ¡Ves morir con ignominia á un inocente, acusado de un crímen cometido por tí, y no sientes piedad! . . . ¡Dices que me amas y no eres capaz de morir por mí! ¿Qué amor es ese que se atreve á

He stopped to catch his breath. It seemed like he was drowning.

"If the substitute," he said, finishing the sentence, "is me, who offended him and took him tied at the elbows to Solsona."

A second pause followed these words.

"But the soldiers will recognize the deception," Ting-a-ling muttered.

"Chaperon's won't because they don't know my brother," said Sister Teodora. "Guimaraens won't either. My poor brother entered at night. Don Pedro told me that he will dare to fool Chaperon this way. Let's talk about this. I was thinking about you, that you are the true criminal . . . The substitution in addition to being just, is easy."

"Oh, to die that way, to die in cold blood," Ting-a-ling exclaimed fiercely, feeling that instinct was rebelling in him with an impetuous voice. "And everything in exchange for a love, for a reward that I will receive . . . in eternity!"

The nun got up abruptly. Ting-a-ling looked at her in amazement because she seemed a divine incarnation, an avenging angel that hurled forth thunderbolts, an extraordinarily beautiful and terrible personification, such as he had dreamed of in his hours of amorous delusions and martial zeal. Her majestic attitude, her angry gesture, her serious voice left the soldier-sacristan baffled and bewildered. The nun said to him:

"And you are hesitating, you miserable little man! And you are trembling, coward! You are not capable of any sublime, generous act, despicable worm, and you have dared to look at me! You are not capable of sacrifice and you have dared to look at me with love, as if I, a beautiful noblewoman consecrated to God, could welcome you without great meritorious works, as big as the huge ladder that I must descend to go from my high level to your smallness . . . Get out of my sight . . . despicable reptile. I thought it possible not to hate you; I thought it possible to love you; but this cannot be, no; the law that prohibited toads from shining like the stars in the sky cannot be changed. Get out of my sight. Where is that heart of yours that you call big and is incapable of a feeling of sublime pity and self-denial? You only have the stupid passions of beasts and that's what you call love, you wretch. You call love that debasing instinct which is characteristic of even the lowest forms of life . . . and you dared to look at me, to look at me who lives for the ideal, for pure sentiments, for chaste and noble ideals . . . You are seeing an innocent man, accused of a crime committed by you, die unjustly, and

llamarse tal sin conocer el sacrificio? . . . Me causas horror, vete, mátate cien veces; te aborrezco, no tendrás de mí ni aún la compasión que inspira el pobre insecto en el momento en que lo aplastamos en el pié; vete, te digo que te vayas, ¡maldito!

Dió algunos pasos, inclinóse, recogió del suelo el puñal que poco antes soltara Tilín, y arrojándoselo á los pies, le dijo:

—Toma tu cuchillo, puedes matarte de despecho por no haber poseido el tesoro que robaste, ladrón. Necio, estúpido, ¡como pudiste creer que Dios permitiría á la paloma casta y hermosa caer en el nido del murciélago asqueroso! . . . Puedes matarte delante de mí, aplacando con tu sangre el ardor de tus sentidos; no tendré lástima y miraré tu agonía con asco, no con lástima . . . y bajarás volando al Infierno, donde arderás más y más, y estarás viéndome eternamente, y deseándome eternamente, y padeciendo los más horribles tormentos, siempre, siempre, sin poderme alcanzar nunca, sin poder llegar á tocar mi hermosura, con tus dedos inmundos . . . y con una eternidad de suplicios expiarás la inmensidad de tu sacrilegio.

Dicho esto, en cuyo efecto creía, dejóse caer sin aliento sobre las piedras sepulcrales. Su pecho palpitaba como no había palpitado nunca. Tilín estaba como un idiota. No hallaba palabras para dar salida á aquel volcán de su pecho. Por fin soltó atropelladamente estas:

—¡Qué yo no soy grande! ¡que yo no soy capaz de un acto heróico de abnegación y generosidad! ¡que yo no soy capaz de elevarme de un salto hasta los últimos cielos! . . . ¡que yo soy un insecto! . . . ¡que yo no sé amar sino como las bestias! . . . ¡que yo no tengo sentimientos nobles, ni idea de la justicia! . . . ¡Oh! señora, no me conoce quien tal dice. Todo lo que es humanamente posible lo haré yo. Tan hombre soy como cualquier santo . . . ¡Sacrificio! No hay quien sepa calcular la extensión de lo que yo puedo hacer, si en una hora de angustia y de sacudimiento como esta me lleno de esa luz que á veces me relampaguea dentro. ¡Ah! me he oido llamar maldito sin protestar; maldito, cuando mi corazón aceptaba quizás el sacrificio que se le imponía . . . ¿Sabe usted quien soy yo? ¿lo sabe?

Al decir esto se acercó á la monja, y con su brutal mano le tocó la barba para levantarle el rostro, que ella inclinaba mirando al suelo.

—¿Sabe usted quién soy yo?—añadió.—Pues yo soy el hombre de corazón más grande que ha nacido de madre. La paloma no lo cree . . . ¡Ah! ella con su

you feel no pity! . . . You say that you love me and you are not capable of dying for me! What kind of love is that that dares to call itself such without knowing sacrifice? . . . You make me sick. Go. Kill yourself a hundred times. I hate you. You do not even have the compassion for me that a poor insect inspires in us in the moment that we squash it with our foot. Go. I told you to go, damn you."

She took a few steps, leaned over, picked up the dagger from the ground that Ting-a-ling had dropped shortly before and throwing it at his feet, she said:

"Take your knife. You can kill yourself in despair for not having possessed the treasure that you stole, thief. Foolish, stupid man. How could you believe that God would permit a beautiful chaste dove to fall into the nest of a disgusting bat? . . . You can kill yourself in front of me, quenching with your blood the ardor of your senses. I will have no compassion and I shall look upon your agony with disgust, not with pity . . . and you will fly down to Hell where you will burn more and more and you will be seeing me eternally and desiring me eternally and suffering the most horrible torments forever, never ever being able to reach me, unable to touch my beauty with your filthy fingers . . . and with an eternity of torments you will expiate the immensity of your sacrilege."

Having said this--which she believed would make an impact--she dropped breathless on the tombstones. Her heart was beating as it had never beat before. Ting-a-ling looked like an idiot. He couldn't find the words to vent the volcano in his chest. Finally, he hurriedly babbled these words:

"So I am not great! So I am not capable of a heroic act of self-denial and generosity! So I am not capable of ascending in a single bound to the highest of heaven! . . . So I am an insect . . . So I only know how to love the way beasts do! . . . So I have no noble sentiments or an idea of Justice! . . . Oh! Madam, whoever says that does not know me. I will do all that is humanly possible. I am as much a man as any old saint . . . Sacrifice! There is no one who knows how to calculate the extent of what I can do, if in an hour of anguish and shock like this one I am full of that light that at times flashes inside me. Oh! I heard myself called damned and I did not protest. Damned, when my heart was perhaps accepting the sacrifice that was being imposed on it . . . Do you know who I am? Do you know?"

As he said this, he approached the nun and with his brutal hand touched her chin to lift her face that she was bowing, looking at the ground.

nobleza, con su hermosura, con su castidad, con sus virtudes, con su santidad, no es capaz de hacer esa cosa extraordinariamente rara y grandiosa que yo voy á hacer. Ella, tan justamente orgullosa, no será nunca capaz de elevarse como se va á elevar ahora el reptil, el gusano, el miserable, el maldito. ¡Abnegación, sacrifico, justicia! ¿Y si yo dijera que todo eso me es familiar en un momento dado, que es mi centro, mi elemento, como lo es al pájaro la altura? ¿Qué diría á esto la dama ilustre que se siente manchada sólo con una mirada de mis pobres ojos? ¿qué diría á esto?

 La dama no dijo nada.

 Haciendo con el brazo derecho un movimiento semejante al de un hombre que arroja la vida con tanto desprecio como se arrojaría la cáscara de una fruta que se va á comer, Tilín dijo:

 --Señora, si Guimaraens sabe arreglar esto, su hermano de usted está salvo.

 Teodora le miró. Estaba pálida, y una turbación piadosa había borrado de su rostro la expresión colérica. La dominica se acercó al bárbaro y le puso ambas manos sobre los hombros. Si antes le había abrumado con su ira, con su orgullo, con su violencia increpadora, ahora le embelesaba con su piedad, con su gratitud, con lágrimas que á él le parecieron resbalar por el mismo trono de Dios para caer sobre su corazón.

 La caprichosa monja jugaba con los sentimientos del pobre Tilín como juega el diestro con la fiereza pujante pero ciega del toro.

 --No es sólo sacrificio--le dijo.--Es también justicia. Mi hermano es inocente.

 --Y yo culpable, lo sé; el orden natural me lleva á perecer en lugar suyo. Acepto. Pero lo que me arrastra á este sacrificio antes es amor que justicia. Así lo confesaré ante Dios.

 --Pues bien--le dijo ella con dulcísimo tono--todo eso que has deseado, todo eso que has soñado . . .

 --¿Qué?

 --Ya lo mereces.

 Tilín sintió su alma llena de congoja y desfallecimiento. Dejóse caer en el asiento y escondiendo su rostro entre los brazos, exclamó gimiendo:

 --¡Pero cuándo . . . pero cuándo!

 Teodora se acercó á él, puso la mano sobre su cabeza, y le dijo:

"Do you know who I am?" he added. "Well, I am the man with the biggest heart who was ever born of woman. The dove does not believe it . . . Oh! She, with her nobility, her beauty, her chastity, her virtues, her holiness is not capable of doing . . . that rare and grandiose thing that I will do. She, so justly proud, never will be able to ascend as the reptile, the worm, the wretch, the damned will now ascend. Self-denial, sacrifice, justice. And what if I were to say that I am familiar with all this in a given moment, that it is my center, my element, like height is to birds. What would the illustrious lady who feels soiled only with a look from my poor eyes say to this? What would she say to this?"

The lady said nothing.

Making a movement with his right arm similar to that of a man who throws away his life with as much disdain as he would throw the peeling from a piece of fruit that he is going to eat, Ting-a-ling said:

"Madam, if Guimaraens can arrange this, your brother is safe."

Teodora looked at him. She was pale and a pious confusion had erased the angry expression from her face. The Dominican nun approached the barbarian and put both hands on his shoulders. If earlier she had overwhelmed him with her anger, her pride, her recriminative violence, now she charmed him with her pity, her gratitude, with tears that seemed to him to trickle down the very throne of God to fall over his heart.

The capricious nun was playing with poor Ting-a-ling's feelings as the matador plays with the powerful but blind fury of the bull.

"It is not only sacrifice," she said to him. "It is also justice. My brother is innocent."

"And I am guilty; I know it. The natural order leads me to perish in his place. I accept. But what draws me to this sacrifice first is love of justice. That is how I will confess it before God."

"Very well," she said to him in a very sweet tone, "all that you have wanted, all that you have dreamed . . ."

"What?"

"Now you deserve it."

Ting-a-ling felt his soul was full of anguish and discouragement. He dropped into the seat and hiding his face between his arms, he exclaimed, moaning:

"But when . . . but when!"

—¿Ciego, es la tierra el centro de las almas? ¿Nuestra vida no ha de tener complemento glorioso más allá de la muerte? ¿Qué vale este paso doloroso por la tierra al lado de la eterna dicha, donde los afectos duran eternamente, sin hastío, y donde los corazones alimentan con el eterno fuego sus ansias que aquí no son jamás satisfechas? . . . Perdóname, si te ofendí, creyéndote incapaz de un acto generoso. ¡Oh, Pepet, con una palabra has establecido entre tu alma y la mía esa relación, esa cadena de oro que enlaza pensamiento, corazón, voluntad, y de dos séres no hace más que uno solo. Te has trasfigurado á mis ojos; ya no eres Tilín, eres un sér adornado de esa belleza sublime que emana de las grandes acciones. Una idea sola, un sentimiento diferencian al mónstruo del angel. ¡Cuán admirables giros hace la obra predilecta de Dios, que es el alma! Has cautivado mi corazón los sentidos, les habla la idea superior. Yo la he escuchado y te acojo con afecto y orgullo.

La monja le estrechó en sus brazos. Al hacerlo y al decirle lo último que le dijo, sintió que por sus labios pasaban aquellas mismas ascuas que pasaran antes, y sintió también como una trepidación honda, un sacudimiento cual si se desquiciaran las esferas celestiales. Tuvo miedo de sí misma, porque en sí misma estaba el orígen de aquel desquiciamiento.

—¡La eternidad!—murmuró Tilín besando con delirante ardor las manos de la virgen del Señor.—¡Qué lejos está eso! Dios mío, qué lejos!

—Toda la existencia terrenal es un soplo—repuso la monja con expresión mística.—El tiempo todo es un segundo. Considera cuán distinta es tu muerte de lo que habría sido dándotela tú mismo con desesperación. Ahora morirás cristianamente, y tu abnegación por salvar á otro hombre, tu generoso y sublime rasgo de caridad, tu espíritu de justicia te llevarán derecho al Cielo . . . al Cielo, donde gozarás de Dios eternamente, y donde las amorosas ansias que en vida han sido tu tormento, serán para tí manantial perdurable de delicias.

—Pero solo . . .

—Solo no. Pronto verás pasar junto á tí una sombra bella y cariñosa . . . Seré yo, yo, á quien dejas aquí inundada de gratitud y de admiración. En el cielo hay dulce compañía, y el grato, el inefable arrimo de todas las personas que hemos amado en el mundo. Los lazos tiernos, castos, nobles, que las almas establecieron en el mundo, permanecerán por los siglos de los siglos. Ningún sér que haya amado puede comprender la gloria de otro modo.

Teodora approached him and put her hand on his head and said to him:

"Blind man, is the earth the center of our souls? Doesn't our life have a glorious complement beyond death? What is this painful passage through the earth worth beside eternal happiness where affection lasts eternally, without boredom, and where hearts are fed with the eternal fire of those longings which are never satisfied here? . . . Forgive me if I offended you, believing you incapable of a generous act. Oh, Pepet, with a word you have established between your soul and mine that relationship, that golden chain that links thought, heart, will and makes two beings but one. You have become transfigured in my eyes. You are no longer Tilin: you are an adored being with that sublime beauty that emanates from great deeds. A single ideal, a feeling distinguished the monster from the angel. What admirable turns the favorite work of God, which is the soul, makes. You have suddenly captured my heart by virtue of your sacrifice. Feelings do not speak to my soul; the superior ideal speaks to it. I listen to it and I welcome you with affection and pride."

The nun embraced him. As she did so and as she said the last thing she told him, she felt those same live coals were passing through her lips that had passed through earlier and she also felt something like a deep vibration, a shaking, as if the celestial spheres were disturbed. She was afraid of herself, because in herself was the origin of that disturbance.

"Eternity," muttered Tilin, kissing the hands of the Lord's virgin with delirious ardor. "How far away that is. My God, how far."

"All earthly existence is short," replied the nun with a mystic expression. "All time is a second. Consider how different your death is from what it would have been if you had killed yourself in depair. Now you will die a Christian and your self-denial to save another man, your generosity and sublime act of charity, your spirit of justice will take you straight to Heaven . . . to Heaven, where you will be with God eternally and where the amorous longing that were your torment in life will be for you an everlasting spring of delights.

"But alone . . ."

"Not alone. Soon you will see walking next to you a beautiful, loving shadow . . . It will be I, I, who you leave flooded with gratitude and admiration. In Heaven, there is sweet company and the pleasant, indescribably support of all the people that we have loved in the world. The tender, chaste, noble bonds that souls

--¡Ah! sí, sí--exclamó Tilín que creyente firmísimo en el dogma del Cielo y del Infierno, aceptaba aquella idea con júbilo y con entusiasmo.

--Desde el instante de tu tránsito--añadió Sor Teodora haciendo un esfuerzo--serás feliz; me tendrás por los siglos de los siglos.

Como para anticipar aquella posesión de siglos de siglos, Tilín asía con fuerte mano los brazos de la monja.

--Sí, sí--balbució--seré feliz contigo.

Estaba ya ebrio, enloquecido, y su alma se cernía entre el amor y el misticismo. A su turbado entendimiento se presentaba la morada de los justos, como un lugar que sin dejar de ser divino tenía algo de humano por albergar parejas felices y tiernos desposorios.

El tiempo volaba. Sor Teodora se apartó de él, y le dijo:

--¿Sostienes lo que has ofrecido?

--Yo no digo las cosas más que una vez.

--¿Insistes en un sacrificio que te hará grande á los ojos de Dios y á los míos?

--Sí--contestó Tilín inundado de amor, que tomaba un tinte de devoción abrasadora.

--Pues yo te bendigo.

La monja extendió sus manos sobre él.

--En vez de decirme: "yo te bendigo," dime "yo te amo"--declaró Tilín con el cerebro enteramente trastornado.

--¡Pobre espíritu vacilante!--dijo ella.--¿No serás capaz de desprenderte de las miserias humanas y elevar tu corazón á aquellas esferas de luz donde reside el amor puro, el amor ideal, aquel amor que no se envilece con los sentidos? Hombre pequeño, que aspiras á ser grande y á ceñir la corona de los mártires, reconoce tu error, no me pidas un amor impropio de mi estado religioso, de mi nobleza, de mi dignidad, pídeme, sí, el que á uno y otro corresponde, aquel dulce fuego del corazón, más vivo cuanto más casto, porque es el verdadero amor de . . .

A Sor Teodora se le atravesó algo en la garganta.

--El verdadero amor de los ángeles--dijo concluyendo la frase. --¡El amor de los ángeles!--exclamó Tilín cruzando las manos y dejándose caer en una especie de éxtasis.

established in the world will remain for centuries on end. No being who has ever loved can understand glory in any other way."

"Oh, yes, yes," exclaimed Ting-a-ling, who, believing very steadfastly in the dogma of Heaven and Hell, accepted that idea with jubilation and enthusiasm.

"From the moment of your passing," added Sister Teodora, making an effort, "you will be happy, you will have me forever and ever."

As if anticipating that centuries-long possession, Ting-a-ling grasped the nun's arms in his strong hands.

"Yes, yes," he stammered. "I will be happy with you."

He sat down, mad, beside himself, and his soul hung between love and mysticism. Before his disturbed mind appeared the dwelling of the just, as a place that, without losing its divinity, was somewhat human because it housed happy couples and tender marriages.

Time was flying. Sister Teodora moved away from him and said to him:

"Do you maintain what you have offered?"

"I only say what I mean."

"Do you insist upon a sacrifice that will make you great in God's eyes and mine?"

"Yes," Ting-a-ling answered, flooded with love that took on the overtones of burning devotion.

"Then I bless you."

The nun stretched out her hands over him.

"Instead of saying 'I bless you' tell me 'I love you,'" Ting-a-ling declared, his brain completely unhinged.

"Poor vacillating spirit," she said. "Can't you part with human misery and elevate your heart to those spheres of light where pure love, ideal love, that love that does not degrade itself with the senses resides. Little man who aspires to be great and to put on the martyr's cross, admit your mistake. Don't ask for a love inappropriate to my religious state, my nobility, my dignity. Ask me--yes indeed-- for that one where we love one another, that sweet fire of the heart, the more chaste it is, the brighter it is because it is the true love of . . . "

Something got stuck in Sister Teodora's throat.

"The true love of angels," she said, finishing her sentence.

--¡Infeliz alucinado! Como el toro arremete ciego al lienzo rojo, así se abalanza su espíritu hacia la idea de los celestiales desposorios prometidos.

Sor Teodora miró al cielo.

--Ya va á amanecer.

--Ya llega mi hora--dijo él extremeciéndose.

--Para mí viene la aurora de un día triste como todos los días, para tí amanece ya el día infinito, Tilín.

Y haciendo un esfuerzo, el último, el más grande, exclamó con exaltación:

--Hombre generoso, espíritu elevado, estoy llena de admiración por tí. Ya no eres el incendiario de San Salomó, eres el redentor de la inocencia, porque salvas á mi hermano de la pena impuesta por un delito que no ha cometido; eres el realizador de la justicia, porque la haces recaer sobre el verdadero autor de aquel delito, que eres tú, y así quedas lavado, puro, sin mancha.

--¿Es su hermano, su hermano? . . .--murmuró Tilín cayendo en súbito abatimiento.

Parecía que un relámpago de duda y desconfianza surcaba por su cerebro.

--¿Dudas, amigo, dudas de mí?--dijo Teodora haciendo un esfuerzo mayor aún.

--No--replicó él alzando la cabeza y sacudiéndola como para echar de ella una mala idea.--No he dudado jamás.

La dominica comprendió que era preciso reanimar aquel entusiasmo que parecía enfriarse y echar leña á la hoguera que oscilaba.

--Pepet--exclamó dando á su voz un tono arrebatador--te aborrecí sacrílego; pero verdugo de tí mismo, por la salvación de mi infeliz hermano, te admiro y te amo.

--Y yo--dijo Pepet con acento de hombre de mucha fé--yo que he sido perverso, que he sido arrastrado al crímen por mi despecho y mis bárbaras pasiones, consiento gozoso en realizar un sacrificio por salvar á otro hombre y agradar á la persona por quien he vivido y por quien he deseado morir. Ese sacrificio cuadra á mi alma, le viene bien y á medida, como un traje bien cortado. Donde hubo aquella fiebre intensa y aquel sacrilegio, y las ideas de destruir una obra de siglos para sacar de ella lo que reputaba mío, donde aquellos delirios hubo, señora, aquí, en mi alma no puede haber ya sino esta solución terrible, única que por la grandeza del suplicio corresponde á la fealdad de mis pecados. Y yo puedo

"The love of angels!" Ting-a-ling exclaimed, folding his hands and falling into a kind of ecstasy.

Unfortunate hallucinating man! As the bull blindly charges the red cape, thus his spirit rushed toward the idea of the promised celestial marriage.

Sister Teodora looked toward heaven.

"It will soon be dawn."

"My time has come," he said trembling.

"For me, the dawn of a sad day like all the others is coming; for you, an infinite day is breaking, Ting-a-ling."

And making an effort, the last, the greatest, she exclaimed in exaltation:

"Generous spirit, lofty spirit, I am full of admiration for you. You are no longer the arsonist of San Salomó. You are the redeemer of innocence because you are saving my brother from a punishment imposed for a crime he did not commit. You are the bestower of justice because you make it fall on the true author of that crime, which is you and thus you will be washed, pure, spotless."

"Is it your brother, really your brother . . ." Ting-a-ling murmured suddenly becoming depressed.

It seemed that a flash of doubt and suspicion passed through his brain.

"Do you doubt, my friend, do you doubt me?" Teodora said, making an even greater effort.

"No," he replied, lifting his head and shaking it, as if to throw off an evil thought. "I have never doubted."

The Dominican nun realized that she must rekindle that enthusiasm that seemed to be growing cold and throw fuel on the fire that was flickering.

"Pepet," she exclaimed, giving her voice a captivating tone, "I hated you for being sacrilegious; but for being your own executioner for the salvation of my unfortunate brother, I admire you and I love you."

"And I," said Pepet with the accent of a man of deep faith, "I, who have been perverse, who have been drawn to crime through my spite and my barbarous passions, consent joyfully to carry out a sacrifice to save another man and to please the person for whom I have lived and for whom I have wished to die. That sacrifice fits my soul, and is made-to-order, like a well-cut suit. Where there was that intense fever and that sacrilege, and the ideas of destroying a centuries-old work to take from it what I considered mine; where there were those delusions,

decir: "¡Le devuelvo á su hermano, le doy, después de una gran amargura, la mayor alegría que puede recibirse. Conquisto con un solo hecho la benevolencia de su corazón, y muriendo, gano el inefable bien de vivir en su recuerdo. Conquisto lo que vale más que una posesión pasajera; conquisto su memoria en la tierra, y en el Cielo su compañía." Nada más hay que decir, señora. La hora se acerca.

--Aguarda--dijo la de Aransis.--No te muevas de aquí.

Salió precipitadamente sin añadir nada más. Pepet la vió salir y dirigirse por el patio adelante hasta desaparecer por una puerta que en el extremo opuesto había. Esperó un rato entregado á meditaciones, ó mejor dicho, á los delirios calenturientos de un idealismo desenfrenado. Su mente arrebatada navegó entre mil ideas, como nave á quien las olas llevan de peñasco en peñasco y aquí se estrella, allí se hunde, más allá se levanta, y nunca acaba de naufragar ni acaba de salvarse. No supo él cuanto tiempo duró este tormento, pero al fin abrióse la puerta dando paso á la dominica.

Sin decirle nada se acercó á él, y poniéndole la mano izquierda en el pecho, elevó al cielo la derecha. Estaba pálida y profundamente desconcertada; temblaban sus labios y sus ojos intranquilos y perturbados parecían recibir la impresión de imágenes aterradoras. Miró á Pepet, y aunque sus ojos no hablaban más lenguaje que el de un desasosiego dificil de comprender, el infeliz reo vió en aquella mirada discursos más elocuentes y conmovedores que cuantos pronuncian los ángeles en la conciencia del justo cuando acaba de hacer un gran bien; vió y leyó en aquella mirada todo cuanto la religión y el amor pueden idear de más cariñoso y de más místico. El pobre Pepet perdió en tal instante lo que aún quedaba en su alma de terrenal y de egoista; era todo espiritu, todo idea, y se perdía en las esferas nebulosas por donde ha corrido sin freno el pensamiento de los soñadores místicos y de los enamorados caballerescos, que vienen á ser una misma casta de personas.

Él iba á decir algo; pero había llegado á una situación en que la lengua no sabía nada y los signos vocales no podían ser más que ruidos desapacibles. Se arrodilló, tomó las manos de Teodora para derramar sobre ellas besos y lágrimas, hasta que se entreabrió la puerta para dar paso á la voz y á la cara de D. Pedro Guimaraens, el cual dijo:

--Es tarde.

madam, here, in my soul, there can now be but one terrible, unique solution, which through the magnitude of the torment befits the ugliness of my sins. And I can say 'I give your brother back to you; I give you, after great bitterness, the greatest joy that you can receive. I win the benevolence of your heart by a single deed and by dying I earn the indescribable benefit of living in your memory. I win what is worth more than a passing possession; I win your remembrance on Earth and your company in Heaven.' There is nothing more to say, madam. The hour draws near."

"Wait," said Miss Aransis. "Don't move."

She left suddenly without adding anything else. Pepet watched her leave and head toward the courtyard until she disappeared through a door that was on the opposite side. He waited a while, lost in meditation, or rather, in the feverish ravings of an unbridled idealism. His rash mind sailed between a thousand ideas, like a ship that the waves take from crag to crag and here it crashes, there it sinks, further on it rises up and it never wrecks nor is it ever safe. He did not know how long that torment lasted but finally the door opened and in came the Dominican nun.

Without saying anything to him, she approached him and putting her left hand on her chest, she lifted the right toward heaven. She was pale, profoundly disconcerted. Her lips trembled. Her restless eyes seemed to receive the impression of terrifying images. She looked at Pepet and although her eyes spoke no language but that of an anxiety difficult to understand, the unfortunate criminal saw in that look speeches more eloquent and moving than those the angels deliver in the conscience of the just man when he has just performed a good deed. He saw and read in that look everything religion and love can devise as most loving and most sublime. Poor Pepet lost in that instant what was still earthly and selfish in his soul. He was all spirit, all ideal, and he became lost in the nebulous spheres through which has run unchecked the thought of mystic dreamers and chivalrous lovers who turn out to be the same kind of people.

He wanted to say something but he had reached a situation in which his tongue knew nothing to say and could only make harsh noises. He knelt, took Teodora's hands to shower them with kisses and to shed tears over them, until the door half-opened to let in the voice and face of Don Pedro Guimaraens, who said:

"It is late."

Pepet salió mirando hasta el último instante la figura majestuosa, sublime, soberana de Sor Teodora de Aransis, que con una mano puesta sobre su corazón y la otra alzada para señalar el cielo, le despedía en el centro de la sala.

Pepet left, looking until the last possible moment at the majestic, sublime, supreme figure of Sister Teodora de Aransis, who with one hand placed on her heart and the other raised pointing to heaven, bade him farewell from the center of the room.

CAPITULO TREINTA Y UNO

La dominica, al quedarse sola, estuvo un momento sin poder pensar ni sentir nada. Le pasaba algo semejante á una congelación, digámoslo así, de sus claras facultades, ó una como catalepsia moral. De repente vió un espectro que la llenó de mortal espanto. No es justo decir que lo vió, sino que lo sintió dentro de sí levantándose y saliendo majestuosamente de su corazón como de una tumba, para mostrársele por entero en su imponente grandor, pues abrazaba toda la extensión sensible: era su conciencia.

Causóle tanto miedo, que corrió velozmente de un lugar á otro de la estancia, huyendo de sí misma. Pero ¿cómo separarse de aquella sombra interior, proyectada por la íntima luz del alma? La sombra la seguía diciéndole:

--¡Impostora! . . .

La monja se dejó caer de rodillas y llamó en su auxilio con fuertes voces del alma . . . ¿á quién? á su razón, para que le diera argumentos, sutilezas, armas cortantes y punzantes contra aquel fantasma. Pero la razón no le dió más que un alfiler.

--No, no--dijo Sor Teodora esgrimiendo contra la sombra aquella arma pueril--no soy tan culpable como parece. Lo que me ha impulsado á representar esta farsa horrible no ha sido una liviandad, un capricho del corazón propenso á repentinas simpatías, ha sido lástima, caridad, compasión, amor al prójimo.

--¡Mentira, mentira!--gritó la sombra proyectada por la luz íntima del alma, y que cada vez parecía crecer más.

CHAPTER THIRTY-ONE

When she was left alone, for a moment the Dominican nun could not think or feel a thing. Something was happening to her similar to a congealing, so to speak, of her mental faculties or a freezing like moral catalepsy. Suddenly, she saw a specter that filled her with mortal fear. It is not right to say that she saw it but rather that she felt it inside her, rising up and majestically coming out of her heart as if from a tomb to reveal itself to her in all its imposing grandeur, for it embraced the entire expanse of the senses. It was her conscience.

It produced such fear in her that she ran quickly from one place to another in the room, fleeing from herself. But, how could she separate herself from that interior shadow projected by the intimate light of the soul? The shadow followed her, saying to her:

"Impostor!"

The nun dropped to her knees and called for help with the loud voices of her soul. . . To whom? To her reason so that it could give her arguments, subtleties, sharp, cutting weapons against that phantom. But reason gave her no more than a pin.

"No, no," said Sister Teodora brandishing the childish weapon against the shadow. "I am not as guilty as it appears. What drove me to put on this horrible farce was not fickleness, a caprice of the heart, prone to sudden affection. It was pity, charity, compassion, love for one's neighbor."

"Lie! Lie!" shouted the shadow projected by the intimate light of the soul and it seemed to grow more and more.

El alfiler de la razón se torció en las manos de la dominica. Ella quería una espada cortante y bien templada. Pero la razón le ofreció un pedazo de alambre.

--Pues si no ha sido la compasión mi móvil, ha sido otro más grande, la justicia. Ese hombre es inocente de la destrucción de San Salomó. Pues si es inocente y Pepet culpable, ¿qué cosa más santa que inducir al culpable á la muerte para salvar al inocente?

--¡Impostora! A tí no te toca enmendar las injusticias de los hombres. No te entrometas en la obra incógnita de Dios. ¡Justicia! ¿Qué entiendes tú de eso, mujer caprichosa? Has obedecido á un afecto nacido bruscamente en tu pecho.

--No, no--gritó ella con desesperación.

--Voy á decirte la verdad--declaró la sombra--voy á decírtela, palabra por palabra, letra por letra, clara, como el pensamiento divino que mueve mi lengua. Voy á decírtela.

--No, no--exclamó angustiada la dominica, pidiendo otra vez á la razón con furibundo anhelo espadas, flechas, catapultas, arietes y los más tremendos ingenios de guerra.

--Yo no puedo callar. El divino aliento sopla dentro de mí y sin quererlo yo, habla. Soy la voz de Dios que no puede mentir. Voy á decirte la verdad.

--Y yo no quiero oirlo, no quiero--dijo horrorizada la de Aransis.

--Ese hombre te agrada, te agrada mundanamente--murmuró la sombra quedamente, teniendo la consideración de hablar bajo para que cosa tan grave no escandalizara demasiado á la buena madre.

--No, no puede ser. Te parecerá así y no será cierto. Es una alucinación, un error, una perversa ficción producida por el Demonio.

--Ese hombre te agrada, te ha inspirado una ilusión cariñosa--repitió la sombra alzando la voz al ver que había pasado el temor del primer momento,--y tu repentino afecto á un hombre desconocido debe espantarte, y de seguro espantaría al mismo que es objeto de él. Ninguna mujer que vive en el siglo, en comercio constante con los demás séres humanos, podría concebir esa inclinación inesperada y vehemente hacia un desconocido, que se entra como los ladrones en su habitación y con el cual apenas habla media hora. No hay hombre alguno, aunque sea el más hermoso, el más gallardo, el más discreto y el más valiente de todos, que pueda jactarse de un triunfo semejante con tal rapidez alcanzado. Esto

The pin of reason twisted in the hands of the Dominican nun. She wanted a sharp and well-tempered sword. Reason offered her a piece of wire.

"Well, if compassion was not my motive, something greater was: justice. That man is innocent of San Salomó's destruction. Well, since he is innocent and Pepet is guilty, what holier thing can there be than to lead the guilty to death to save the innocent?"

"Impostor! It is not your job to correct men's injustices. Don't meddle in God's mysterious work. Justice! What do you know about that, capricious woman? You have yielded to a love born all of a sudden in your heart."

"No, no," she shouted in desperation.

"I am going to tell you the truth," the shadow declared. "I am going to tell you word for word, letter for letter, clear as divine thought that moves my tongue. I am going to tell you."

"No, no," exclaimed the nun in anguish, again asking reason with furious longing for swords, arrows, catapults, battering rams, and the most tremendous devices of war.

"I cannot be quiet. Divine breath blows within me and although I don't want it to, it speaks. I am the voice of God that cannot lie. I am going to tell you the truth."

"I don't want to hear it, I don't want to," said Miss Aransis horrified.

"You like that man, you like him in a worldly way," murmured the shadow, showing the consideration to speak in a low voice so that such a grave matter might not scandalize the good mother too much.

"No, it cannot be. It must look that way to you but it cannot be true. It is a hallucination, a mistake, a perverse fiction produced by the devil."

"You like that man. He has inspired in you an illusion of love," the shadow repeated raising its voice upon seeing that her initial fear had disappeared, "and your sudden affection for a stranger should frighten you and it would surely frighten the one who is its object. No woman who lives in the world, in constant contact with other human beings, could conceive of that unexpected, vehement inclination toward a stranger, who enters like a thief in your room and with whom you spoke for barely a half hour. There is no man--even if he is the most handsome, the most charming, the wittiest, and bravest of all that can boast of a similar triumph won so quickly. That is absurd in the free, active world but it is

que es absurdo en el mundo libre y activo, deja de serlo en la solitaria estrechura y en el aislamiento holgazán de una celda, de aquel nido donde por espacio de doce años han dormido tus afectos y tus pasiones, tu vanidad de hermosa, tu presunción, tu exhuberante pujanza moral, tu ternura de doncella enamorada y tus presentimientos de esposa y de madre. Ese absurdo del siglo es natural y humano en tí, monja indigna, que has vivido doce años en ese sepulcro, ocupándote en profanidades y alimentando sin cesar con tu imaginación las ansias de tu pecho, honradas y nobles fuera de aquella casa.

--No, eso es mentira, conciencia--pensó la atribulada dominica, sintiéndose abandonada por la razón.--Yo me avergonzaría de mí misma, si me viera encendida de amores por un hombre que entró en mi celda como un ladrón, y me pidió pan y asilo . . . No, eso no puede ser, eso es vergonzoso.

--Eso es verdad, monja alucinada. No le amaste cuando le viste; desde hace doce años estás alimentando la idea de él en tu fantasía exaltada por la soledad, el bienestar material y la holgazanería; hace doce años que le amas, y es el mismo, el mismo. Poco importa que en algún rasgo discreparan sus facciones de las que tú veías con los ojos cerrados; pero es el mismo. Confiesa una cosa, confiésala, mala monja. Cuando aquel hombre se presentó en tu celda; cuando pasado el primer momento de terror, le sacaste de comer y conversaste con él, te asombrabas interiormente de ver en forma humana al mismo compañero imaginario de las sorofiferas soledades de San Salomó. En tu alma se elevaba un estupor angustioso viendo aquella figura real, que era él mismo, era el tuyo, aquel que en tu fantasía y en tu corazón no tuvo más rival que el detestable interés por las guerras. Era él, era el mismo cuyas facciones, cuyas miradas y palabras ha estado tejiendo y destejiendo tu aburrido pensamiento día tras día, año tras año . . . En el trabajo de esta tela invisible trascurren lentas y tristes muchas vidas bajo una máscara de mortecina santidad. ¡Ay pobre de tí! En el siglo hubieras sido una doncella honesta, una esposa amante, una madre ejemplar; enclaustrada sin vocación has podido perder tu alma en un instante.

Sor Teodora se sintió más abatida. No sabía qué contestar. Con gran espanto vió que al lado de aquella sombra habladora se alzaba otra: era su razón, que después de combatir un instante con ella se había pasado al enemigo. Viéndose tan sola, volvióse á la Fé, á Dios, y pidió armas á la oración; pero si la

not so in the solitary cramped conditions and idle isolation of a cell, from that nest where, for twelve years, your affection and your passion, your vanity about your beauty, your conceit, your exuberant moral strength, your tenderness as an enamored maiden, and your wifely and motherly intuitions have slept. That worldly absurdity is natural and human in you, contemptible nun, who have lived twelve years in that sepulchre, concerning yourself with worldly matters and ceaselessly feeding with your imagination the longings of your heart, which are honorable and noble outside of that house."

"No, that is a lie, conscience," exclaimed the Dominican nun full of tribulation, feeling that her reason was abandoning her. "I would be ashamed of myself if I were to fall madly in love with a man who entered my cell like a thief, and asked me for bread and asylum . . . No, that cannot be, that is shameful."

"That is true, hallucinating nun. You didn't fall in love when you saw him. For twelve years you have been feeding the idea of him in your fantasy overexcited by solitude, material well-being and idleness. You have loved him for twelve years and he is the one, the very one. It matters little that his features in some ways differed from those that you saw with your eyes closed; but he is the very one. Confess one thing, confess it, bad nun. When that man appeared in your cell, after your initial fear had disappeared, you offered him food and you talked with him. You were surprised inwardly to see in human form the very imaginary companion of your soporiferous loneliness in San Salomó. An anguishing bewilderment rose up in your soul seeing that real figure. It was he himself, he was yours, the one whose only rival in your heart was the hateful interest in wars. It was he, the very one whose features, looks, and words your bored ponderings have been weaving and unraveling day after day, year after year . . . In the working of this invisible cloth many lives pass slowly and sadly under the mask of fading holiness. Alas! Woe is you! In the world you would have been a chaste maiden, a loving wife, an exemplary mother; cloistered without vocation, you have lost your soul in an instant."

Sister Teodora felt more dejected. She did not know how to answer. In great fear she saw that next to that talkative shadow another was rising up: it was her reason that, after fighting with her for a moment, had gone over to the enemy. Seeing herself so alone, she turned to Faith, to God, and she prayed for arms; but

razón no le había dado más que alfileres y alambres, aquella no le dió más que unos pedacitos de caña que para nada servían.

Las dos sombras le dijeron:

--No, Dios no te puede perdonar. Has querido engañarle, disfrazando de piedad y de justicia tus criminales afectos de monja soñadora.

--¡Misericordia, Dios mío!--exclamó Teodora bañado el rostro en frío sudor.

--No la hay para tí, porque has sido impostora.

--He sido impostora por lástima, por piedad . . .

--Mentira. Has abusado de tu prestigio sobre Pepet y del loco amor que te tenía para hacerle morir por otro.

--¡Ha sido justicia!--exclamó Teodora con cierta locura.

--Mentira.

--He sacrificado al culpable para salvar al inocente.

--Mientes, monja embustera--gritó la sombra proyectada por la luz íntima del alma.--Sacrificaste al feo por salvar al hermoso.

--¡Misericordia, Dios mío! ¡Misericordia!

Sacáronla de aquel estado de congoja los ruidos de humanas voces y de tambores que llegaron hasta ella. Había amanecido: la sala estaba llena de claridad.

Olvidada al punto de aquel coloquio y de la reciente disputa que había encrespado las potencias de su alma, corrió á la ventana diciendo para sí:

--Si me habrá engañado Pepet, si me habrá engañado Guimaraens.

Grandísima pena sintió al ver la tropa preparada para el fúnebre acto; al ver al espantoso brigadier asomado en el balcón con toda su comitiva; al ver al reo que con la cabeza descubierta y las manos atadas se volvía hacia Chaperón y decía en voz alta su nombre y proclamaba la justicia de su muerte.

Sor Teodora se apartó horrorizada, y al refugiarse en el opuesto extremo de la sala oyó un estrépito semejante á un trueno.

Entonces la sombra volvió á levantarse delante de ella y le dijo:

--¡Impostora! . . . ¡homicida!

--¡Ha sido justicia, justicia!--exclamó ella con agonía de moribunda . . . El uno criminal, el otro inocente . . . ¡Misericordia, Señor!

--¡Caprichosa! . . . ¡embustera!

if reason had given her only pins and wires, the latter gave her only a few little pieces of reed that were of no use at all.

The two shadows said to her:

"No. God cannot forgive you. You wanted to deceive Him, disguising as pity and justice your criminal affection as a nun given to dreaming."

"Have mercy, my God!" Teodora exclaimed, her face bathed in cold sweat.

"There is no mercy for you because you have been an impostor."

"I have been an impostor out of pity, out of compassion . . ."

"That is a lie! You have taken advantage of your influence over Pepet and the insane love that he had for you to make him die in another's place."

"It was justice!" Teodora exclaimed somewhat madly.

"That is a lie."

"I have sacrificed the guilty to save the innocent."

"You are lying, you deceitful nun," the shadow projected by the intimate light of the soul shouted. "You sacrificed the ugly to save the handsome."

"Mercy, my God! Mercy!"

The sounds of human voices and drums pulled her from her state of anguish. It had dawned. The room was full of light.

She forgot at once about that colloquy and the recent dispute that had excited the faculties of her soul. She ran to the window, saying to herself:

"What if Pepet tricked me? What if Guimaraens tricked me?"

She felt very sorry when she saw the troops ready for the funereal action; when she saw the frightening brigadier come out on the balcony with his entire retinue; when she saw the criminal who, with his head uncovered and his hands tied, turned toward Chaperon and said his name in a loud voice and proclaimed the justice of his death.

Sister Teodora left horrified and when she took refuge in the opposite end of the room, she heard the boom of a thunderclap.

Then the shadow rose up in front of her again and said to her:

"Impostor . . . Murderess!"

"It was justice, justice!" she exclaimed with moribund agony. "One of them was a criminal, the other one an innocent man . . . Mercy, Lord!"

"Capricious . . . Liar!"

Más tarde, ella no sabía á qué hora, entró el padre Juanico á traerle un poco de alimento.

--Es lo único que han dejado esos pillos--le dijo.--Afortunadamente se van dentro de media hora.

Más tarde (tampoco supo ella á qué hora), sintió bullicio de tropas. Era Chaperón que salía para seguir desempeñando su papel de misionero realista en la estirpación de liberales.

Después reinó un gran silencio.

Mucho más tarde (á ella le pareció que sería al anochecer), dos hombres entraron en la sala. Sintió al verles turbación tan honda que estuvo á punto de desmayarse. Eran Guimaraens y Servet. Hablaron los tres un momento y después el coronel realista salió.

--Sin comprender la causa--dijo Servet--de la sustitución milagrosa á que debo la vida, sé que he tenido un angel tutelar. Hay aquí un misterio; yo no trato de penetrarlo, porque no se penetra lo divino. Mi angel ha sido usted, reverenda madre.

--¡Yo!--dijo ella tratando de fingir sorpresa, sin conseguir otra cosa que revelar más su confusión.

--Sí, usted, reverenda y santa mujer. A usted debo la vida. Permítaseme arrodillarme delante de esa noble figura, cuya belleza proclama su santidad, y besar esas manos que tan bien saben arrancar víctimas á la muerte.

Se arrodilló delante de ella como si fuera una imagen santa. Sor Teodora, que había vuelto el rostro, le miró y, mal que le pesara á la sombra, hubo de confesarse á si misma que veía hecho carne delante de sí el ideal de la belleza varonil, de la gallardía, de la discreción y de la caballerosidad.

--Ofendería á usted--añadió el llamado Servet--si hablase el lenguaje vulgar de los afectos humanos. No, si yo hablara de amistad, de amor, rebajaría la grandiosa personificación de la caridad cristiana que veo delante de mí. Una memoria sagrada como la de mi madre, una veneración pura como la que nos inspirase el Dios que á todos hizo y la Virgen que á todos nos ampara, vivirán eternamente en mi corazón.

Se levantó. Sor Teodora invocó á Dios, y haciendo un esfuerzo desesperado pudo poner en su rostro algo de expresión seráfica y en su boca estas palabras:

Later (she didn't know when), Father Juanico entered to bring her a little food.

"It's the only thing those scoundrels left," he told her. "Fortunately, they are leaving in a half hour."

Later (she didn't know when either), she heard the noise of troops. It was Chaperon who was leaving to continue playing his role as the royal missionary in the eradication of liberals.

Then, total silence reigned.

Much later (she thought it must have been around nightfall), two men entered the room. When she saw them, she felt such deep confusion that she almost fainted. It was Guimaraens and Servet. The three of them talked for a moment and then the royalist colonel left.

"Although I don't understand what caused the miraculous substitution to which I owe my life," Servet said, " I know that I have had a guardian angel. There is a mystery here; I am not going to try to figure it out because the divine cannot be figured out. You have been my angel, reverend mother."

"I!" she said, trying to feign surprise, managing only to reveal her confusion all the more.

"Yes, you, illustrious and holy woman. I owe you my life. Let me kneel before that noble figure whose beauty proclaims her saintliness, and let me kiss those hands that know so well how to snatch victims away from death."

He knelt before her as if she were a holy image. Sister Teodora, who had turned her head, looked at him and, whether she liked the shadow or not, she had to confess to herself that she saw in front of her in the flesh the ideal of masculine beauty, elegance, wit, and gallantry.

"It would offend you," added the so-called Servet, "if I were to speak in the common language of human affection. No; if I were to speak of friendship, love, I would humiliate the magnificent personification of Christian charity that I see before me. A sacred memory like the one of my mother, a pure veneration like the one that the God who made us all and the Virgin who helps us all will live eternally in my heart."

He got up. Sister Teodora invoked God and making a desperate effort, she was able to put a somewhat angelic expression on her face and these words in her mouth:

—Yo no sé nada de lo que usted habla . . . ¡Qué error! Ni yo me he interesado en salvarle, ni podía hacerlo por quien no conozco, por quien sólo he visto una sola vez . . . ¿Quién es usted? Un aventurero, un desconocido. ¿Qué tiene de común usted conmigo? El amparo que le dí anoche antes de aquella horrenda catástrofe . . . A fé que los sucesos que vinieron después han sido tales que debían hacerme olvidar su entrada en el convento . . . Santo Domingo mi patrón me ampare . . . Yo no sé quien es usted . . . yo no le conozco . . . déjeme usted.

—Compañera de la caridad es la modestia—dijo Servet disponiéndose á retirarse.—No quiero importunar con mi agradecimiento á un alma superior, que á las pocas horas de haber hecho un inmenso bien ya no se acuerda de él. Usted es una santa, yo un pecador. La enorme diferencia que hay entre los dos, usted, madre reverendísima, la agrandará con su vida de constante sacrificio, de oración, de paz espiritual y de comunicación con Dios. A mí me esperan las luchas del mundo, las turbulentas pasiones, las incesantes penas, las dolorosas victorias ó tristes caidas; á usted la paz del convento, la devoción sublime, los puros éxtasis del alma, aspirando siempre á volver á su orígen, y el noble privilegio de alcanzar de Dios con oraciones y penitencias el perdón de los malos. ¡Cuán distinto destino el nuestro y qué abismo tan grande nos separa! . . . Adios, señora: una memoria en sus oraciones es lo que pide este miserable y el permiso para besar la cruz del rosario que pende de la cintura de una santa.

Servet besó la cruz, y haciendo una gran reverencia se retiró para unirse á D. Pedro Guimaraens que había preparado el negocio de su marcha.

Sor Teodora sintió, no ya una voz, sino mil voces en su alma, y un horroroso sacudimiento y estallido como si parte muy principal de ella fuese arrancada por violenta mano. Vióse caida en un negro abismo; pero en medio de su congoja y espanto, pudo alzar la voz á su Padre espiritual y gritar:

—¡Confesión! . . . ¡Un confesor!

Pero ni el padre Martín de la Concepción ni el padre Juanico pudieron acudir á ella porque estaban abriendo un hoyo en el patio.

"I have no idea what you are talking about . . . You are mistaken! I am neither interested in saving you nor could I do it for someone I don't know, for someone I have seen only once . . . Who are you? An adventurer, a stranger. What do you have in common with me? The help that I gave you last night before that horrible catastrophe . . . upon my faith the events that happened then have been such that they should make me forget about your entrance in the convent . . . St. Dominick, my patron saint, help me . . . I don't know who you are . . . I don't know you . . . Leave me alone."

"Modesty is charity's companion," Servet said, getting ready to leave. "I don't want to bother a superior soul with my gratitude who a few hours after having done a fabulous good deed no longer remembers it. You are a saint; I am a sinner. The enormous difference that exists between the two of us, Reverend Mother, will increase with your life of constant sacrifice, prayer, spiritual peace and communication with God. The struggles of the world, turbulent passions, incessant sorrows, painful victories or sad downfalls await me. The peace of the convent, sublime devotion, the pure ecstasy of the soul, always aspiring to return to its origin, and the noble privilege of attaining God through prayers and penance, the forgiveness of the wicked awaits you. How different our destinies are and what a great abyss separates us . . . Good-bye, madam. This wretched man asks that you remember him in your prayers and that you give him permission to kiss the cross of the rosary that hangs from the waist of a saint."

Servet kissed the cross and bowing, he retired to join Don Pedro Guimaraens who had made the arrangements for his departure.

Sister Teodora heard not just one voice but a thousand voices in her soul and an awful shaking and explosion as if one of her vital organs were being pulled out by a violent hand. She saw herself fallen in a black abyss; but in the midst of her anguish and fear she was able to lift her voice to her spiritual father and shout:

"Confession! . . . A confessor!"

But neither Father Martin de la Concepcion nor Father Juanico could come to her aid because they were digging a grave in the courtyard.

CAPITULO TREINTA Y DOS

El aventurero emprendió de noche su camino. Iba solo, bien montado, algo molesto á causa de sus heridas, pero contento, apercibido de armas y pasaporte, con el mismo traje de paisano que usara Tilín en su postrera noche. No apartaba su pensamiento de las peripecias de su insensato viaje por el campo de aquella extraña guerra, tan parecida á los sangrientos desórdenes y rebeldías de la Edad Media. Él tenía del historiógrafo el discernimiento que clasifica y juzga los hechos, y del poeta la fantasía que los agranda y embellece; también tenía la vista larga y penetrante del profeta. Claramente vió que aquella guerra no era más que el prólogo, ó hablando musicalmente, la sinfonía de otra guerra mayor.

Pero la mayor parte de sus pensamientos la absorbían aquellos chistosos ó trágicos lances de su correría por Cataluña, y principalmente la milagrosa sustitución que le había salvado de la muerte. Quiso penetrar aquel misterio y no pudo. El mismo Guimaraens no lo sabía más que á medias. Tilín, declarándose culpable, y muriendo con heróica paciencia, sereno, grave, con más aire de convicción que de sufrimiento; Guimaraens sacándole de la prisión, después de hacerle cambiar de vestido, y por último, la hermosa monja que en dos momentos críticos le había salvado la vida, confundían su mente llevándole á forjar mil explicaciones quiméricas y á revestir de formas exageradamente dramáticas los hechos más sencillos.

Iba al extranjero, y en su triple calidad de historiógrafo, de poeta y de profeta, aportaría sin duda alguna idea, alguna forma nueva á las regiones donde ya se estaba elaborando el romanticismo.

CHAPTER THIRTY-TWO

The adventurer set out on his journey at night. He went alone, well equipped, somewhat uncomfortable on account of his wounds, but happy, supplied with arms and a passport, with the same peasant dress that Ting-a-ling wore on his last night. He thought only of the vicissitudes of his foolish journey through the arena of that strange war, so similar to the bloody disturbances and rebellions of the Middle Ages. He had the discernment of the historiographer who classifies and judges events and the poet's fantasy that exaggerates them and embellishes them. He also possessed the prophet's penetrating, sharp vision. He clearly saw that the war was only the prologue, or speaking musically, the overture of another greater war.

But the funny or tragic episodes of his trip through Catalonia, and mainly the miraculous substitution that had saved him from death, occupied most of his thoughts. He tried to fathom that mystery and he could not. Guimaraens himself only knew half of it. Ting-a-ling, declaring himself guilty and dying with heroic patience, calm, serious, with more conviction than suffering; Guimaraens, taking him out of prison, after having him change clothes and finally, the beautiful nun who in two critical moments had saved his life, perplexed him, leading him to make up a thousand unrealistic explanations and to make the simplest events overly dramatic.

He was going abroad and in his triple capacity as historiographer, poet, and prophet, he would contribute, no doubt, some idea, some new form to the region where Romanticism was already being fashioned.

NOTES

CHAPTER ONE

[1] A baroque style of architecture named for the Spanish architect Jose Churriguera who died in 1725. It is characterized by the unconventional use of the classical orders, distortion of forms, and lavish ornamentation.

[2] The 1885 version includes the word <u>tumores</u>. The later Aguilar version deletes this word.

[3] The *torno* is a revolving window in a convent wall used to pass objects from one side to the other. It is designed to protect the user's identity.

CHAPTER TWO

[1] The War of Roussillon began in 1793 and ended two years later. After the execution of Louis XVI by the French Republic, the ministers of Charles IV sent General Ricardos with 24,000 men against the French army commanded by Servan. Ricardos entered France on April 15, 1793 and attacked the southern French province near the Pyrenees. Ricardos captured Arles and Ceret and attacked the provincial capital of Perpignan. As the Spanish forces were preparing to invade Foix, the fighting ended when a treaty was signed at Basel.

[2]The friar's name has a *double entendre*. It means darkness or obscurity and also refers to the office of matins and lauds for the following day sung each afternoon or evening on the three days preceding Easter.

[3]An *endecha* is a short lyric poem (a quatrain with lines of six or seven syllables). It is usually assonantal and sad or plaintive in tone.

CHAPTER THREE

[1]Antonio de Solis y Rivadeneira (1610-1686), playwright and historian. Author of <u>History of the Conquest of Mexico</u> (1684).

[2]Juan Francisco Masdeu (1744-1817), historian, author of the twenty volume <u>Critical History of Spain and Spanish Culture</u> (1783-1807).

[3]Juan de Mariana (1535?-1624), Jesuit historian, author of the controversial <u>General History of Spain</u> (1592).

[4]The earlier edition of <u>Un voluntario realista</u> uses the word "tierra" (earth or dirt) here.

CHAPTER FOUR

[1]The reference is to Joseph Bonaparte, put on the throne of Spain in 1808 by his brother Napoleon Bonaparte.

[2]A legendary woman seer of ancient times whose authority in matters of divination was acknowledged by the Romans and whose prophecies formed the Sibylline Books in which was written the fate of the Roman people and state.

CHAPTER SIX

[1] In 1824 after three years of liberal rule, Fernando became the absolute monarch of Spain. The army was, for all practical purposes, disbanded and a dossier was prepared on every officer. The army was purged and officers who had joined secret societies were not re-employed. Many officers and soldiers became *indefinidos*--placed on indefinite leave. Many of these officers and soldiers lived in destitution.

[2] A title for priests in certain regions of Spain (Catalonia and Aragon).

[3] Highlanders from La Montana, a region of Santander in northern Spain.

[4] Pigtails had been quite fashionable at the turn of the century.

[5] This line is in the 1885 edition but not in the Aguilar edition.

CHAPTER SEVEN

[1] Local political bosses.

[2] A silver coin, containing ten silver *reales*.

[3] Viriato (ca. 151 B.C.) was a Lusitanian shepherd who conquered the military superiority of the Roman legions in battle several times. He had a natural talent and extraordinary knowledge of the countryside. He was later assassinated by three of his chieftains who had sold out to Rome.

CHAPTER NINE

[1] The name given to Mina's supporters in London.

²The house of Braganza was the ruling house of Portugal from 1640 to 1910.

³Leopoldo O'Donnell (1809-1867) supported Maria Cristina, the queen mother, in the war against the Carlists. He became prime minister in 1858.

⁴Juan Alvarez Mendizabal (1790-1853) served as prime minister (1835-1836). He is perhaps best known for the *desamortizacion*, a massive takeover and redistribution of church-owned property.

CHAPTER TEN

¹Figuratively, a simpleton.

²September 8th is the Nativity of Mary, one of the feast days held in honor of the Blessed Virgin Mary.

CHAPTER TWELVE

¹"Mi vida" or "vida mia" is a term of endearment meaning "my love or darling." Literally, it means "my life."

CHAPTER THIRTEEN

¹"If God did not exist, it would be necessary to invent him." Epitres, XCVI.

²A cap resembling a Phrygian cap. In modern times it was adopted as a symbol of liberty.

³A copper coin worth four *maravedis*.

CHAPTER FOURTEEN

[1] The liberals were called the "blacks" by conservative factions. References to the "blacks" also occurs in Chapter Twenty Five. Persecution of liberals was known as the White Terror and is the subject of El terror de 24, the national episode that precedes Un voluntario realista.

[2] On January 1, 1820, Colonel Rafael de Riego proclaimed the liberal Constitution of 1812 in the town of Las Cabezas de San Juan. By the end of February La Coruna, Oviedo, Saragossa, Barcelona, and Pamplona were in rebellion against the absolute monarchy of Fernando VII and the Trienio Liberal (1820-1823) was established. During the three years of liberal government there was absolute chaos and the nation disintegrated. In 1823 the French invaded Spain and restored Fernando's absolutist government. The liberals fled and Riego was executed.

CHAPTER SEVENTEEN

[1] The reference is to Calomarde, Fernando's minister. Shortly before King Fernando's death, Calomarde had convinced the king to abrogate the Pragmatic Sanction, thus securing the succession for Carlos, the king's brother. Maria Carlota, Fernando's sister-in-law, flew into a rage when she learned that Fernando's three-year-old daughter would not become queen and slapped Calomarde. In response, Calomarde stated: "White hands do not offend."

[2] A two-wheeled, round-topped carriage of Valencia.

CHAPTER EIGHTEEN

[1] These characters appeared in La segunda casaca, the third novel in the second series of the *Episodios Nacionales*.

CHAPTER TWENTY

[1] A threadlike sweetmeat made of eggs and sugar. The egg yolks are beaten with sugar to the consistency of jelly and molded into different forms.

CHAPTER TWENTY THREE

[1] The 1885 version says that she died "en el claustro" (in the cloister).

CHAPTER TWENTY FOUR

[1] The *garrote* is an iron collar used to execute a person. The collar is tightened by a screw or by twisting a cord, strangling the prisoner.

CHAPTER TWENTY SIX

[1] Kingdom of the Dead, Hades (poetic).

CHAPTER TWENTY EIGHT

[1] See the portrait of this historical figure in El Terror de '24.

[2] The liberal constitution of 1812 was drafted in Las Cabezas near Cadiz.

[3] Jaime Servet is Salvador Monsalud's alias.

SELECTED BIBLIOGRAPHY

Balseiro, José Agustín. "Anticlericalismo y religiosidad en Benito Pérez Galdós (desde los primeros Episodios Nacionales)." La Torre 67 (1970), pp. 63-83.

Barja, César. "Benito Pérez Galdós." In Libros y Autores Modernos, 323-41. Los Angeles: Campbell's Book Store, 1933.

Berkowitz, H. Chonon. Pérez Galdós. Spanish Liberal Crusader. Madison: University of Wisconsin Press, 1948.

Bly, Peter A. Galdós's Novel of the Historical Imagination. Liverpool: Francis Cairns, 1983.

Carr, Raymond. "A New View of Galdós." Anales Galdosianos 3 (1968), pp. 185-90.

Carr, Raymond. Spain: 1808-1939. Oxford: Clarendon Press, 1966.

Carranza, Matilde. El pueblo visto a través de los episodios nacionales. San José: Universidad Nacional de Costa Rica, 1942.

Casalduero, Joaquín. "Los Episodios Nacionales dentro de la unidad de la obra galdosiana." In Actas del primer congreso internacional de estudios galdosianos, pp. 135-43. Madrid: Editora Nacional, 1977.

Casalduero, Joaquín. "Historia y novela." Cuadernos Hispanoamericanos 250-52 (1970-1971), pp. 135-42.

Casalduero, Joaquín. "Galdós y la reaparición de personajes: las Porreño, Garrote y Coletilla." In Studies in Honor of Jose Rubia Barcia, edited by Roberta Johnson and Paul C. Smith. Lincoln, Nebraska: Society of Spanish and Spanish-American Studies, 1982.

Casalduero, Joaquín. Vida y obra de Galdós (1843-1920). (Buenos Aires: Grecos, 1943).

Clarke, H. Butler. Modern Spain: 1815-1898. Cambridge: Cambridge University Press, 1906.

Dendle, Brian J. Galdós: The Early Historical Novels (Columbia: University of Missouri Press, 1986).

Dendle, Brian J. Galdós: The Mature Thought (Lexington: University Press of Kentucky, 1980).

Dendle, Brian J. "A Note on the Genesis of the Episodios Nacionales." Anales Galdosianos 15 (1980), pp. 137-40.

Gamero y de Laiglesia, Emilio G. Galdós y su obra. I. Los Episodios Nacionales. Madrid: Blass, 1933.

Gogorza Fletcher, Madeleine de. "Alfred Rodríguez and the Episodios of Galdós." Anales Galdosianos 3 (1968), pp. 179-83.

Gogorza Fletcher, Madeleine de. "Galdós in the Light of Georg Lukac's Historical Novel." Anales galdosianos 1 (1966), pp. 101-5.

González López, Emilio. Historia de la Literatura Española: La Edad Moderna. New York: Las Américas, 1965.

Gullón, Ricardo. "La historia como materia novelable." In Benito Pérez Galdós, edited by Douglass M. Rogers, Madrid: Taurus Ediciones, 1973.

Harrison, James A. Spain in History. New York: The Werner Company, 1898.

Herrero, Javier. "La `ominosa decada' en los Episodios nacionales." Anales Galdosianos 7 (1972), pp. 107-115.

Hinterhauser, Hans. Los "Episodios Nacionales" de Benito Pérez Galdós, Madrid, 1963.

Huerta, Eleazar. "Galdós y la novela histórica." Atenea 78 (May 1943), pp. 99-107.

Krow-Lucal, Martha G. "*Un faccioso más y León Roch*: Fin y nuevo comienzo." Actas del segundo congreso internacional de estudios galdosianos. Las Palmas: Ediciones del Excmo. Cabildo Insular de Gran Canaria, 1978, pp. 170-77.

Lida, Clara E. "Galdós y los Episodios Nacionales: Una historia del liberalismo espanol." Anales galdosianos 3 (1968), pp. 62-77.

Llorens, Vicente. "Historia y novela en Galdós." Cuadernos Hispanoamericanos 250-52 (1970-71), pp. 73-82.

Pattison, Walter T. Benito Pérez Galdós. Boston: Twayne, 1975.

Pattison, Walter T. "The Prehistory of the Episodios Nacionales." Hispania 53 (1970), pp. 857-63.

Pérez Galdós, Benito. Obras completas. 6 vols. (Madrid: Aguilar, 1941).

Rodríguez, Alfred. An Introduction to the "Episodios Nacionales" of Galdós. New York: Las Americas, 1967.

Sackett, Theodore A. Pérez Galdós. An Annotated Bibliography (Albuquerque: University of New Mexico, 1968).

Schraibman, José, and Alfredo Rodríguez. "H. Hinterhauser's Re-examination of the Episodios Nacionales." Anales galdosianos 3 (1968), pp. 168-77.

Seco Serrano, Carlos. "Los episodios nacionales como fuente historica. Cuadernos Hispanoamericanos 250-52 (1970-1971), pp. 256-84.

Sherzer, William M. Character Creation in Un Voluntario Realista. Anales Galdosianos 16 (1981), pp. 9-14.

Torras Elías, Jaime. La guerra de los agraviados. Barcelona: Cátedra de Historia General de España, 1967.

Varey, J.E. "Galdós in the Light of Recent Criticism." In Galdós Studies, edited by J. E. Varey, 1-35. London: Tamesis, 1970.

Walton, L. B. Pérez Galdós and the Spanish Novel of the Nineteenth Century (London, Toronto, and New York: Gordian, 1927).

Whiston, James. Un Voluntario Realista: The First Part of a Reply to Azcarate's Minuta de un Testamento?. Anales galdosianos 20 (1985), pp. 132-140.